KB102661

보물섬

Treasure Island
by Robert Louis Stevenson(1883)

• Treasure Island •

보물섬

로버트 루이스 스티븐슨 지음

이종인 옮김

연암서가

보물섬 지도

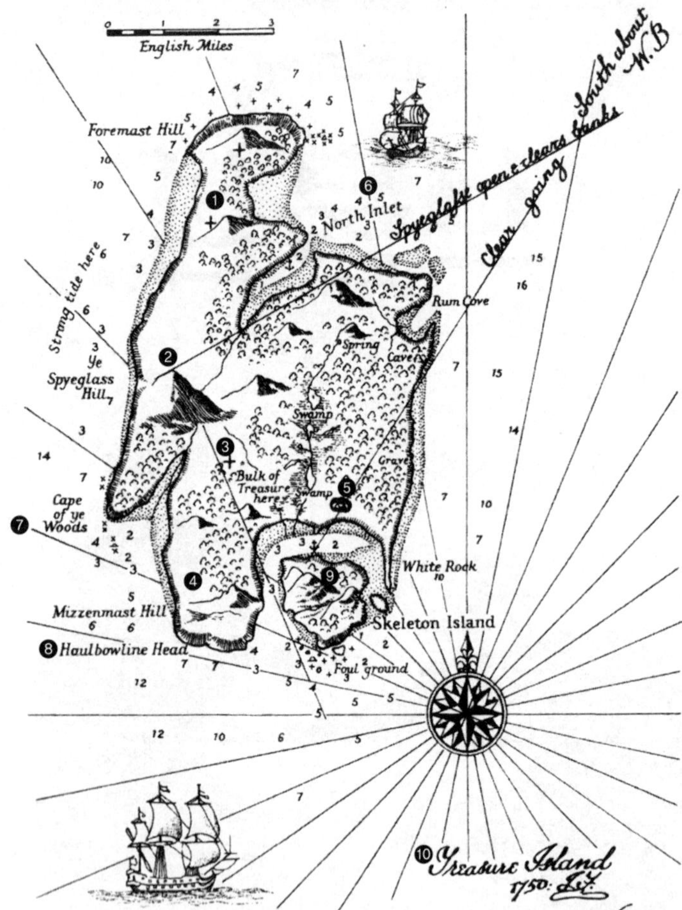

❶ 포마스트 힐 ❷ 스파이글라스 힐 ❸ 보물이 숨겨진 곳 ❹ 미즌마스트 힐 ❺ 울타리 ❻ 북쪽 만
❼ 케이프 오브 우즈 ❽ 홀보라인 헤드 ❾ 해골섬 ❿ 보물섬, 1750년 8월 1일: J. F.(플린트의 서명)
⓫ 플린트(J. F.)가 월러스 호의 항해사 W. 본즈에게 줌. 1754년 7월 20일, 사바나에서. W. B(본즈의 서명)
⓬ 짐 호킨스가 복사한 지도. 위도와 경도는 삭제함.

S. L. O.에게

이 이야기는 한 미국 신사의 고전적인 취미에 맞추어 구성되었다.
함께 보낸 즐거운 시간에 대한 보답으로 아주 다정한 안부를 전하며,
저자는 친구로서 이 책을 그에게 헌정한다.

망설이는 구매자에게

진짜 선원 식으로 펼쳐지는 선원들의 이야기,
폭풍과 모험, 뜨거움과 차가움,
범선, 섬들, 버려진 사람들,
해적들과 땅에 묻힌 황금,
이들에 관한 오래된 로맨스가
옛날의 그 방식 그대로 다시 이야기된다면
그런 얘기가 과거에 나를 즐겁게 했듯이
오늘날의 젊은이들도 즐겁게 할 수 있기를.

정말 그렇게 되기를. 만약 그렇지 않다면,
오늘날의 공부 잘하는 젊은이가 더 이상
로맨스를 동경하지 않고
저 오래된 욕망을 잊어버렸다면,
그리하여 용감한 킹스턴 혹은 밸런타인,
수풀과 파도를 헤치는 쿠퍼를 잊어버렸다면,
정말 할 수 없는 일이지!
그렇다면 나와 나의 해적들은
이 모든 피조물들이 잠든 무덤 속으로
들어갈 수밖에!

옮긴이의 말

로버트 루이스 스티븐슨(1850~1894)의 『보물섬』(1883)은 짐 호킨스라는 소년과 롱 존 실버라는 외다리 선원이 벌이는 모험담이다. 이 소설은 1881년 겨울부터 영국의 청소년 잡지 『영 포크스』에 연재되었다가 1883년 가을에 단행본으로 발간되면서 폭발적인 인기를 끌기 시작했다. 초판이 순식간에 매진되는 바람에 당시 영국 총리이던 글래드스턴은 런던 바닥을 샅샅이 뒤진 끝에 간신히 한 권을 구해 읽었다고 한다. 이 소설에 깊은 감명을 받은 글래드스턴은 만나는 사람마다 『보물섬』을 꼭 읽어보라고 권유했다. 영국 총리가 이 책을 선전하고 다닌다는 소식을 전해 들은 스티븐슨은 "아니, 그 양반은 갑자기 책 세일즈맨이 되셨나? 국정의 최고 책임자가 국사는 돌보지 않고서…." 라고 즐겁게 불평했다고 한다. 이 소설은 어떻게 이런 큰 인기를 얻게 되었을까? 옮긴이는 그것을 알아보기 위해 먼저 작가의 생애, 작가에게 영향을 준 소설가들, 그리고 집필의 과정을 살펴본다.

작가의 생애

로버트 루이스 스티븐슨은 증조부, 조부, 아버지 3대가 등대 건축기사로 활동한 에든버러 사회의 명문가에서 태어났다. 당시 스코틀랜드 해안 근처의 바다는 험하고 어두워서 배들이 자주 암초에 좌초되는 난파 사건이 많이 일어나 외국의 배들은 이 해안을 우회하여 입항해야 했다. 이러한 때 할아버지 로버트 스티븐슨은 벨 록 등대를 세워 큰 명성을 얻었고, 아버지의 3형제는 모두 등대 기사로 활약했는데, 큰아버지 앨런은 스케리보어에 또 다른 유명한 등대를 지어 가문의 이름을 빛냈다. 또한 작가의 아버지 토머스 스티븐슨은 등대를 건설하는 회사를 설립하여 큰돈을 벌었다. 어머니 마거릿 이사벨라 역시 에든버러 명문가인 닥터 루이스 벨푸어의 딸이었다. 스티븐슨은 친할아버지와 외할아버지의 이름을 모두 물려받아서 정식 이름은 로버트 루이스 벨푸어 스티븐슨이다.

스티븐슨은 이야기꾼의 재주가 출중하여 이미 여섯 살 때 구약성경의 모세를 등장시키는 이야기를 만들어냈다고 한다. 어머니가 그 이야기를 받아 적었는데 그가 성장할 때까지 집안에서 두고두고 화제로 전해져 왔다. 여덟 살 이후에는 스스로 글을 읽을 수 있게 되었다. 이때부터 학교에 다니기 시작했으나 몸이 허약하여 가지 않는 날이 많았다. 에든버러 아카데미에 입학해서는 동급생들과 회람잡지를 만들기도 했다. 그 후 에든버러 대학에 입학해서는 집안의 전문직인 등대 기사가 되기 위해 건축공학을 공부했으나 적성에 맞지 않아 아버지와 상의한 끝에 법학으로 전공을 바꾸었다. 스물두 살 때 대학을 자퇴한 후 스스로 법률 공부를 하여 1872년 겨울, 변호사 시험에 통과

했으나 이 또한 적성에 맞지 않아 곧 그만두었다. 이로 인해 아버지는 큰 충격을 받았고 부자 관계도 서먹해졌다.

작가의 아버지 형제들은 모두 조울증 증세가 있어서 큰아버지 앨런은 마흔다섯 살 때 정신쇠약이 심해져서 등대 기사를 그만두고 평생 독서인으로 지냈다. 작가의 아버지도 가문의 그런 기질을 물려받아 기분 나쁜 사람이나 일이 있으면 그 순간을 참지 못해 모욕적인 발언이나 충동적인 행동을 했다가 그 다음 날 피해당한 사람을 찾아가 무례한 언행에 대하여 무릎을 꿇고 비는 등 감정 기복이 심했다. 그래도 작가의 부친은 은퇴할 때까지 등대 기사로 일하며 등대 건설 회사를 운영하여 많은 재산을 축적했고, 아들 스티븐슨이 작가로 나가는 데 큰 도움을 주었다.

스물세 살 무렵 스티븐슨은 프랜시스 시트웰이라는 열 살 연상의 별거 중인 유부녀를 알게 되었다. 시트웰은 문학 애호가로서 다섯 살 연하의 영문학 교수 시드니 콜빈에게도 잘 대해 주었는데, 작가 지망생인 스티븐슨을 콜빈에게 연결시켜 주었다. 스티븐슨은 인생의 진로와 신앙의 문제 등으로 아버지와 겪은 갈등을 시트웰에게 털어놓았고, 이 여성은 자신의 불행한 결혼 생활을 스티븐슨에게 털어놓게 되었다. 이렇게 하여 두 사람은 가까운 사이가 되었으나 시트웰에게 사랑의 감정은 없었던 것으로 보인다(시트웰과 콜빈은 스티븐슨이 사망한 지 10년이 된 1903년에 극비리에 비밀 결혼을 했다). 그것은 스티븐슨의 일방적 사랑이었고 그런 만큼 성사되지 않았다. 그러나 연상의 여인에 대한 사랑의 감정은 작가의 의식에 깊은 인상을 남겼고 결국 5년 후에 다른 여성에게로 옮겨 갔다.

스티븐슨은 스물세 살 이후에는 주로 유럽 여행을 많이 다녔는데 허약한 몸과 마음을 안정시키기 위해서였다. 그는 특히 프랑스에 자주 갔고, 이를 계기로 프랑스 소설가들의 작품을 많이 읽었으며, 특히 기 드 모파상의 단편 소설을 좋아했다. 이 프랑스 여행 중이던 1879년 8월 7일 스티븐슨은 미국인 여성 패니 반데그리프트 오즈번을 만나 사랑하게 되었다. 당시 스티븐슨은 스물아홉 살이었고 오즈번은 서른아홉 살이었다. 그녀는 외도가 심한 남편을 피해 열일곱 살(딸), 열두 살(아들), 네 살(아들)의 3남매를 데리고 유럽으로 건너왔는데 막내가 유럽에서 열병에 걸려 죽으면서 심한 우울증을 겪던 중 스티븐슨의 구애를 받았다. 패니는 남자들에게 독특한 관심을 불러일으키는 야성적 매력을 가진 여성이었으나, 변덕스럽고 신비스러운 기질의 소유자였다. 또 전 남편의 외도와 막내아들의 죽음 등으로 인생을 비관적으로 바라보는 경향이 있었다.

패니는 미국의 남편과도 관계가 정리 안 된 상태에서 스티븐슨과 계속 사귈 수도 없어서 마침내 미국으로 돌아갔다. 패니에게 몸이 달아 있던 스티븐슨은 석 달 이상 패니에게서 편지가 오지 않자 일생의 중대한 결심을 한다. 그는 패니를 좇아서 이민선을 타고서 뉴욕으로 갔던 것이다. 그 후 다시 기차로 샌프란시스코로 가서 그녀를 만나 자신의 열렬한 사랑을 다시 한번 고백했다. 패니는 거지꼴로 샌프란시스코에 도착한 작가가 그리 탐탁지는 않았으나 그 사랑에 나름 설득당하여 자신이 법률적으로 이혼할 때까지 기다려 달라고 요청했다. 이렇게 하여 9개월 정도 기다린 끝에 1880년 5월 19일 마침내 패니와 결혼했다. 패니는 어느 정도 문필의 재능이 있어서 스티븐슨과 함께 단편 소설을 서너 편 쓰기도 한 것으로 알려져 있다.

이렇게 작가가 미국으로 건너간 일은 불행하게도 아버지 토머스의 허락을 받지 못한 것이었다. 며느리감이 스코틀랜드 사람도 아닌 미국 여자이고 게다가 자식이 둘 딸린 이혼녀이자 열 살이나 많았으므로 그 결혼을 못마땅하게 여긴 것이었다. 아버지는 극도의 불쾌감을 표시하면서 스티븐슨에 대한 일체의 재정적 지원을 끊어버렸다. 이 때문에 그의 미국 생활은 극도로 곤궁했다. 그가 할 줄 아는 것은 글쓰기뿐이었으므로 잡문을 써서 생계를 유지해야만 했다. 그가 본격적인 전업 작가 생활을 하게 된 것도 이때부터였다. 스티븐슨은 이때 미국 소설가들의 작품도 많이 읽었는데 에드거 앨런 포와 너새니얼 호손을 특히 좋아했고 허먼 멜빌도 읽었다.

한편 자식을 이기는 아버지는 없는 법인지 본국의 아버지 토머스는 스티븐슨의 결혼 직전에 생활비 지원 명목으로 연간 250파운드를 부쳐주어, 이 돈으로 신혼여행을 떠날 수가 있었다. 하지만 스티븐슨이 이때 미국에서 겪었던 비참한 생활은 평생 동안 잊지 못하는 추억이 되었다. 2등 선실에 타고서 미국으로 건너온 스티븐슨은 단 하루도 편안하게 잠을 자지 못했다. 게다가 뉴욕에서 샌프란시스코까지 대륙을 횡단하는 철도 여행은 그에게 꽤 버거운 여정이었다. 병약한 몸에 무리한 여행이 겹쳐져서 심신이 너무 쇠약해진 나머지, 샌프란시스코에서 60킬로미터 정도 떨어진 앙고라 산의 산중 목양지로 옮겨 가서 휴양을 하게 되었다. 이때가 그의 생활을 통틀어서 가장 곤궁한 시기였다.

1880년 봄에 샌프란시스코로 돌아와 『샌프란시스코 크로니클』 신문의 기고자가 되었으나 사실을 보도하기보다 자신의 생각을 적은 글을 더 많이 기고하여 결국 파면되었고 빈궁한 생활은 더욱 악화되었다. 아버지에게 재정지원이 오기까지 4개월 동안 시의 보건소에 가서 약을 타먹는가 하면 직공들이 묵는 1주 6달러의 하숙집에서 자고, 싸구려 식당에서 아침저녁은 5센트, 점심은 10센트짜리 식사를 했는데, 때로는 그 식사가 수프밖에 나오지 않았다. 이런 곤궁한 생활은 『아마추어 이민자』와 『대평원을 가로질러』라는 작품에 잘 드러나 있다.

결혼 후 스티븐슨 부부는 샌프란시스코 북쪽으로 20킬로미터 떨어진 실버라도라는 곳에서 한 달간 밀월여행 기간을 보냈는데 이 생활은 『실버라도 스쿼터』의 소재가 되었다. 1880년 7월 그는 아내와 의붓아들 로이드 오즈번을 데리고 미국을 떠나 8월 17일 리버풀에 도착했다. 항구에는 양친을 위시하여 스티븐슨의 평생 친구인 영문학자 시드니 콜빈이 환영을 나왔다. 양친은 결혼 전에는 패니에 대하여 반대하는 마음이 있었으나, 이미 결혼을 했으므로 하나뿐인 아들의 행복을 위해 그 며느리를 가족의 일원으로 받아들이게 되었다.

그러나 미국에서의 밑바닥 생활 때문에 스티븐슨의 건강은 극도로 악화되어 있었다. 이때부터 스티븐슨 부부는 스코틀랜드에서는 피틀로크리나 브레이마 같은 기후가 온화한 곳을 옮겨 다니며 살았고, 겨울에는 스위스의 다보스로 가서 겨울을 나곤 했다. 이 무렵인 1881년에 스티븐슨은 제임스 헨더슨이 운영하는 잡지 『영 포크스』에 『보물섬』을 연재하기 시작했다. 1882년 10월에 스코틀랜드에 추위가 시작되자 프랑스 남부의 마르세유 근처의 농가로 이사를 했고, 1884년 1월에 다시 영국으로 돌아와 영국 남부의 본머스에서 3년을 살았다. 이 본머스의 집은 며느리 패니 오즈번이 자꾸 미국으로 돌아가고 싶다는 얘기를 해 스티븐슨의 부모가 눌러 앉히기 위해 사준 집이었다. 작가는 이 집을 큰아버지 앨런이 세운 등대 이름에서 따와 "스케리보어"라고 명명했다.

1887년 5월 아버지 토머스 스티븐슨이 세상을 떠났다. 아버지는 집안의 재산을 아내가 살아있는 동안에는 그 재산에서 나오는 이자를 사용하되, 아내가 죽으면 그 권리를 모두 아들에게로 넘기도록 사후 조치를 해 놓았다. 그러나 스티븐슨 기침이 심하고 각혈을 자주 하는 등 어머니보다 더 오래 살 것인지 알 수 없는 상황이었으므로 아들에게 그리 유리한 상속조건은 아니었다. 실제로 작가는 어머니보다 먼저 사망했고, 그 어머니마저 사망하자 토머스 스티븐슨의 재산은 패니 오즈번과 그녀의 아들 로이드 오즈번에게로 넘어갔다. 아버지 사망 후에 스티븐슨은 가족과 미망인이 된 어머니를 모시고 이 해 7월에 두 번째로 미국으로 건너가 뉴욕주의 애디론댁 산중의 사라나크 호수 근처에 집을 얻었다. 이때 『밸런트레이의 성주』를 쓰기 시작했다.

미국에 있는 동안 영국의 문인 친구들과 갈등 관계가 벌어지는 등 문명 생활이 지겨워진 스티븐슨 부부는 어머니 마거릿의 제안으로 태평양 요트 여행을 계획했다. 어머니는 그 비용의 절반을 내놓았다. 이에 패니는 샌프란시스코로 가서 카스코 호라는 요트를 사서 항해 허가를 얻고서 마르케사스 제도를 향해 떠날 준비를 마쳤다. 이렇게 하여 작가 일행은 1888년 6월 28일 금문교를 출발했다. 이후 3년간 태평양을 자유롭게 항해하면서 어떤 때는 하와이섬에, 어떤 때는 길버트 제도, 또 어떤 때는 사모아섬에 들어가 잠시 살았다. 이때의 남태평양 경험을 적은 글이 『남쪽 바다에서』이다. 그 후 스티븐슨 부부는 이퀘이터 호를 사들여서 항해를 계속했다.

스티븐슨 가족은 1890년에 들어와 사모아섬의 아피아에서 약 8킬로미터 떨어진 곳에다 3백 에이커의 땅을 구입하여 여기에 영구 정착하게 되었다. 지인이 스티븐슨에게 왜 사모아의 섬을 선택했느냐고 묻는 편지를 보내오자 작가는 이렇게 대답했다. "나는 하와이 대신에 사모아를 선택했습니다. 이렇게 한 가장 간단하고도 분명한 이유는 이 섬이 덜 개화되었기 때문입니다. 이 섬에서 사는 것이 아주 멋진 일이라고 생각되지 않습니까?" 스티븐슨은 1891년에 3백 에이커의 땅에 큰 집을 짓고 "바일리마(다섯 개의 시냇물)"라는 이름을 붙였다. 이후 작가는 섬 주민들에게는 "투시탈라(이야기꾼)"라는 이름으로 널리 알려졌다. 그는 이제 항해에 나서는 것은 포기했다. 5월이 되자 스티븐슨의 어머니와 의붓딸 이소벨 스트롱 부인도 바일리마로 와서 합류했다. 이런 평온한 외양과는 다르게 스티븐슨의 생애 마지막 3년은 그리 평온한 세월은 아니었다. 점점 정신 이상의 증세를 보이는 아내 패니의 변덕스러운 태도로 인해 작가는 엄청난 고통과 불안을 느꼈다. 1894년 12월 3일 오전에 『허미스턴의 강둑』을 일부 집필하고 오후에는 주방에 들어가 패니가 샐러드를 만드는 걸 거들다가 갑자기 쓰러져서 드러누운 채 머리가 심하게 아프다고 호소했다. 그는 "이거 왜 이래? 이거 왜 이렇게 아프지? 내가 이상한 것 같아."라고 말했다. 그 후 의식을 잃었고 맥박이 점점 약해지더니 저녁 8시에 숨을 거두었다. 현지 의사가 진찰한 결과 사인은 뇌출혈이었다.

스티븐슨의 시신은 사모아섬의 바에아 산 꼭대기에 안장되었다. 당시 남태평양은 여름이라 산정까지 올라가는 길이 나무 잎사귀로 무성하여 현지 주민들이 나서서 벌채 칼을 휘둘러 급히 길을 내주었다. 묘의 모양은 사모아 추장의 그것과 동일한 것으로서, 석곽의 모양으로 만들어진 콘크리트 묘석이 거대한 사각의 석대 위에 세워졌다. 그 묘석의 양쪽에 청동판이 부착되었다. 한 청동판에는 구약성경의 루스가 시어머니 나오미에게 한 말("어머님 가시는 곳으로 저도 가고 어머님이 머무시는 곳에 저도 머물렵니다…. 어머님께서 숨을 거두시는 곳에서 저도 죽어 거기에 묻히렵니다.")이 사모아어로 새겨져 있고, 다른 청동판에는 스티븐슨 자작 묘비명이 새겨져 있다.

별들이 빛나는 광활한 하늘 아래
구덩이를 파고 나를 뉘어 주세요.
나는 즐겁게 살았고 즐겁게 죽습니다.
그리하여 흔쾌한 마음으로 이곳에 누웠습니다.
나를 위해 이런 시를 새겨 주세요.
여기에 자신이 머무르기를 원한 곳에
머무르는 사람이 있다. 이곳은
바다에서 돌아온 선원의 집이고
산에서 돌아온 사냥꾼의 집이다.

작품의 배경

먼저 이 책을 헌정한 S. L. O.는 스티븐슨의 의붓아들 새뮤얼 로이드 오즈번의 약자이며, 오즈번은 1881년 스티븐슨이 보물섬을 집필할 당시 열두 살 소년으로서 작품의 주인공인 짐 호킨스와 거의 동년배였다. 그리고 「망설이는 구매자에게」라는 헌시에서 나온 킹스턴 혹은 밸런타인, 혹은 수풀과 파도를 헤치는 쿠퍼는 이 작품을 쓰는 과정에서 일부 소재를 빌려온 선배 작가들을 말한다. 킹스턴은 『고래잡이 선원 피터』라는 해양 모험 소설을 쓴 W. H. G. 킹스턴을 가리키고, 밸런타인은 『산호섬』을 쓴 R. M. 밸런타인인데 윌리엄 골딩의 『파리 대왕』이 패러디한 소설로 더 잘 알려져 있다. 쿠퍼는 『모히칸족의 최후』를 쓴 제임스 페니모어 쿠퍼를 가리키는데 『바다 물개』라는 해양 소설을 썼다. 이 소설에는 거대한 궤짝을 끌고 다니는 선장과 그 궤짝 안에 물개들이 많이 서식하는 곳을 보여주는 바다 지도가 들어 있다는 얘기가 나온다. 신비한 궤짝 얘기는 워싱턴 어빙의 『여행자의 이야기』에도 나온다. 또 결정적인 순간에 "페소 은화!"라고 외쳐서 짐 호킨스를 놀라게 만드는 앵무새는 『로빈슨 크루소』에서 빌려온 것이고 보물섬에서 짐이 만난 외로운 사람 벤 건도 이 소설에서 아이디어를 얻어온 것이다. 마지막 순간에 발견되어 일종의 단서를 제공하는 해골은 에드거 앨런 포의 단편 소설 「황금충」에서 빌려온 것이고, '죽은 자의 궤짝'이 섬의 지형지물을 가리키는 이름이 된다는 것은 찰스 킹슬리의 『마침내』라는 모험 소설에서 빌려온 것이다. 또 해적들의 사악한 행위에 대해서는 찰스 존슨 선장의 『가장 사악한 해적들의 역사』를 많이 참조했다. 이처럼 많은 소설들로부터 소재를 빌려왔으나, 그 소설이나 자료들 중에서 오늘날까지 청소년들은 물론이고 성인 독자들 사이에서 널리 읽히는 것은 스티븐슨의 『보물섬』뿐이다.

스티븐슨은 미국에서 돌아온 지 얼마 안 된 시점에 이 작품을 썼는데, 그 이전에 미국에서 힘겨운 자취 생활을 할 때부터 미국 소설가들의 작품을 많이 읽어서 그들에게 관심이 많았다. 그중에서도 에드거 앨런 포와 너새니얼 호손으로부터 많은 영향을 받았다. 포는 단편 소설의 창작 이론을 제시한 작가로서 스티븐슨뿐만 아니라 프랑스의 소설가들에게도 많은 영향을 끼친 작가이다. 특히 포가 제시한 '분신(double)'이라는 개념은 스티븐슨을 매혹시켰다. 그는 한 친지에게 보낸 편지에서 포의 단편 소설 「윌리엄 윌슨」을 잘 알고 있다고 말했다. 「윌리엄 윌슨」은 『지킬 박사와 하이드』처럼 이중인격을 다룬 단편이다. 또한 스티븐슨이 쓴 공포 소설들은 대체로 포의 문학적 분위기에 큰 빚을 지고 있다.

스티븐슨은 포보다는 호손에게 오히려 더 많은 영향을 받았다. 뉴잉글랜드를 배경으로 한 종교적 강박증과 죄의식을 다룬 호손의 심리 소설들은, 스코틀랜드의 장로교 환경에서 성장한 스티븐슨에게 큰 영향을 주었다. 호손은 포에게서는 찾아볼 수 없는 강력한 도덕적 주제를 다루고 있는데, 이것 또한 스티븐슨이 깊이 공감하는 점이다. 뉴잉글랜드의 퓨리턴이나 스코틀랜드의 장로교는 모두 칼뱅주의를 그 뿌리로 삼고 있다. 칼뱅주의는 대체로 다음 다섯 교리를 신봉한다. 첫째, 구원예정설, 둘째, 제한적 구속(그리스도가 선민들만을 위해 희생되었다는 것), 셋째, 인간의 총체적 타락(인간은 낙원 추방 이후 타락한 존재이다), 넷째, 무상의 은총, 다섯째, 성인들의 은총 유지(선민들은 설사 실수하는 일이 있더라도 은총에서 멀어지지 않는다)이다. 퓨리턴들은 특히 셋째 사항—인간은 원래 악을 저지르려는 경향이 있는 완전 타락한 존재—을 중시하여 그 악을 철저히 단속하는 것을 강조했다. 또한 칼뱅은 인간의 마음이 우상을 끊임없이 만들어내는 공장이라고 보았다. 타락한 인간들은 언제나 하느님을 향해 등을 돌리면서, 종교 개혁의 순수한 빛을 오염시키고 그 개혁에 그림자를 드리우는 존재들이라는 것이었다. 칼뱅의 사상은 유럽 여러 지역으로 퍼져 나가서 멀리 스코틀랜드까지 전파되었다. 1599년 제네바에서 돌아온 존 녹스의 설교가 대중에게 큰 인기를 끌면서 스코틀랜드 왕국 전역에서 칼뱅의 신학을 밑바탕으로 삼는 스코틀랜드 장로교가 확립되었다. 또한 유모 커미(Cummie : Allison

Cunningham의 약칭)가 어린 스티븐슨을 품안에 안고서 가르친 스코틀랜드 교회의 철저한 청교도 사상도 작가에게 큰 영향을 주었다.

너새니얼 호손과 에드거 앨런 포에 더하여 스티븐슨에게 영향을 미친 또 다른 미국 작가는 헨리 제임스였다. 스티븐슨은 1879년 여름 런던에서 헨리 제임스를 처음 만난 이래에 서로 깊은 문학적 우정을 나누어 왔다. 제임스는 스티븐슨이 1887년 두 번째로 미국행에 나설 때 브리스틀 항구까지 환송을 나왔고, 스티븐슨이 사모아섬에서 사망했을 때도 깊은 충격을 받고 이른 죽음에 큰 슬픔을 표시했다. 헨리 제임스는 1884년 9월 『롱맨스 매거진』이라는 잡지에 발표한 「소설 예술론」이라는 글에서 보물섬을 언급하면서 이렇게 말했다. "『보물섬』은 아주 읽기 즐거운 소설이다. 하지만 나는 어린 시절에 숨겨진 보물을 찾아서 떠나겠다는 생각을 해본 적이 없었다." 스티븐슨 이에 대한 반박으로 3개월 후 같은 잡지에 기고한 「소박한 항의」(1884)라는 에세이에서 "어린 시절의 순진함과 아름다움이라는 경험이 없다면 작가는 도대체 무엇을 밑천으로 글을 쓸 것인가?"라며 날카롭게 반론을 제기했다. 두 사람은 그 후 문학적 서신을 주고받았는데 주로 19세 후반의 리얼리즘으로부터 탈피하여 새로운 소설 양식을 추구한다는 점에서 서로 비슷한 경향을 보였다.

작품의 집필 과정

『보물섬』은 1881년 10월부터 1882년 1월까지 런던의 어린이 잡지인 『영 포크스』에 연재되었다. 당초 제목은 『선상 요리사』였으나 잡지사 사장 제임스 헨더슨의 권유로 『보물섬』으로 바뀌었다. 이 작품의 집필은 당초 가족들을 즐겁게 하기 위한 여흥 같은 것으로서 본격적으로 출판을 예상하고 쓴 것은 아니었다. 그러던 어느 날 스코틀랜드 북부 고원지대인 피틀로크리 근처의 브레이마에 있는 스티븐슨의 집으로 언론인 알렉산더 재프(Alexander Jaap)가 방문해 왔다. 재프는 스티븐슨이 미국 작가 헨리 데이비드 소로에 대한 글을 쓰기 위해 서신을 주고받으며 교유했던 런던 문단의 작가였다. 재프는 보물섬 얘기를 듣더니 어린이 잡지인 『영 포크스』를 운영하는 제임스 헨더슨이 관심을 가질 만한 책이라고 하면서 기존에 써놓았던 앞의 몇 장과 작품의 개요를 들고 런던으로 돌아가서 헨더슨에게 보여주었다. 그리하여 9월이 되자 헨더슨은 『보물섬』을 연재하되 원고료는 한 칼럼당 12실링 6펜스를 주겠다고 제안해 왔다. 당시 『영 포크스』는 그리 유명한 잡지가 아니었고, 스티븐슨 식구들 중 누구도 그 잡지 이름을 들어본 바 없으므로 스티븐슨은 자신의 문학적 명성을 보호하기 위해 "조지 노스 선장"이라는 필명으로 『보물섬』을 연재했다.

이 소설을 집필하게 된 계기는 이러하다. 1881년 여름에 스티븐슨은 집 근처의 웨이브리지 황야를 매일 같이 산책했다. 어느 날 산책에서 들어와 서재에 앉은 작가는 종이 한 장을 꺼내 들고 낙서를 하다가 보물섬 지도를 그리게 되었다. 이어 그 섬의 울창한 숲을 상상하다 보니 서서히 등장인물이 머릿속에 떠올랐다. 어느 비 내리는 오싹한 날, 빗방울이 유리창을 거세게 때리는 상황에서 벽난로 앞에 앉은 스티븐슨은 그 보물섬에 관한 글을 써 내려가기 시작했다. 이렇게 해서 제일 먼저 등장한 인물이 '바다의 요리사'였다. 작가는 상상력이 발동하여 그 요리사는 왼쪽 다리가 없는 사람으로 구상했는데, 이는 스티븐슨의 친구인 윌리엄 어니스트 헨리에게서 영감을 얻은 것이다. 헨리는 어릴 적에 결핵을 앓아서 한 발이 없는 사람이었으나 강인한 의지와 불굴의 투지를 가진 인물이었다. 그는 시인이기도 해서, 「나는 내 운명의 주인」이라는 유명한 시를 쓰기도 했다. 그 시를 일부 인용하면 이러하다. "이 끝에서 저 끝까지 어두움으로 뒤덮인 이 밤으로부터/ 무엇이 나오든 나는 하느님께 감사드리네./ 나는 정복당하지 않는 영혼이므로./ 천국으로 가는 문이 아무리 비좁을지라도/ 천상의 두루마리에 어떤 징벌이 적혀 있을지라도 개의치 않네./ 나는 내 운명의 주인이고 내 영혼의 선장이므로."

이 선상 요리사가 어깨에 앉혀서 데리고 다니는 앵무새 캡틴 플린트는 『로빈슨 크루소』로부터 영감을 얻었다. 이어 워싱턴 어빙의 「여행자의 이야기」를 몇 년 전에 읽은 게 기억이 났는데 거기서 영감을 얻어 빌리 본즈와 그의 궤짝, 그리고 일행들의 이야기를 꾸며냈다. 스티븐슨은 점심 식사 후에는 그날 오전에 쓴 부분을 의붓아들 오즈번과 마침 브레이마에 와 있던 부친 토머스 스티븐슨에게 읽어 주었다. 토머스 스티븐슨은 그 이야기를 들으면서 갑자기 동심으로 돌아가 작가의 집필에 많은 힌트를 주었다. 가령 해적이 끌고 다닌 궤짝 속에 들어 있는 물건들의 구체적 아이템, "주석으로 된 컵, 여러 줄기의 담배, 아주 멋진 권총 두 자루, 은괴 하나, 오래된 스페인제 시계, 별로 값나가지 않는 외제 장신구, 놋쇠 받침을 댄 나침반 두 개, 묘하게 생긴 서인도산 조개껍데기 대여섯 개" 등은 부친의 아이디였다. 또 짐 호킨스가 『보물섬』 11장에서 사과통 속으로 들어가 해적들의 음모를 엿듣는 장면은 부친의 어릴 적 경험에서 나온 것이었다.

스티븐슨은 사망하기 몇 달 전에 가족 회고담을 썼는데 그 내용은 주로 저명한 등대 기사인 할아버지 로버트 스티븐슨에 관한 것이었다. 할아버지는 아주 악조건 속에서 등대를 건설한 것으로 유명했다. 그런데 저자는 이 글에서 지나가듯이 수타르라는 선원 이야기를 한다. 이 선원은 할아버지가 스코틀랜드 해안을 조사하기 위해 타고 다닌 소형 관측선의 선장이었는데 겉으로는 싹싹하지만 속으로는 음흉한 인물이었다. 스티븐슨은 이 인물에 대하여 이렇게 썼다.

"수타르는 매일 저녁 식사 후에 포도주나 위스키를 한 잔 들기 위해 선원 복장을 한 채로 선실에 들렀다. 나는 그가 이런 때는 아주 상냥한 태도로 움직였다는 말을 아버지로부터 많이 들었다. 수타르는 그의 선원다운 거친 행동을 아주 공손한 태도로 교묘하게 위장했다. 나의 아버지와 삼촌들은 어린아이 특유의 통찰력을 발휘하여 그런 이중적 태도를 꿰뚫어보았다. 나의 아버지는 그런 이중적 태도의 구체적 사례를 목격하게 되었다. 그 관측선에 할아버지를 따라 함께 갔던 나의 아버지는 어느 비 오는 날 밤 사과통 뒤에서 수타르가 동료 선원들과 하는 말을 엿듣게 되었다. 선실에서의 유들유들한 아첨꾼은 가뭇없이 사라지고 아주 속되고 사악한 악당의 모습이 나오더라는 것이다." 우리는 이 문장에서 『보물섬』 속의 사과통 사건이 어디에서 온 것인지 분명하게 알 수 있다. 또한 스티븐슨은 짐 호킨스의 적극적이고 모험적인 행동에 의붓아들 오즈번이 흥분하고 좋아하는 모습을 보고서 더욱 아들을 즐겁게 하는 쪽으로 스토리를 밀고 나가게 되었다.

이렇게 해서 전 가족의 응원 아래 집필이 진행되었으나 15장에 이르러 더 이상 펜이 나아가질 않았다. 스티븐슨이 아무리 머리를 쥐어짜도 그 다음으로 나아갈 수가 없었다. 그는 웨이브리지의 황야를 산책하면서 또다시 실패작을 쓴 것이 아닌가 걱정하기 시작했다. 당시 그는 서른한 살인 데다 가장이었고 글을 써서 돈을 벌어야 했다. 전업 작가라고는 하지만 이렇다 할 수입이 없어서 연간 2백 파운드의 수입도 올리지 못했다. 게다가 스티븐슨은 늘 몸이 약했고, 아내 또한 건강이 그리 좋지 않았다. 스티븐슨이 『보물섬』을 집필하기 얼마 전에 펴낸 책은 실패작으로 판명되어 그의 아버지가 그 책의 제작비용을 내주었다. 그런 상황에서 온 가족이 함께 달라붙어 집필을 거들어 준 이 책마저 중간에서 멈추어 서버렸으니 심적 부담이 여간 크지 않았다.

곧이어 겨울이 닥쳐왔고 추위를 잘 견디지 못하는 작가는 월동하기 위해 스위스의 다보스로 여행을 떠났다. 여행 도중에 작가는 보물섬 집필은 아예 잊어버리고, 부아고비(Fortuné du Boisgobey, 1824~92)의 탐정 소설에 코를 빠트리며 시간을 보냈다. 하지만 『보물섬』 앞부분이 이미 『영 포크스』에 연재가 되었고 작품에 매료된 독자들의 팬레터가 몰려오기 시작했으므로 예전처럼 본인 마음대로 집필을 포기할 수도 없었다. 그리하여 다보스에 도착한 어느 날 아침, 마지못해 책상에 앉았는데 『보물섬』 16장 이후의 이야기들이 술술 손바닥에서 떨어져 내렸다. 마치 누군가가 그의 손을 잡고 대신 써주는 것 같은 느낌이 들었다. 이렇게 하여 즐거운 글쓰기의 2라운드가 시작되었는데 그는 하루에 한 챕터의 속도로 빠르게 써나가서 결국 탈고했다.

스티븐슨은 나중에 이 보물섬을 탈고하던 때를 회상하며 「나의 첫 번째 소설」(1894)이라는 에세이를 썼는데 이 글에서 이렇게 말했다. "나 자신 그 이야기를 좋아했다. 나의 아버지도 그 소설의 시작 부분을 아주 좋아했다. 그것은 내가 자주 몽상해 왔던 아주 그림 같은 이야기이다. 나는 특히 존 실버를 아주 자랑스럽게 여긴다. 오늘날까지도 그 유들유들하면서도 무시무시한 모험가를 존경한다. 나로서 무한히 즐거웠던 점은 내가 하나의 이정표를 통과했다는 사실이었다. 나는 불과 열여섯 소년이었을 때 썼던 「펜트랜드 반란」의 원고지 위에다 '끝'이라고 쓴 이래에 장편 소설을 쓰고서 끝이라는 단어를 써 본 것은 그때가 처음이었다. 이 소설을 완성할 수 있었던 것은 일련의 운 좋은 사건들이 겹쳤기 때문이었다. 만약 닥터 재프가 우리 집을 찾아오지 않았더라면 이 책은 그처럼 술술 내 손에서 풀려나오지 않았을 것이다. 그것은 다른 실패한 전작들처럼 먼지를 뒤집어쓰고 있다가 아무도 슬퍼하지 않는 우회로를 경유하여 불더미 속으로 들어갔을 것이다. 이 책을 어린아이의 오락용 소설이라고 생각하는 순문학주의자들은 그런 쪽이 차라리 더 나았을 것이라고 말할지도 모른다. 하지만 나는 그렇게 생각하지 않는다. 이 소설은 내게 무척 큰 즐거움을 안겨주었다."

이상으로 『보물섬』을 읽기 전에 미리 알아두어야 할 관련 정보를 제시해 보았다. 마지막으로 옮긴이가 이 소설을 읽어 온 내력을 잠깐 소개하고자 한다. 나는 어린 시절에 화보가 많이 들어 있는 동화책으로 『보물섬』을 처음 만났다. 쌍돛대 각각에 돛이 위에서 아래로 세 개씩 모두 여섯 개의 돛을 바람에 휘날리는 범선이 거친 파도를 헤치고 보물섬으로 향해 나아가는 그 동화책의 표지는 아직도 기억에 생생하다. 성인이 되어서는 이 소설을 다시 읽어본 적이 없었고 다른 독자들과 마찬가지로, 내가 아이였을 때는 아이처럼 말하고 아이처럼 생각하고 아이처럼 헤아렸으나, 이제 어른이 되어서는 아이 적의 것들을 그만두어야 한다고 생각했던 것이다. 그러다가 지금으로부터 20년 전에, 그러니까 두 번째 밀레니엄을 맞이하던 해에 우연한 계기로 『보물섬』을 번역했다. 하지만 그 후에는 그 원고를 까맣게 잊어버렸다.

이어 2015년에 나는 『지킬 박사와 하이드』를 포함하여 스티븐슨의 대표적 단편 소설 여덟 편을 번역했다. 그때 스티븐슨이 프로이트보다 앞서서 인간의 꿈, 무의식, 감추어진 죄의식 등을 탐구한 심오한 작가라는 것을 알게 되었다. 그리고 다시 5년이 흘러 2020년 봄에 연암서가에서 내게 『보물섬』 원고가 있는 것을 알고서 그것을 출판해 보는 것이 어떻겠느냐고 제안해 와 이번에 세 번째로 이 책을 다시 읽게 되었다. 나는 이번에 기존에 갖고 있던 번역 원고를 거의 새로 쓰다시피 많이 수정했다. 또 지금껏 이 책을 읽어 온 경험, 그중에 두 번은 그냥 읽기만 한 것이 아니라 정밀하게 뜻을 새겨가며 번역한 경험을 바탕으로 책 뒤에 상세한 작품해설을 썼다.

『보물섬』은 어린이용 해양 모험 소설로도 아주 훌륭하지만 본격 성인 소설로도 전혀 손색이 없다. 독자 여러분이 소년, 중년, 노년의 인생 3단계 중 어느 단계에 와 있는지는 알 수 없으나, 이 소설은 인생의 단계별 정신적 얼굴을 정확히 비추어 주는 아주 신비한 거울이라고 자신 있게 말씀드린다.

차례

제3부 나의 모험

제4부 요새

제5부 나의 바다 모험

제6부 실버 선장

제1부

늙은 해적

1
애드미럴 벤보에 투숙한 늙은 해적

트렐로니 대지주, 리브지 의사 선생, 그 밖에 여러 신사분들이 나에게 보물섬에 대한 자세한 이야기를 써 보라고 권유했다. 보물섬의 위치만 빼놓고 처음부터 끝까지 하나도 숨김없이 자세히 쓰라는 것이었다. 보물섬의 위치를 말하지 못하는 것은 아직도 그곳에 발굴하지 못한 보물이 남아 있는 까닭이다. 그래서 나는 17××년 펜을 들고서 이 이야기가 시작되는 때로 되돌아갔다. 당시 나의 아버지는 '애드미럴 벤보' 여인숙을 경영하고 있었는데, 이 무렵 검붉은 얼굴에 칼자국이 선명한 늙은 선원이 우리 집에 최초로 장기 투숙을 하게 되었다.

나는 그가 우리 여인숙에 투숙하던 날을 어제 일처럼 기억하고 있다. 그는 사람을 시켜 선원용 뚜껑 달린 궤짝을 실은 두 바퀴 손수레를 끌게 하면서 우리 여인숙으로 터벅터벅 걸어왔다. 키가 크고 몸집이 비대했으며, 강인하고 검붉은 얼굴이었다. 뒤로 묶은 머리는 어깨 너머 때 묻은 푸른색 외투 위에서 찰랑거렸다. 투박한 두 손은 상처투성이였고 때가 낀 시커먼 손톱은 갈라져 있었다. 한쪽 뺨에 깊게 패인 칼자국은 때가 껴서 지저분하면서도 음산한 흰색으로 번들거렸다. 나는 포구를 돌아보면서 휘파람을 불던 그 남자를 아직도 생생히 기억한다. 그는 갑자기 뱃사람의 노래를 불렀는데, 그 후에도 그 노래를 자주 되풀이했다.

> 죽은 자의 궤짝에 열다섯 사람이,
> 요호호, 그리고 한 병의 럼주!

그 목소리는 높고 가늘었다. 그것은 선원들이 권양기를 써서 닻줄을 감아올릴 때 흥겨운 목소리로 혹은 잠겨드는 목소리로 불러 대던 그 노랫가락이었다. 이어 그는 지렛대 같은 짧은 지팡이로 문을 탕탕 두드렸다. 나의 아버지가 문간에 나타나자 럼주 한 잔을 주문했다. 그리고 술이 나오자 마치 감정인처럼 천천히 마시면서 술맛을 음미했다. 그러면서 인근의 절벽과 우리 여인숙의 간판을 쳐다보았다.

"아주 아늑한 포구로군. 술집으로도 쾌적하고…. 여보 주인장, 손님이 많소?"

아버지는 유감스러운 표정을 지으며 별로 없다면서 그래서 아주 걱정이라고 대답했다.

"그럼 내게 알맞은 곳인 것 같군. 이봐."

그는 손수레를 끌고 따라온 사람에게 소리쳤다.

"그 궤짝을 좀 올려다 주게. 난 여기서 좀 묵어야겠네. 나는 검소한 사람이야. 럼주와 베이컨과 달걀이면 충분해. 여기 2층은 들어오는 배들을 살펴보기가 좋을 것 같군. 나를 어떻게 부르면 좋겠냐고? 선장이라고 불러. 아, 당신이 무슨 생각을 하고 있는지 알겠어."

그는 금화 서너 닢을 문지방에다 떨어뜨렸다.

"이 돈값이 다되면 또 얘기해 줘."

그는 명령을 내리는 사령관처럼 사나운 표정이었다.

비록 입은 옷은 형편없고 말도 거칠게 했지만 말단 선원 같지는 않았다. 오히려 부하의 복종을 요구하거나 징계를 내리는 일에 익숙한 항해사나 선장 같아 보였다. 손수레를 끌고 온 심부름꾼은, 어제 그가 '로열 조지' 여인숙 앞에서 우편 마차에서 내렸고, 또 해안이 내려다 보이는 여인숙에 대해 물었다고 우리에게 말해 주었다. 아마도 우리 여인숙의 평판이 좋고, 또 외진 곳에 있다는 얘기를 듣고 찾아온 것 같았다. 우리가 이 투숙객에 대해서 알고 있는 것은 그게 전부였다.

그는 평소에 매우 조용한 성품이었다. 하루 종일 포구를 서성이거나 놋쇠 망원경을 들고 절벽에 올라가 주위를 관찰했다. 저녁이면 벽난로 옆에 있는 휴게실 한쪽 구석에 앉아서 물을 약간 섞은 아주 독한 럼주를 마셨다. 누가 말을 걸어도 대답을 하지 않았고, 험악한 표정으로 고개를 쳐들면서 거세게 콧방귀를 뀌었다. 우리 가족과 여관을 오가는 사람들은 곧 그를 상대하지 않는 게 최선이라는 것을 알았다. 산책에서 돌아오면 그는 선원이 다녀가지 않았느냐고 꼭 물었다. 처음엔 친구들이 없어서 적적하기 때문에 그런 질문을 하나 보다 생각했다. 그러나 사실은 그들을 피하고 싶어서 그런다는 것을 알게 되었다. 선원이 '애드미럴 벤보'에 나타나면(가끔 선원들은 브리스틀로 가기 위해 이 해안 도로를 이용했다), 그는 휴게실로 들어오기 전에 커튼이 쳐진 문틈으로 그 선원을 살펴보았다. 그러고는 그런 사람이 여인숙에 머무는 동안에는 쥐 죽은 듯이 조용히 있었다.

나로서는 그런 태도가 하나도 이상하지 않았다. 오히려 나는 어떤 의미에서 그와 한패였다. 어느 날 그는 나를 조용한 곳으로 불렀다. 그리고 매달 초 4페니 은화 한 닢을 줄 테니 다리가 한쪽뿐인 선원이 나타나는 즉시 알려 달라고 했다. 나는 매달 초가 되면 그에게 약속한 돈을 달라고 요구했다. 그러면 그는 콧방귀를 뀌면서 도끼눈을 뜨고 나를 뚫어져라 쳐다보았다. 하지만 일주일도 지나지 않아 내게 은화 한 닢을 주면서 외다리 선원이 나타나는지 잘 살펴보라고 거듭 주문했다.

그 외다리 선원이 얼마나 내 꿈에 자주 나타나 내 꿈을 뒤숭숭하게 만들었는지, 그것은 말할 필요조차 없을 것이다. 거센 바람이 우리 여인숙을 뒤흔들고 집채만 한 파도가 나루와 절벽을 덮치는 밤이면, 나는 환상 속에서 천 가지 모습과 만 가지 악마로 나타나는 그 사람을 보곤 했다. 어떤 때는 그 괴물 같은 남자의 하나뿐인 다리가 허리 한가운데에 박혀 있는 모습도 보았다. 그런 괴물이 산울타리와 도랑을 넘어서 내게 달려드는 모습은 정말 무시무시한 악몽이었다. 이런 뒤숭숭한 꿈을 모두 견뎌 내고 받은 4페니 은화는 결코 많은 돈이 아니었다.

나는 이처럼 외다리 선원을 무서워했지만, 선장 그 사람에 대해서는 다른 사람들에 비해 별로 두려움을 느끼지 않았다. 때때로 그는 물 섞은 럼주를 평소의 주량보다 더 많이 마시기도 했다. 그런 날에는 주위 사람들에 아랑곳하지 않고 그 오래된 뱃노래를 불러 댔다. 어떤 때는 휴게실에 앉아 있는 사람들 모두에게 술을 돌리고서, 벌벌 떠는 그들을 상대로 자신의 얘기를 들어보라고 호기를 부리거나 자신의 노래를 따라 부르라고 강요했다. 그러면 여인숙 전체가 "요호호, 그리고 한 병의 럼주"로 흔들거렸고, 손님들은 다칠까 봐 두려워 필사적으로 노래를 따라 불렀다. 그들은 그에게 지적받지 않기 위해 남들보다 더 크게 부르려고 애를 썼다. 왜냐하면 그가 갑자기 발작을 일으키면 그보다 더 무서운 사람이 없었기 때문이다. 그는 조용히 하라면서 식탁을 주먹으로 내리치기도 하고, 바보 같은 질문을 한다며 화를 내기도 하고, 또 너무 질문을 안 한다고 트집을 잡으며 벼락같이 소리를 지르기도 했다. 어떤 때는 자기 얘기를 열심히 듣지 않는다고 심통을 부리기도 했다. 그는 자기가 완전히 취해서 침대로 갈 때까지 아무도 자리를 뜨지 못하게 했다.

그가 해주는 끔찍한 얘기는 사람들을 벌벌 떨게 만들었다. 정말 무서운 이야기들이었다. 교수형, 널빤지 걷기, 바다의 폭풍우, 드라이토르투가스 제도, 카리브해에서 벌어진 야만 행위와 거친 선상 생활…. 그의 얘기를 그대로 믿어 준다면 그는 이 세상에서 가장 사악한 뱃사람들과 어울리며 평생을 살아온 사람이었다. 그가 내지르는 욕설은 그가 얘기해 준 범죄만큼이나 순진한 시골 사람들을 놀라게 했다. 나의 아버지는 이러다가 여인숙이 망할지 모른다고 말했다. 그처럼 괴롭힘을 당하고 밤마다 벌벌 떨면서 잠자리에 들어야 하는 여인숙을 그 어떤 투숙객이 좋아하겠느냐는 것이었다. 그러나 선장의 존재는 오히려 여인숙 영업에 도움이 되었다. 얘기를 듣는 그 순간에는 무서웠지만, 나중에 다시 생각해 보면 그 얘기가 너무나 재미있었던 것이다. 조용한 시골 생활에서 그처럼 재미있는 오락은 없었다. 또 그를 존경하는 젊은이들도 생겨나서 그를 '진짜 선장' 혹은 '멋쟁이 뱃사람'이라고 불렀다. 또 어떤 젊은이는 그런 사람 덕분에 영국이 최강의 해군을 갖게 되었다고도 말했다.

그러나 어떻게 보면 그 선장 때문에 여인숙이 망할 것도 같았다. 그는 그 후 몇 달이 지나도록 계속 여인숙에 묵음으로써 가진 돈을 다 써 버리고 말았다. 그런데도 아버지는 숙박비를 더 내놓으라고 재촉하지 못했다. 아버지가 돈 얘기를 꺼내면 선장은 거세게 콧방귀를 뀌고 발광을 하며 노려보았다. 그러면 아버지는 얼이 빠져 허둥지둥 그의 방에서 나와야 했다. 나는 아버지가 그렇게 선장의 방에서 나온 다음에 고민하는 모습을 여러 번 보았다. 불행하게도 그런 고민과 공포가 아버지의 때 이른 죽음을 재촉했음에 틀림없다.

우리 여인숙에 머무는 동안 선장은 장사꾼에게 양말 몇 켤레 산 것을 빼고는 옷을 바꿔 입지 않았다. 모자의 뾰족한 끝이 아래로 푹 처져 시야를 가리는데도 그는 아무렇지도 않은 듯 신경 쓰지 않았다. 모자의 챙이 찌그러져 너덜거리는데도 전혀 개의치 않았다. 선장의 외투도 기억이 난다. 2층에 있는 그의 방에서 그 자신이 직접 기워 입은 외투는 말 그대로 누더기였다. 그는 편지를 쓰거나 받는 일도 없었고, 투숙객과 대화를 나누는 일도 없었다. 단 럼주를 마실 때만 사람들과 얘기를 했다. 그의 커다란 선원용 궤짝은 단 한 번도 열린 적이 없었다.

그는 딱 한 번 적수를 만나 패한 적이 있었다. 아버지의 병세가 너무나 악화되어 언제 돌아가실지 모를 무렵이었다. 리브지 의사 선생은 아버지의 병세를 살펴보기 위해 어느 날 오후 늦게 우리 집에 왔다가, 어머니가 대접해 드린 저녁을 들고 담배를 피우기 위해 휴게실로 들어갔다. 당시 벤보에는 마구간이 없었으므로, 마을에서 의사 선생의 말을 끌고 올 때까지 기다려야만 했던 것이다.

나는 그분을 따라 휴게실로 들어갔다. 말끔하고 신수가 훤한 의사 선생은 쓰고 있는 가발에 눈처럼 하얀 분을 뿌렸고, 맑고 까만 눈을 반짝이며 쾌활한 모습으로 자리에 앉았다. 그런 태도는 망아지처럼 날뛰는 촌사람들의 모습과도 대조가 되었고, 또 추악하고 비둔하고 허수아비 같은 해적이 럼주에 취해 늘어진 꼬락서니와도 좋은 대조가 되었다. 그때 갑자기 선장이 노래를 부르기 시작했다.

죽은 자의 궤짝에 열다섯 사람이,
요호호, 그리고 한 병의 럼주!
나머지는 술과 악마가 처리해,
요호호, 그리고 한 병의 럼주….

처음에 나는 노래에 나오는 '죽은 자의 궤짝'이 2층의 선장 방에 있는 궤짝과 같은 것이라고 생각했다. 그 생각은 곧 나의 뒤숭숭한 꿈속에서 나오는 외다리 선원의 모습과 뒤섞이게 되었다. 그러나 그날 나는 그 노래에 전혀 신경을 쓰지 않았다. 그날 밤 그 노래를 처음 들은 사람은 리브지 선생뿐이었다. 하지만 그 노래는 의사 선생에게 좋은 인상을 주지 못했다. 선생은 화난 얼굴로 잠시 쳐다보더니 정원사 테일러에게 관절염의 새로운 치료법에 대해서 말해 주기 시작했다.

한편 선장은 노래를 부르면서 기분이 좋아졌는지 식탁을 손바닥으로 두드려댔다. 그것은 사람들에게 조용히 하라는 표시였다. 휴게실이 일시에 잠잠해졌다. 그러나 리브지 선생은 낭랑한 목소리로 계속 말하면서 파이프 담배를 피웠다. 선장은 잠시 그를 매섭게 노려보더니 다시 식탁을 더 거세게 내리쳤다. 그리고 마침내 욕설을 퍼부어 댔다.

"갑판에서는 조용히 하란 말야!"

"선생, 지금 나보고 하는 소리요?"

의사 선생이 그를 쳐다보며 물었다. 그가 그렇다고 투덜거리자, 의사 선생은 그에게서 시선을 거두며 정중하게 말했다.

"선생, 내가 해줄 말은 딱 한 가지요. 당신이 계속 럼주를 마신다면 이 세상은 결국 아주 지저분한 악당 한 놈을 처치하게 될 거요."

늙은 선원의 얼굴이 붉어졌다. 그는 벌떡 일어서더니 선원용 칼을 꺼내 손끝 위에다 세웠다. 곧 칼을 던져 의사 선생을 벽에다 꽂아 버릴 기세였다. 그러나 의사 선생은 조금도 동요하지 않았다. 그는 더욱 더 침착하게 말했다. 방 안에 있는 모든 사람들에게 들릴 정도로 높은 목소리였으며 차분하고 평온했다.

"만약 지금 이 순간 그 칼을 주머니에다 집어넣지 않으면, 내 명예를 걸고 다음번 순회 재판 때 너를 교수형에 처해 버리겠다."

이어 두 사람 사이에 매서운 눈싸움이 벌어졌다. 그러나 그 싸움은 선장의 패배로 끝나고 말았다. 그는 곧 칼을 거두더니 자리에 주저앉아 비루먹은 강아지처럼 캥캥거렸다.

"자 선생, 내 관할 지역에 당신 같은 자가 있다는 것을 알았으니 당신을 밤낮으로 감시하겠소. 나는 의사일 뿐만 아니라 순회 판사요. 당신에 대하여 털끝만큼이라도 불만 어린 목소리가 제 귀에 들린다면, 가령 오늘 밤 같은 무례한 짓을 또다시 저지른다면, 당신에 대해 샅샅이 조사하여 당신을 이곳에서 추방해 버리겠소. 내 말 잘 알아들었소?" 리브지 선생이 말했다.

그날 저녁 내내 선장은 잠잠하였고, 그 후 여러 날 동안에도 그러했다.

1. 애드미럴 벤보에 투숙한 늙은 해적

2
블랙 독의 출현

그 사건이 벌어지고 나서 얼마 지나지 않아 또 다른 신비한 사건이 벌어졌다. 이 사건은 우리가 결국 선장을 제거하게 되는(독자 여러분도 차차 알게 되겠지만 그와 관련된 문제들까지 제거한 것은 아니었다) 여러 신비한 사건들 중 첫 번째 것이었다.

무서리가 내리고 강풍이 불어 대는 아주 추운 겨울날이었다. 겨울이 시작될 때부터 아버지는 다가올 봄을 보지 못할 것 같았다. 아버지의 건강은 점점 악화되었고, 어머니와 나 둘이서 여인숙을 꾸려 나가야만 했다. 그래서 선장에게 신경 쓸 새도 없이 바쁘게 움직여야 했다.

1월의 어느 날 아침 이른 시각이었다. 서리마저 내려 살을 에듯이 추운 날씨였다. 포구는 하얀 서리로 뒤덮여 있었고, 잔물결이 바위 위에서 찰랑거렸다. 해는 아직 높게 뜨지 않아서 겨우 언덕 위를 더듬고 있었다. 선장은 그날 평소보다 일찍 일어나 해변가로 내려갔다. 그의 선원용 단검은 낡은 푸른색 외투 아래에서 흔들거렸고, 놋쇠 망원경은 겨드랑이에 꽉 끼여 있었으며, 모자는 머리 앞쪽으로 약간 비스듬하게 내려와 있었다. 나는 그의 숨결이 연기처럼 그의 등 뒤로 흩날리던 광경을 아직도 기억한다. 커다란 바위를 돌아가던 그는 갑자기 분노의 콧숨을 내쉬었다. 아직도 리브지 의사 선생한테 당한 일 때문에 속이 쓰린 것 같았다.

어머니는 아버지와 함께 2층에 있었고, 나는 선장이 돌아올 시간에 맞추어 그의 아침 식사를 준비하고 있었다. 그때 휴게실 문이 열리면서 난생처음 본 남자가 안으로 들어섰다. 그는 양초처럼 얼굴이 창백했고 왼쪽 손가락 두 개가 없었다. 허리춤에 선원용 단검을 차고 있었지만 싸움꾼 같지는 않았다. 한쪽 다리뿐인 선원을 늘 망보던 나는 그 남자를 보자 약간 당황스러웠다. 그는 전혀 뱃사람 같아 보이지 않으면서도 묘하게 바다의 분위기를 풍겼다.

내가 그 사람을 맞이하며 뭘 내올지 묻자 그는 자리에 앉으며 럼주를 달라고 말했다. 내가 럼주를 가져오기 위해 돌아서려는 순간 그가 나에게 가까이 다가오라는 손짓을 했다. 나는 손에 냅킨을 든 채 그 자리에 그대로 서 있었다.

"얘야, 이리 좀 와 봐."

난 여전히 그대로 서 있었다.

"가까이 오라니까."

그의 목소리가 약간 높아졌다. 그제야 나는 한 걸음 가까이 다가섰다.

"이 식탁에서 내 친구 빌이 식사를 할 거냐?" 그는 약간 희죽거리는 얼굴로 물었다.

나는 빌이라는 사람은 모른다고 말하고서, 혹시 우리가 선장이라고 부르는 투숙객을 찾는 것이 아니냐고 물었다.

"그래, 내 친구 빌은 가끔 선장으로 불리기도 했지. 한쪽 뺨에 칼자국이 있어. 술에 취하면 아주 즐거운 사람이 되고 말아. 네가 선장이라고 부르는 사람 뺨에 칼자국이 있다고 했지? 혹시 오른쪽 뺨이 아니니? 자, 이제 내가 누굴 찾고 있는지 알겠지? 그래, 그 사람 지금 이 여인숙에 묵고 있니?"

나는 지금 그가 산책을 나갔다고 대답했다.

"어느 쪽으로? 얘야, 어느 쪽으로 갔니?"

나는 큰 바위 쪽을 가리키면서 선장이 이제 돌아올 때가 되었다고 말했다. 또 그 외에 몇 가지 질문에도 대답했다.

"내가 찾아온 걸 보면 그 친구는 아마 술을 본 듯이 기뻐할 거야."

그렇게 말하는 남자의 표정은 전혀 유쾌해 보이지 않았다. 나는 그 낯선 남자의 그런 말이 진심이라고 할지라도 그가 착각하고 있다고 생각할 만한 이유가 있었다. 그러나 어쨌든 내가 참견할 일은 아니었다. 게다가 나는 어떻게 해야 할지 난처하기도 했다. 그 낯선 사람은 여인숙 문 바깥에서 어정거리면서 생쥐를 기다리는 고양이처럼 구석구석을 노려보았다. 내가 밖으로 나가자 그는 곧바로 나를 불렀다. 내가 그의 생각만큼 재빨리 움직이지 않자 그의 창백한 얼굴이 흉측하게 일그러졌다. 그는 흉악한 욕설을 퍼부으면서 어서 안으로 들어오라고 말했다. 내가 안으로 들어가자 그는 절반은 아양 떠는 모습으로 절반은 조롱하는 표정으로 바꾸어 가면서 나의 등을 두드렸다. 그러면서 내가 마음에 든다고 말했다.

"나도 꼭 너만 한 아들이 있단다. 마치 벽돌 두 장처럼 너와 꼭 닮았지. 아주 자랑스럽게 생각하는 아들이지. 하지만 남자에게 가장 필요한 것은 군기야. 만약 네가 빌과 함께 항해를 해보면 알겠지만, 명령을 두 번씩 내린다는 것은 있을 수 없어. 그건 빌의 방식이 아니야. 빌과 함께 항해하는 사람은 그렇게 움직여선 안 돼. 자, 이 집에 겨드랑이에 망원경을 낀 내 친구 빌이 있다고 했지? 얘야, 너랑 나랑 저 휴게실로 들어가서 문 뒤에 숨어 있다가 돌아오는 빌을 놀래 주도록 하자."

그렇게 말하면서 그 낯선 사람은 나를 데리고 휴게실로 들어가 구석진 곳에 숨었다. 문이 열리면 두 사람이 자동으로 가려지는 곳이었다. 나는 매우 불안했고, 또 겁이 났다. 게다가 그 낯선 사람도 겁을 먹고 있는 듯하여 나의 두려움은 더욱 커져 갔다. 그는 단검의 손잡이를 느슨하게 해 두어 곧 칼을 칼집에서 뽑아 낼 수 있게 했다. 그 구석에 숨어 있는 동안 그는 무언가 목에 걸리는지 계속해서 마른침을 삼켰다.

마침내 선장이 들어와 거세게 문을 닫고서 아침 식사가 차려져 있는 식탁으로 곧바로 걸어갔다.

"빌!"

그 낯선 사람은 일부러 씩씩한 목소리를 내면서 그를 불렀다.

선장은 몸을 홱 돌려서 우리를 쳐다보았다. 검붉은 그의 얼굴이 창백해졌고 코도 새파래졌다. 유령이나 악마, 혹은 그보다 더 무서운 어떤 것을 발견한 사람의 얼굴이었다. 선장의 얼굴이 순식간에 그처럼 핼쑥해진 것을 나는 처음 보았다.

"빌, 나를 잊지 않았겠지. 자네의 오랜 친구를 말야."

선장은 순간 숨이 막히는 모양이었다.

"블랙 독…."

그는 더 이상 말을 잇지 못했다.

"그래, 날세."

낯선 사람의 목소리가 좀 느긋해졌다.

"옛날의 그 블랙 독이 옛 친구 빌리를 찾아왔지. 이곳 애드미럴 벤보까지 말야. 아 빌, 난 손가락 두 개를 잃어버린 이래 산전수전을 다 겪었다네."

그는 손가락 두 개가 없는 손을 들어 보였다.

"알겠네. 그동안 나를 찾느라 힘들었겠군. 내가 여기 있는 것까지 알아내다니…. 그래, 말해 보게. 용건이 뭔가?"

선장의 목소리도 다소 느긋해졌다.

"빌, 그건 자네가 잘 알고 있지 않나."

블랙 독이라는 사람이 선장을 가리키며 말했다.

"문제의 핵심은 바로 자네야. 우선 저 아이에게 럼주를 한 잔 가져오라고 하겠네. 저 아이는 아주 착하더구먼. 자 그러면, 우리 서로 마주 보고 앉아 얘기를 해보세. 오랜 친구답게 말야."

내가 럼주를 가지고 왔을 때 그들은 선장의 아침 식사 테이블에서 마주 보고 앉아 있었다. 블랙 독은 문 옆에 앉아서 몸을 문 쪽으로 튼 채 선장을 보고 있었다. 여차하면 달아날 태세였다. 그는 나에게 나가 있으라면서 문을 활짝 열어 놓으라고 말했다.

"얘야, 문틈으로 엿보면 안 돼."

나는 그 방에서 나와 한참 동안 그들의 말을 엿들으려고 애썼다. 그러나 낮게 우물거리는 소리밖에는 들을 수가 없었다. 대부분 선장이 하는 욕설이었다. 이윽고 그들의 언성이 높아지더니 선장이 고함치는 소리가 들려왔다.

"안 돼, 그건 끝난 얘기야!"

또 이런 말도 흘러나왔다.

"그렇게 되면 우리 모두 교수형을 당하는 거야."

그러고 나서 갑자기 커다란 욕설이 터져 나오고 와장창하는 소리가 들려왔다. 의자와 식탁이 한꺼번에 뒤집히고 쇠붙이가 철커덕거리더니 고통에 찬 비명소리가 터져 나왔다. 그 다음 순간 나는 블랙 독이 황급히 달아나는 것을 보았다. 선장은 그 뒤를 쫓고 있었다. 두 사람 모두 단검을 들고 있었고, 블랙 독의 왼쪽 어깨에서는 피가 줄줄 흘러내렸다. 여인숙 문 앞에서 선장은 마지막으로 블랙 독을 향해 단검을 휘둘렀다. 만약 애드미럴 벤보의 커다란 간판에 막히지 않았다면 칼날은 블랙 독의 등뼈를 두 동강 내고 말았을 것이다. 오늘날까지도 여인숙 간판 아래에 그 칼자국이 남아 있다.

그 칼질이 그 싸움의 마지막이었다. 일단 큰길로 나서자 블랙 독은 부상을 입었음에도 불구하고 놀라울 정도로 빨리 달아나 언덕 너머로 사라져 버렸다. 한편 선장은 놀란 사람처럼 멍하니 간판을 쳐다보며 서 있었다. 잠시 후 손으로 눈을 몇 번 문지르더니 집 안으로 다시 들어갔다.

"짐, 럼주!"

그는 그렇게 말하면서 몸을 약간 비칠거리더니 한쪽 벽에 손을 대고서 몸의 균형을 잡았다.

"다쳤어요?"

"럼주! 난 여기를 떠나야 해. 럼주! 럼주!"

나는 럼주를 가지러 달려갔다. 하지만 그 돌발적인 사건 때문에 마음이 안정되질 않았다. 그래서 술잔 하나를 깨뜨렸고 술통 꼭지를 잘못 다루었다. 그렇게 미적거리고 있는 사이, 휴게실에서 쿵 하는 소리가 났다. 휴게실 안으로 달려가 보니 바닥에 큰 대자로 누워 있는 선장이 보였다. 동시에 고함과 싸우는 소리에 놀란 어머니가 아래층으로 내려와 나를 도왔다. 우리는 양쪽에서 그의 머리를 일으켜 세웠다. 그는 아주 힘겹게 숨을 쉬고 있었다. 눈은 감겨 있었고 얼굴은 사색이었다.

"이런, 이런! 이 일을 어쩌면 좋아! 네 아버지도 아프신데!"

우리는 어떻게 선장을 도와야 할지 전혀 알 수가 없었다. 단지 그가 낯선 사람과 싸우다가 커다란 상처를 입었다는 생각뿐이었다. 나는 럼주를 가져와 그의 목구멍에 부어 주려 했으나, 그의 이빨은 꽉 다물어져 있었고 턱은 무쇠처럼 단단했다. 그때 아버지를 보러 온 리브지 선생이 문을 열고 들어선 것은 우리로선 천만다행이었다.

"의사 선생님, 어떻게 하면 좋겠습니까? 도대체 이 사람은 어딜 다친 거죠?"

우리는 다급하게 소리쳤다.

"다쳐요? 당치 않은 말씀이십니다. 부인이나 나처럼 전혀 다친 데는 없습니다. 내가 이미 경고한 대로 이 자는 중풍을 맞은 겁니다. 자 호킨스 부인, 2층에 있는 당신 남편한테 가보세요. 그리고 가능하다면 이 일에 대해서는 아무에게도 말하지 마세요. 나는 이 한심한 친구의 목숨을 구하기 위해 최선을 다해 보겠습니다. 짐, 너는 대야를 좀 가져오너라."

내가 대야를 가져왔을 때 의사 선생은 선장의 소매를 찢어 내고서 그의 우람한 팔을 만지작거리고 있었다. 팔에는 여러 군데 문신이 새겨져 있고, '내게 행운을', '순한 바람', '빌리 본즈 좋은 사람' 등이 단정한 글씨로 새겨져 있었다. 어깨 언저리에는 교수대에 매달린 사람이 그려져 있었다. 나는 아주 생생하게 그렸군, 하는 생각이 들었다.

"이건 앞날을 예언하고 있군."

의사가 손가락으로 그림을 더듬으면서 말했다.

"자 빌리 본즈 씨, 이게 당신 이름인가 본데 당신 피의 색깔을 좀 볼까? 짐, 너는 피를 무서워하니?"

"아니오."

"그럼 됐다. 그 대야를 꼭 쥐고 있어라."

의사는 그렇게 말하고 나서 바늘을 꺼내 정맥을 찔렀다.

그 즉시 피가 쏟아져 나왔다. 그러자 선장이 게슴츠레 눈을 뜨고서 주위를 둘러보았다. 처음엔 의사 선생을 알아보고서 얼굴을 찡그렸고, 그 다음엔 나를 보고서 안심하는 표정을 지었다. 그러다 갑자기 그의 안색이 바뀌더니 몸을 일으켜 세우려고 애썼다.

"블랙 독은 어디 있나?"

그가 갑자기 소리쳤다.

"여기에 블랙 독은 없다네."

의사 선생이 말했다.

"병에 걸린 당신이 있을 뿐이지. 당신은 계속 럼주를 마셔 댔어. 그래서 이미 경고한 대로 풍을 맞게 된 거야. 그리고 별로 내키지는 않았지만 난 무덤 속으로 들어가려는 당신을 억지로 끄집어냈고. 자, 본즈 씨…."

"그건 내 이름이 아니오."

"상관없어. 그건 내가 아는 해적의 이름이야. 짧게 부르려다 보니 그렇게 부른 거야. 우선 당신에게 이걸 말해 줘야겠어. 럼주 한 잔을 마셔서는 죽지 않지. 그러나 한 잔을 마시다 보면 두 잔이 되고 그 다음에는 자꾸 마시게 돼. 그 버릇을 고치지 않으면 당신은 죽게 된다고. 내 말 알아들어? 죽어서 무덤으로 가게 된다 이 말이야. 자, 힘을 좀 써 봐. 당신을 침실까지 부축해 줄 테니까."

의사 선생과 나는 끙끙거리며 그를 일으켜 세워 2층 침실까지 데려가 침대 위에 눕혔다. 그는 마치 졸도하는 사람처럼 베개 위에다 머리를 쿵 내려놓았다.

"자, 내 말 명심해. 당신에게는 럼주가 곧 죽음이라는 걸."

그런 다음 의사 선생은 아버지를 보러 가기 위해 내 팔뚝을 잡고 방을 나왔다.

"이건 아무것도 아니야."

의사 선생은 침실 문을 닫자마자 나에게 말했다.

"피를 많이 뽑았으니까 한동안 잠잠할 거야. 그는 침대에서 일주일 정도 정양을 해야 해. 그를 위해서나 또 너를 위해서나 그게 가장 좋아. 하지만 한 번 더 풍을 맞으면 목숨을 잃게 될 거야."

3
검정 딱지

정오쯤에 나는 시원한 음료와 약을 가지고 선장의 방에 들어갔다. 그는 약간 위쪽으로 움직였을 뿐 누운 자세는 아까 그대로였다. 심신이 허약하고 흥분된 상태였다.

“짐, 너는 이 여인숙에서 제일 착한 녀석이야. 내가 너에게 잘해 준 건 너도 알고 있지? 매달 주지는 못했지만 그대로 4펜스 은화를 주기도 하고 말이야…. 얘야, 나는 모두에게서 버림받아 쓸쓸한 기분이란다. 그러니 짐, 럼주 딱 한 잔만 가져다주지 않겠니?”

“의사 선생님이….” 내가 입을 열었다.

그러자 그는 허약한 목소리로 욕설을 퍼부었다.

“의사는 모두 바보들이야. 의사란 자가 선원에 대해서 뭘 알아? 나는 역청처럼 뜨거운 곳에도 가보았단다. 그곳에서는 선원들이 황열병으로 쓰러지고, 또 지진이 나면 땅이 바다처럼 출렁거렸지. 의사가 그런 땅에 대해서 뭘 알겠지? 난 지금껏 럼주에 의지해서 살아왔다. 럼주와 나는 밥과 반찬, 혹은 남편과 아내의 관계야. 만약 럼주를 마시지 못한다면 나는 해안을 떠도는 폐선 꼴이 되고 말 거야. 그러면 죽은 내 혼령이 너와 그 바보 같은 의사에게 착 달라붙을 거라구."

그런 다음 그는 애처로운 목소리로 말했다.

"봐라. 짐, 내 손가락이 부들부들 떨리는걸. 손가락이 도저히 안정이 안 돼. 난 오늘 단 한 모금도 안 마셨거든. 의사 저 자식은 틀림없이 멍청이야. 짐, 만약 럼주를 안 마시면 난 귀신들을 보게 돼. 이미 유령 몇 놈이 눈앞에 아른거려. 저기 네 뒤에 서 있는 플린트 선장이 보이는구나. 아주 선명하게 말야. 이런 귀신을 자꾸 보면 평생 거칠게 살아온 나로서는 난리를 피울 수밖에 없단다. 의사도 한 모금은 괜찮다고 했어. 짐, 한 모금만 가져다주면 금화 한 닢을 주마."

그는 점점 더 흥분하기 시작했다. 그런 선장을 보고 있으려니까 아버지가 걱정이 되었다. 그날 아주 상태가 나빴던 아버지는 절대적으로 안정이 필요했다. 게다가 의사가 한 모금은 괜찮다고 했다는 선장의 말에 나는 다소 안심이 되었다. 그렇지만 뇌물을 주겠다는 말에는 기분이 나빴다.

"난 당신의 돈 따위는 필요 없어요. 하지만 아버지에게 밀린 숙박료는 꼭 갚으세요. 딱 한 잔만 가져다 드리겠어요."

내가 럼주를 가져다주자 그는 탐욕스럽게 술잔을 잡더니 단숨에 비워 버렸다.

"아, 이제 좀 살 것 같구나. 그런데 얘야, 그 의사가 얼마나 오랫동안 여기 이렇게 누워 있어야 한다고 하더냐?"

"적어도 일주일요."

"뭐라고? 일주일? 그건 절대 안 돼. 그때가 되면 그자들이 내게 검정 딱지를 발부할 거라고. 바보 같은 놈들이 지금 이 순간에도 내 소문을 듣고 있을 거야. 그놈들은 자기 것도 챙기지 못한 주제에 남의 것에만 자꾸 손을 대려고 해. 그게 과연 뱃사람다운 행동이야? 하지만 나는 착실히 저축을 했어요. 내 돈을 낭비하지도 않았고, 또 잃지도 않았어. 난 그놈들을 또다시 속여 넘길 거야. 난 그자들이 두렵지 않아. 난 또 한 번 돛을 활짝 펴고 암초를 피하면서 선장답게 그놈들을 따돌릴 거야."

그는 이렇게 말하면서 아주 힘겹게 침대에서 일어나 내 어깨를 꽉 잡았다. 얼마나 세게 잡았는지 나는 비명을 내지를 뻔했다. 그는 무거운 납덩이를 움직이듯 다리를 움직였다. 투지 넘치는 말과 달리 목소리에는 힘이 하나도 없는데 무척 안 됐다는 생각이 들었다. 그는 침대 가장자리에 걸터앉은 자세가 되자 동작을 멈췄다.

"그 의사가 나를 병신으로 만들어 놨군. 귀에서 왱왱 소리가 나. 자, 나를 도로 눕혀 다오."

내가 별로 도와주지 않았는데도 그는 아까 그 자세로 도로 누웠다. 그리고 잠시 동안 꼼짝을 하지 않았다.

"짐!"

잠시 후 그가 무겁게 입을 열었다.

"너 오늘 그 선원을 보았지?"

"블랙 독요?"

"그래, 블랙 독. 그자는 나쁜 놈이야. 그리고 그자를 뒤에서 조종하는 훨씬 더 나쁜 놈들이 있어. 내가 여기서 벗어나지 못한다면, 그리고 그자들이 내게 검정 딱지를 발부한다면 그건 이 선원용 궤짝 때문이야. 너 혹시 말 탈 수 있니? 그래, 그러면 말을 타고 저 바보 같은 의사 녀석에게 가서 전해라. 치안 판사니 뭐니 온갖 사람들을 다 모아서 여기 애드미럴 벤보로 오라고. 그자들을 일망타진해 버리자고 말야. 그자들은 모두 플린트 선장의 부하들이었어. 나는 일등 항해사였고. 플린트 선장 바로 다음이었지. 그 장소를 알고 있는 사람은 나뿐이야. 플린트는 내가 지금 이러고 있는 것처럼 자기가 곧 죽을 것 같으니까 사바나 항구에서 그 궤짝을 내게 주었어. 하지만 아무에게도 말하지 말아라. 그들이 내게 검정 딱지를 발부하거나, 네가 블랙 독을 다시 보거나, 외다리 선원이 나타날 때까지는 말야. 짐, 특히 외다리 선원을 조심해야 한다."

"선장, 검정 딱지는 뭐예요?"

"그건 소환장이야. 만약 그놈들이 발부하면 네게 말해 주지. 하지만 짐, 감시를 게을리해서는 안 돼. 내 명예를 걸고 너에게 똑같은 몫을 나누어 주겠다."

선장은 잠시 더 횡설수설했고 그 목소리는 점점 더 허약해졌다. 내가 약을 건네주자 그는 온순한 아이처럼 받아먹었다. 그는 "약을 먹는 약한 뱃사람이 있는 말이 있는데 정말 내가 그 꼴이 되었군."하고 말하면서 곧 깊은 잠에 빠져들었다. 나는 그가 잠든 것을 보고 방에서 나왔다. 내가 처신을 잘한 것인지 어쩐지는 나도 잘 몰랐다. 의사 선생에게 사실대로 털어놓아야 한다는 생각도 들었다. 나는 선장이 자신의 고백을 후회하여 나를 없애 버릴지도 모른다는 공포를 느꼈다.

그러나 그날 저녁 나의 아버지가 갑자기 돌아가시는 바람에 선장의 일은 까맣게 잊어버리고 말았다. 아버지를 잃은 슬픔, 이웃들의 문상, 장례식 준비, 창황 중의 여인숙 운영 등으로 나는 너무나 바빠서 선장을 생각할 시간이 없었고, 두려워할 시간은 더더욱 없었다.

선장은 다음 날 아침 1층으로 내려와 평소처럼 식사를 했으나 음식은 조금만 먹고 럼주를 평소보다 더 많이 마셨다. 그는 직접 바에서 술을 꺼내 마셨다. 그가 인상을 쓰고 콧숨을 내뿜는 기세에 눌려 아무도 시비를 걸지 못했다. 아버지의 장례식 전날 밤에도 그는 평소처럼 많이 취했다. 여인숙의 장례 분위기에도 아랑곳하지 않고 그 흉악한 뱃노래를 크게 불러 댔다. 정말 충격적인 일이었다. 비록 그가 환자라고는 하지만 그래도 우리는 그가 무서웠다. 게다가 의사 선생은 여러 마일 떨어진 곳에 급히 왕진을 갈 일이 생겨서 아버지가 돌아가신 이후에는 우리 여인숙에 들르지 않았다.

선장은 병세가 회복되기는커녕 점점 더 쇠약해지는 것 같았다. 그는 계단을 천천히 오르내렸고, 또 휴게실과 바 사이를 왔다 갔다 했다. 때때로 문밖으로 코를 내놓고 바다 냄새를 맡는가 하면, 몸을 가누기 위해 벽에 딱 붙어 서 있기도 하고, 가파른 산을 금방 올라온 사람처럼 거칠게 숨을 몰아쉬기도 했다.

그는 내게 별로 말을 걸지 않았다. 그가 내게 비밀을 털어놓은 사실 자체를 잊어버린 것인지도 몰랐다. 그러나 성질은 더욱 변덕스러워졌고 환자라서 그런지 전보다 더 난폭해졌다. 그는 술에 취하면 선원용 단검을 꺼내서 테이블 위에다 칼날을 편 채로 내려놓는 섬뜩한 짓을 하곤 했다. 게다가 주위 사람들은 전혀 신경 쓰지 않고 자신의 생각이나 회상에만 골몰하였다. 한 번은 아주 놀랍게도 전혀 다른 노래를 불렀다. 그것은 시골에서 널리 불리는 연가였는데, 선원이 되기 전 소년 시절에 배운 노래인 것 같았다.

시간은 그렇게 흘러갔고 장례식 다음 날이 되었다. 그날은 안개가 많이 끼고 추운 날씨였다. 오후 3시쯤 나는 아버지를 생각하며 슬픔에 잠겨 있었다. 그때 어떤 사람이 길 위에서 천천히 걸어오는 것이 보였다. 그는 맹인이었다. 막대기로 자기 앞을 더듬고 있었고 초록색 차양으로 눈과 코를 가리고 있었다. 나이 때문인지 혹은 병 때문인지 허리가 굽었으며, 두건이 달린 낡아빠진 선원용 외투를 입은 행색이 꼭 꼽추처럼 보였다. 나는 평생 그렇게 무섭게 생긴 사람은 본 적이 없었다. 그는 여인숙에서 약간 떨어진 곳에 멈춰 서더니 노래를 부르는 듯한 목소리로 허공에 대고 소리를 질렀다.

"조국을 지키다가 두 눈을 잃어버린 이 불쌍한 맹인에게 이곳이 어디인지 가르쳐 줄 친절한 사람 없소?"

"선생님은 블랙힐 코브에 있는 '애드미럴 벤보'에 와 계십니다."

내가 친절하게 대답했다.

"어린 목소리가 들리는데…. 어리고 착한 친구, 어디 손을 좀 내밀어 보겠니? 내가 안으로 좀 들어가게."

나는 손을 내밀었다. 그러자 부드럽게 말하던 그 무시무시한 맹인이 집게처럼 내 손을 꽉 잡았다. 나는 너무 놀라서 손을 뒤로 빼려고 했다. 그러나 맹인은 단번에 나를 자기 품으로 끌어당겼다.

"자 얘야, 나를 선장한테 데려다 다오."

"선생님, 저는 그렇게 할 수가 없습니다."

"뭐라고? 빨리 나를 안내해. 그렇지 않으면 네 팔뚝을 부러뜨릴 테니까."

그가 내 팔목을 비틀자 나는 비명을 내질렀다.

"선생님, 일부러 선생님 생각을 해서 그렇게 말한 것입니다. 선장은 예전 같지 않아요. 단검을 꺼내 놓고 앉아 있어요. 다른 신사 양반도…."

"자, 어서 걸어."

그가 내 말을 가로막았다. 정말 잔인하고 냉정하고 추악한 목소리였다. 그 목소리는 팔목의 고통보다 나를 더욱더 주눅들게 만들었다. 나는 그가 시키는 대로 문을 열고 들어가 휴게실 쪽으로 갔다. 그곳에는 병든 늙은 해적이 럼주에 취한 채 앉아 있었다. 무쇠 같은 손으로 나를 꽉 잡은 맹인은 나한테 딱 달라붙어 내가 감당하기 어려울 정도로 자신의 체중을 내 몸에다 실었다.

"자, 그 사람에게 곧바로 데려가 줘. 그가 보이면 이렇게 소리쳐. '빌, 여기 당신 친구가 왔어요.' 시키는 대로 하지 않으면 이렇게 해줄 테다."

그러면서 그는 내 팔목을 비틀었다. 나는 너무 아파서 기절할 지경이었다. 그 눈먼 거지가 얼마나 무서운지 나는 잠시 선장에 대한 공포마저 잊어버렸다. 나는 휴게실 문을 열면서, 떨리는 목소리로 그 맹인이 시키는 대로 말했다.

선장은 고개를 쳐들고 맹인을 보는 순간 술기운이 확 달아나 버린 사람처럼 놀란 표정을 짓더니 이내 멍한 얼굴로 되돌아갔다. 그것은 두려움의 표정이라기보다는 곧 죽을 사람처럼 병든 기색이었다. 그는 일어서려고 했지만 그의 몸에는 그만한 힘도 남아 있지 않았다.

"자 빌, 거기 그대로 앉아 있게."

맹인이 타이르듯 말했다.

"난 앞은 못 보지만 손가락을 움직이는 소리도 들을 수 있어. 자, 이제 용건을 말하지. 빌, 왼쪽 손을 내밀어. 얘야, 선장의 손목을 잡아서 내 오른쪽 손으로 가져와라."

우리는 그가 시키는 대로 했다. 맹인은 지팡이를 쥔 손에 들고 있던 물건을 선장의 손바닥에 건네주었다. 선장은 그것을 꽉 쥐었다.

"자, 이제 됐어."

그렇게 말하고서 맹인은 갑자기 내 손목을 놓고 믿기지 않을 정도로 정확하고 재빠른 동작으로 휴게실에서 나와 길 쪽으로 걸어갔다. 곧이어 그가 막대기를 탁탁 치면서 저 멀리 사라져 가는 소리가 들려왔다.

잠시 후 나와 선장은 간신히 정신을 차렸다. 이윽고 나는 그때까지 잡고 있던 선장의 손목을 놓았고, 선장은 팔을 오므리면서 손바닥을 찬찬히 내려다보았다.

"10시!"

그가 갑자기 소리쳤다.

"여섯 시간 남았군. 하지만 우리는 그들을 처치할 수 있어."

선장은 벌떡 일어섰다. 그 순간 그가 휘청거리더니 손으로 자신의 목을 잡았다. 그리고 잠시 흔들거리다 바닥에 쾅당 쓰러지고 말았다.

나는 어머니를 부르며 즉시 그에게 달려갔다. 그러나 아무 소용도 없었다. 선장은 엄청난 풍을 맞아 그 자리에서 죽었다. 사람에 대해서 잘 알게 된다는 것은 이상한 효과를 낳는다. 나는 그를 결코 좋아하지 않았지만 최근 들어서는 그를 동정하였던 것이다. 그가 죽었다는 것을 알자 나는 홍수 같은 눈물을 쏟았다. 그것은 내가 두 번째로 보는 죽음이었고, 첫 번째 죽음의 슬픔이 아직 채 가시지 않은 상태에서 마주한 것이었다.

4
선원용 궤짝

나는 곧 어머니에게 내가 알고 있는 모든 것을 말했다. 좀 더 일찍 그렇게 했어야 마땅한 것이었다. 우리는 곧 우리가 대단히 어렵고 위험한 상황에 빠졌다는 것을 알았다. 혹시 그에게 돈이 있다면 그중 일부는 우리에게 밀린 숙박료를 갚아야 할 돈이었다. 그러나 선장의 친구들 중 내가 이미 목격한 블랙 독이나 눈먼 거지 같은 자들이 죽은 선장의 밀린 숙박료를 갚아주기 위해 그들의 전리품을 일부 포기할 것 같지는 않았다.

죽은 선장은 숨을 거두기 전에 즉시 말을 타고 리브지 선생에게 달려가라고 말했지만, 그렇게 하면 어머니가 혼자 남아 보호를 받지 못할 것이므로 불가능했다. 그러나 우리 모자가 여인숙에 계속 남아 있는 것도 어려운 일이었다. 주방 난로 받침대에 석탄이 떨어지는 소리나 시계가 똑딱거리는 소리에도 우리는 깜짝깜짝 놀랐다. 주변에서 우리 여인숙을 향해 다가오는 걸음 소리가 들리는 것 같기도 했다. 게

다가 휴게실 바닥에 엎어진 선장의 시체와 인근에서 감시하다가 금세라도 되돌아올 것 같은 혐오스러운 눈먼 거지를 생각하니 온몸에 소름이 쫙 끼치고 몸이 사시나무처럼 떨렸다. 뭔가 신속한 결정을 내리지 않으면 안 되었다. 마침내 우리 모자는 이웃 마을로 함께 가서 도움을 청하기로 하고 곧 집을 나섰다. 우리는 머리에 아무것도 쓰지 않은 채 어두워지는 저녁 공기와 차가운 안개 속을 뚫고 재빨리 달려갔다.

비록 보이지는 않지만, 다음 나루의 맞은편에 있는 이웃 마을은 몇백 야드밖에 떨어져 있지 않았다. 그 마을은 눈먼 거지가 출현한 방향과는 반대 방향에 있어서 나는 마음이 좀 놓였다. 그곳까지 가는 데는 오래 걸리지 않았지만 어머니와 나는 집을 나선 지 몇 분 되지 않아 서로 부둥켜안고 주위의 소리에 귀를 기울였다. 그러나 해변의 나지막한 파도 소리와 숲속의 까마귀 소리 외에 이상한 소리는 들려오지 않았다.

우리가 마을에 도착했을 때는 아주 어두워져 사람들이 촛불을 켜 놓고 있었다. 문과 창문에 켜진 그 노란 불빛들을 보고 기뻐했던 기억을 나는 평생 잊지 못할 것이다. 그러나 그 마을에서는 촛불의 위안 외에는 더 이상 얻을 것이 없었다. 그 누구도 우리와 함께 애드미럴 벤보까지 가겠다고 나서지 않았기 때문이다. 정말 마을 사람들은 남녀노소를 불문하고 부끄러움을 몰랐다. 우리가 어려운 형편을 얘기하면 할수록 그들은 자기들의 보금자리를 떠나지 않으려 했다.

플린트 선장은 내게는 낯선 이름이었지만 그 마을의 몇몇 사람들에게는 잘 알려진 공포의 대명사였다. 게다가 애드미럴 벤보에서 한참 떨어진 곳에 밭일을 나갔던 주민들이 길에서 수상한 사람들을 만났는데, 그들을 밀수업자라고 생각하여 도망쳐 왔다는 말을 했다. 또 어떤 마을 사람은 키츠홀이라고 불리는 곳에 작은 쌍돛배가 정박되어 있는 것을 보았다고 말했다. 플린트 선장의 부하였던 사람이라면 충분히 마을 사람들을 공포의 분위기로 몰아넣을 수 있었다. 그래서 전혀 다른 방향인 리브지 선생에게 가서 사태를 보고하는 일을 해주겠다는 사람은 여럿 나섰지만, 여인숙을 방어하는 일을 돕겠다는 사람은 단 한 명도 없었다.

비겁은 전염된다고 한다. 그렇지만 논쟁은 사람을 대담하게 행동하게 만든다. 마을 사람들이 각자 한마디씩 하고 난 직후 어머니는 그들에게 일장 연설을 했다. 어머니는 애비 없는 자식이 받아 내야 할 돈을 단 한 푼도 포기하지 않겠다고 주장했다.

"여기 있는 여러분들이 가지 않겠다면 짐과 내가 가겠어요. 우리가 온 길로 되돌아가겠다고요. 덩치는 크지만 겁 많은 양반들, 그래도 감사드립니다. 우리는 죽는 한이 있더라도 궤짝을 열어 보겠어요. 크로슬리 부인, 그 자루를 좀 빌려주세요. 숙박료를 담아 와야 하니까요."

물론 나는 어머니와 함께 가겠다고 나섰고, 마을 사람들은 우리의 고집스러운 태도에 혀를 끌끌 찼다. 그러면서도 따라가겠다는 사람은 단 한 명도 없었다. 혹시 공격당할지 모른다면서 내게 총알이 장전된 권총을 한 자루 건네준 게 전부였다. 그들은 우리가 여인숙에 되돌아갔다가 쫓겨 올 경우에 대비하여 말에 안장을 얹어 놓겠다고 약속했다. 또 무장 병력의 도움을 청하기 위해 사람을 보내 의사 선생 댁에 알리겠다고 말했다.

우리 모자가 그 위험한 모험을 펼치기 위해 추운 밤길에 나섰을 때 내 가슴은 빠르게 방망이질했다. 보름달이 떠올라 안개 위쪽으로 붉게 비추었다. 이것이 우리의 발걸음을 재촉했다. 조금만 더 있으면 주위가 달빛으로 훤해질 것이고, 그러면 우리의 출발이 염탐꾼에게 노출될 수도 있기 때문이었다. 우리는 소리 없이 재빠르게 산울타리를 따라 걸어갔다. 그러나 길에서 무서운 대상을 보거나 듣지는 못했다. 마침내 애드미럴 벤보에 들어가 문을 닫았을 때 우리는 안도의 한숨을 내쉬었다.

나는 곧 문에 빗장을 질렀고, 우리는 잠시 어둠 속에 함께 서서 숨을 헐떡거렸다. 우리는 이제 선장의 시체와 함께 있는 것이었다. 어머니가 바에다 촛불을 켠 다음 우리는 각자 촛불을 하나씩 들고 휴게실로 들어갔다. 눈을 부릅뜬 선장의 시체가 드러누운 채 한 팔을 옆으로 내뻗고 있었다.

"짐, 차양을 내려라."

어머니가 속삭였다.

"그자들이 다가와서 밖에서 엿볼지도 몰라."

내가 시키는 대로 하자 어머니가 다시 말했다.

"자, 이제 저 시체에서 열쇠를 꺼내야 해. 그런데 어떻게 저 시체를 만지지?"

어머니는 그렇게 말하면서 흐느꼈다.

나는 그 즉시 무릎을 꿇었다. 선장의 오른손 가까운 곳에 한쪽이 검게 칠해진 동그란 종이가 있었다. 검정 딱지였다. 딱지의 뒷면에는 단정한 글씨로 '오늘 밤 10시까지 시간이 있음'이라고 적혀 있었다.

"어머니, 10시까지 시간이 있어요."

내가 그렇게 말하는 순간, 낡은 시계가 댕댕 울렸다. 그 갑작스러운 소음에 우리는 깜짝 놀랐다. 그러나 이제 겨우 6시임을 알리는 소리였으므로 우리에겐 좋은 소식이었다.

"자 짐, 열쇠를 찾아보거라."

나는 선장의 주머니를 하나하나 뒤졌다. 몇 개의 동전, 골무, 실과 바늘, 끝만 씹다 만 담배, 자루가 굽은 식칼, 주머니용 나침반, 부싯돌 등이 나왔다. 그러나 열쇠는 나오지 않았다. 나는 이제 포기해야 하는 거 아닌가, 하는 생각이 들었다.

"짐, 목에 달린 저건 뭐지?"

구역질이 치미는 것을 억지로 참으면서 나는 선장의 셔츠 목 부분을 풀어헤쳤다. 약간 지저분한 줄에 열쇠가 매달려 있었다. 나는 선장의 칼로 그 줄을 끊었다. 우리는 약간 흥분된 상태로 그 즉시 2층 선장의 방으로 올라갔다. 궤짝은 그가 도착하던 날 내려놓았던 바로 그 자리에 있었다.

그것은 겉보기에는 여느 선원용 궤짝과 다를 바 없었다. 다만 궤짝 윗부분에 'B'라는 이니셜이 새겨져 있었다. 또 오래 사용한 탓에 궤짝의 네 귀퉁이가 닳아 너덜거렸다.

"열쇠 이리 다오."

자물쇠가 좀 빽빽했지만 어머니는 곧 궤짝 뚜껑을 열었다.

궤짝 안에서 담배와 타르 냄새가 진동했다. 맨 윗부분에는 정성스레 솔질하여 잘 개켜 놓은 아주 좋은 옷이 한 벌 들어 있었다. 한 번도 입지 않은 깨끗한 옷이라고 어머니는 말했다. 그 옷 아래에는 온갖 잡동사니가 들어 있었다. 주석으로 된 컵, 여러 줄기의 담배, 아주 멋진 권총 두 자루, 은괴 하나, 오래된 스페인제 시계, 별로 값나가지 않는 외제 장신구, 놋쇠 받침을 댄 나침반 두 개, 묘하게 생긴 서인도산 조개껍데기 대여섯 개 등이었다. 나는 그 후 종종 선장이 그처럼 죄 많은 방랑 생활을 하면서도 어떻게 그런 조개껍데기를 가지고 다닐 정신적 여유가 있었는지 의아했다.

우리는 은괴와 장신구를 빼놓고는 값나가는 것을 발견하지 못했다. 사실 그것들은 우리에게 별로 도움이 되지 않았다. 그런 물건 아래에는 여러 항구에 들르면서 바다의 소금기로 하얗게 표백된 낡은 선원용 외투가 있었다. 어머니는 초조한 동작으로 그 옷을 끄집어냈다. 그러자 궤짝의 맨 밑바닥에 유포로 싼 서류 뭉치와 캔버스 천으로 만든 묵직한 자루가 나타났다. 그 자루를 약간 밀쳐 보니 짤랑짤랑 금화 소리가 났다.

"난 이 자들에게 내가 정직한 여인이라는 걸 보여주겠다. 내가 받을 돈만 받고 그 이상은 땡전 한 닢 받지 않을 거야. 자, 크로슬리 부인이 빌려준 이 자루를 좀 잡으렴."

어머니는 내가 들고 있는 자루에다 선장이 빚진 돈만큼 세어서 넣기 시작했다.

그것은 어렵고 지루한 작업이었다. 금화들은 여러 나라에서 만들어진 여러 단위의 것—가령 스페인 금화, 루이 금화, 기니 금화 등—이었고, 또 페소 은화도 있었다. 그 밖에 다른 금화나 은화도 있었다. 그중에서도 기니 금화가 제일 적었는데 어머니가 셈할 수 있는 것은 기니 금화뿐이었다.

우리가 절반쯤 계산했을 때였다. 나는 쌀쌀하고 조용한 공기를 가르는 소리에 놀라 재빨리 어머니의 팔을 잡았다. 그 소리는 맹인의 막대기가 언 땅을 탁탁 때리는 소리였다. 우리가 숨죽이며 앉아 있는 동안 그 소리는 점점 가까이 다가왔다. 이어서 우리 여인숙의 문을 세게 두드리는 소리와 문고리를 잡아 비트는 소리가 났다. 그 눈먼 거지가 안으로 들어오려고 용쓰는지 빗장이 덜거덕거렸다. 집 안과 집 밖에서 한참 동안 침묵이 흘렀다.

그러고 다시 문을 두드리는 소리가 났다. 다행스럽게도 그 소리는 차츰 드문드문 들리더니 마침내 더 이상 들려오지 않았다. 뭐라고 표현할 수 없을 정도로 기쁘고 고마웠다.

"어머니, 그 금화를 모두 집어넣고 그만 가죠."

빗장이 질러진 문이 맹인에게 의심을 불러일으켰을 것이고, 그렇다면 곧 대혼란이 닥쳐올 것이 틀림없었다. 어쨌든 빗장을 질러 놓은 것은 정말 잘한 일이라는 생각이 들었다. 그 무시무시한 맹인은 내게 그처럼 무서운 존재였던 것이다.

어머니는 비록 겁은 먹었지만, 숙박료를 정확하게 챙겨야 한다면서 받을 돈보다 많게 혹은 적게 가지고 가는 것을 마땅치 않게 여겼다. 그리고 아직 7시도 안 되었다는 사실을 강조했다. 어머니는 자신의 권리를 행사할 생각이었던 것이다. 어머니와 내가 이렇게 말씨름을 하고 있는데 약간 떨어진 언덕 쪽에서 나지막한 휘파람 소리가 들려왔다. 그 소리를 듣는 순간 우리의 언쟁은 그 자리에서 끝나 버렸다.

"난 지금까지 계산한 것만 가지고 가겠다."

어머니가 벌떡 일어서며 말했다.

"그러면 난 이걸 가지고 가야지."

나는 유포 뭉치를 집어 들었다.

우리는 텅 빈 궤짝 옆에다 촛불을 남겨두고 아래층으로 더듬거리며 내려갔다. 그러고는 재빨리 문을 나서서 도망치기 시작했다. 그때 마침 안개가 빠른 속도로 걷히고 있었기 때문에 우리는 아주 알맞은 시점을 골라서 길을 나선 것이었다. 길 양쪽엔 이미 달이 훤히 비치고 있었다. 단지 골짜기와 여인숙 입구 근처만이 아직 안개가 덜 걷혀서 우리가 도망치는 모습을 감춰 주었다.

이웃 마을까지 절반도 못 갔을 때, 그러니까 언덕 밑동을 간신히 벗어났을 때, 달빛이 우리를 훤히 비추기 시작했다. 그리고 여러 사람이 재빨리 걷는 소리가 우리의 귀에 들려왔다. 그쪽으로 고개를 돌려 보니 불빛이 좌우로 흔들리면서 재빨리 전진하고 있었다. 그들 중 한 사람이 등불을 들고 있었다.

"짐, 이 돈을 가지고 달아나거라. 난 기절할 것 같구나." 어머니가 갑자기 말했다.

나는 이제 우리는 죽었다 생각했다. 그리고 비겁한 마을 사람들을 속으로 마구 저주했다. 어머니의 정직과 탐욕, 아까의 고집과 지금의 허약 등이 모두 원망스러웠다.

우리는 그때 다행히도 조그마한 다리 근처에 있었다. 나는 비틀거리는 어머니를 둑 가장자리로 인도했다. 그곳에 이르자 어머니는 한숨을 내쉬면서 내 어깨로 무너졌다. 나는 무슨 정신으로 그런 일을 해낼 수 있었는지 지금도 잘 모르겠다. 나는 어머니를 질질 끌어서 둑 아래로 내려가 다리 밑으로 약간 들어갔다. 하지만 더 이상 어머니를 안으로 들이밀 수가 없었다. 다리가 너무 낮아 더 깊숙이 들어가려면 기어가야 할 형편이었다. 그래서 우리는 다리 입구에 그대로 머무를 수밖에 없었다. 어머니와 나는 절반쯤 노출된 상태였고, 여인숙에서 흘러나오는 소리를 들을 수 있는 지점에 있었다.

5
맹인의 최후

나는 공포심보다 호기심이 더 강했다. 나는 다리 입구에 그대로 머무를 수가 없었다. 그래서 둑으로 다시 기어 올라와 금작화 덤불 뒤에 머리를 감추고 여인숙 앞길을 빤히 내려다보았다. 내가 둑 위에 자리를 잡자마자 적들이 눈에 띄었다. 일곱 명 정도 되는 적들이 제각각 황급히 무질서하게 달려오고 있었다. 등불을 손에 든 자는 몇 발짝 앞서서 달렸다. 그들 중 세 명은 손을 잡고 나란히 달렸다. 나는 안개 속에서도 세 사람 중 가운데가 눈먼 거지일 거라고 짐작했다. 다음 순간 그의 목소리가 내 짐작을 확인시켜 주었다.

"문을 부숴!" 맹인이 외쳤다.

"알았습니다."

두세 명이 동시에 대답했다. 그들은 '애드미럴 벤보'를 향해 돌진했고, 등불을 손에 든 자가 뒤에서 따라갔다. 그러나 그들은 갑자기 발걸음을 멈추고 나지막한 목소리를 주고받았다. 문이 열린 것을 보고 놀라는 기색이었다. 하지만 그런 기색도 잠깐, 맹인이 또다시 명령을 내렸다. 그는 흥분과 분노로 온몸이 뜨거워진 듯 목소리가 점점 더 커졌다.

"들어가! 들어가!"

그는 소리치면서 꾸물거리는 그들에게 욕설을 퍼부었다.

네댓 명이 여인숙 안으로 들어갔고 두 명은 맹인과 함께 밖에 머물렀다. 잠시 침묵이 흐르더니 깜짝 놀라는 비명과 함께 집 안에서 누군가가 소리쳤다.

"빌이 죽었어!"

그러나 맹인은 또다시 꾸물거리는 그들에게 욕설을 퍼부었다.

"빨리 그의 몸을 뒤져 봐, 이 바보들아. 그리고 나머지는 2층에 올라가 궤짝을 뒤져."

그들이 우당탕 2층으로 올라가는 소리가 들려왔다. 계단을 뛰어오르는 충격에 여인숙이 흔들거리는 것 같았다. 곧이어 또다시 집 안에서 누군가가 소리쳤다. 선장 방의 창문이 왈칵 열리면서 유리가 와장창 깨지더니 한 남자가 밖으로 머리와 어깨를 내밀었다. 그는 아래쪽에 있는 눈먼 거지에게 소리쳤다.

"퓨, 우리보다 한발 앞선 놈들이 있어. 누군가가 궤짝을 샅샅이 뒤졌어."

"궤짝은 거기 있나?"

"돈은 여기 있어."

퓨라는 맹인은 또다시 욕설을 퍼부었다.

"돈 말고 플린트의 지도 말야."

"그건 여기 없는데."

"1층에 있는 친구, 내 말 들리나? 빌의 몸에 혹시 있나 찾아봐."

잠시 후 한 남자가 여인숙 문을 열며 밖으로 나왔다.

"빌의 몸은 이미 수색당했어. 아무것도 남은 게 없어."

"여인숙 사람들 소행이야. 그 소년 짓이 분명해. 그놈의 눈알을 뽑아 버리는 거였는데."

소리치는 퓨의 목소리가 들려왔다.

"그들은 방금 전만 해도 여기에 있었어. 내가 문을 열어 보았을 때만 해도 빗장을 질러 놓고 있었단 말야. 이봐, 흩어져서 그들을 찾아보도록 해."

"그런 것 같군요. 여기서 촛불을 남겨두고 갔어요."

창문으로 고개를 내밀었던 자가 말했다.

"흩어져서 그들을 찾아봐. 집 안을 샅샅이 뒤져."

퓨가 지팡이로 길바닥을 내리치며 말했다.

그러자 여인숙에서 대소동이 일어났다. 이리저리 왔다 갔다 하는 발소리, 가구를 내던지는 소리, 문을 걷어차는 소리…. 온통 시끄러운 소리가 요란했다. 근처 바위산이 흔들릴 것만 같았다. 그러더니 잠시 후 그들이 하나둘씩 모습을 나타냈다. 그때마다 그들은 아무리 찾아도 없다고 말했다.

그 순간 어머니와 나를 깜짝 놀라게 했던 휘파람 소리가 또다시 밤공기를 가르며 분명하게 들려왔다. 이번엔 두 번 반복되었다. 나는 그 휘파람 소리가 사람들을 불러 모으는 맹인의 트럼펫 소리라고 생각했었다. 그러나 그것은 마을 쪽 언덕에서 들려오는 소리였다. 그리고 그것이 그들에게 곧 위험이 닥쳐온다는 경고 신호임을 알 수 있었다.

"망보던 더크가 휘파람을 불었어. 두 번씩이나 말야. 어서 도망가야겠어, 친구들."

누군가가 나지막하게 다그쳤다.

"도망간다고? 비겁한 놈들! 더크는 처음부터 비겁자에다 바보였어. 그 친구는 신경 쓸 거 없다구. 여인숙 사람들은 분명히 이 근처에 있어. 멀리 못 갔을 거야. 꼭 찾아내야 해. 자, 흩어져서 그들을 찾아봐. 젠장, 내가 눈만 보인다면…."

퓨의 고함소리에 두 명이 장작더미를 뒤져보는 시늉을 했다. 그러나 닥쳐올 위험을 의식한 탓인지 건성이었고, 나머지 사람들도 길에 우물쭈물하며 서 있었다.

"수천 파운드의 돈을 벌 수 있단 말야, 이 바보 같은 놈들아. 그걸 발견하면 왕자처럼 호강하며 지낼 수 있어. 그 길이 바로 여기 있단 말야. 그런데도 뭉그적거려? 네놈들 중엔 아무도 빌을 대적하려 하지 않았어. 하지만 난 해냈어. 이 눈먼 사람이 말야. 그런데 네놈들 때문에 기회를 잃게 생겼어. 마차를 타고 으스대며 왕자처럼 행세하지 못하고 비참한 비렁뱅이가 되어 럼주나 구걸하게 생겼단 말야. 네놈들에게 비스킷에 붙은 벌레만큼의 용기라도 있다면 그들을 찾아낼 수 있어."

"그만둬요, 퓨. 우린 스페인 금화를 얻었잖아요."

한 사람이 투덜거렸다.

"그들은 그걸 분명히 감추어 놓았을 거예요."

다른 사람이 중얼거렸다.

그 순간 퓨의 분노가 머리끝까지 치밀어 오른 것 같았다. 그는 지팡이를 들고서 그들을 향해 좌우로 후려갈겼다. 그의 지팡이에 두세 사람이 얻어맞는 소리가 났다.

그렇게 되자 그들은 퓨에게 욕설을 퍼부으면서 죽이겠다고 위협했다. 어떤 사람은 그의 지팡이를 붙잡으며 빼앗으려고 했다.

그들끼리의 싸움은 우리에게 득이 되었다. 그 싸움이 계속되는 동안, 마을이 내려다보이는 언덕 꼭대기에서 또 다른 소리가 들려왔다. 말들이 빠르게 내달리는 소리였다. 그리고 그와 동시에 산울타리 쪽에서 권총이 발사되는 소리가 들려왔다. 그것은 위험을 알리는 마지막 경고였다.

해적들은 그 소리를 듣자 어떤 놈은 바다 쪽으로 달아나고 어떤 놈은 언덕 쪽으로 달아는 등 제각기 뿔뿔이 도망쳤다. 1분도 지나지 않아 퓨를 제외하고 모두 사라져 보이지 않았다. 그들은 그를 놓아두고 달아난 것이었다. 겁에 질려서 그랬는지, 아니면 그의 욕설과 매질에 대한 복수였는지는 나도 잘 알 수 없었다.

퓨는 혼자 남아 미친 듯이 땅바닥을 지팡이로 내리치면서 동료들을 불러댔다. 그러더니 방향을 잘못 잡아 내가 있는 곳에서 몇 발짝 떨어지지 않은 곳을 지나쳐 마을 쪽으로 달려갔다.

"조니! 블랙 독! 더크! 너희들이 이 늙은 퓨를 이렇게 내버려 두지는 않겠지?"

바로 그때 말발굽 소리가 더욱 크게 울렸고, 네댓 명의 말 탄 기수들이 달빛 속에서 모습을 드러내며 산등성이 아래쪽으로 전속력으로 달려왔다.

그 소리에 놀란 퓨는 자신의 실수를 깨닫고 비명을 지르면서 재빨리 몸을 돌려 개천 쪽으로 달려갔다. 그러다 그만 그곳에 처박히고 말았다. 그러나 그는 곧 몸을 일으켜 아주 빠르게 질주해 오는 말발굽 밑으로 달려갔다.

기수가 그를 피하려 했으나 너무 늦었다. 퓨는 밤공기를 찢을 듯한 비명을 내지르면서 쓰러졌다. 전속력으로 달리던 말의 튼튼한 네 발이 그를 짓밟으면서 재빨리 지나갔다. 퓨는 옆으로 쓰러지고 나서 다시 엎어지더니 더 이상 움직이지 않았다.

나는 벌떡 일어나 말 탄 기수를 불러 세웠다. 그들은 깜짝 놀라면서 말을 멈추었다. 나는 그들이 누구인지 곧 알아보았다. 맨 뒤에서 따라가던 기수는 리브지 선생에게 알리기 위해 마을에서 파발마로 보낸 소년이었고, 세 기수는 세관장 댄스와 그의 부하들이었다. 영리한 파발마 소년은 길에서 그들을 만나자마자 그들과 함께 마을로 돌아오던 중이었다. 그들은 키츠홀에 수상한 쌍돛배가 들어와 있다는 소식을 듣고 곧바로 현장으로 출동하던 길이었다. 바로 이런 상황 덕분에 어머니와 나는 목숨을 건질 수 있었다. 그 대신 퓨는 그 자리에서 즉사했다.

우리는 어머니를 마을로 모셨다. 약간의 냉수와 소금을 먹이자 어머니는 곧 정신을 차렸다. 비교적 크게 놀랐지만 별로 다친 데는 없었고, 그때까지도 받을 돈을 다 받지 못한 것을 아쉽게 생각하였다.

세관장 댄스는 재빨리 말을 몰아 키츠홀까지 달려갔다. 그의 부하들은 말에서 내려 어두운 골짜기를 더듬적거리며 걸어갔다. 매복에 신경 쓰다 보니 빨리 달려갈 수가 없었다. 그들이 마침내 키츠홀에 도착했을 때, 쌍돛배는 이미 돛을 올리고 떠나가고 있었다. 별로 놀라운 일도 아니었다. 배가 아직 멀리 나가지 않았기에 세관장이 배를 멈추라고 소리치자 배에서 맞받아 소리쳤다.

"달빛 아래 서 있지 말고 물러나라. 그렇지 않으면 총알에 맞을 것이다."

그와 동시에 총알이 날아와 그의 팔뚝 옆을 스치고 지나갔다. 쌍돛배는 속력을 올려 시야에서 사라졌다. 세관장 댄스는 물에서 벗어난 고기처럼 그 자리에 그대로 서 있었다. 그가 할 수 있는 일이라고는 다른 마을에 파발마를 보내 쌍돛배를 조심하라고 연안 경비선에 알리는 것뿐이었다.

"하지만 그건 아무 소용도 없을 거야. 그자들은 이미 멀리 달아났어. 그래도 우두머리 퓨를 해치워서 천만다행이야."

그때는 세관장도 내 얘기를 들어서 퓨가 누구인지 알고 있었다.

나는 세관장과 함께 애드미럴 벤보로 돌아왔다. 이 세상에 그보다 혼란스러운 여인숙은 없을 정도로 아수라장이었다. 어머니와 나를 찾아내려고 미친 듯이 수색하는 과정에서 그들은 시계를 박살내 버렸다. 선장의 돈 자루와 상자 속에 있던 은화 외에는 가져간 것이 아무것도 없었지만, 여인숙은 쑥대밭이 되어 있었다. 댄스는 그런 혼란에 대해 아무것도 짐작해 내지 못했다.

"그자들이 돈을 가져갔다고 했지? 그렇다면 호킨스, 그자들은 도대체 뭘 찾아다닌 거냐? 더 많은 돈을 찾아내려 했나?"

"아닙니다, 세관장님. 돈이 아닙니다."

내가 대답했다.

"세관장님, 그들이 찾는 것은 제 웃옷 주머니에 있습니다. 전 이걸 안전하게 보관해 두고 싶습니다."

"그래, 그렇겠지…. 괜찮다면 내가 맡아 줄까?"

"제 생각으로는 리브지 선생님이…."

"좋아, 좋아."

그가 쾌활한 목소리로 내 말을 가로막았다.

"아주 좋아. 그분은 신사인 데다 또 치안 판사이기도 하지. 내가 곰곰이 생각해 보니, 그리로 말을 타고 가서 그분이나 대지주님에게 보고를 하는 게 좋겠어. 아무튼 해적 퓨가 죽었으니까. 그자는 죽어 마땅하지만, 그래도 죽어버렸으니까, 사악한 놈들이 그걸 꼬투리 삼아 세관원들에게 해코지를 할 수도 있어. 호킨스, 네가 괜찮다면 너를 거기까지 데려다주겠다."

나는 그 제안에 정말 고맙다고 말했다. 우리는 말들이 대기하고 있는 마을까지 걸어갔다. 내가 어머니에게 앞으로 해야 할 일에 대해서 거의 다 말해 주었을 즈음에는 세관원들의 말에 안장이 모두 얹혀졌다.

"도거, 자네는 튼튼한 말을 타고 있으니 저 소년을 자네 뒤에 태워 주게."

세관장 댄스가 나를 손가락으로 가리키며 말했다.

내가 말에 올라타 도거의 허리띠를 꽉 붙잡자 세관장이 출발 명령을 내렸고, 일행은 리브지 선생의 저택을 향해 질풍같이 달려갔다.

6
선장의 서류

우리는 아주 바쁘게 말을 달려 리브지 선생의 집 앞에 멈춰 섰다. 밖에서 보니 그 집은 현관을 포함하여 불이 모두 꺼져 있었다.

세관장 댄스는 나에게 노크를 하라고 말했다. 도거는 등자의 한쪽을 비켜주어 내가 말에서 내릴 수 있게 해주었다. 노크를 하자 하녀가 문을 열었다.

"리브지 선생님 계십니까?"

하녀는 놀란 눈으로 주위를 둘러본 뒤에 고개를 저었다. 리브지 선생은 오후에 귀가했다가 대지주와 저녁 식사를 하기 위해 그분 댁으로 갔다는 것이었다.

"그럼 그리로 가지."

댄스는 서둘러 말 머리를 돌렸다.

이번에는 거리가 가깝기 때문에 나는 말을 타지 않고 도거의 등자 끈을 잡고서 대지주 저택의 정문까지 뛰어갔다. 달빛에 젖은 앙상한 가로수를 따라 얼마쯤 달려가자 양옆에 커다란 정원을 거느린 하얀 저택이 나타났다. 세관장은 말에서 내려 나를 데리고 그 저택으로 가서 들어와도 좋다는 허락을 받았다.

하인은 우리를 매트가 깔린 복도 아래쪽으로 안내하더니 복도 끝에 있는 커다란 서재 안으로 들어가게 했다. 서재에는 책꽂이들이 가득했고, 책꽂이 위에는 흉상들이 놓여 있었다. 대지주와 리브지 선생은 손에 파이프를 든 채 각각 불이 활활 타오르는 벽난로의 양쪽에 앉아 있었다.

나는 대지주를 그렇게 가까이서 본 적이 없었다. 6피트가 넘는 큰 키에 떡 벌어진 어깨, 무뚝뚝하면서도 호걸 같은 인상이 나를 압도했다. 그러나 오랜 여행 때문인지 얼굴이 아주 거칠었으며, 불그스름한 빛을 띤 주름살이 잡혀 있었다. 또한 매우 짙고 검은 눈썹을 자주 꿈틀거렸다. 그 때문에 성미가 급하고 다소 오만하다는 인상을 주었으나 나쁜 성품의 소유자 같지는 않았다.

"댄스 씨, 어서 들어오시오."

그는 아주 위엄 있게 인사를 했다.

"안녕하세요, 댄스 씨."

의사 선생은 웃으면서 인사를 했다.

"짐, 너도 잘 있었지? 그런데 도대체 여기는 무슨 일로 찾아왔지?"

세관장은 나 대신에 의자에서 일어나 경직된 몸으로 교과서를 읽듯이 사건 경위를 보고했다. 두 신사는 몸을 앞으로 숙이고 서로 쳐다보면서 얘기를 들었다. 그들은 재미있다는 듯 담배 피우는 것도 잊어버렸다. 나의 어머니가 마을에서 다시 여인숙으로 돌아가기로 결심한 대목에 이르자 리브지 선생은 무릎을 찰싹 쳤고, 대지주는 "용감하군!" 하면서 기다란 파이프로 벽난로 받침대를 툭툭 쳤다. 또 어떤 대목에 이르자 트렐로니(이것이 대지주의 이름이다) 씨는 자리에서 일어나 방 안을 서성였고, 의사 선생은 그 얘기를 더 잘 듣기 위해 분칠한 가발을 벗기도 했다. 짧게 깎은 본래 머리가 드러나자 그가 아주 이상하게 보였다.

마침내 댄스 씨가 이야기를 마쳤다. 그러자 대지주가 만족스러운 표정을 지으며 말했다.

"댄스 씨, 당신은 매우 훌륭한 친구요. 그 사악한 해적 녀석을 짓밟아 버린 것은 바퀴벌레를 박살낸 것처럼 잘한 일이라 할 수 있소. 이 호킨스라는 소년도 용감하군. 호킨스, 그 초인종을 좀 눌러 주겠니? 댄스 씨에게 맥주를 좀 대접해야겠다."

"짐!"

그때 의사 선생이 나를 불렀다.

"그들이 애타게 찾던 것을 네가 갖고 있니?"

"여기 있습니다. 의사 선생님."

나는 유포 뭉치를 그에게 내밀었다.

그 뭉치를 이리저리 살펴보는 리브지 선생의 얼굴엔 빨리 펼쳐 보고 싶은 표정이 역력했다. 그러나 그는 그 뭉치를 그냥 자신의 상의 호주머니에 집어넣었다.

"대지주님, 댄스가 맥주를 마시고 나면 그에게 다시 일을 보러 가라고 하시지요. 하지만 짐 호킨스는 제 집에서 재우고 싶습니다. 그리고 허락해 주신다면 저 아이에게 차가운 파이를 먹이고 싶습니다."

"좋을 대로 하시오, 리브지 씨. 하지만 호킨스는 차가운 파이보다 더 나은 대접을 받을 만한 공로가 있소."

잠시 후 커다란 비둘기 파이가 간이 식탁 위에 놓였다. 나는 너무나 배가 고팠기 때문에 한 마리 매처럼 맛있게 저녁 식사를 해치웠고, 그 동안 댄스 씨는 한참 더 칭찬을 받고 나서 그 자리를 떠났다.

"자 이제, 대지주님."

의사 선생이 기다렸다는 듯 입을 열었다.

"자 이제, 리브지 씨."

대지주도 그와 똑같은 어조로 말했다.

"한 번에 하나씩 하기로 하죠."

리브지 선생이 껄껄 웃으면서 말을 이었다.

"대지주님께선 플린트라는 자에 대해서 들어보셨겠죠?"

"들어보다마다! 그자는 가장 극악한 해적 우두머리였소. 플린트에 비하면 블랙 비어드는 어린아이에 불과해. 스페인 놈들도 플린트라면 쩔쩔맸지. 그래서 그가 영국인이라는 사실이 자랑스럽기까지 했소. 트리니다드 근처에서 내 두 눈으로 그의 큰 돛배를 직접 보기도 했소. 그때 나와 함께 항해하던 술고래 선장은 비겁하게도 급히 배를 돌려 스페인 항구로 회항하고 말았지."

"저도 영국에서 그자에 관한 소문을 들은 적이 있습니다. 하지만 문제는 그자가 많은 돈을 가지고 있었느냐 하는 겁니다."

"아까 얘기를 듣지 않았소? 그 악당들이 무엇 때문에 찾아왔겠소? 그자들은 돈 외에는 전혀 신경 쓰는 게 없어요. 돈이 아니라면, 그자들이 목숨을 내놓고 저런 짓을 하겠소?"

"그건 차차 알게 되겠지요. 대지주님께서 너무 정열적으로 말씀을 하시니까 제가 말을 할 겨를이 없군요. 제가 알고 싶은 것은 이겁니다. 제 주머니 속에 든 것이 플린트의 보물을 찾아내는 데 어떤 단서가 된다면, 그 보물의 값어치가 과연 얼마나 되겠느냐 하는 겁니다."

"어마어마하겠지. 난 그런 단서가 있다면 이렇게 하겠소. 우선 브리스틀항에서 배를 한 척 마련해서 당신과 호킨스를 데리고 직접 그곳으로 가겠소. 설령 1년이 걸린다고 하더라도 반드시 그 보물을 찾아내고야 말겠소."

"아주 좋습니다. 자 이제 그 유포 뭉치를 풀어 봅시다."

리브지는 유포 뭉치를 테이블 위에 내려놓았다. 그것은 실로 꿰매어져 있었다. 리브지가 연장통에서 의료용 칼을 꺼내 그 실을 자르자 책 한 권과 봉인된 문서 하나가 나왔다.

"먼저 책을 살펴봅시다."

의사가 책을 펼치는 동안 대지주와 나는 어깨 너머로 들여다보았다. 첫째 페이지는 누가 심심풀이로 끼적거린 듯한 낙서였다. 그중 한 낙서는 선장의 팔뚝 문신과 같은 '빌리 본즈 좋은 사람'이었다. 그 밖에도 'W. 본즈, 부선장', '럼주를 그만 마셔야지', '팜키 근처에서 그것을 얻다' 등이 쓰여 있었다. 나는 '그것을 얻은' 사람이 누구인지, '그것'이 무엇인지 궁금했다. 혹시 등에 꽂는 칼침은 아닐까?

"여긴 별로 정보가 될 만한 게 없는데…."

리브지 선생이 그 페이지를 넘기면서 말했다.

그 다음 열 페이지 남짓에는 괴상한 내용들이 기재되어 있었다. 일반 부기장과 마찬가지로 줄 왼쪽에는 날짜, 오른쪽에는 금액이 적혀 있었다. 그러나 설명은 없고 날짜와 금액 사이에 X자만 여러 개 표시되어 있었다. 가령 1745년 6월 12일에는 누군가에게 줄 70파운드의 금액이 적혀 있는데, 자세한 설명은 없고 X자 표시만 여섯 개가 되어 있는 것이다. 어떤 부분에는 장소 이름 옆에 '카라카스 근해에서'라는 내용이 추가되어 있었고, 또 어떤 부분에는 62° 17′ 20″ 혹은 10° 2′ 40″ 같은 위도와 경도의 표시만 있을 뿐이었다.

그것은 20여 년의 세월 동안 기록된 것이었는데, 개별 기입 액수는 세월이 흘러갈수록 커졌다. 맨 마지막 부분에는 대여섯 번의 덧셈 끝에 총액이 적혀 있고 '본즈의 총액'이라는 내용이 추가되어 있었다.

"전 이게 뭔지 잘 모르겠습니다."

"이건 대낮처럼 분명한 거요. 이건 그 극악한 해적의 회계 장부요. 여기 X표는 해적들이 침몰시켰거나 약탈한 배 혹은 마을의 이름을 나타내는 거지. 이 총액은 그 해적의 몫이고, 불분명한 곳은 '카라카스 근해'라고 써 놓아 의미를 보충하고 있소. 이 기록대로라면 이곳 근처에서 어떤 배가 노략질을 당한 게 분명하오. 그 배에 탔던 사람들은 이미 오래전에 산호가 되었을 거요. 하느님, 그 영혼들을 굽어살피소서."

"아, 그렇군요! 여행을 많이 한 분이라 역시 다르십니다. 놈의 계급이 올라감에 따라 금액도 커지는군요."

그 책에는 그 외에 별다른 정보가 없었고, 끝부분의 여백에는 몇몇 지점의 위치 표시와 프랑스 돈, 영국 돈, 스페인 돈을 환산하는 도표가 그려져 있었다.

"몹시 깐깐한 성격이군요. 이 자는 속임수에 넘어가지는 않았겠어요."

"자, 이제 다른 것을 봅시다."

대지주는 리브지의 말에 아랑곳하지 않고 다그쳤다.

문서는 여러 군데가 쇠고리로 봉인되어 있었다. 쇠고리는 내가 선장의 주머니를 뒤졌을 때 보았던 그 쇠고리와 비슷했다. 의사 선생이 그 봉인을 조심스럽게 뜯어내자 섬이 그려져 있는 지도가 한 장 나왔다. 위도와 경도, 물 깊이, 언덕 이름, 작은 만과 포구, 배를 해안에 안전하게 접안시키는 데 필요한 각종 정보 등이 그 지도에 적혀 있었다.

그 섬은 길이가 약 9마일에 너비가 약 5마일 정도의 크기였고, 전체적인 모습은 살찐 용이 다리를 들고 서 있는 형상이었다. 지도에 의하면 섬 주위에 육지로 둘러싸인 훌륭한 항구가 둘 있고, 섬 중앙에는 '스파이글라스'라는 높은 언덕이 있었다.

지도 위에는 나중에 덧붙인 듯한 정보도 여럿 있었다. 무엇보다도 붉은 잉크로 X자 표시를 한 세 곳이 눈에 띄었다. 섬의 북쪽에 두 곳, 남서쪽에 한 곳이었다. 그리고 X자 옆에는 선장의 조잡한 글씨와는 아주 다르게 붉은 잉크 글씨로 '보물은 여기에'라고 깨끗하게 적혀 있었다.

지도의 뒷면에는 똑같이 단정한 글씨로 다음과 같은 정보가 기록되어 있었다.

> 키 큰 나무, 스파이글라스의 어깨 지점, 북북동의 북쪽 지점.
> 해골섬 동남동의 동쪽.
> 10피트.
> 은괴는 북쪽 굴속에 있음. 언덕 경사면, 언덕을 마주 보는 검은 바위의 남쪽 열 길 굴속.
> 무기는 발견하기 쉬움. 북쪽 포구 북쪽 지점의 모래 언덕. 동쪽과 북쪽의 4분의 1 지점.
>
> J. F.

그게 전부였다. 아주 간결한 내용이었지만 나는 전혀 이해할 수가 없었다. 그러나 대지주와 리브지 선생은 기뻐서 어쩔 줄을 몰랐다.

"리브지 씨, 이제 그 의사 노릇은 당장 걷어치워도 되겠소. 난 내일 당장 브리스틀로 떠나겠소. 3주, 아니 2주, 아니 열흘 이내에 영국에서 제일 좋은 배를 구입하고 제일 우수한 선원들을 모집하도록 하겠소. 호킨스는 선실 담당 소년으로 함께 갈 수 있을 거요. 호킨스, 넌 훌륭한 선실 담당이 될 거야. 리브지 씨, 당신은 선상 의사가 되고 나는 선주가 되는 거요. 레드루스, 조이스, 헌터도 함께 데리고 갑시다. 순풍을 이용하여 빨리 항해할 수 있을 거고 그 지점을 찾아내는 데 그리 어려움이 없을 겁니다. 그렇게만 된다면 많은 돈을 챙겨서 평생 호강하며 살게 될 거요."

"대지주님, 물론 저도 당신과 함께 가야겠지요. 가고말고요. 짐도 내 마음과 같을 겁니다. 우리도 그 모험에 한몫 거들고 싶습니다. 하지만 딱 한 사람이 두렵습니다."

"누가 두렵단 말이오? 그자가 누군지 말해 보시오, 선생!"

"그건 바로… 대지주님이십니다. 대지주님께서는 입을 꼭 다물고 있지 못할 테니까요. 이 지도에 대해서 알고 있는 사람은 우리뿐만이 아닙니다. 오늘 밤 여인숙을 공격했던 그 무시무시한 놈들도 알고 있어요. 또 쌍돛배를 타고 있던 자들도 마찬가지고요. 냄새를 맡은 많은 놈들이 하나같이 그 보물을 손에 넣으려고 기를 쓰고 있습니다. 그러므로 우리는 출항할 때까지 혼자서 다녀서는 안 됩니다. 짐과 나는 늘 함께 행동할 거고, 대지주님도 브리스틀에 갈 때 조이스와 헌터를 데리고 가십시오. 그리고 무엇보다도 중요한 것은 오늘 알게 된 이 사실을 그 누구에게도 발설해서는 안 된다는 것입니다."

"리브지 씨, 당신은 늘 맞는 말만 하는구려. 앞으로 나는 무덤처럼 조용하게 지내겠소."

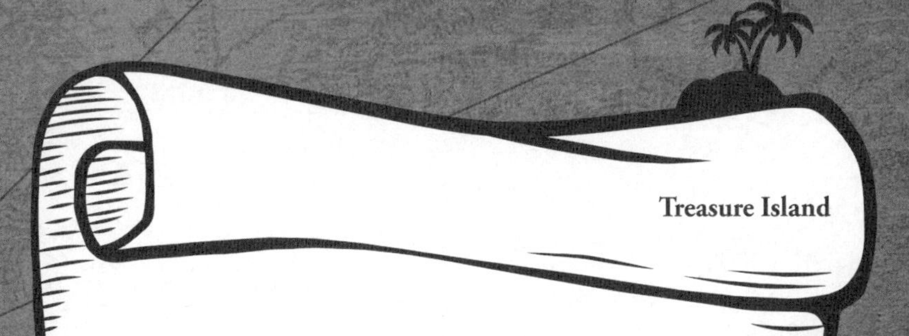

제2부

선상 요리사

7
브리스틀로 가다

우리가 출항하기까지는 대지주가 생각했던 것보다 더 오랜 시간이 걸렸다. 우리의 최초 계획—가령 리브지 선생이 나와 함께 행동하는 것—은 의도대로 진행되지 않았다. 나를 자기 옆에 꼭 붙어 있게 하겠다던 의사 선생은 후임자를 구하기 위해 런던으로 가야 했고, 대지주는 브리스틀에 나가 정열적으로 출항 준비를 했다. 나는 사냥터를 지키는 레드루스 노인의 감독 아래 대지주의 저택에서 지내게 되었다. 거의 포로나 다름없는 신세였지만, 내 마음은 바다에 대한 꿈으로 가득 차 있었고, 낯선 섬들과 모험에 대한 기대로 가슴이 설레었다. 나는 지도를 들여다보며 몇 시간씩 생각에 잠겼고, 그러다 보니 지도의 세세한 사항들까지 훤히 외우게 되었다.

나는 저택 관리인의 방에 설치된 벽난로 옆에 앉아 그 섬을 온갖 방향으로 접근해 보면서 상상의 날개를 폈다. 그리고 환상 속에서 그 섬 전체를 샅샅이 탐험했다. 스파이글라스라는 높은 언덕을 천 번이나

올라갔다 내려왔고, 언덕 꼭대기에서 시시각각 변하는 매혹적인 풍경을 내려다보았다. 그 섬에는 야만인들이 들끓었기 때문에 어떤 때는 그들에 대항하여 싸움을 벌여야 할지도 몰랐다. 어떤 때는 우글거리는 맹수들에 쫓겼지만, 그 상상 속에서는 우리가 실제로 모험하면서 겪었던 그런 이상하고 비극적인 일들은 일어나지 않았다.

그렇게 몇 주가 지나갔다. 그러던 어느 날 리브지 선생 앞으로 편지가 한 장 날아들었는데, 겉봉에는 이런 추신이 있었다.

'의사 선생이 안 계실 경우, 톰 레드루스나 어린 호킨스가 개봉해도 좋음.'

우리는 그 지시에 따라 편지를 개봉했다. 그 편지에서 우리는, 아니 나는—레드루스는 인쇄된 글자 외에는 잘 읽지 못했다—다음과 같은 중요한 뉴스를 발견했다.

> 17XX년 3월 1일, 브리스틀의 올드 앵커 여인숙.
>
> 친애하는 리브지, 당신이 내 집에 있는지 혹은 런던에 있는지 잘 몰라서 두 군데 모두 이 편지를 보내오. 나는 이미 배를 구입했고 장비를 설치했소. 배는 현재 출항을 기다리고 있다오. 이 배가 얼마나 성능이 뛰어난지 당신은 아마 상상하기 어려울 거요. 아이도 조종할 수 있을 정도로 훌륭한 이 배는 2백 톤 규모의 범선으로, 이름은 '히스파니올라'요.
>
> 나는 이 배를 내 친구 브랜들리를 통해 구입했는데, 브랜들리의 능력은 실로 놀랍소. 그는 처음부터 끝까지 나를 도와준 좋은 친구요. 이 친구는 내 일을 거의 노예처럼 돌봐 주었소. 또 이곳 브리스틀 사람들도 우리가 가려는 항구에 대한 문을 듣고서 열심

히 내 일을 봐주었소. 항구는 물론 보물을 말하는 거지만.

“레드루스 할아버지, 리브지 선생님은 이걸 못마땅하게 생각할 겁니다. 대지주님께서 결국 보물 얘기를 발설하고 말았군요.”

내가 편지를 읽다 말고 말했다.

“대지주님이 말 못 할 건 뭐야? 리브지 선생이 무서워서 대지주님이 할 말을 못 한단 말야? 웃기는 소리!”

레드루스 노인이 빈정거렸다. 그래서 나는 논평을 그만두고 계속 편지를 읽어 나갔다.

히스파니올라 호를 발견한 것은 브랜들리였소. 그는 아주 뛰어난 수완을 발휘하여 이 배를 헐값에 사들였소. 그런데 브리스틀에는 브랜들리에 대해서 편견을 가진 사람들이 일부 있소. 그들은 정직한 내 친구에 대해 헐뜯기 바쁘다오. 브랜들리가 돈이라면 뭐든지 하고, 또 히스파니올라 호를 나에게 아주 터무니없이 높은 값으로 팔아넘겼다고 떠드는 거요. 물론 이런 것들은 다 속이 빤한 중상모략에 불과하오. 그러나 이렇게 비난하는 자들조차도 이 배의 좋은 점만은 부인하지 못한다오.

현재까지는 아무런 어려움이 없소. 노동자들, 그러니까 배에다 장비를 설치하는 사람들의 작업 속도가 아주 느려요. 하지만 이건 시간이 해결해 줄 겁니다. 내가 걱정하는 것은 선원들을 선발하는 문제요.

나는 원주민들, 해적, 저 혐오스러운 프랑스 놈들의 공격에 대비하여 스무 명쯤 뽑고 싶었지만 솔직히 여섯 명을 뽑는데도 여간 골치를 썩인 게 아니었다오. 그러다가 아주 운 좋게도 꼭 필요한 사람을 만나게 되었소.
어느 날 부둣가에 서 있다가 우연찮게 그 사람과 대화를 나누게 되었소. 그는 과거에 선원이었고 지금은 여인숙을 하는 사람인데, 브리스틀에 사는 선원들을 모조리 알고 있었소. 그는 육지에서 지내다 보니 건강을 해쳐 선상 요리사로 취직해서 다시 바다로 나가고 싶어 하오. 그는 나를 만난 그날 아침에도 소금 냄새를 맡기 위해 절뚝거리며 일부러 부두로 나온 것이었소.
나는 그에게 깊은 감명을 받았소. 아마 당신도 그랬을 거요. 그래서 그를 즉석에서 선상 요리사로 채용했소. 그의 이름은 롱(키다리) 존 실버인데, 한쪽 다리가 없소. 하지만 불후의 명성을 자랑하는 호크 제독 밑에서 조국을 지키다가 그런 부상을 입었으니 오히려 칭찬받아야 할 일이지요. 리브지, 그는 연금도 받지 못한다 하오. 우리는 정말 한심한 시대에 살고 있는 것 같소.
나는 요리사 한 명을 고용한 것이라고 생각했으나 실은 그게 아니었소. 그 사람 덕분에 좋은 선원 여러 명을 구하게 되었다오. 실버와 나는 며칠 사이에 튼튼한 선원 여러 명을 고용했소. 그리 부드러운 사람들은 아니지만 그 얼굴만 보면 백절불굴의 선원들임을 알 수 있소. 이 정도의 선원을 갖춘다면 프리깃 군함과도 대적할 수 있겠다는 생각이 들었소.
롱 존은 내가 앞서 뽑았던 예닐곱 명 중에서 두 명을 해고해 버렸소. 그는 해고된 두 명이 바다에서의 모험을 감당하지 못하는 신출내기 선원임을 지적해 주었소.
나는 몸과 마음이 모두 건강하오. 황소처럼 먹고 통나무처럼 잠자고 있소. 하지만 나의 부하 선원들이 권양기의 닻줄을 풀 때까지는 한순간도 안심이 되질 않소. 바다로 나가자! 보물을 찾아라! 이러한 생각이 내 머리를 빙빙 돌게 만든다오. 리브지, 빨리 오시오. 나를 생각한다면 단 한 시간이라도 지체하지 마시오.

어린 호킨스는 레드루스의 인솔 아래 홀로 된 어머니를 만나게 하시오. 그러고 나서 둘 다 전속력으로 브리스틀로 오게 하시오.

추신: 우리가 출항하여 8월 말까지 돌아오지 않으면 브랜들리가 우리를 찾아 나설 구조선을 보내겠다고 했소. 그는 또 훌륭한 선장을 구해 주었소. 이 사람은 성격이 뻣뻣한 것이 좀 흠이지만 그 외에는 모든 면에서 훌륭하오. 롱 존 실버는 아주 유능한 항해사를 발굴했소. 그의 이름은 애로우요. 호각을 부는 갑판장도 확보했소. 그래서 히스파니올라 호는 군함식으로 운영될 것 같소.

참, 실버가 상당한 재산가임을 말해 주는 걸 잊었소. 그는 은행에 계좌를 개설했는데 한 번도 초과 인출을 한 적이 없다고 하오. 여인숙의 운영은 아내에게 맡겼더군요. 그의 아내는 흑인인데, 당신과 나 같은 늙은 독신자는 이렇게 짐작한다고 해서 문제될 것은 없을 것 같소. 실버를 바다에 내보내는 것은 그의 건강 문제도 있지만 역시 아내의 바가지라고 말이오.

J. T.

재추신 : 호킨스가 그의 어머니와 함께 하룻밤을 지낼 수 있도록 해주시오.

J. T.

나는 그 편지를 읽고 너무나 기뻐서 거의 제정신이 아니었다. 하지만 톰 레드루스는 불평을 하고 비탄에 잠기는 것 외에는 할 줄 아는 것이 없었다. 사냥터를 지키는 보조 요원들은 모두 그와 자리를 바꾸어서 바다로 가고 싶어 했다. 그러나 대지주는 그걸 받아줄 의사가 전혀 없었고 대지주의 뜻은 곧 그들 사이에서 율법이었다. 레드루스 노인만 가끔 투덜댈 뿐 아무도 대지주에게 불평할 생각을 하지 못했다.

그 다음 날 아침 레드루스 노인과 나는 걸어서 애드미럴 벤보에 갔다. 어머니는 건강하고 쾌활했다. 우리 가족에게 그처럼 오랫동안 불편함을 안겨 주었던 선장이 사라져버리면서 더 이상 골칫거리는 아무것도 없었던 것이다. 대지주 덕분에 여인숙이 전부 새롭게 페인트칠되었고 객실과 간판도 새롭게 단장되었다. 게다가 바에는 어머니가 앉아서 쉬도록 예쁜 안락의자가 준비되어 있었다. 또한 대지주는 어머니에게 잔심부름을 도맡을 소년 한 명을 붙여 주어 내가 없더라도 일손이 모자라지 않았다.

그 소년을 보는 순간 나는 그때 처음으로 내 상황을 뚜렷이 깨닫게 되었다. 나는 그때까지 앞으로 있을 모험에 대해서만 생각했을 뿐, 내가 떠난 후의 집안 형편은 전혀 고려하지 않았던 것이다. 그런데 이제 내 대신 어머니 옆에서 일을 도와주게 된 어설프기 짝이 없는 낯선 소년을 보자 처음으로 왈칵 눈물이 나왔다. 나는 그 낯선 소년에게 좀 심하게 대했던 것 같다. 그가 여인숙 일을 잘 몰랐기 때문에 엉성한 일처리가 여러 군데서 눈에 띄었고 그때마다 그냥 흘려보내지 않고 일일이 다 고쳐주면서 훈계했던 것이다.

그렇게 하룻밤이 지나갔고 다음 날 점심 식사가 끝난 후 나는 어머니에게 작별 인사를 했다. 그리고 내가 어린 시절에 뛰놀던 포구와 정든 애드미럴 벤보 여인숙을 마지막으로 둘러보았다. 그러나 최근에 페인트칠을 다시 한 탓인지 그리 정겹게 느껴지지만은 않았다. 여인숙을 둘러보며 나는 죽어버린 선장을 생각했다. 선원 모자를 삐딱하게 쓰고 얼굴의 칼자국을 번쩍거리며 낡은 놋쇠 망원경을 겨드랑이에 끼고 종종 해변을 산책했던 선장을….

황혼 무렵 우리는 히스 무성한 황야에 있는 '로열 조지' 여인숙에서 우편 마차를 탔다. 나는 레드루스 노인과 건장한 노신사 사이에 앉자마자 곧바로 졸기 시작했다. 마차가 덜렁거리고 밤공기가 차가웠지만, 나는 우편 마차가 언덕을 오르고 골짜기를 내달리며 역들을 거쳐가는 동안 누가 업어 가도 모를 정도로 곤하게 잠을 잤다. 레드루스가 내 옆구리를 찔러 눈을 떴을 때는 이미 아침 해가 중천에 떠 있었고, 우리는 도시의 커다란 건물 앞에 서 있었다.

"여기가 어디죠?"

"브리스틀."

레드루스 노인이 마차에서 내리며 퉁명스럽게 대답했다.

대지주 트렐로니 씨는 범선의 출항 준비 상황을 틈틈이 감독하기 위해 부두 아래쪽에 있는 여인숙에 투숙하고 있었다. 우리는 거기까지 걸어가야 했다. 길은 바로 부두 옆에 있었다. 나는 저마다 크기, 돛의 모양, 국적 등이 모두 다른 수많은 배들을 볼 수 있게 되어 너무 기뻤다. 어떤 배에서는 선원들이 작업을 하면서 노래를 불렀다. 또 어떤 배에서는 선원들이 거미줄처럼 가는 밧줄에 의지하여 높은 돛대 위로 올라가고 있었다. 나도 줄곧 포구 옆에서 살아왔지만 이때만큼은 바다 근처에도 가보지 못한 사람처럼 그 바다가 생소하게 느껴졌다. 타르와 소금 냄새는 아주 색다른 것이었다.

나는 먼바다에 나가 파도 한가운데를 누비고 다녔을 멋진 선두상(先頭像)들을 쳐다보았다. 또 많은 고참 선원들도 쳐다보았다. 그들은 귀에다 귀고리를 달았고, 구레나룻을 고리 모양으로 감아 올렸으며, 끈으로 감아 내린 머리에, 선원 특유의 어기적거리는 폼으로 걸어 다녔다. 많은 왕들과 대주교를 만난다고 하더라도 그 고참 선원들을 구경하는 것처럼 재미있지는 않을 것 같았다.

나도 이제 곧 선원이 될 것이다. 범선을 타고 바다로 나가 호각을 부는 갑판장과 노래를 부르는 선원들과 함께 어울리게 될 것이다. 바다로! 미지의 섬으로! 묻혀 있는 보물을 찾아서!

내가 그런 아름다운 꿈에서 깨어나지 못하고 있을 때, 우리는 커다란 여인숙 앞에 도착했다. 거기서 우리는 트렐로니 대지주를 만났다. 그는 마치 해군 장교처럼 빳빳한 청색 제복을 입고 빙그레 웃으며 걸어 나왔다. 부두에서 보았던 선원들의 걸음걸이를 그대로 흉내 낸 것이었다.

"잘 왔다, 호킨스. 리브지 씨는 어젯밤에 런던에서 도착했단다. 그러고 보니 이제 모든 준비가 완료되었군."

"대지주님, 우린 언제 출항합니까?"

내 질문에 대지주는 아주 흔쾌히 대답했다.

"출항! 우린 내일 떠난다."

8
스파이글라스 여인숙

내가 아침 식사를 마치자 대지주는 내게 존 실버 앞으로 보내는 쪽지를 건넸다. 그러면서 실버는 지금 스파이글라스라는 간판을 내건 여인숙에 있으며, 쉽게 찾을 수 있을 거라고 했다. 부두 옆길을 따라 쭉 내려가면 커다란 놋쇠 망원경을 간판으로 내건 자그마한 여인숙이 나오는데 그게 바로 스파이글라스라는 것이었다. 나는 선박과 선원들을 더 자세히 구경할 수 있는 기회라고 생각하면서 기쁜 마음으로 길을 나섰다. 마침 바쁜 시간인지 부두는 사람과 수레와 화물들로 가장 붐비고 있었다. 나는 그 사이를 간신히 빠져나와 여인숙을 찾았다. 다행히 여인숙은 쉽게 눈에 띄었다.

산뜻하면서도 조그마한 여인숙이었다. 간판은 새로 페인트칠을 했고, 창문에는 붉은 커튼이 걸려 있었다. 바닥은 모래로 닦아서 반들거렸다. 여인숙 양쪽으로 통로가 있었기 때문에 양쪽 문을 모두 열어 놓고 있었다. 그래서 자욱한 담배 연기에도 불구하고 천장이 낮은 커다란 방이 밖에서도 잘 보였다.

모두 선원인 손님들은 커다란 목소리로 얘기를 하고 있었다. 나는 문턱에 잠시 멈춰 선 채 들어가기를 망설였다.

잠시 후 한 남자가 옆방에서 나왔다. 나는 첫눈에 그가 롱 존 실버임을 알아보았다. 그는 왼쪽 다리가 엉덩이 근처에서 절단된 상태였고, 왼쪽 겨드랑이에 목발을 받치고 있었다. 하지만 목발을 아주 능숙하게 사용했다. 어떤 때는 목발을 짚고서 새처럼 가볍게 몸을 움직였다. 그는 롱이라는 별명답게 키가 크고 단단하게 생긴 사내였다. 얼굴은 햄처럼 넓적하고 수수했지만 제법 총명해 보였고, 항상 미소를 짓고 있었다. 그는 아주 기분이 좋은 듯 테이블 사이를 돌아다니면서 휘파람을 불기도 하고, 단골손님들에게는 다정한 말을 건네면서 어깨를 살짝 치기도 했다.

사실대로 말하자면, 나는 트렐로니 대지주의 편지에서 롱 존 실버라는 이름을 보는 순간, 혹시 내가 벤보에서 망을 보았던 그 외다리 남자가 아닐까 하는 생각을 했었다. 그러나 그 남자의 실물을 본 순간 모든 게 분명해졌다. 선장, 블랙 독, 맹인 퓨 등을 겪어 본 나는 비교적 해적의 용모에 대해 잘 알고 있었다. 그들과는 사뭇 다르게 롱 존은 깨끗하고 유쾌한 성품의 여인숙 주인이었다.

나는 용기를 내어 문턱을 넘었다. 롱 존은 목발을 짚고 선 채로 손님과 얘기를 하고 있었다.

"실버 씨 아니세요?"

내가 쪽지를 내밀며 물었다.

"그렇단다. 그게 내 이름이지. 그런데 넌 누구니?"

그는 내가 내민 쪽지를 내려다보았다. 그리고 약간 놀라는 듯한 표정을 지었다.

"오, 알았다. 네가 바로 선실 담당 소년이로구나. 만나서 반갑다."

그가 손을 내밀며 커다란 목소리로 말했다. 그는 커다랗고 단단한 손으로 내 손을 꽉 잡았다.

그때 실내 한쪽 구석에 앉아 있던 손님이 갑자기 벌떡 일어서더니 문 쪽으로 뛰어갔다. 문은 바로 그의 옆에 있었기 때문에 손님은 금방 밖으로 내뺄 수 있었다. 그의 허둥대는 태도가 내 주의를 끌었고, 나는 한눈에 그를 알아보았다. 그는 손가락 두 개가 없는 창백한 얼굴의 사나이, 애드미럴 벤보에 처음 왔던 바로 그 남자였다.

"저 사람을 잡아요! 블랙 독이에요!"

"난 저자의 이름이 뭔지 따위에는 신경 쓰지 않아. 하지만 술값을 안 냈어. 쫓아가서 저자를 잡도록 해."

롱 존의 말이 떨어지자마자 문 쪽 가까이에 있던 한 사람이 벌떡 일어서서 뒤쫓기 시작했다.

"설령 저자가 호크 제독이라고 할지라도 술값은 내야 해."

그는 잡고 있던 내 손을 놓았다.

"얘야, 저 사람이 누구라고? 블랙 뭐?"

"블랙 독요. 트렐로니 씨가 해적에 대해서 말해 주지 않던가요? 저 사람은 해적이에요."

"그래? 저자가 해적이라고? 그런 자가 내 집에 오다니. 벤, 뛰어가서 해리를 도와줘. 모건, 자네가 저자와 술을 마셨나? 이리로 좀 와 봐."

모건은 머리가 희끗희끗해서 나이가 좀 들어 보이는, 구릿빛 얼굴의 선원이었다. 그는 담배를 씹으면서 쭈뼛쭈뼛 우리 쪽으로 걸어왔다.

"자 모건, 자네는 전에 저 블랙 독이라는 자와 만난 적이 없지. 그렇지?"

"없습니다."

모건이 경례를 하며 말했다.

"저자의 이름도 모르지?"

"모릅니다."

"톰 모건, 그건 자네로서는 잘된 일이야! 저런 자들과 어울리다가는 우리 집에 발도 들여놓지 못하게 될 거야. 내 말 명심해. 그런데 도대체 그자가 자네에게 뭐라고 하던가?"

"잘 모르겠습니다."

"잘 몰라? 자네 어깨 위에 붙어 있는 건 뭔가? 머리가 아니라면 구멍 셋 뚫린 도르래인가? 모르다니? 그렇다면 상대방의 정체를 제대로 몰랐다는 얘긴가? 자, 그자가 무슨 얘길 하던가? 항해? 선장? 선박? 말해 봐, 뭐라고 했나?"

"선원을 밧줄에 묶어서 배 밑에 넣었다가 빼내는 처벌에 대해서 말했습니다."

"물 먹이는 처벌? 자네에게 어울리는 얘기로군. 그만 자리로 돌아가게, 톰."

모건이 자리로 되돌아가자 실버는 나에게 은밀하게 속삭였다. 그런 속삭임은 나를 특별 대우하는 듯하여 나를 우쭐하게 만들었다.

"톰 모건은 정직하지만 우둔해."

그러고 나서 그는 다시 큰 목소리로 말했다.

"블랙 독이라고? 난 그런 이름은 모르겠는데. 하지만 저자를 본 적은 있어. 맹인 거지하고 여길 오곤 했었지."

"그랬을 겁니다. 전 그 맹인도 알고 있어요. 이름이 퓨…."

"그래, 퓨! 그게 그자의 이름이었어. 고리 대금업자 같았지. 블랙 독이라는 자를 잡는다면 트렐로니 선주에게 보고할 사항이 있을 건데…. 그자를 잡으러 간 벤은 아주 걸음이 빨라. 선원들 중에서 최고지. 지금쯤은 아마 그자를 잡았을 거야. 물 먹이는 처벌에 대해 말했다구? 내가 그자를 그렇게 해주고 말겠어."

이렇게 말하면서 그는 술집 안을 왔다 갔다 했다. 그러면서 주먹으로 테이블을 치는 등 아주 흥분된 모습을 보였다. 그 정의로운 모습이 너무나 그럴듯하여 올드 베일리 판사나 보우 스트리트의 경찰마저도 속아 넘어갈 정도였다.

스파이글라스에서 블랙 독을 보자 다시 의심이 생겼다. 그래서 나는 요리사로 내정된 실버를 찬찬히 살펴보았다. 그러나 그는 너무나 생각이 깊고 화통하고, 또 영악하여 나로서는 그 마음속을 헤아릴 수가 없었다.

그때 블랙 독을 뒤쫓아 갔던 두 사람이 헉헉거리며 돌아왔다. 그들은 사람들이 너무 붐벼 그자를 놓쳤다고 보고했다. 그러자 실버가 그들을 매우 질책했다. 그처럼 질책하는 모습을 보니 롱 존 실버의 결백을 내가 직접 보증하고 싶을 정도였다.

"호킨스, 왜 나한테 이런 어려운 일이 생기는지 모르겠구나. 트렐로니 선주가 나를 어떻게 생각하겠니? 그 빌어먹을 자식이 우리 여인숙에 들어와 내 럼주를 퍼마시다니. 네가 여기까지 와서 그놈이 어떤 놈인지 자세히 얘기해 주었는데, 바로 코앞에서 놓쳐 버렸으니 내 위신이 말이 아니구나. 호킨스, 네가 선주에게 나의 무고한 입장을 잘 해명해 주렴. 비록 나이는 어리지만 넌 정말로 똑똑한 아이야. 네가 우리 여인숙에 딱 들어서는 순간 알아보았지. 그런데 목발 신세인 내가 무얼 어떻게 할 수 있겠니? 내가 옛날처럼 온전한 몸이었다면 그자를 쫓아가 금세 잡고 말았을 텐데. 정말 그랬을 거야. 하지만 지금은….”

그는 갑자기 말을 멈추더니 뭔가 생각이 난 듯 입을 다물지 못했다.

“내 술값! 이런 젠장, 럼주가 석 잔이야! 술값 받는 것도 잊어버렸네!”

그는 의자에 털썩 주저앉더니 눈물이 뺨을 타고 흘러내릴 때까지 웃어댔다. 나도 따라 웃지 않을 수 없었다. 우리는 술집이 들썩거릴 정도로 함께 웃어 댔다.

“난 참 한심한 선원이다.”

그가 뺨을 닦아 내며 말했다.

“호킨스, 너와 나는 잘 지낼 것 같구나. 하지만 나는 한심하게도 너만도 못하구나. 이런 사태는 절대 있어서는 안 되는데…. 자, 어서 가 보자. 낡은 선원모를 쓰고 가서 트렐로니 선주에게 이 일을 보고해야 되겠다. 호킨스, 이건 중요한 일이야. 너나 나나 이 일 때문에 잘했다는 소리를 듣기는 틀렸구나. 우리 두 사람을 영리하다고 하지는 않을 테니까 말야. 하지만 빌어먹을, 술값도 못 받아 내다니 이 얼마나 웃기는 일이냐.”

그는 또다시 웃기 시작했다. 너무 재미있다는 듯이 웃었기 때문에 나도 엉겁결에 따라서 웃을 수밖에 없었다.

부두 옆길을 따라 함께 걸어오면서 실버는 아주 재미난 얘기를 많이 해주었다. 우리가 지나쳐 온 각종 배들의 크기와 무게, 장비, 국적, 그리고 현재 진행 중인 일의 성격 등을 말해 주었다. 어떤 배는 짐을 부리고 있고, 어떤 배는 화물을 싣고 있으며, 어떤 배는 출항 직전이라고 설명해 주었다. 또 그 사이사이에 선박과 선원에 관한 재미있는 일화를 들려주었고, 많은 해양 용어들을 내가 완벽하게 익힐 때까지 반복해서 가르쳐주었다. 나는 그걸 모두 외우면서 그가 배를 함께 탈 만한 훌륭한 뱃사람이라고 생각했다.

여인숙으로 돌아와 보니 대지주와 리브지 선생이 함께 앉아 건배를 해 가면서 맥주를 마시고 있었다. 그들은 곧 출항할 범선을 점검하러 나가려던 참이었다.

실버는 아주 활기찬 목소리로 여인숙에서의 사건을 있는 그대로 보고했다.

"호킨스, 내 말이 사실 그대로지?"

그는 이야기 도중에 종종 나를 불러 확인시켰고, 나는 그렇다고 대답했다.

두 신사는 블랙 독을 놓친 것을 아쉬워했다. 하지만 할 수 없는 일이었다. 롱 존은 두 사람에게서 칭찬을 받은 다음 목발을 짚고 여인숙을 떠났다.

"선원들은 오늘 오후 4시까지 모두 승선해야 해."

대지주가 롱 존에게 소리쳤다.

"알겠습니다."

요리사는 뒤도 돌아보지 않은 채 큰 소리로 대답했다. 리브지가 흐뭇한 얼굴로 그 뒷모습을 바라보며 말했다.

"대지주님, 지주님께서 선발한 사람들은 전반적으로 신용이 가지 않습니다만, 저 키다리 존 실버는 착실한 사람인 것 같군요."

"아주 좋은 친구요."

대지주가 만족스럽다는 듯 고개를 끄덕이며 말했다.

"자, 그러면 가시죠. 아, 짐도 우리와 함께 가야겠죠?"

"물론이죠."

대지주가 경쾌하게 대답한 후 나를 보며 말했다.

“호킨스, 모자를 쓰거라. 배를 구경하러 갈 거니까.”

9
화약과 무기

히스파니올라 호는 부두에서 좀 떨어진 곳에 있었다. 우리는 다른 배들의 선두상과 고물들을 지나쳐 가야 했다. 이따금 그 배들에서 뻗어 나온 밧줄들이 우리 배의 용골 아래에서 흔들거렸고, 우리들의 머리 위에서도 흔들거렸다.

마침내 우리가 배에 오르자 항해사인 애로우 씨가 우리를 환영하여 경례를 붙였다. 그는 얼굴이 붉고 나이가 지긋한 선원으로, 사팔눈에 귀에는 귀걸이를 하고 있었다. 대지주는 항해사와는 아주 사이가 좋았으나 선장과는 그렇지 못했다.

선장은 아주 날카롭게 생긴 사람으로서, 배 안의 모든 상황이 마음에 들지 않는다는 듯한 표정이었다. 우리는 곧 그 이유를 알 수 있었다.

우리가 선실로 내려가자마자 선원 한 명이 따라 내려와 대지주에게 말했다.

"스몰렛 선장이 선주님과 얘기를 나누고 싶답니다."

"나는 늘 그의 말을 들어 줄 준비가 되어 있소. 그를 들어오라고 하시오."

그러자 그 선원 바로 뒤에 있던 선장이 곧바로 선실 안으로 들어와 문을 닫았다.

"스몰렛 선장, 대체 뭘 말하고 싶다는 거요? 준비는 완벽하게 끝난 거요? 배가 곧 출항할 수 있겠소?"

"선주님, 당신을 화나게 만들지도 모르지만 그래도 솔직히 말하는 편이 좋다고 생각합니다. 나는 이번 항해가 마음에 들지 않습니다. 선원들도, 항해사도 마음에 들지 않아요. 최소한 이것만은 말해 두어야겠습니다."

선장은 정중한 태도로 조목조목 설명을 했다. 그러자 대지주는 내가 보기에도 크게 화를 냈다.

"혹시 이 배가 마음에 들지 않는 것은 아니오?"

"선주님, 아직 항해해 보지 않았으므로 그 점에 대해서는 할 말이 없습니다. 겉보기엔 좋은 배인 것 같지만 그 이상은 말하기 어렵습니다."

"그렇다면 선주가 마음에 들지 않는다고 에둘러 말하는 거요?"

그때 리브지 선생이 끼어들었다.

"잠깐만요. 그런 얘기는 감정만 상하게 할 뿐 아무런 소득이 없어요. 선장은 말을 너무 많이 했거나 아니면 너무 적게 했을지 몰라요. 그러니 우선 선장의 설명을 들어보기로 하죠. 당신은 이 항해가 마음에 들지 않는다고 했지요? 그건 왜 그렇습니까?"

"나는 이 배의 출항 목적을 제대로 모르는 상황에서 고용되었습니다. 그런데 선원들은 출항 목적에 대해 나보다 더 많이 알고 있더군요. 난 그것이 불공정하다고 생각합니다."

"그렇군요. 그건 공정하지 않아요."

리브지 선생이 거들었다.

"그 다음, 우리가 보물을 찾으러 간다는 얘기를 어떤 선원을 통해 들었습니다. 보물을 찾는 건 정말 까다로운 일입니다. 나는 그 어떤 이유에서든 보물을 찾기 위한 항해는 좋아하지 않아요. 특히 그 항해의 목적이 비밀일 경우에는 더욱 그렇습니다. 실례되는 말인지 모르겠지만, 그 비밀은 이미 앵무새의 입에 옮겨졌습니다."

"실버의 앵무새 말이오?"

대지주가 물었다.

"그건 비유적인 표현입니다. 다들 떠들고 다닌다는 얘기입니다. 두 분은 지금 하려고 하는 일이 얼마나 어려운 건지 모르고 있습니다. 하지만 나는 분명히 말할 수 있습니다. 이건 생사가 달린 아주 위험한 모험입니다."

"그건 우리도 잘 알고 있어요."

리브지 선생이 무거운 목소리로 말을 받았다.

"그래도 우리는 모험을 걸어 볼 작정이오. 물론 우리는 당신이 생각하는 것처럼 그렇게 무식하지는 않아요. 그리고 방금 선원들이 마음에 들지 않는다고 했는데, 그들은 훌륭한 선원이 아닙니까?"

"선생님, 나는 그들이 마음에 들지 않습니다. 선원은 내가 직접 골라야 마땅하다고 봅니다."

"그래야겠지요."

리브지 선생이 말을 이었다.

"내 친구가 당신과 함께 선원을 뽑았더라면 더 좋았겠지요. 하지만 당신을 모욕할 의사는 전혀 없었어요. 그럼, 애로우 씨도 마음에 들지 않습니까?"

"그렇습니다, 선생님. 나는 그가 훌륭한 선원이라는 점에는 동의합니다. 하지만 항해사답지 않게 선원들과 너무 허물없이 지냅니다. 항해사는 선원들과 함께 술을 마셔서는 안 됩니다."

"그가 실제로 술을 마셨다는 얘기요?"

대지주가 물었다.

"아닙니다, 선주님. 단지 그가 너무 허물없이 행동한다는 거지요."

"좋아요, 선장. 그럼 어떻게 하면 좋겠소? 당신의 의견을 말해 보시오."

다시 리브지 선생이 말했다.

"두 분은 이번 항해에 나설 뜻이 확고합니까?"

"그렇소."

대지주와 리브지 선생이 동시에 대답했다.

"좋습니다. 그러면 내 부탁 몇 가지를 들어 주십시오. 선원들이 화약과 무기를 배 앞부분의 짐칸에다 싣고 있는데, 고물의 선실 밑에 아주 좋은 장소가 있습니다. 거기다 싣도록 해주십시오. 그리고 선주님께서 데려온 일행 중 몇몇에게 이물 쪽에다 침상을 마련해 준다는 얘기를 들었습니다. 그러지 말고 그 사람들에게 여기 선실 옆의 침상을 주면 어떻겠습니까?"

"더 없소?"

트렐로니 씨가 물었다.

"한 가지 더 있습니다. 이미 이 여행의 목적이 너무 많이 누설되었습니다. 제가 들은 소문을 그대로 말씀드리지요. 당신들에게 지도가 있는데, 보물이 묻혀 있는 지점은 X자 표시가 되어 있고, 그 섬의 위치는…."

선장은 위도와 경도까지 정확하게 말했다.

"난 아무에게도 말한 적 없어."

대지주가 변명하듯 말했다.

"선주님, 선원들이 이미 다 알고 있습니다."

"그럼 리브지와 호킨스 둘 중 하나로군."

그러나 리브지 선생이나 선장은 트렐로니 씨의 말에 별로 신경을 쓰지 않았다. 나도 대지주의 입이 가볍다는 것은 익히 알고 있었다. 하지만 보물섬의 위치는 예외였다. 사실 그는 그 섬 얘기는 아무에게도 하지 않았던 것이다.

"나는 누가 그 지도를 갖고 있는지 모릅니다. 하지만 그 지도에 대해서만큼은 나와 애로우 씨에게도 비밀로 해주었으면 감사하겠습니다. 그렇지 않으면 지금 즉시 사임하겠습니다."

"알겠소. 당신의 요구대로 하겠소. 그런데 보아하니 당신은 선실을 요새로 만들 생각을 갖고 있군요. 무기와 화약을 전부 그곳에다 옮겨 놓고, 우리 사람을 그쪽에다 배치해 놓고…. 바꾸어 말하면 당신이 선상 반란을 두려워하고 있다는 증거죠." 리브지 선생이 말했다.

"선생님, 당신을 모욕할 의사는 조금도 없습니다. 하지만 내 입에다 억지로 그런 말을 집어 넣어주는 것은 싫습니다. 그 어느 선장이라도 항해를 나서기 전에는 반드시 그런 가능성을 우려하는 것입니다. 애로우 씨는 아주 정직한 선원이라고 생각됩니다. 그리고 몇몇 선원들도 그런 것 같아요. 어쩌면 나의 우려와는 다르게 모두가 정직한 선원일지도 모르죠. 하지만 나는 배의 안전과 선원들의 목숨을 책임진 사람입니다. 그런 입장에서 본다면 지금 돌아가는 상황은 전혀 안전하지 않아요. 그래서 몇 가지 예방 조치를 건의한 겁니다. 이게 싫다면 전 배를 타지 않겠습니다. 내가 할 말은 이게 전부입니다."

"스몰렛 선장…."

리브지 선생이 미소를 지었다.

"태산이 크게 울리더니 결국에 생쥐 한 마리가 나오더라는 우화를 들어보셨습니까? 실례의 말인지 모르겠지만, 당신을 보니 그 우화가 생각납니다. 우리를 찾아왔을 때 당신은 지금 한 말보다 더 많은 말을 하려고 생각하지 않았나요?"

"의사 선생님, 사실 제가 처음 여기 들어섰을 때는 사직을 생각했었습니다. 트렐로니 씨가 내 말을 단 한마디도 들어 주지 않을 거라고 예상했었거든요."

"잘 보았소."

대지주가 소리쳤다.

"리브지 씨가 이 자리에 없었다면 당신을 해고해 버렸을 거요. 하지만 당신 말에도 일리가 있는 것 같으니 당신이 하자는 대로 하겠소. 그렇다고 해서 당신을 더 좋아하게 된 건 아니오."

"그건 선주님 좋으실 대로 하십시오. 내가 의무를 충실히 수행한다는 것은 곧 알게 될 겁니다."

그렇게 말하고 선장은 선실 밖으로 나갔다.

"대지주님, 제 예상과는 달리 지주님께선 정직한 사람을 두 명씩이나 배에 태웠군요. 저 사람과 존 실버 말입니다."

"실버만 그렇지, 저 빌어먹을 녀석은 남자답지 못하고, 선원답지 못하고, 영국인답지 못해요."

"글쎄, 그건 두고 보면 알겠죠."

우리가 갑판으로 나갔을 때 선원들은 '어영차' 소리를 지르면서 무기와 화약을 밖으로 꺼내는 작업을 하고 있었다. 선장과 애로우 씨는 옆에 서서 감독을 했다.

그 새로운 조치는 내 마음에 딱 들었다. 범선의 내부 구조는 전면적으로 재조정되었다. 배 뒷부분을 고쳐서 고물에 여섯 개의 침상을 만들었고, 그 침상들은 배 왼편의 둥근 재목들이 튀어나온 통로를 통해 취사장과 선원실로 연결되었다. 원래는 선장과 애로우 씨, 헌터, 조이스, 의사, 대지주가 이 여섯 개의 침상을 차지하게 되어 있었으나, 이제는 나와 레드루스 노인이 그중 둘을 차지하고 선장과 애로우 씨는 갑판의 뚜껑 달린 선실에서 자게 되었다. 그 선실은 양쪽으로 넓게 퍼진 둥그런 모양이었고 천장이 매우 낮았다. 그러나 두 개의 해먹(그물 침대)을 매달 정도의 공간은 충분했다.

항해사도 그러한 침상 배치를 좋아했다. 어쩌면 그도 선원들을 의심하고 있는 건지 몰랐다. 하지만 이건 나의 추측일 뿐이었다. 앞으로 밝혀지겠지만, 우리는 곧 그의 의견을 들어볼 수 없게 되었기 때문이다.

우리는 화약과 침상의 위치를 바꾸는 일에 몰두했다. 그때 롱 존이 마지막으로 승선할 선원 두세 명을 데리고 왔다. 원숭이처럼 날렵하게 승선한 요리사는 선상 작업을 살펴보더니 무슨 일이냐고 물었다. 한 선원이 화약의 위치를 변경하고 있다고 말하자 그는 큰 소리로 투덜거렸다.

"젠장, 그러다 보면 아침 밀물을 이용하지 못할 텐데!"

"내 명령이야!"

선장이 다가와 강한 어조로 말했다.

"자네는 아래로 내려가 봐. 선원들이 저녁 식사를 해야 하니까."

"알겠습니다, 선장님."

요리사는 손을 들어 살짝 경례를 하고서 즉시 복도 쪽으로 사라졌다.

"요리사는 아주 좋은 사람이오, 선장."

옆에 있던 리브지 선생이 거들었다.

"그런 것 같군요."

선장은 짧게 대답하고서 화약을 옮기고 있는 선원들 쪽으로 다가가 작업을 재촉했다. 그러더니 갑자기 배 한가운데에 놓인 회전 대포—기다란 놋쇠 대포—를 구경하고 있는 나를 노려보았다.

"이봐, 선실 담당. 대포에서 물러나. 그리고 가서 요리사 일이나 도와줘."

내가 요리사에게 가려고 몸을 돌리는 순간 선장이 큰 목소리로 의사에게 말했다.

"내 배에서는 일절 봐주는 게 없습니다."

나는 그 순간 대지주와 마찬가지로 그 선장이 영 마음에 들지 않았다.

10
항해

그날 밤 내내 우리는 물건들을 제자리에 놓느라고 대단히 바빴다. 또한 대지주의 친구인 브랜들리 씨를 비롯한 여러 사람들이 배에 올라와서 순항과 무사 귀환을 빌어 주었다. 내가 애드미럴 벤보 시절에 아무리 바빴다 해도 그날 밤 한 일에 비하면 절반도 채 되지 않았다. 그래서 새벽 무렵 갑판장이 호각을 불어 댔을 때 나는 너무나 피곤한 나머지 곧바로 일어나지 못했다.

갑판에 나와 보니 선원들이 권양기 앞으로 몰려들고 있었다. 나는 몹시 피곤했으나 선실로 다시 들어갈 생각은 하지 않았다. 간결한 명령, 찢어지는 듯한 휘파람 소리, 번쩍거리는 등불의 불빛을 따라 제자리를 찾아가는 선원들의 모습 등이 모두 새롭고 흥미롭게 보였다.

"어이, 바비큐. 우리에게 노래나 한 곡조 뽑아 줘."

한 선원이 큰 소리로 말했다.

"오래된 걸로."

다른 선원이 끼어들었다.

"알았어, 알았다구."

목발을 겨드랑이에 끼고 그 옆에 서 있던 실버가 대답했다. 그는 즉시 나도 잘 아는 노래를 부르기 시작했다.

죽은 자의 궤짝에 열다섯 사람이….

그러자 선원들이 모두 따라 불렀다.

요호호, 그리고 한 병의 럼주!

선원들은 노래를 부르면서 권양기를 힘차게 돌려 닻줄을 감아 올렸다. 그 노래는 나에게 애드미럴 벤보 시절을 연상시켰다. 마치 빌리 본즈 선장이 그 합창에 가세한 것 같았다.

곧 닻이 인양되었다. 인양된 닻은 뱃머리에 고정된 채 물을 뚝뚝 흘리고 있었다. 돛을 활짝 펴자 배가 육지와 다른 배들을 뒤로하고 앞으로 나아가기 시작했다. 드디어 히스파니올라 호가 보물섬을 향하여 힘찬 항해를 시작한 것이다. 나는 그 후 한 시간 정도 낮잠을 잤다.

나는 그 항해에 대해 자세히 얘기하지는 않겠다. 항해는 대단히 순조로웠다. 그 배는 더할 나위 없이 훌륭했고, 선원들도 유능했으며, 선장은 업무를 완전히 파악하고 있었다. 그러나 우리가 보물섬에 도착하기 전에 발생한 두세 가지 사건은 여기에서 언급해야 할 필요가 있다고 생각한다.

먼저 항해사 애로우 씨. 그는 선장이 우려했던 것보다 더 형편없는 사람으로 판명되었다. 그는 선원들을 휘어잡지 못했고, 선원들은 그를 만만히 보았다. 그러나 그게 문제의 전부는 아니었다. 항해에 나선 지 이틀쯤 지났을 때부터 그는 완전히 풀린 눈에 벌게진 얼굴로 꼬부라진 혀를 드러내며 갑판에서 비틀거렸다. 그는 여러 번 창피를 당하고 침상으로 쫓겨 내려갔다. 어떤 때는 비틀거리다가 넘어져서 부상을 입기도 했다. 또 어떤 때는 선장 침상 옆에 있는 자신의 조그마한 침상에 하루 종일 드러누워 있기도 했다. 그러나 어떤 때는 사람이 싹 달라져서 하루 이틀 말짱한 정신으로 제법 일을 하기도 했다.

그런데 우리는 그가 어디서 술을 구하는지 알 수 없었다. 그건 모두가 궁금해 하는 사항이었다. 그러나 아무리 그를 유심히 관찰해도 그 궁금증을 풀 수 없었다. 그에게 직접 물어보면, 술에 취했을 때는 웃기만 했고, 말짱한 정신일 때는 물만 마셨다며 술 마신 것을 부인했다.

그는 항해사로서 아무런 쓸모도 없었고, 선원들에게 나쁜 영향만 주었다. 또 그런 식으로 계속 술을 마신다면 곧 죽게 될지도 몰랐다. 그런데 파도가 높던 어느 날 밤, 그가 갑자기 실종되었다. 선원들은 그 사실에 별로 놀라지도, 슬퍼하지도 않았다.

"바다에 떨어졌을 거야."

선장이 아무런 표정도 없이 말했다.

"어쨌거나 그자에게 족쇄를 채우는 수고는 덜었군."

이제 항해사가 없는 상태였으므로 선원들 중에서 한 사람을 승진시켜야 했다. 갑판장인 앤더슨이 가장 강력한 후보였다. 좁 앤더슨은 갑판장 직위였지만 결국 항해사 노릇도 겸하게 되었다. 트렐로니 씨는 항해 경험이 많아서 그의 지식이 무척 쓸모가 있었다. 그래서 날씨가 좋을 때는 직접 망을 보기도 했다. 조심성 많고 영리하고 노련한 조타수 이스라엘 핸즈는 위기에 닥쳤을 때 그 어떤 일도 안심하고 맡길 수 있는 선원이었다. 그는 롱 존 실버가 크게 신임하는 사람이었다. 그래서 핸즈만 보면 나는 통칭 바비큐라고 불리는 선상 요리사 실버가 생각났다.

실버는 양손을 자유롭게 쓰기 위해 목발을 끈에 묶어 목에다 걸고 다녔다. 실버가 목발의 끝부분을 칸막이 벽 틈에다 끼우고, 그것에 몸을 의지하면서 요리하는 모습은 참으로 인상적이었다. 배가 요동칠 때도 그는 마치 육지에 서 있는 사람처럼 안정된 모습이었다. 그것보다 더 인상적인 것은 험한 날씨에도 갑판 위를 잽싸게 오가는 그의 모습이었다. 그는 가고자 하는 곳까지 밧줄을 단단히 고정시켜 놓고 그 줄을 이용했다. 사람들은 그 줄을 롱 존의 귀걸이라고 불렀다. 실버는 그 밧줄을 손으로 잡고서 앙감질로 걸어가거나, 아니면 목발을 사용하여 보통 사람보다 더 재빠르게 건너갔다. 그러나 과거에 함께 항해를 했던 사람들은 실버의 그런 행동을 보면서 안타까워했다.

"바비큐는 보통 사람이 아니야."

조타수가 내게 말했다.

"어린 시절에는 훌륭한 교육을 받았고 마음만 먹는다면 책에 나오는 것처럼 멋지게 말할 수도 있어. 그리고 무엇보다 용감해. 롱 존에 비하면 들판의 사자는 아무것도 아니야. 나는 그가 맨손으로 네 놈을 상대해서 그자들을 다 때려눕히는 걸 보았어."

선원들은 모두 그를 존경했고, 또 그에게 순종했다. 그는 선원들 모두에게 자상하게 대해 주었고 특별한 서비스를 해주었다. 내가 볼 때 그는 한없이 친절한 사람이었다. 나에게도 마찬가지였다. 먼지 하나

없이 깨끗한 취사장에서 나를 만나면 늘 반가워했다.

"어서 와, 호킨스. 나랑 얘기나 좀 하자구. 이 배에서 널 나처럼 반겨 주는 사람도 없을 거야. 자, 앉아서 네 얘기나 좀 듣자. 이 앵무새는 캡틴 플린트야. 난 이 앵무새를 그 유명한 해적의 이름을 따서 그렇게 부르지. 이 캡틴 플린트가 안전한 항해를 예언하고 있어. 그렇지, 캡틴?"

그러면 앵무새는 아주 빠르게 "페소 은화! 페소 은화! 페소 은화!"라고 소리쳤다. 너무 빨라서 혹시 숨이 넘어가는 게 아닐까 우려될 정도였다. 그때마다 존이 앵무새의 우리에 손수건을 집어던졌다.

"호킨스, 저 새는 2백 살도 더 되었을 거야. 앵무새는 아주 오래 사는 새니까. 저 새보다 더 악독한 것이 있다면 그건 아마도 악마일 거야. 저 새는 해적선인 캡틴 잉글랜드 호에도 탔었단다. 그래서 마다가스카르, 말라바르, 수리남, 프로비던스, 포르토벨로도 구경했지. 저 새는 은화를 싣고 가다가 난파한 배의 인양 작업 때도 우리와 함께 있었어. 거기서 '페소 은화'라는 말을 배웠지. 그럴 수밖에 없는 게, 거기서 무려 35만 개의 페소 은화를 건져 냈거든. 저 새는 고아에서 출항한 '동인도의 총독'호를 공격했을 때도 현장에 있었어. 그냥 보기에는 아주 순진한 새 같지만 화약 냄새도 맡아 본 새야. 그렇지, 캡틴?"

그러자 앵무새가 또 빠르게 소리쳤다.

"방향 전환을 대기하라."

"정말 저놈은 미끈하게 빠진 물건이라니까." 요리사가 주머니에서 사탕을 꺼내 주자 앵무새는 정신없이 그걸 쪼아 먹는 데 열중했다. 그러고 나서 마치 진심인 양 지독한 욕설을 퍼부어 댔다.

"얘야, 역청을 만지면 더러운 것을 손에 묻힐 수밖에 없지. 저 순진한 녀석이 저렇게 지독한 욕설을 하고 있지만 실은 전혀 뜻을 몰라.

저 녀석은 목사님 앞에서도 저렇게 욕설을 할 거야."

그러면서 존은 엄숙한 표정으로 앵무새에게 거수경례를 했다. 그럴 때마다 나는 그가 정말 좋은 사람이라고 생각했다.

한편 대지주와 스몰렛 선장은 여전히 사이가 좋지 않았다. 대지주는 그 사실을 숨기지 않았고, 노골적으로 선장을 경멸했다. 선장도 대지주가 물어보기 전에는 먼저 말하는 법이 없었고, 대답도 아주 간결하게 하면서 쓸데없는 말을 일절 하지 않았다.

대지주가 닦아세울 때면 선장은 선원들에 대한 자신의 의심이 잘못되었음을 시인했다. 그러면서 일부 선원들은 생각보다 훨씬 더 유능하고, 나머지 선원들도 다들 제 몫은 해낸다고 말했다. 그는 또 배가 아주 마음에 든다고 말했다.

"이 배는 바람이 불어가는 쪽으로 바싹 누워주는 배입니다. 남편의 요구 사항을 미리 알아서 척척 해내는 아내처럼 말입니다. 하지만 이번 항해만큼은 여전히 마음에 들지 않습니다. 아직 우리는 항해를 무사히 마치고 귀항하는 길이 아니니까요."

이 말에 대지주는 턱을 위로 쳐들고 갑판 위를 왔다 갔다 하며 중얼거렸다.

"저 친구를 조금만 더 상대하다간 내가 폭발해 버리고 말겠어."

날씨가 좋지 않을 때도 있었지만 그건 오히려 히스파니올라 호의 우수함을 증명해 주는 계기가 되었다. 선원들은 모두 항해를 만족스럽게 여겼다. 만약 불만족스러워 하는 자가 있었다면 그는 꽤나 성질이 까다로운 선원임에 틀림없었다. 왜냐하면 노아가 방주를 띄운 이래 그처럼 선원들에게 호의적인 항해는 없었기 때문이다. 걸핏하면 사소한 일을 구실 삼아 선원들에게 물에 탄 럼주 두 잔씩이 돌아갔으며, 대지주는 선원의 생일이라는 얘기를 들으면 그 즉시 푸딩을 내오게 했다. 또 갑판 중앙에는 뚜껑을 열어 놓은 사과통이 있어서 누구든 맘대로 사과를 꺼내 먹을 수 있었다.

“이렇게 해 봐야 좋을 게 없어요.”

선장이 리브지 선생에게 불만을 털어놓았다.

“선원들에게 잘해 주면 악마를 키우게 됩니다. 그게 내 신조예요.”

그러나 이제 곧 밝혀지겠지만, 그 사과통이 결국 우리에게 행운을 가져다주었다. 만약 사과통이 없었더라면 우리는 사전에 손을 쓰지 못했을 테고, 그 결과 배신자들의 손에 목숨을 잃었을 것이다.

그 사건의 경위는 이렇다.

우리는 무역풍을 타고 가면서 보물섬—나는 섬의 위치에 대해서는 자세히 쓸 수가 없다—의 바람을 등에 업을 생각이었다. 그래서 밤낮으로 망을 보면서 섬 쪽으로 진입하려고 애를 썼다.

우리가 난 바다에서 항해하던 마지막 날쯤이었다. 그날 밤 혹은 그 다음 날 오전 중에 우리는 보물섬 근해로 진입하게 되어 있었다. 우리는 남남서 방향으로 항해 중이었고, 바다는 고요하여 미풍이 돛을 밀어붙이는 상태였다. 히스파니올라 호는 가볍게 흔들리면서 뱃머리에 달린 둥근 나무를 가끔씩 바닷물 속에 처박았다. 위아래의 돛은 모두 미풍을 받고 있었고, 선원들은 모두 사기가 충천했다. 이제 우리의 모험 제1막이 성공적으로 끝나려는 상황이었다.

그날 해 질 무렵, 일을 모두 마치고 침상으로 내려가려던 나는 갑자기 사과가 먹고 싶어서 갑판으로 올라갔다. 망을 보는 선원들은 모두 전방을 향한 채 열심히 섬을 찾고 있었다. 키를 잡은 선원은 돛대의 뒷면을 보면서 나지막이 휘파람을 불었다. 뱃머리에 부딪히는 파도

소리를 빼놓고는 그 휘파람 소리가 유일했다.

나는 사과를 꺼내기 위해 사과통 속 깊숙이 몸을 들이밀었다. 사과가 몇 개 남아 있지 않았던 것이다. 그리하여 그만 통속에 들어가 버렸다. 어두운 통 속에 들어갔기 때문인지 아니면 고요히 흔들리는 배의 요동 때문인지 나는 사과를 먹다 그 안에서 깜빡 졸게 되었다.

그때 한 선원이 사과통 바로 옆에 쿵 소리를 내며 앉았다. 그가 사과통에 어깨를 기대자 통이 흔들거렸다. 내가 통 밖으로 나오려고 하는 순간 누군가가 말을 하기 시작했다. 실버의 목소리였다. 그의 말 몇 마디를 듣고서 나는 무슨 일이 있어도 통 밖으로 나가서는 안 되겠다고 판단했다. 사과통 안에 쭈그려 앉은 채 나는 몸을 벌벌 떨면서 극도의 공포와 호기심에 사로잡혀 그들의 말에 귀를 기울였다. 그들의 말을 들으면서 나는 배에 타고 있는 정직한 사람들의 목숨은 이제 내 손에 달려 있다는 것을 알게 되었다.

11
사과통 속에서 들은 이야기

실버는 이렇게 말했다.

"난 아니야. 플린트가 선장이었지. 나는 이 목발 때문에 조타수였어. 내가 포격을 맞아 한쪽 다리를 잃었을 때 퓨는 실명을 했지. 내 다리를 절단한 것은 그 노련한 외과 의사였어. 대학을 졸업하고 라틴어를 많이 쓰던 사람이었지. 하지만 그도 코르소 성채에서 개처럼 교수형을 당한 뒤 나머지 사람들과 마찬가지로 성채 외곽에 내버려졌어. 로버츠 호에 탔던 사람들 모두…. 물론 나중에 배 이름을 '로열 포춘'으로 바꾸기는 했지만 말야. 그런데 배는 처음 지은 그 이름 그대로 있는 게 좋아. '잉글랜드'호가 '동인도의 총독'호를 공격한 뒤 우리는 말라바르에서 '카산드라'를 타고 귀국했어. 플린트의 해적선인 '월러스'도 마찬가지였고. 그 배는 피가 낭자했고, 황금을 너무 많이 실어 침몰할 지경이었지."

실버의 이야기가 끝나자 선원들 중 가장 젊은 자가 존경심이 가득

한 목소리로 물었다.

“플린트는 그 무리들 중에서 가장 뛰어난 사람이었군요?”

“데이비스도 사나이 중의 사나이였지. 그와 함께 배를 타 본 적은 없지만. 처음에 잉글랜드를 탔다가 그 다음엔 플린트의 배를 탔었지. 그리고 이제 이 배에 오르게 된 거야. 나는 잉글랜드에서 번 돈과 플린트에게서 받은 돈을 잘 저축해 놓았어. 선원이 저축한 돈치고는 꽤 많은 편이지. 모두 은행에 안전하게 예금되어 있어. 문제는 어떻게 돈을 버는 게 아니라 어떻게 돈을 지키느냐 하는 거야. 잉글랜드에 탔던 선원들은 지금 다 어디로 갔을까? 그건 나도 몰라. 플린트 배에 탔던 자들은 대부분 이 배에 타서 푸딩을 얻어먹는 재미로 지내고 있지. 배에 오르기 전에는 대부분 비렁뱅이 노릇을 하고 있었어. 맹인이 돼 버린 퓨를 보라고. 그 친구는 1,200파운드를 1년에 다 써 버렸어. 정말 국회의원 나리같이 펑펑 써댔지. 그런데 그는 지금 어디 있지? 이미 죽어서 지하로 가 있다구. 게다가 죽기 이태 전부터는 계속 비럭질을 했어. 비럭질을 하고, 도둑질을 하고, 살인을 하다가 그만 죽어버린 거야.”

“그 많은 돈도 소용이 없군요.”

젊은 목소리가 말했다.

“바보들에게는 그렇지. 바보에게는 그 어떤 것을 줘도 마찬가지야. 하지만 자네는 젊어. 아주 똑똑하고 말야. 난 자네를 볼 때마다 그런 생각을 해. 그래서 내가 자네를 어른으로 대접해 주는 거야.”

나는 그 늙은 악당이 내게 써먹은 아첨의 말을 다른 선원에게도 똑같이 하는 것을 듣고서 정나미가 뚝 떨어졌다. 나는 할 수만 있다면 그자를 이 통 속에 집어넣어 죽이고 싶었다.

“행운의 신사들도 마찬가지야. 그들은 거칠게 살고 힘든 일도 마다 하지 않아. 그들은 싸움닭처럼 먹고 마셔 대지. 무사히 항해가 끝나면 각자의 호주머니에는 몇 백 페니가 아니라 몇백 파운드가 주어져. 그러면 대부분은 럼주를 마시고 흥청망청 한때를 보내다가 다시 빈털터리로 바다에 나가지. 그런데 그렇게 하면 안 된다는 거야. 나는 벌어 온 돈을 여기저기 조금씩 저축해 두었어. 하지만 의심이 많아서 한 군데다 저축해 두지는 않았지. 내 나이 벌써 쉰이야. 이번 항해에서 무사히 돌아가면 정말 신사처럼 살아 볼 거야. 이제 그렇게 해야 할 때라구. 그래도 지금껏 나는 편하게 살았어. 내가 원하는 것은 뭐든지 다 해보았지. 매일 부드러운 침대에서 자고 맛있는 것만 먹었어. 하지만 일단 바다에 나오면 사정은 달라지지. 아무튼 내가 어떻게 그런 돈을 벌게 되었느냐 하면, 자네처럼 평선원으로 시작했던 거야."

"하지만 그 저축해 둔 돈도 다 날아간 거나 마찬가지네요. 이번 일을 벌이고 나면 브리스틀에는 감히 나타나지 못할 거 아니에요." 또다시 젊은 목소리가 말했다.

"뭐라고? 자네는 내 돈이 어디에 저축되어 있을 거라고 생각하나?"

"브리스틀에 있는 은행 여기저기에다 넣어 두었겠죠."

"한때는 그랬었지. 우리가 닻을 올렸을 때만 해도. 하지만 지금은 내 마누라가 다 인출을 했어. 그리고 스파이글라스 여인숙도 팔았어. 내 마누라는 나를 모처에서 만나게 되어 있다구. 당신들을 믿으니까 어디에서 만날 건지도 말해 줄 수 있어. 하지만 그걸 말해 주면 자네들이 질투할까봐 생략하겠네."

"당신 마누라를 믿을 수 있나요?"

이번에는 다른 선원이 물었다.

"행운의 신사들은 마누라든 뭐든 불신하는 경향이 있지. 그건 당연한 거야. 하지만 난 특별한 비결이 있어. 가령 나를 잘 아는 선원이 나를 배신한다면 그자는 더 이상 나와 거래를 할 수가 없어. 퓨를 무서워한 선원도 있었고 플린트를 무서워한 선원도 있었지. 하지만 정작 플린트는 나를 무서워했어. 자부심이 강한 플린트가 말야. 플린트의 배에 탄 자들은 아주 거칠었어. 악마도 아마 그들과 함께 항해하라고 하면 주저했을 거야. 이봐, 난 자기 자랑이나 하는 사람은 아니야. 하지만 난 사람을 잘 사귀어. 내가 플린트 배의 조타수였을 때 말이야, 그 배에 탄 해적들 중에 양같이 순한 놈은 단 한 놈도 없었어. 그런데도 난 그자들을 휘어잡았지. 아무튼 이 존 실버와 함께 배를 타고 있으면 안심해도 돼."

"난 당신과 이렇게 얘기를 나누기 전에는 그 일을 눈꼽 만큼도 좋아하지 않았어요. 하지만 이제 그 일에 끼겠어요."

이번에는 다시 젊은 선원이 말했다.

"자네는 아주 용감한 선원이야. 게다가 똑똑하기까지 하고."

실버가 그 선원과 악수를 하는지 사과통이 흔들거렸다.

"그리고 내가 지금껏 만나본 그 어떤 행운의 신사보다 더 훌륭한 인물이야."

이때쯤 나는 그들의 용어를 이해하기 시작했다. '행운의 신사'는 곧 해적을 의미하는 것이었으며, 방금 내가 엿들은 그들의 대화는 배에 남아 있는 순진한—아마도 최후의—선원을 선상 반란에 끌어들이려는 수작일 터였다. 이러한 추측을 확인하기까지는 그리 오랜 시간이 걸리지 않았다. 실버가 휘파람을 불자 누군가가 어슬렁거리며 다가와 그 두 사람 사이에 끼어들었다.

"딕이 끼기로 했어."

실버의 목소리가 들려왔다.

"그래? 딕이 협조할 줄 알았지."

조타수인 이스라엘 핸즈의 목소리가 흘러나왔다.

"딕은 바보가 아니니까 말야."

그는 담배를 씹다 말고 침을 탁 뱉었다.

"그런데, 바비큐. 우린 언제까지 이렇게 기다려야 되는 거야? 난 스몰렛 선장이라면 신물이 나. 아주 오랫동안 나를 괴롭혀 왔다구. 나도 선실에 들어가서 피클과 와인을 먹고 싶단 말야."

"이스라엘, 자네는 머리가 빨리빨리 안 돌아가서 탈이야. 그래도 내가 하는 말을 들을 수는 있겠지? 귀 하나는 크니까 말야. 자, 내 말을 좀 들어보라구. 자네의 침상이 배 앞쪽에 있어서 지내기 괴롭다는 건 알아. 하지만 내가 신호를 보낼 때까지 고분고분하게 말하고, 또 말짱한 정신으로 지내라구. 알았지?"

"그건 알겠네만, 언제까지 그래야 되는 거야? 난 그걸 알고 싶어."

"언제? 정 알고 싶다면 말해 주지. 내가 충분히 사태를 장악할 수 있는 순간이 바로 그때야. 그러나 지금은 아니야. 지금은 우리를 대신하여 배를 몰아주는 선장도 있고, 또 지도와 기타 필요한 자료를 갖고 있는 대지주와 의사 선생도 있어. 나나 자네나 그 지도가 어디 있는지 모르잖아. 아무튼 대지주와 의사가 그 보물을 찾아내면 우리더러 배에다 실으라고 할 거야. 바로 그때 시기를 보자구. 내 생각엔 말이야. 보물을 싣고 귀국하는 뱃길 중간쯤에서 공격을 하면 딱 좋을 것 같아."

"항해라면 우리도 할 수 있는 일 아닌가요?"

젊은 선원 딕이 나섰다.

"하지만 우린 모두 하급 선원에 불과해. 항로를 따라 배를 몰고 갈 수는 있지만, 항로 설정은 못 한단 말야. 항로 설정을 우리들이 하다 보면 서로 싸우기나 할걸. 난 우리 배가 무사히 무역풍을 탈 수 있을 때까지 기다리고 싶어. 일단 그렇게 해 놓으면 항로 착오도 없을 거고 식수가 부족하여 고생하는 일도 없을 거야. 안됐기는 하지만, 보물이 선적되는 대로 섬에서 그들을 해치울 수도 있어. 하지만 난 자네들이 조급한 사람이라는 걸 잘 알아. 자네들은 술이 없으면 하루도 못 견디니 정말 큰일이야. 자네들하고 같이 항해를 하려니 속이 답답해 죽겠어."

"알았어, 존. 자네 말을 누가 거역하겠나?"

"난 커다란 배가 약탈당하는 걸 여러 번 보았어. 또 총명한 소년 선원들이 갑판에서 처형된 후 노천에 내버려지는 것도 여러 번 봤지. 이게 다 일을 너무 서두르다 그렇게 된 거야. 내 말 알아들어? 난 바다에서의 경험이 많아. 지금처럼 키를 착실히 잡고 배를 몰고 간다면 자네는 곧 호화로운 마차를 타고 다니는 호강스러운 신세가 될 수 있어. 하지만 자네는 죽었다 깨도 내 말대로 안 할걸. 내일이면 또 럼주를 잔뜩 처먹을 거라구."

"존, 자네가 목사처럼 설교를 잘한다는 건 누구나 다 알아. 하지만 선원들은 뭔가 재미난 일을 바라고 있어. 그들은 자네가 말한 것처럼 그렇게 무모하지는 않아. 단지 선원들이라면 으레 그렇듯이 좀 재미나게 지내자는 것뿐이야."

"그래? 그럼, 그랬던 자들이 지금 모두 어디 있는지 생각해 봐. 퓨를 봐. 거지꼴이 되어서 죽었어. 플린트를 봐. 럼주를 너무 좋아하더니 사바나에서 죽었어. 물론 그들도 재미난 일을 좋아했었지. 그런데 그들은 지금 어디 있나?"

"그런데요, 우리가 반란을 일으키면 저 사람들은 어떻게 할 거죠?"

딕이 물었다.

"여기 똑똑한 친구가 하나 있군."

실버가 멋진 질문이라는 듯이 말했다.

"이제야 본격적인 사업 얘기가 나오는군. 그래, 어떻게 하면 좋겠나? 섬에다 버리고 우리만 돌아올까? 잉글랜드 해적선의 방식대로 말야. 아니면 돼지새끼처럼 도륙을 해 버릴까? 그건 플린트나 빌리 본즈의 방식이지."

"빌리는 정말 그러고 남을 놈이야."

이스라엘이 맞장구를 쳤다.

"죽은 자는 말이 없다, 라는 얘기를 자주 했으니까. 하지만 그자도 이제 죽었어. 파란만장한 과거를 뒤로하고 말야. 배에서 거칠게 행동하는 선원으로 빌리를 당해 낼 자는 아마 없을 거야."

"정말 그래. 거친 데다 행동이 빨랐지. 그에 비하면 난 부드러운 남자야. 소위 신사지. 하지만 이번에는 심각해. 의무는 어디까지나 의무야. 나는 죽이자는 의견에 찬성해. 내가 국회의원이 되어서 마차를 타고 다닐 때 저 선실에 있는 잔소리꾼들이 하나라도 살아서 본국에 돌아오면 곤란하잖아. 그러니 우선 기다리자는 게 내 생각이야. 그리고 적절한 시간이 닥치면 그때 해치우는 거야!"

"존, 자네는 과연 진짜 사나이야!"

"이스라엘, 때가 되면 나의 진면목을 보게 될 거야. 하지만 한 가지 요구 사항이 있어. 트렐로니는 내가 직접 죽이겠어. 저 송아지 대가리를 내 양손으로 비틀어서 저 몸에서 뚝 떼어내 버릴 거라고. 딕!"

롱 존이 갑자기 말을 멈추고 젊은 선원을 불렀다.

"벌떡 일어나서 사과 한 알 가져와. 목 좀 축이게."

그때 내가 느꼈던 무서움이란! 만약 내 몸에 힘이 남아 있었더라면 나는 벌떡 일어나 통 밖으로 뛰쳐나갔을 것이다. 그러나 사지가 풀리고 가슴이 뛰어서 도저히 움직일 수가 없었다. 딕이 일어서려고 하자 이스라엘이 그를 제지했다.

"존, 빌어먹을 사과는 지겹지도 않나? 럼주나 한 잔씩 돌리자구."

"좋아, 딕. 난 자네가 속이지 않을 거라 믿어. 술통에다 금을 그어 술이 어느 정도 들어 있는지 표시해 놓았다고. 자, 열쇠를 가져가. 그리고 한 양푼 가득 채워 가져와."

나는 무서워서 떨고 있는 순간에도 술 취해 바닷속으로 떨어져 죽은 애로우 씨가 어디서 술을 구했는지 그제야 알 것 같았다.

딕이 심부름을 간 동안 이스라엘은 실버의 귀에다 대고 속삭였다. 내가 알아들은 것은 한두 마디에 불과했으나 그래도 중요한 정보였다.

"더 이상 가담 희망자는 없는 것 같아."

그래서 나는 배에 아직도 믿을 만한 사람들이 남아 있음을 알게 되었다.

딕이 돌아오자 세 사람은 양푼을 돌려 가며 한 모금씩 마셨다. 딕은 "행운을 위하여!", 이스라엘은 "플린트 선장을 위하여!"라고 말했다. 실버는 마치 노래를 부르듯 말했다.

"자, 우리들을 위하여 돛대를 꽉 붙잡아라. 보물도 많이 챙기고 푸딩도 많이 먹어 보자."

그때 나는 통 위가 훤해지는 것을 느꼈다. 고개를 들어 위를 보니 달이 떠올라 있었고 달빛이 뒷돛대 꼭대기를 적시고 이어 앞돛대의 뒷면을 환히 물들이고 있었다. 그때 망을 보던 선원이 소리쳤다.

"육지다!"

12

작전회의

갑판 위에서 쿵쿵쿵 발 구르는 소리가 났다. 나는 사람들이 선실과 선원실 사이를 왔다 갔다 하는 소리를 들을 수 있었다. 나는 사과통에서 나와 앞 돛대 뒤에 몸을 숨긴 채 배의 고물을 향해 전속력으로 뛰어갔다. 나는 때맞추어 갑판에 나설 수 있었고, 날씨를 관찰하기 위해 배 앞부분으로 바삐 가고 있는 헌터와 리브지 선생을 만날 수 있었다.

고물에는 선원들이 모두 모여 있었다. 달이 떠오르면서 허리띠처럼 둘러져 있던 안개는 거의 걷혀 있었다. 우리가 서 있는 곳에서 남서쪽 방향으로 약 2마일의 간격을 두고 떨어져 있는 야트막한 두 언덕이 보였다. 그 두 개의 언덕들 뒤로 그보다 더 큰 제3의 언덕이 솟아 있었는데, 그 봉우리는 안개에 잠겨 있었다. 세 언덕은 모두 날카로운 원추형이었다.

하지만 나는 그 풍경을 마치 꿈을 꾸면서 보는 것 같았다. 나는 방금 전에 느꼈던 공포에서 미처 회복되지 않았던 것이다. 이윽고 스몰렛 선장이 명령을 내리는 소리가 들려왔다. 히스파니올라 호는 2포인트 더 가깝게 바람 쪽으로 다가섰고, 섬의 동쪽을 비켜 가는 항로를 가까스로 잡았다.

"자, 여러분…."

돛이 팽팽해지자 선장이 말했다.

"전에 이 섬을 본 선원이 있나?"

"제가 보았습니다, 선장님." 실버가 나섰다. "제가 전에 어떤 무역선의 요리사로 근무할 때 저 섬에서 물을 길어 본 적이 있습니다."

"정박지는 저 포구 바로 뒷일 것 같은데?"

"그렇습니다. 해골섬이라는 곳이지요. 과거에 해적들의 본거지였습니다. 우리 배에 탔던 선원이 이 섬의 지명을 훤히 알고 있었어요. 저기 북쪽에 있는 언덕이 포마스트 언덕입니다. 남쪽으로는 앞과 중간, 뒤에 세 언덕이 나란히 있습니다. 저기 중간에 있는 구름 낀 언덕이 바로 스파이글라스입니다. 해적들이 저 언덕에 올라가서 망을 보았다고 그런 이름이 붙었죠. 저기서 해적선을 청소하기도 했답니다. 선장님, 죄송합니다. 좀 말이 많았습니다."

"여기 지도가 있네. 이게 그 장소인가 좀 보게."

지도를 받아 드는 롱 존의 눈이 번쩍 빛났다. 그러나 새 지도였기 때문에 그는 적잖이 실망했을 것이다. 그것은 우리가 빌리 본즈의 궤짝에서 발견한 그 지도가 아니었다. 지명, 높이, 수심 등은 그대로였으나 X자 표시와 설명이 없는 복사본이었던 것이다. 실버는 실망이 컸겠지만 내색을 하지는 않았다.

"예, 바로 여기가 거깁니다. 아주 잘 그려져 있군요. 누가 이걸 그렸죠? 해적들은 무식해서 이렇게 잘 그리지 못하는데. 아, 여깄군요. '키드 선장의 정박지', 동료들은 그 정박지를 다들 그렇게 불렀습니다. 남쪽을 따라 강한 해류가 흐르고, 서쪽 해안을 따라 물살이 빠릅니다. 맞습니다, 선장님. 섬의 바람을 이용하여 접근하는 것이 좋습니다. 저 안으로 들어가 정박하실 생각이라면 이곳보다 더 좋은 정박지는 없을 겁니다."

"고맙네, 실버. 나중에 도움이 필요하면 또 부르지. 이만 가봐도 좋아."

나는 존이 섬의 지형을 잘 안다면서 침착하게 설명하는 것을 보고 놀랐다. 그가 나에게 가까이 다가오자 몸이 부르르 떨렸다. 그는 내가 사과통 안에 숨어 있었다는 걸 몰랐다. 그의 잔인성, 이중성, 엄청난 힘이 너무나 무서워서 실버가 내 팔을 잡자 숨을 쉴 수가 없었다.

"짐, 이 섬은 아주 멋진 곳이란다. 특히 너 같은 소년에게는 말야. 목욕도 할 수 있고, 나무에 올라갈 수도 있고, 염소 사냥을 할 수도 있지. 또 염소처럼 높은 언덕 위로 올라갈 수도 있어. 그러고 보니 나도 다시 젊어지는 기분이다. 난 내 목발도 잠시 잊어버릴 뻔했어. 두 발이 멀쩡했던 젊은 시절로 되돌아간다는 것은 유쾌한 일이지. 만약 섬을 탐험하러 나갈 거라면 이 존에게 말해다오. 맛있는 간식을 마련해 줄 테니."

그는 내 어깨를 다정하게 두드리고서 절뚝거리며 취사장으로 내려갔다.

스몰렛 선장, 대지주, 리브지 선생이 갑판에서 얘기를 나누고 있었다. 나는 한시라도 빨리 엿들은 얘기를 전해 주고 싶었지만 그들의 대화에 끼어들 수가 없었다. 내가 그럴듯한 구실을 생각해 내기 위해 머리를 쥐어짜고 있을 때 리브지 선생이 나를 불렀다. 파이프를 선실에 놓아두었다면서 나보고 가져오라는 것이었다. 내가 그에게 가까이 다가가서 귓속말을 할 수 있는 상황이 되자 나는 재빨리 말했다.

"선생님, 긴급히 드릴 말씀이 있습니다. 선생님과 대지주님을 선실로 부르세요. 그런 다음 적당한 구실을 붙여서 저를 불러 주세요. 아주 끔찍한 소식이에요."

의사는 순간 안색이 바뀌었으나 곧 평정을 되찾았다.

"고맙다, 짐."

그가 커다란 목소리로 말했다.

"그게 알고 싶은 것의 전부야."

그는 일부러 내게 질문을 한 시늉을 했다.

그러고는 몸을 돌려 두 사람에게로 갔다. 그들은 잠시 얘기를 나누었다. 아무도 놀라거나 언성을 높이지 않았지만, 리브지 선생이 내 요청을 전달한 게 분명했다.

선장이 앤더슨에게 호각을 불어 선원을 모두 갑판에 소집하라고 명령했다.

"여러분, 할 말이 있어서 이렇게 소집했습니다. 여러분이 보고 있는 저 땅이 우리가 목표로 항해해 온 섬입니다. 대단히 관대한 트렐로니 선주님께서는 나에게 소감을 물었습니다. 나는 모든 선원이 잘해 주어서 이렇게 무사히 섬에 도착하게 되었으므로, 선주님과 나 그리고 의사 선생님, 이렇게 셋이서 선실로 내려가 여러분 모두의 건강과 행운을 빌며 축배를 들자고 했습니다. 물론 여러분에게도 물에 탄 럼주가 한 잔씩 돌아갈 것입니다. 그러니 여러분도 술잔을 돌리면서 우리의 건강과 행운을 빌어 주십시오. 나는 지금껏 항해가 아주 훌륭했다고 생각합니다. 여러분도 동의한다면 이번 항해를 위해 수고한 사람들을 격려하는 뜻에서 뜨거운 박수를 쳐 주기 바랍니다."

선원들이 모두 열정적으로 박수를 쳤다. 그 순간 나는 과연 저 사람들이 우리의 목숨을 노리는 자들인지 의문이 들었다.

"스몰렛 선장을 위해서 다시 한번 박수를 칩시다."

첫 번째 박수가 잦아들자 롱 존이 소리쳤다. 또다시 사람들이 열심히 박수를 쳤다.

그리하여 세 사람은 선실로 들어갔고 얼마 뒤 선실에서 짐 호킨스를 찾는다는 전갈이 왔다.

선실에 가보니 세 사람은 테이블에 둘러앉아 있었다. 그들 앞에는 스페인 산 와인과 건포도가 놓여 있었고, 의사는 무릎에 가발을 얹어 놓은 채 파이프 담배를 피우고 있었다. 가발을 벗었다는 것은 그가 동요하고 있다는 표시였다. 밤공기가 약간 더웠기 때문에 고물의 창문이 열려 있었다. 배가 지나간 자리를 달빛이 은은하게 비추었다.

"자, 호킨스…."

대지주가 먼저 입을 열었다.

"할 말이 있다고 했지? 말해 봐라."

나는 실버의 대화 내용을 간결하게 말해 주었다. 내가 얘기를 끝낼 때까지 아무도 말을 가로막지 않았고, 또 꼼짝도 하지 않았다. 세 사람은 처음부터 끝까지 내 얼굴을 응시했다.

"짐, 여기 앉아라."

리브지 선생이 나를 보며 말했다.

그들은 나를 테이블에 앉게 한 다음 와인을 한 잔 따라 주고 건포도를 한 움큼 쥐어 주었다. 그리고 한 사람씩 내게 고개를 숙이며 내 건강을 위해 축배를 들었고, 나의 용기에 대해서 칭찬을 해주었다.

잠시 후 대지주가 무겁게 입을 열었다.

"선장, 당신이 옳았고 내가 틀렸소. 내가 바보였음을 인정하고 당신의 명령을 기다리리다."

"선주님, 바보이기는 저도 마찬가지입니다. 미리 표시를 하면서 반란을 일으키는 선원은 어디에도 없으니까요. 반란 전에 미리 생각을 해 두고 그에 따라 은밀한 조치를 취하는 법이지요. 하지만 이 선원들은 정말 영악하군요."

"아마 실버가 꾸민 짓일 겁니다. 아주 영악한 놈이니까요."

의사 선생이 역시 무겁게 입을 열었다.

"그자의 목을 활대 끝에다 매달았으면 좋을 텐데…. 하지만 아직까지는 모의하는 단계인 것 같습니다. 말만 가지고 뭐가 되는 건 아니지요. 제가 서너 가지 제안을 하고 싶습니다. 선주님이 허락하신다면 말씀드리지요."

"물론이오, 선장. 어서 말씀해 보시오."

"첫째, 우리는 되돌아갈 수 없으므로 이 항해를 계속해야 합니다. 만약 회항한다고 하면 금방 들고일어날 겁니다. 둘째, 우리에게 아직 시간이 있습니다. 적어도 보물이 발견될 때까지는 말입니다. 셋째, 정직한 선원들이 아직 남아 있습니다. 곧 우리는 전투를 벌이게 될 겁니다. 내가 제안하고자 하는 것은 속담에도 있듯이 시간의 앞 머리털을 먼저 움켜잡는 것입니다. 그러니까 호기를 놓치지 말고 저자들이 방심하고 있을 때 선제공격을 하는 겁니다. 선주님, 선주님 댁에서 데리고 온 사람들은 믿을 만합니까?"

"나와 다름없는 사람들이오."

"그러면 여기 있는 호킨스까지 쳐서 우리 편은 모두 일곱 명입니다. 그 외에 정직한 선원이 몇 명이나 될까요?"

"트렐로니 씨가 뽑은 사람은 대부분 정직할 거요. 그가 실버를 만나기 전에 직접 뽑은 사람들 말이오."

의사 선생이 대답했다.

"아닙니다. 핸즈는 내가 뽑은 사람이었어요. 핸즈는 믿을 수 있을 거라고 생각했는데…." 선장이 대꾸했다.

"이런 사람들이 다 영국인이라니, 정말 마음 같아서는 배를 폭파해 버리고 싶군."

대지주가 흥분해서 말했다.

"자 여러분, 이제 감시를 잘하는 수밖에 없습니다. 감시는 아주 괴로운 일이지요. 차라리 전투를 하는 것이 더 좋아요. 하지만 누가 우리 편인지 알기 전까지는 전투를 할 수 없습니다. 감시를 하다가 때가 되면 호각을 분다. 이게 저의 의견입니다." 선장이 결론을 내려 주었다.

"여기 있는 짐은…."

의사 선생이 나를 쳐다보았다.

"누구보다도 우리를 도와 줄 겁니다. 선원들이 짐에게는 털어놓고 이야기를 하는 데다, 짐이 눈치가 빠르거든요."

"호킨스, 난 너만 믿는다."

나는 대지주의 말을 듣고 암담해졌다. 사실 나 자신도 무기력하기는 마찬가지였기 때문이다.

우리는 자유롭게 의견을 개진했지만, 총 26명 중 확실히 믿을 수 있는 사람은 7명뿐이라는 사실만 확인했을 뿐이다. 그중 한 명은 소년이므로 우리 편의 어른 6명이 19명을 상대해야 했다.

제3부

나의 모험

13
내가 모험을 감행한 경위

그 다음 날 아침 갑판에 나와 보니 섬의 모습이 완전히 바뀌어 있었다. 배가 밤새 많이 움직인 모양이었다. 이제 바람은 전혀 불지 않았다. 우리는 동쪽 해안의 남동쪽에서 약 반 마일 정도 떨어진 지점을 지나고 있었다. 섬의 표면은 대부분 잿빛 삼림으로 뒤덮여 있었다. 노란 모래톱이 있는 섬의 저지대와 무리 지어 있는 혹은 외따로 떨어져 있는 키 큰 소나무들만이 그 잿빛 분위기를 깨뜨리고 있었다. 그러나 섬의 전반적인 색조는 잿빛 한 가지였고, 그 분위기는 무척이나 쓸쓸했다.

언덕들은 삼림 위에 뾰족탑처럼 불쑥 솟아올라 차가운 암벽을 드러내고 있었다. 모두 이상하게 생긴 언덕들이었는데, 그중에서도 특히 약 4백 피트 높이로 솟아 있는 스파이글라스가 가장 기이했다. 어디서 봐도 우뚝 솟아 있는 그 언덕은 사면이 모두 깎아지른 듯한 절벽이었고, 꼭대기 부분이 평평하게 잘라져 있어서 조각상을 올려놓으면 딱 좋을 형상이었다.

히스파니올라 호는 배수구가 파도에 잠긴 채 부드럽게 흔들거렸다. 활대는 도르래를 잡아당겼고, 키는 좌우로 흔들렸으며, 배는 마치 하나의 공장처럼 끽끽거리기도 하고 윙윙거리기도 하면서 소란스럽게 움직이고 있었다. 나는 밧줄을 꼭 잡고 있기는 했지만 세상이 마치 빙글빙글 도는 팽이처럼 느껴졌다. 배가 항해할 때는 나도 당당한 선원이라고 생각했지만, 이처럼 배가 멈춰 서서 공처럼 흔들릴 때는 현기증이 나서 아무것도 생각할 수 없었다. 특히 아침의 빈속에 뱃멀미를 당해 고통이 더 심했다.

이런 고통에다 잿빛의 음침한 삼림과 우뚝 솟은 바위 언덕, 험준한 해안에 하얀 포말로 부서지는 큰 물결 등이 내 마음을 더욱 무겁게 했다. 나는 흔히 하는 말로 심장이 장화 속까지 떨어져 내렸다고 할 만큼 낙담하고 있었다. 오랜 항해 끝에 목적지에 도착했으므로 마음이 기뻐야 할 텐데도 전혀 그렇지가 못했다. 그 섬을 처음 본 순간부터 보물섬이라면 생각하는 것조차도 지겨울 정도였다.

우리는 오전 내내 지겨운 일을 많이 해야만 했다. 소형 보트를 내려서 사람을 태우고 짐을 옮기는 것이 먼저 해야 할 일이었다. 그러는 동안 배는 섬에서 4마일가량 떨어진 지점에서 빙빙 돌며 해골섬 뒤의 정박지로 가는 좁은 통로를 찾아 들어갔다. 나는 별로 할 일도 없으면서 소형 보트를 타고 가겠다고 자원했다. 날씨는 몹시 더웠고, 선원들은 심하게 투덜거리며 일을 했다. 내가 탄 보트는 앤더슨이 지휘했는데, 그는 선원들을 통제할 생각은 않고 계속 불평만 했다.

"빌어먹을, 평생 이런 일을 해야 되는 건 아니겠지."

나는 그것이 불길한 징조라고 생각했다. 얼마 전까지만 해도 선원들은 맡은 일을 척척 해내며 기민하게 움직였다. 그러나 섬을 본 순간 그들은 군기가 싹 빠져 버린 것 같았다.

좁은 항로로 들어가는 동안 롱 존은 조타수 옆에 서서 길을 안내했다. 그는 자신의 손바닥을 들여다보듯 항로를 잘 알고 있었다. 수심 측정용 쇠줄을 잡은 선원은 해도에 적혀 있는 것보다 바닷물이 더 깊다며 투덜거렸다. 그러자 존이 그 이유를 설명해 주었다.

"썰물 때문에 바닥이 깊게 파인 것뿐이야. 그래서 마치 삽으로 파낸 것처럼 깊어졌어."

우리는 해도에 그려진 정박지에 접근했다. 양쪽 해안에서 3분의 1마일 정도 떨어진 지점이었는데, 한쪽에 본섬이 있고 다른 한쪽에 해골섬이 있었다. 바닥은 깨끗한 모래밭이었다. 닻을 내리자 숲 위에서 새들이 구름처럼 날아오르며 끼룩끼룩 울어 댔다. 그러나 1분도 안 되어서 새들은 다시금 숲에 내려앉았고, 모든 것이 다시 잠잠해졌다.

정박지는 육지에 완전히 에워싸여 숲속 깊숙이 파묻혀 있었다. 나무들이 바닷물 가까이까지 자라고 있었고, 해안은 대부분 평평했으며, 저 멀리 언덕들이 반원형을 이루며 솟아 있었다. 두 개의 작은 강과 두 개의 작은 늪지가 연못같이 생긴 정박지를 향해 뻗어 있었다. 그 정박지 근처의 나뭇잎들은 독을 품은 것처럼 기이하게 반짝거렸다. 배에서는 집이나 요새 같은 것이 보이지 않았다. 아마도 숲속 깊숙이 파묻혀 있는 듯했다. 만약 이 섬의 지도가 없었더라면 우리가 이 섬의 존재를 최초로 발견했다고 생각했을지도 모른다. 바람 한 점 없었고, 반 마일가량의 해변과 암벽에 부딪히는 파도 소리를 제외하고는 온 사방이 고요했다. 그리고 정박지에는 이상한 냄새가 감돌았다. 축축한 나뭇잎과 썩은 나뭇등걸에서 풍겨 나오는 냄새였다. 의사는 계란이 썩었는지 살피는 사람처럼 자꾸만 냄새를 맡아 보더니 이렇게 말했다.

"난 보물에 대해서는 잘 모르겠어. 내 명예를 걸고 하는 말인데 이곳에는 열병이 있는 게 확실해."

선원들의 행동은 한층 더 위협적으로 변해 갔다. 그들은 노골적으로 투덜대면서 갑판을 어슬렁거렸다. 상관이 지시를 내려도 험악한 얼굴로 노려보거나 투덜거리면서 성의 없이 행동했다. 선량한 선원들도 그런 분위기에 감염된 듯 아무도 그런 불손한 태도에 대해 질책하지 않았다. 요컨대 선상 반란이 먹구름처럼 밀려오고 있었던 것이다.

그러나 롱 존은 이 무리 저 무리를 기웃거리면서 열심히 일을 하였다. 그는 성실한 선원처럼 다른 선원들에게 열심히 조언을 했다. 지나치다 싶을 정도로 의욕적이었고, 또 공손했다. 그는 모든 사람에게 미소를 지어 보였다. 지시 사항이 떨어지면 존은 "네, 알겠습니다."라고 소리치면서 재빨리 목발을 집어 들고 움직였다. 할 일이 없을 때는 계속 노래를 불렀다. 마치 선원들의 불만을 잠재우기라도 하려는 듯이.

우리는 선실에서 작전회의를 가졌다.

"선주님, 만약 또 다른 지시를 내린다면 모든 선원들이 저에게 벌떼같이 달려들 겁니다. 선원들이 버릇없이 말대꾸하는 걸 보셨지요? 만약 그런 태도를 시정하려고 든다면 말이 떨어지기 무섭게 곡괭이를 휘두르며 달려들 겁니다. 또 우리가 그런 태도를 방치한다면 실버는 뭔가 꿍꿍이속이 있다고 생각할 겁니다. 그렇게 되면 만사 끝장입니다. 그렇지만 우리에게 믿을 만한 사람은 딱 한 사람뿐입니다."

"그게 누구요?" 대지주가 물었다.

"실버입니다, 선주님. 그는 속으로는 엉뚱한 생각을 품고 있지만 이런 긴장 상태를 무마하기 위해 당신이나 나만큼 애를 쓰고 있습니다. 지금은 위기 상황입니다. 불을 가지고 불을 끈다고, 실버에게 기회를 준다면 그는 선원들을 설득하여 이 사태를 잘 마무리할 수도 있습니다. 그러니 그에게 한번 기회를 줍시다. 오후에 선원들에게 육지에 상륙하여 휴식을 취하라고 하십시다. 만약 그들이 모두 내린다면 우리는 배를 지키면서 그들과 싸우면 됩니다. 그러나 모두 안 내리겠다고 하면 선실을 지키면서 하느님이 정의를 지켜 주길 빌어야겠지요. 또 만약 일부만 내린다면 실버가 그들을 잘 구슬려 양순한 선원으로 만들어 돌아올지도 모릅니다."

결국 선장의 의견에 따르기로 결정되었다. 실탄이 장전된 총이 반란에 가담하지 않은 것으로 파악된 우군에게 지급되었다. 헌터, 조이스, 레드루스는 그 소식을 생각보다 담담하고 씩씩하게 받아들였다. 이어 선장은 갑판으로 나가 선원들에게 지시를 내렸다.

"선원 여러분, 이 더운 날에 여러분이 대단히 피곤하다는 것을 잘 알고 있습니다. 그래서 얼마간 육지에 상륙하여 휴식을 취할 수 있도록 하겠습니다. 소형 보트를 이미 바다 위에다 내려놓았으니 각자 장비를 들고 상륙하여 오후 동안 휴식을 취하십시오. 해지기 30분 전에 대포를 쏴서 귀선 신호를 보내 드리겠습니다."

어리석은 선원들은 상륙만 하면 보물을 찾을 거라고 생각하는 듯했다. 그들은 갑자기 얼굴이 환해지면서 환호를 울렸다. 그 소리는 저 멀리 언덕까지 메아리쳤고, 정박지의 새들이 다시 한번 놀라 하늘 높이 날아올랐다. 눈치가 빠른 선장은 선원들의 움직임에 방해가 되지 않도록 조심했다. 그는 재빨리 사라지면서 실버에게 선원들을 통솔하도록 명령했다. 선장의 그런 조치는 내가 보기에도 잘한 것이었다.

마침내 상륙 팀이 짜였다. 여섯 명이 배에 남고 실버를 포함한 열세 명이 상륙하기로 했다.

그때 맨 처음으로 내 머리에 엉뚱한 생각이 퍼뜩 떠올랐다. 사실 그 생각은 우리들의 목숨을 구하는 데 많은 기여를 하였다. 만약 실버가 배에다 그의 부하 여섯 명을 남겨 놓는다면 우리 팀은 그들과 싸워서 배를 장악할 수가 없었다. 또한 여섯 명만 남겨 놓기 때문에 선실 사람들이 내 도움을 필요로 하지 않는다는 것도 분명했다. 나는 그 점을 고려하여 나도 상륙해야겠다는 엉뚱한 생각을 했다. 나는 재빨리 배에서 내려 가장 가까운 소형 보트 앞쪽에 올라탔다. 그리고 곧 그 보트는 해안을 향해 떠났다.

아무도 나를 주목하지 않았다. 단지 뱃전에서 노를 젓고 있던 선원만이 "짐, 너도 탔니? 고개를 숙이도록 해라."하고 말했을 뿐이었다. 그러나 다른 보트에 타고 있던 실버는 고개를 돌려 날카롭게 쳐다보면서 보트에 탄 사람이 누구인지 물어보았다. 그 순간 나는 괜한 짓을 했다는 후회스러운 생각이 들었다.

두 보트는 해안을 향해 빨리 가기 경주를 했다. 내가 탄 배는 먼저 출발한 데다 짐이 가볍고 사람 수도 적어서 다른 보트보다 훨씬 먼저 해변에 닿았다. 보트가 해변에 닿는 순간, 나는 나뭇가지를 잡고 보트에서 내려 가까운 숲 쪽으로 달려갔다. 실버와 그 일행은 아직도 1백 야드 정도 뒤떨어진 곳에 있었다.

"짐!"

나는 그가 소리치는 것을 들었다.

그러나 나는 신경 쓰지 않았다. 몸을 앞으로 숙인 채 수풀을 헤지며 앞으로 앞으로만 달려갔다. 힘이 빠져 더 이상 달릴 수 없을 때까지….

14
첫 번째 싸움

나는 롱 존에게서 벗어난 것을 기뻐하며 가벼운 마음으로 그 낯선 섬을 흥미롭게 둘러보았다.

나는 버드나무와 갈대와 이국적인 나무들이 빽빽이 들어서 있는 늪지를 가로질러 지세가 험한 넓은 모래밭 가장자리로 빠져나왔다. 약 1마일쯤 뻗어 있는 그곳에서는 소나무 몇 그루와 괴상하게 뒤틀린 이름 모를 나무 수십 그루가 자라고 있었다. 그 나무는 참나무와 비슷한 크기로, 잎사귀는 수양버들처럼 연한 빛을 띠었다. 모래땅에서 멀리 떨어진 곳에는 언덕이 하나 우뚝 솟아 있는데, 울퉁불퉁하고 기괴하게 생긴 봉우리 두 개가 햇빛을 받아 번쩍거리고 있었다.

나는 그때 처음으로 탐험의 즐거움을 맛보았다. 그 섬은 무인도였다. 함께 온 선원들은 이미 따돌렸고 내 앞에는 말 못하는 짐승과 새들뿐이었다. 나는 나무들 사이를 이리저리 걸어 다녔다. 여기저기에 이름 모를 야생화들이 피어 있었다. 가끔은 뱀도 보였다. 어떤 뱀은 암벽 사이에서 대가리를 꼿꼿이 세우고 팽이가 돌아가는 것처럼 식식 소리를 냈다. 나는 그 뱀이 치명적인 독을 품고 있다는 것도 몰랐고, 또 그 소리가 방울뱀의 소리라는 것도 몰랐다.

나는 조금 전에 본 참나무 비슷한 나무들이 빽빽하게 늘어선 숲으로 들어섰다. 나는 나중에야 그 나무가 상록 참나무로 불린다는 것을 알았다. 모래밭을 따라 자라난 그 나무들은 가지가 기묘하게 구부러져 있고 잎은 이엉처럼 무성했다. 그 숲은 모래밭 위쪽에서 아래로 뻗어 있었는데, 아래로 내려올수록 더욱 무성해지면서 넓은 갈대밭이 있는 늪까지 이어졌다. 인근의 작은 시냇물이 그 늪은 관통하여 정박지로 흘러들었다. 늪은 따가운 햇살에 몸을 내맡기고 있었으며, 스파이글라스 언덕의 윤곽이 아지랑이 속에서 가물거렸다.

갑자기 갈대밭 덤불에서 소란이 일었다. 야생 오리 한 마리가 꽥 소리를 지르며 날아올랐던 것이다. 이어 또 한 마리가 날아오르자 늪 위로 새들이 커다란 구름처럼 날아올라 공중을 빙빙 돌며 꽥꽥거렸다. 나는 일부 선원들이 늪지 가까이로 다가오고 있음을 알아차렸다. 계속 귀를 기울이고 있노라니 사람들이 웅얼거리는 소리가 점점 더 크게 들려왔다.

나는 갑자기 겁이 났다. 근처 참나무 가지에 몸을 가리면서 그 둥치께로 살살 기어간 나는 그곳에 웅크리고 앉아 생쥐처럼 입을 꾹 다문 채 주위의 인기척에 귀를 기울였다.

어떤 사람의 목소리가 들려왔다. 이어서 또 다른 사람의 목소리가 들려왔는데 그건 실버의 목소리였다. 그 목소리는 한참 동안 냇물 흐르는 소리와 뒤섞였고, 간간이 다른 목소리가 끼어들었다. 그 목소리로 보아 그들은 진지하면서도 격렬하게 토론을 벌이고 있었다. 그러나 구체적인 말소리는 들리지 않았다.

잠시 후 그들은 말을 멈추었다. 다들 쭈그려 앉아 쉬고 있는 듯했다. 그들의 목소리는 더 이상 가까이 들리지 않았고, 새들도 잠잠해지면서 늪지의 자기 자리로 되돌아갔다.

그때 나는 내가 임무를 게을리하고 있음을 깨달았다. 내 임무는 악당들의 작전 계획을 엿듣는 것이었다. 그러기 위해서는 키 작은 상록참나무 그늘을 이용하여 가능한 한 그들 가까이로 다가가야 했다.

나는 그들이 있는 방향을 잘 알았다. 그들의 목소리와 그들 머리 위에 불안하게 떠 있는 몇 마리 새들이 움직임으로 충분히 짐작할 수 있었던 것이다.

나는 포복을 하면서 그들 쪽을 향해 천천히 다가갔다. 이윽고 나뭇가지 사이로 늪지 옆에 있는 초록빛 계곡이 내려다보았다. 롱 존 실버와 한 선원이 마주선 채로 이야기를 하고 있었다.

햇빛이 그들 머리 위로 사정없이 쏟아지고 있었다. 모자를 땅바닥에 던져 놓은 실버의 크고 매끈한 구릿빛 얼굴이 햇빛을 받아 번들거렸다. 그는 뭔가를 호소하듯 그 선원의 얼굴을 똑바로 쳐다보며 말했다.

"이봐, 이건 내가 자네를 아주 소중하게 생각하기 때문이야. 정말이라구. 내가 자네를 정말로 좋아하지 않는다면 이렇게 미리 경고를 해 주겠어? 모든 게 이미 정해졌어. 자네가 뻗대 봐야 소용없어. 내가 이렇게 말하는 것은 자네 목숨을 구해 주기 위해서야. 자 톰, 말해 봐. 자넨 어느 편이지?"

"실버…."

얼굴이 붉은 그 선원이 말했다. 그의 목소리는 쉬어 있었고, 팽팽한 밧줄처럼 흔들렸다.

“실버, 자네는 나이도 많고, 또 정직하다는 평판도 나 있어. 게다가 다른 선원들과는 달리 돈도 많아. 내가 잘못 보았는지는 모르지만, 자네는 용감해. 그런 자네가 저런 악당들과 한패가 될 생각인가? 자네는 절대 그렇게 하지 않을 거야. 하느님이 다 보시고 있는데 내가 어떻게 의무를 저버릴 수 있겠나? 난 차라리 목숨을 잃는 게….”

그때 갑자기 커다란 소음이 그의 말을 가로막았다. 내가 정직한 선원 한 명을 발견하는 그 순간, 또 다른 정직한 선원의 운명을 알려주는 소식이 들려왔다. 늪지 쪽에서 갑자기 고함소리가 들려왔고, 뒤이어 또 다른 고함이 그 소리를 덮었다. 그리고 길게 이어지는 끔찍한 비명소리…. 스파이글라스의 암벽이 그 소리를 되받아 몇 번이고 반복해 내뱉었다. 늪지의 새들이 일제히 날아올라 하늘을 시커멓게 뒤덮었다.

잠시 후, 내 뇌리에서 그 죽음의 비명소리가 채 가시기도 전에 늪지 전체에 정적이 내려앉았다. 다시 제자리로 돌아오는 새들의 살랑거리는 소리와 멀리서 철썩이는 파도 소리만이 나른한 오후의 정적을 뒤흔들었다.

톰은 그 비명소리를 듣자 박차에 찔린 말처럼 깜짝 놀랐다. 그러나 실버는 눈 하나 깜짝하지 않았고, 처음 서 있는 모습 그대로 목발에 가볍게 의지한 채 서 있었다. 그가 선원을 노려보는 모습은 마치 대가리를 쳐들고 뛰어오르려는 뱀 같았다.

“존!”

그 선원이 손을 앞으로 내밀며 말했다.

“손 치워!” 실버가 재빨리 뒤로 물러났다. 그 동작은 마치 숙련된 체조 선수 같았다.

"존 실버, 손을 치우라면 치우지. 그래도 검은 양심이나마 남아 있어서 나를 두려워하는군. 하지만 말해 주게. 저 소리는 도대체 뭔가?"

"저거?"

실버가 아까보다 더 경계하는 눈빛으로 미소를 지었다. 단춧구멍 같은 그의 눈이 사금파리처럼 반짝거렸다.

"아마 알란일 걸세."

그 소리를 듣자 톰은 영웅처럼 분노를 터트렸다.

"오 신이시여, 정직한 알란에게 명복을 내려 주소서! 존 실버, 자네는 나의 오랜 친구였지만 이제는 더 이상 친구가 아닐세. 설령 개처럼 죽는 한이 있더라도 의무를 저버릴 순 없어. 자네가 알란을 죽이라고 시켰지? 그렇다면 나도 죽이게. 난 자네에게 도전할 생각이니까."

그 용감한 선원은 실버에게 등을 돌리고서 해변 쪽으로 걸어갔다. 그러나 멀리 가지 못했다. 실버는 괴성을 지르면서 한 손으로 나뭇가지를 잡더니 나머지 한 손으로 겨드랑이의 목발을 잡아 휙 던졌다. 미사일 같은 목발의 뾰족한 끝은 정확하게 날아가 톰의 등 한가운데에 퍽 꽂혔다. 톰은 억 하는 외마디 비명과 함께 앞으로 고꾸라졌다.

그가 어느 정도 부상을 입었는지는 알 수가 없었다. 그러나 목발이 꽂히는 소리로 보아 등뼈가 부러진 것이 분명했다. 게다가 그는 숨 돌릴 시간도 없었다. 목발이 없어도 원숭이처럼 날렵한 실버가 그 다음 순간 그의 등을 덮치면서 두 번씩이나 칼을 휘둘렀다. 숲속에 숨어 있던 나는 실버가 칼을 찌르면서 헉헉거리는 소리를 생생하게 들었다.

나는 그때까지만 해도 기절한다는 게 어떤 것인지 잘 몰랐다. 그러나 그 순간 눈앞이 흐릿해지면서 온 세상이 빙글빙글 도는 느낌이 들었다. 실버, 새, 나무, 스파이글라스 언덕 등이 거꾸로 뒤집힌 채 팽이처럼 뱅글뱅글 돌았고, 온갖 종소리와 웅얼거리는 목소리가 귓속에서 왱왱거렸다.

내가 다시 정신을 차렸을 때 그 괴물은 이미 사태를 수습하여 겨드랑이에 목발을 끼고 단정히 모자를 쓰고 있었다. 톰은 풀밭 위에 엎드린 채 미동도 하지 않았다. 살인자는 시체를 거들떠보지도 않고 피 묻은 칼을 풀잎에다 슥슥 닦아 냈다. 아무것도 변한 것은 없었다. 태양은 여전히 늪지와 까마득한 언덕 꼭대기에 사정없이 햇볕을 내리쬐고 있었다. 나는 살인이 벌어졌다는 사실이 믿기지 않았다. 방금 전 내 눈앞에서 사람의 목숨이 잔인하게 꺾어졌다는 사실이 마치 꿈만 같았다.

존은 주머니에 손을 집어넣어 호각을 꺼냈다. 그가 일정한 간격으로 호각을 불자 그 소리가 뜨거운 공기를 헤치고 멀리까지 퍼져 나갔다. 나는 그 신호의 의미를 알지 못했다. 그런데도 불현듯 공포가 엄습해 왔다. 이제 더 많은 사람들이 나타날 것이고, 그러면 나는 들킬지도 몰랐다. 그들은 이미 알란과 톰의 무고한 생명을 앗아갔다. 그렇다면 그 다음은 내가 아닐까?

그 즉시 나는 몸을 빼서 뒤쪽의 좀 더 탁 트인 숲으로 기어가기 시작했다. 소리를 죽여 재빠르게 숲속의 모래밭으로 물러났다. 그러는 와중에도 나는 해적들이 내지르는 환호의 소리를 들을 수가 있었다. 그 위험을 알리는 소리는 내게 날개를 달아 주었다. 일단 그 덤불을 벗어나자 나는 걸음아 나 살려라 하면서 반대 방향으로 달아났다. 살인자들로부터 벗어날 수 있는 곳이라면 그 어떤 곳이라도 상관이 없었다. 그렇게 달리면서도 나는 공포로 온몸을 떨었다. 나중에는 거의 미쳐버릴 것만 같았다.

정말 나보다 더 앞길이 막막한 사람이 이 세상에 있을까? 나중에 대포 소리가 울린다 한들 어떻게 살인마들을 피해 보트로 돌아가지? 저자들이 나를 발견하면 도요새의 목을 비틀 듯이 죽이지 않을까? 내가 눈에 띄지 않는다는 걸 이상하게 여겨 나를 만나는 즉시 죽여 버리겠다고 생각한 건 아닐까? 나는 이제 만사가 끝났다고 생각했다. 히스파니올라 호도 다시 보지 못할 것이고, 대지주와 의사 선생도 다시 만나기는 다 틀렸다. 이제 죽는 길밖에 없었다. 굶어 죽거나 반란자들의 손에 잡혀 죽거나 죽기는 매한가지였다.

정신없이 달린 끝에 나는 마침내 두 개의 봉우리가 있는 작은 언덕의 기슭에 이르렀다. 그곳에는 참나무가 좀더 넓게 퍼져 있었고, 나무의 생김새나 크기 등이 숲속의 나무를 닮아 있었다. 이들 상록 참나무와 함께 높이가 50피트 혹은 70피트가량 되는 키 큰 소나무들이 여기저기 흩어져서 자라고 있었다. 그곳의 공기는 늪지보다 한결 신선했다.

그런데 여기서 나는 아주 놀라운 상황에 맞닥뜨리게 되어 걸음을 멈추었고 가슴은 심하게 방망이질 쳤다.

15
섬사람

바위투성이의 가파른 언덕에서 자갈 한 무더기가 덜거덕거리며 나무들 사이로 굴러 내려왔다. 나는 본능적으로 그쪽에 시선을 던졌고, 그 순간 어떤 물체가 아주 재빠르게 소나무 뒤로 숨는 것을 보았다. 그게 곰인지 원숭이인지 사람인지는 알 수가 없었다. 단지 털이 텁수룩하고 시커멓게 생겼다는 것만은 분명했다. 그 정체 모를 존재의 출현으로 나는 깜짝 놀라면서 걸음을 멈추었다.

나는 이제 양쪽에서 고립된 상태였다. 내 뒤에는 살인자들이 득시글거렸고 앞에는 정체를 알 수 없는 물체가 어른거렸다. 나는 실체를 알고 있는 위험보다 실체를 모르는 위험이 더 무섭다고 생각했다. 실버는 이 숲속의 물체와 비교해 볼 때 오히려 아무것도 아니었다. 나는 발걸음을 돌려 보트 쪽으로 걸어가면서 등 뒤를 흘끔흘끔 돌아다보았다.

그 물체는 곧 다시 나타나 내 주위를 한 바퀴 빙 돌아서 앞길을 막았다. 나는 너무나 피곤했다. 설령 내가 아침에 막 일어났을 때처럼 힘이 넘친다 하더라도 그 정체불명의 물체를 상대로 달리기를 할 수는 없었다. 그 괴물은 사슴처럼 수풀 사이를 날쌔게 달렸지만 인간처럼 두 발로 서서 움직였다. 또한 전혀 사람답지 않게 상체를 아주 바싹 앞으로 숙인 채 달렸다. 그러나 사람임에는 틀림없었다. 나는 그것을 확신했다.

그러자 예전에 어디선가 들었던 식인종이 생각났다. 나는 무의식적으로 도움을 요청하기 위해 하마터면 소리를 지를 뻔했다. 비록 사나워 보이기는 해도 상대가 사람이라는 사실만으로 어느 정도 안심이 되었다. 그러자 실버에 대한 두려움이 되살아났다. 나는 조용히 멈춰서서 이제 어떻게 할 것인가 궁리를 했다. 문득 권총 생각이 났다. 내가 전혀 무방비 상태는 아니라는 생각이 들자 용기가 샘솟았다. 나는 결연한 얼굴로 그 섬사람을 쳐다보며 재빨리 다가갔다.

그는 나무줄기 뒤로 몸을 숨겼다. 그러면서도 나를 면밀히 관찰했다. 내가 그쪽으로 다가서자 그가 곧 나무 뒤에서 나와 나를 만나려는 듯 한 발 앞으로 다가섰다. 그는 잠시 머뭇거리다가 뒷걸음질치더니 다시 앞으로 나섰다. 그러고는 놀랍게도, 아니 헷갈리게도 무릎을 꿇고서 양손을 모아 애원하는 자세를 취했다.

"당신은 누굽니까?"

내가 먼저 물었다.

"벤 건이오."

그의 목소리는 녹슨 자물쇠처럼 빡빡하고 삐걱거렸다.

"나는 불쌍한 벤 건이오. 지난 3년 동안 기독교인하고 단 한 번도 얘기를 해보지 못했소."

나는 그제야 그가 나처럼 백인이며 용모도 제법 반듯하다는 것을 알았다. 그의 피부는 모두, 아니 노출된 곳은 모두 검게 그을려 있었다. 입술마저도 거무튀튀했다. 얼굴은 그렇게 검은데 눈동자는 파란 것이 너무나 이상했다. 내가 여태껏 보아 온 거지들 중에서 최고의 거지였다. 그는 넝마가 된 선원복을 입고 있었다. 하도 너덜너덜하여 곧 떨어져 나갈 것 같은 옷은 갖가지 기괴한 고정 장치—놋쇠 단추, 막대, 더러운 밧줄 고리 등—로 간신히 이어서 입고 있었다. 허리에 두른 가죽 혁대와 놋쇠 버클만이 유일하게 원래 모습을 간직하고 있었다.

"3년이라고요? 난파를 당했나요?"

"아니. 친구들이 날 마룬으로 만들었어."

나는 '마룬'이라는 단어를 들은 기억이 있었다. 마룬이 된다는 것은 해적들 사이에 통용되는 무서운 징벌로서, 약간의 화약과 총알을 주고 먼 외딴섬에다 내버리는 것이었다.

"3년 전에 버려졌지. 그 후 난 염소, 딸기, 굴 등을 먹고 살았어. 인간은 어디에 있는지 살아갈 수 있는 거야. 하지만 난 기독교인다운 식사를 하고 싶어. 자네, 혹시 치즈 가진 거 있나? 없다고? 구운 치즈를 먹는 꿈을 꾼 게 몇 번인지 몰라. 그런데 잠에서 깨면 여전히 여기 있는 거야."

"혹시라도 내가 배에 다시 돌아간다면 치즈를 한 아름 드리죠."

이야기를 하는 동안에도 그는 내 웃옷을 더듬고 내 손을 만지고 내 구두를 들여다보았다. 말하는 중간중간에도 사람을 만났다는 사실에 몹시 감격하는 것 같았다. 그러나 그는 나의 마지막 말에 깜짝 놀라면서 교활한 표정을 지어 보였다.

"혹시라도? 누가 배로 되돌아가는 것을 막는다는 거니?"

"물론 당신은 아니지요."

"그건 그래. 그런데 네 이름은 뭐지?"

"짐."

"짐?"

그가 기쁜 표정을 지으며 말했다.

"그래, 짐. 나는 남이 보면 창피할 정도로 거친 생활을 해 왔어. 나의 이런 꼬락서니를 보고서 나 같은 사람에겐 신앙심 깊은 어머니가 없을 거라고 생각했겠지?"

"아뇨, 그런 생각은 하지 않았어요."

"좋아, 내게는 아주 신앙심 깊은 어머니가 있었어. 나도 공손하고 신실한 소년이었고. 교리 문답을 하도 빨리 외워서 사람들이 단어를 제대로 알아들을 수 없을 정도였지. 그랬는데 묘석에서 돈 따먹기 놀이를 한 게 실수였어. 거기서부터 그만 신세를 망쳤어. 한 번 빠져 드니까 손을 뗄 수가 없더군. 어머니는 그렇게 나쁜 짓을 하다가는 사람 구실을 하기는 다 틀렸다고 했는데, 그만 어머니 말대로 되고 말았어. 하지만 나를 여기다 남겨 놓은 것은 다 하느님의 뜻이야. 나는 이 외로운 섬에서 곰곰이 그 문제를 생각해 보았고, 그래서 다시 신앙심을 회복했어. 그동안 럼주라곤 단 한 방울도 안 마셨으니까 말야. 앞으로 기회가 있다면 행운을 비는 뜻에서 딱 한 모금만 마시고 그만둘 거야. 난 앞으로 착하게 살 거고, 또 그렇게 되는 길도 알고 있어."

그는 주위를 한 번 살펴보더니 낮은 목소리로 속삭였다.

"난 부자야."

나는 그 불쌍한 남자가 너무 외로워서 정신이 돌아 버렸다고 생각했다. 나의 그런 생각은 곧바로 내 얼굴에 나타난 게 틀림없었다. 그는 같은 말을 힘주어 되풀이했다.

"부자야! 부자라고! 자, 툭 털어놓고 얘기해 주지. 난 너를 어른으로 대접해 주겠다. 짐, 너는 나를 발견한 첫 번째 사람이 된 사실을 행운으로 생각해야 할 거다. 너의 별에게 감사 기도를 올리게 될 거야."

그러자 갑자기 어두운 그림자가 그의 얼굴을 뒤덮었다. 그는 내 손을 꽉 잡고서 위협적으로 말했다.

"자 짐, 사실대로 말해 봐. 저 배는 플린트의 배가 아니지?"

나는 그 말을 듣고 안심이 되었다. 동지를 만났다는 생각이 들었던 것이다.

"아니에요. 플린트는 죽었어요. 이왕 물어보았으니 사실대로 말해 드리죠. 저 배에는 플린트 부하들이 몇 명 타고 있어요. 그건 우리로선 정말 유감스러운 일이죠."

"다리가 하나뿐인 남자는 없지?" 벤 건이 숨을 헐떡이며 물었다.

"실버?"

"아, 실버! 그래, 그게 그 친구 이름이야."

"그는 요리사예요. 반란의 주모자이기도 하고요."

벤 건은 여전히 내 손목을 잡고 있었는데 그 말을 듣더니 그는 내 손목을 살짝 꼬집었다.

"만약 네가 실버가 보낸 사람이라면 나는 죽은 목숨이나 다름없어. 난 그걸 알아…. 그런데 너는 어느 편이니?"

나는 그 순간 결심을 하고 우리가 항해해 온 과정과 우리의 역경을 전부 말해 주었다. 그는 아주 흥미롭게 내 말을 듣고 나서 내 머리를 쓰다듬어 주었다.

"짐, 넌 참 좋은 애구나. 그런데 네 편이 모두 위기에 처해 있단 말이지? 그렇다면 넌 벤 건만 믿어. 이 벤 건이야말로 그런 일에 적임자니까. 그런데 대지주는 관대한 분이니? 위기에 처한 그분을 도와 드리면 나를 잘 봐주실까?"

나는 고개를 끄덕였다.

"물론 나에게 대저택의 수위 제복을 입혀달라는 얘기는 아니야. 짐, 난 그런 건 생각도 안 해. 내 말은, 그분이 각기 한 사람 앞에 돌아갈 돈 1천 파운드를 내게도 주실 거냐 이 말이야."

"분명 그렇게 하실 거예요. 모든 선원에게 나눠 주기로 되어 있으니까요."

"그리고 배에 태워서 귀국시켜 주고?"

그가 날카로운 표정으로 물었다.

"그럼요. 대지주님은 신사예요. 저 악당들을 처치하면 당신에게 배의 운항을 도와 달라고 할 거예요."

"아, 그렇군."

그는 마음을 놓는 눈치였다.

"자, 나도 내 얘기를 해줄게. 딱 필요한 것만 말야. 나는 플린트가 이 섬에 보물을 파묻었을 때 플린트의 배에 타고 있었어. 그는 여섯 명의 튼튼한 선원들을 데리고 이 섬에 상륙했지. 그들은 약 일주일 정도 작업을 했고, 우리는 월러스 호에서 하는 일 없이 빈둥거렸어. 어느 날 신호가 울리더니 플린트가 자그마한 보트를 타고 혼자 나타난 거야. 머리에는 푸른 스카프를 두르고 말야. 해가 떠올랐는데도 물결에 비친 그의 얼굴은 아주 창백하더군. 그는 그 여섯 놈을 모조리 처치하고 혼자 나타난 거야. 어떻게 혼자서 해치울 수 있었는지 배에 있던 우리들은 알 수가 없었지. 아무튼 1대 6이었으니까 싸움과 살인, 갑작스러운 비명 등이 뒤범벅되었을 거야. 당시 빌리 본즈는 항해사였고 롱 존은 조타수였어. 그들이 보물을 어디에다 두었냐고 묻자 그는 이렇게 말했어. '원한다면 섬에 머물면서 한 번 찾아봐. 하지만 우리는 그동안 보물을 더 챙겨야 해.' 그게 그가 한 말의 전부야."

그는 숨이 차는지 잠시 쉬었다가 다시 말을 이었다.

"그런데 3년 뒤에 나는 다른 배를 타고서 이 섬 근처를 지나가게 되었어. 그때 내가 '여보게들, 저기가 플린트의 보물이 있는 섬이야. 상륙해서 한 번 찾아보세.' 하고 말했지. 선장은 내 말을 마뜩잖게 생각했어. 하지만 선원들은 모두 내 말에 솔깃해하며 동조했지. 그러나 12일 동안이나 찾았는데도 보물이 안 나오니까 그들은 내게 지독한 욕설을 퍼부었어. 그러더니 어느 날 아침에 모두 배로 돌아가 버렸어. '어이, 벤자민 건. 권총하고 삽, 곡괭이를 줄 테니 자네는 여기 남아서 플린트의 보물을 더 찾아보도록 해.' 이렇게 말하면서 말야. 그래서 나는 여기서 3년씩이나 썩게 되었고 그동안 기독교인다운 식사는 단 한 번도 해보지 못했어. 자, 나를 좀 봐. 내가 선원 같아 보이니? 너는 아니라고 할 거야. 나도 아니라고 할 수밖에 없어. 지난 3년 동안은 말이야."

그는 그 말을 하면서 한쪽 눈을 깜빡이더니 내 손목을 세게 꼬집었다.

"짐, 대지주에게도 그렇게 말해 줘. 벤 건은 지난 3년 동안 선원이 아니었다고 말야. 그동안 낮이나 밤이나, 비가 오나 눈이 오나 이 섬에서 살았다고 말해 줘. 그는 때때로 기도를 했고, 때때로 어머니가 살아있기를 빌었으며, 그리고 벤 건의 시간은(이게 네가 바로 꼭 얘기해 주어야 할 것이야) 다른 문제를 푸느라고 지나갔다고 말이야. 그런 다음 내가 한 것처럼 그를 살짝 꼬집어 줘."

그는 아주 은밀한 표정을 지으며 또다시 내 손목을 꼬집었다.

"그런 다음, 벌떡 일어서서 '건은 좋은 사람입니다'라고 말해 줘. 행운의 신사보다는 태어날 때부터 신사인 사람을 훨씬 더 믿는다고 말야. 벤 건 자신이 과거에 타고난 신사였으니까 말이야. 아무튼 '훨씬 더'를 강조해야 해."

"난 당신이 하는 말을 한마디도 못 알아듣겠어요. 그건 지금 이 순간과는 아무 상관없는 일이에요. 지금 난 배로 돌아갈 길도 막막한 걸요."

"아, 그게 문제는 문제야. 내가 이 두 손으로 만든 자그마한 보트가 있어. 저기 하얀 바위 밑에 숨겨 놓았지. 만약 최악의 사태가 발생하면 어두워진 다음에 그 보트를 이용하자고."

그때 배에서 대포를 쏘는 소리가 났다. 아직 해 질 때까지 시간이 한두 시간이나 남았는데도 대포 소리가 온 섬에 울려 퍼졌다.

"싸움이 시작되었어요. 나를 따라오세요."

나는 두려움 따위는 싹 잊어버린 채 정박지를 향해 달려갔다. 벤 건이 내 옆에서 아주 가볍게 달리면서 소리쳤다.

"왼쪽, 왼쪽으로! 짐, 왼쪽으로 붙어! 나무 밑으로 말야! 내가 거기서 처음 염소를 죽였지. 그래서 염소가 이제는 이쪽으로 안 내려와. 그놈들은 이 벤자민 건을 두려워하며 경계하고 있지. 그리고 저기가 묘지 공동이야."

공동묘지겠지, 라고 나는 생각했다.

"저기 흙더미 보이지? 난 가끔 여기 와서 기도를 올렸어. 일요일이라고 생각되는 때 말야. 물론 정식 예배는 아니지만 아주 엄숙했지. 그리고 대지주에게 이것도 말해 줘. 벤 건에겐 목사도, 성경도, 깃발도 없었다고 말야. 꼭 말해."

그는 내 대답은 아예 기대하지도 않은 채 계속 소리치면서 달렸다.

대포 소리가 난 지 한참 뒤에 소총 소리가 들려왔다. 그리고 잠시 후에 우리가 있는 지점에서 약 4분의 1마일 떨어진 수풀 위로 영국 국기가 솟아올라 펄럭거렸다.

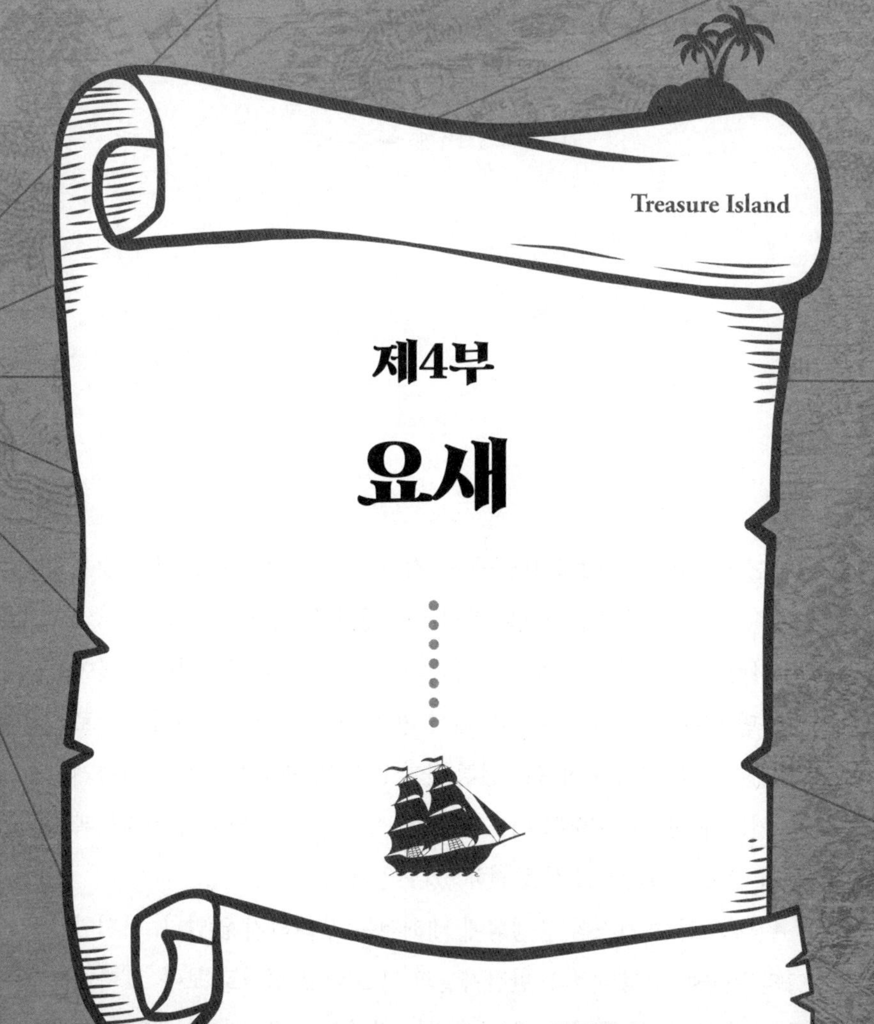

제4부

요새

16
범선을 포기하게 된 경위

— 의사에 의해서 계속되는 이야기

히스파니올라 호에서 출발한 두 척의 보트가 해안에 도착한 것은 오후 1시 반—해양 용어로는 삼타종—이었다. 선장, 대지주, 나(의사) 세 사람은 선실에서 사태를 숙의했다. 만약 바람이 약간이라도 불어왔다면 배에 남아 있던 반란자 여섯 명을 죽이고 배에서 내려 섬으로 갔을 것이다. 그러나 바람은 전혀 불지 않았다. 게다가 더욱 막막하게도 헌터가 선실로 내려오더니 짐 호킨스가 보트를 타고 반란자들과 함께 섬으로 갔다는 소식을 전해 왔다.

우리는 짐 호킨스의 충성심에 대해서는 우려하지 않았다. 하지만 그의 목숨이 걱정되었다. 반란자들의 그 포악한 성질로 보아 그 아이를 다시 볼 수 없을 것 같았다. 우리는 갑판으로 올라갔다. 배의 이음새 부분에서 역청이 녹아내리고 있었다. 그 역한 냄새에 나는 구역질이 났다. 만약 열병과 이질에 냄새가 있다고 한다면 그 냄새를 맡을 수 있는 곳은 저 끔찍한 정박지일 것이었다.

여섯 명의 반란꾼들은 앞갑판 돛대 아래에 앉아 투덜거렸다. 아까 떠난 두 대의 소형 보트는 재빨리 해변에 접근했다. 강물이 흘러드는 곳 바로 옆에 매어 놓은 두 보트에는 각각 한 명씩 남아 망을 보고 있었다. 그들 중 하나가 휘파람으로 영국 민요 '릴리벌리로(Lillibullero)'를 불고 있었다.

무작정 기다리는 것은 고통스러웠다. 그래서 헌터와 내가 소형 보트를 타고 해변에 상륙하여 정보를 수집하기로 했다.

놈들의 보트는 오른쪽으로 비스듬히 나아갔지만 헌터와 나는 노를 꼿꼿이 세워 지도에 나와 있는 요새 쪽으로 곧바로 갔다. 보트를 지키고 있던 반란꾼들이 우리의 출현에 동요하는 눈치였다. 휘파람 소리가 뚝 끊겼다. 두 놈이 어떻게 할 것인지 서로 의논하는 것 같았다. 만약 두 놈이 곧바로 실버에게 보고를 했더라면 사태는 달라졌을 수도 있었다. 하지만 꼼짝 말고 보트를 지키라는 명령을 받았는지 놈들은 다시 영국 민요를 휘파람으로 불기 시작했다.

해안에는 말발굽처럼 약간 휘어진 곳이 있었다. 나는 놈들과 우리 사이에 그 곳을 끼고 보트를 저어 갔다. 그 지형 덕분에 우리는 해변에 내리기도 전에 놈들의 보트에서 더 이상 보이지 않게 되었다. 나는 배에서 내리자마자 재빨리 달려갔다. 머리를 시원하게 하기 위해 모자 밑에 커다란 실크 손수건을 두르고, 양손에는 장전된 두 자루의 소총을 움켜쥐었다.

1백 야드 정도를 달려가니 요새가 보였다.

요새와 그 내부는 이렇게 되어 있었다. 요새가 있는 언덕 꼭대기 부분에 아주 맑은 물을 뿜어내는 샘이 있었는데, 요새(통나무집)는 그 부근에 세워져 있었다. 어려움에 처한 사람 마흔 명 정도는 수용할 수 있을 정도로 넓은 집이었고, 사방 벽에 총안이 뚫려 있었다. 통나무집 주위의 널찍한 공지는 출입구가 없는 6피트 높이의 나무 울타리가 에워싸고 있었다. 울타리는 오랜 시간과 노력을 들여야만 걷어 낼 수 있을 정도로 든든했지만, 나무와 나무 사이가 너무 듬성하여 침입자를 물리치기에는 불충분했다.

사방이 탁 트여 있기 때문에 이 요새를 공격하는 자들은 몸을 숨길 데가 없을 것이었다. 통나무집 안에 있으면 여러모로 유리할 듯했다. 그 집을 피난처로 삼을 수도 있고 총안을 통해 총을 쏘아 댈 수도 있었다. 경계를 잘하고 음식만 부족하지 않으면 버티어 볼 만한 곳이었다. 기습 공격만 없다면 일개 연대를 상대로도 지구전을 펼칠 수 있을 것 같았다.

특히 내 마음에 드는 것은 요새 앞에 있는 샘물이었다. 히스파니올라 호의 선실에는 탄약과 무기, 식량, 와인 등은 충분했지만 물이 부족했다. 이러한 생각을 하고 있는데 죽어 가는 듯한 사람이 내지를 법한 비명소리가 섬 전체에 울려 퍼졌다. 나는 그런 난폭한 죽음이 처음은 아니었다. 컴벌랜드 공작 전하 밑에서 참전한 적도 있고, 또 퐁트누아 전투에서 부상을 당하기도 했다. 그러나 그 불길한 비명소리에 맥박이 빠르게 뛰는 것은 어쩔 수 없었다. 짐 호킨스가 죽었구나 하는 것이 제일 먼저 떠오른 생각이었다.

이런 상황에서, 내가 과거에 군인 생활을 했고, 또 그때부터 지금까지 의사로 활동해온 것은 아주 다행스러운 일이었다. 더 이상 우리의 일에는 망설일 시간적 여유가 없었다. 나는 그 순간 결심을 하고 지체 없이 해안으로 돌아가서 소형 보트에 올랐다.

다행스럽게도 헌터는 노를 잘 저었다. 우리는 재빨리 히스파니올라 호로 되돌아갔다. 우리 편들은 상당히 사기가 떨어져 있었다. 얼굴이 백지장처럼 하얗게 된 대지주는 우리를 이런 지경으로 몰아넣은 자신의 잘못을 한탄하고 있었다. 뱃전에 있는 여섯 명의 반란꾼들 중 한 명도 얼굴이 아주 창백했다.

"저기, 이런 일이 처음인 선원이 하나 있어요."

스몰렛 선장이 그 선원을 가리키며 말했다.

"비명소리를 듣더니 거의 기절하려고 하더군요. 내가 조금만 더 타이르면 저자는 우리 편이 될 겁니다."

우리는 내가 말한 작전의 세부 사항을 결정했다. 레드루스 노인에게는 장전된 총 서너 자루와 보호용 매트리스를 주고 선실과 배 앞쪽 사이에 있는 통로를 지키게 했다. 헌터는 소형 보트를 배 뒤쪽으로 옮겨 왔고, 나와 조이스는 거기에 화약통과 소총, 비스킷 주머니, 돼지고기 통, 술통, 나의 귀중한 의약품 상자 등을 실었다.

한편 대지주와 선장은 갑판으로 나갔다. 선장은 남아 있는 반란꾼들의 대장 격인 조타수를 불렀다.

"핸즈, 우리 두 사람은 각각 양손에 권총을 들고 있다. 만약 너희들 중 누구라도 신호를 보내기만 한다면, 그놈은 그 즉시 죽은 목숨이다."

그 소리에 깜짝 놀랐는지 그들은 자기들끼리 잠깐 의논을 하더니 모두 앞쪽 승강구 아래로 내려갔다. 아마도 뒤로 돌아가서 우리를 공격하려는 속셈인 것 같았다. 그러나 그 통로에 떡 버티고 서 있는 레드루스를 보자, 그들은 다시 갑판 쪽으로 되돌아갔다. 잠시 후 갑판 승강구 위로 한 놈이 머리를 내밀었다가 도로 안으로 쏙 집어넣었다.

"이놈, 내려가지 못해!" 선장이 호통쳤다.

그 말에 머리가 다시 들어갔다. 여섯 명의 비겁한 반란꾼들은 한참 동안 아무런 움직임도 보이지 않았다.

그동안 우리는 소형 보트에다 이것저것 실을 수 있는 만큼 가득 실었다. 배 뒤쪽의 창문을 통해 보트에 올라탄 조이스와 나는 해변을 쳐다보았다. 헌터가 재빨리 노를 젓기 시작했다.

이 두 번째 운행은 해변에 있던 감시꾼을 더욱 놀라게 만들었다. 그들은 갑자기 휘파람을 멈추고 멍하니 우리를 쳐다보았다. 우리가 작은 둔덕 너머로 모습을 감추기 전에 그들 중 한 놈이 섬 쪽으로 달려가는 것이 보였다. 나는 작전 계획을 바꾸어 그 소형 보트 두 척을 파괴시켜 버릴까 생각했다. 그러나 실버와 다른 놈들이 해변 가까운 곳에 있다면 곤란하고, 또 욕심을 내다가 일을 망쳐 버릴지 몰라 포기했다.

우리는 곧 샘물이 있는 언덕에 도착하여 통나무집에다 물건들을 옮기기 시작했다. 그런 다음 조이스에게 물건을 지키라고 당부한 뒤—비록 한 사람이지만 총을 여섯 자루나 갖고 있었기 때문에 든든했다—헌터와 나는 재빨리 소형 보트로 되돌아와 숨 돌릴 틈도 없이 남은 물건들을 옮겼다. 그렇게 짐을 모두 부리고서 나는 조이스와 헌터에게 통나무집을 지키라고 지시해 두고 혼자서 있는 힘을 다해 보트를 저어 히스파니올라 호로 되돌아갔다.

우리가 두 번째로 소형 보트에 짐을 실어 옮기기로 한 작전은 겉보기처럼 그렇게 위험스러운 일은 아니었다. 놈들이 우리보다 숫자가 많기는 하지만 무기는 우리가 더 많았다. 섬에 상륙한 놈들은 단 한 놈도 머스킷 소총을 갖고 있지 않았다. 그놈들이 휴대한 권총을 쏠 수 있는 거리 안으로 접근하기 전에 우리는 적어도 여섯 놈 정도는 거뜬히 처치할 수 있을 것 같았다.

대지주는 배 뒤쪽 창문에서 나를 기다리고 있었다. 그가 밧줄을 고리에다 고정시키자마자 우리는 다시 급하게 추가 물자를 싣기 시작했다. 돼지고기, 화약, 비스킷 등이 보트로 옮겨졌다. 그리고 마지막으로 우리가 사용할 소총과 단검들이 옮겨졌다. 나머지 무기와 화약들은 물속에다 버렸다. 우리는 물속 모랫바닥에 잠긴 하얀 쇠붙이들이 햇빛을 받아 반짝거리는 것을 보았다. 그때 범선이 닻 주위를 빙빙 돌기 시작했다. 썰물이 빠져나가고 있었다. 해변에 매어 놓은 두 채의 소형 보트 쪽에서 놈들이 휴식을 취하면서 시끄럽게 떠드는 소리가 들려왔다. 그래서 동쪽으로 멀리 떨어진 요새의 조이스와 헌터가 안심이 되기는 했지만 그래도 빨리 떠나야겠다는 생각이 들었다.

통로에서 보초를 서던 레드루스가 소형 보트에 올라탔다. 그리고 우리는 스몰렛 선장이 손쉽게 보트에 오르도록 하기 위해 보트를 배 뒤의 돌출부 쪽에 갖다 댔다.

"자, 내 말을 잘 들어라."

선장이 배 앞쪽에 있는 반란꾼들에게 말했다. 그러나 그들은 아무런 반응도 보이지 않았다.

"에이브러햄 그레이, 난 자네 때문에 말하고 있는 거야."

여전히 반응이 없었다.

"그레이!"

선장이 좀 더 큰 소리로 말했다.

"난 이 범선에서 내린다. 자네는 나와 함께 가자. 난 자네가 선량한 선원이라는 걸 안다. 또 나머지 선원들도 겉보기처럼 타락했다고 생각하지 않는다. 자, 여기 내 손에 시계가 있다. 30초의 시간 여유를 주겠다."

잠시 정적이 흘렀다.

"자, 뱃전에 그렇게 오래 머물러 있을 시간이 없다. 나는 지금 내 목숨을 걸고 기다리고 있다. 또 저기 보트에서 기다리는 사람들도 마찬가지다."

그때 갑자기 소란스러운 싸움이 벌어지고 칼부림 소리가 나더니 한쪽 뺨에 칼을 맞은 에이브러햄 그레이가 선장에게 달려왔다. 마치 호각 소리를 듣고 달려오는 개 같았다.

"선장님, 함께 가겠습니다."

그와 선장은 서둘러 보트에 올라탔다. 우리는 곧바로 방향을 틀어 섬 쪽으로 노를 저었다. 우리는 일단 범선은 탈출했으나 아직 요새에 안전하게 도착한 것은 아니었다.

17
소형 보트의 마지막 운행

—의사에 의해서 계속되는 이야기

이 세 번째 운행은 앞선 두 번의 운행과는 아주 사정이 달랐다. 먼저 우리가 타고 있는 허약한 소형 보트는 인원이 초과되었다. 대지주, 레드루스, 선장 등 키가 6피트가 넘는 사람들을 포함하여 성인만 다섯 명이었는데, 이 인원만 해도 이미 중량 초과였다. 게다가 보트에는 화약, 돼지고기, 빵자루 등이 실려 있었다. 보트의 뒤쪽은 무거워서 자꾸 가라앉으려 했다. 몇 번이나 물을 뒤집어쓴 끝에 우리는 간신히 배를 띄울 수 있었다. 배가 몇백 야드 나가지 않았는데도 나의 바지와 코트는 물에 흠뻑 젖었다.

선장은 사람들의 자리를 조금씩 이동시켰고, 이렇게 해서 우리는 간신히 배의 균형을 잡을 수 있었다. 그렇지만 너무 아슬아슬한 상황이어서 숨도 제대로 쉴 수가 없었다.

게다가 썰물이 빠지는 바람에 우리는 잔물결을 일으키며 서쪽으로 빠지는 강한 조류와 마주치게 되었다. 중량 초과인 우리 보트는 그런 잔물결에도 심하게 흔들거렸다. 그러나 더욱 심각한 문제는 우리가 목표 항로에서 이탈하여, 둔덕 바로 뒤의 지점에서 자꾸만 멀어진다는 것이었다. 해류를 타고 그대로 밀려가다 보면 해변에 먼저 도착한 반란꾼들의 소형 보트와 만나게 될지도 몰랐다.

"선장, 요새 쪽으로 배를 저을 수가 없겠는데요."

내가 요새 쪽을 바라보며 말했다. 선장과 레드루스, 그리고 나머지 두 사람은 노를 열심히 저었고, 나는 보트의 항로를 보고 있었다.

"썰물 때문에 배가 자꾸 서쪽으로 가요. 좀 더 세게 노를 저을 수는 없을까요?"

"그러면 배가 뒤집혀요. 배가 흘러가는 대로 놔뒀다가 적당한 때 해류와 정반대 방향으로 뱃머리를 돌려야 해요."

나는 뱃머리를 동쪽으로 똑바로 두지 않으면 보트가 계속 서쪽으로 흘러간다는 것을 알았다. 그러나 동쪽으로 향하게 되면 우리가 가려는 방향과 거의 직각을 이루게 되어 점점 더 목표에서 벗어나는 것이었다. 나는 불안해졌다.

"이런 속도로는 해안에 닿지 못할 거요."

"이렇게 할 수밖에 없어요. 우리는 역류를 타고 가야 해요. 우리가 목표 지점을 향해 가려고 하면 할수록 놈들의 소형 보트 옆으로 밀려가게 돼요. 하지만 지금처럼 가면 물살이 약해지는 틈을 타서 배를 되돌려 목표 지점으로 갈 수 있어요." 선장이 말했다.

"물살이 조금 약해졌습니다."

앞자리에 앉아 있는 그레이가 말했다.

"약간 서쪽으로 틀어도 되겠습니다."

"고맙네."

나는 그레이를 우리와 한편이라고 생각했으므로 그의 조언을 기쁘게 받아들였다.

그때 갑자기 선장이 소리를 질렀다.

"대포!"

그의 목소리가 떨렸다.

"나도 그건 생각했었소."

나는 선장이 요새가 포격당할 것을 걱정한다고 생각했다.

"저자들은 섬까지 포를 쏘아 올리지 못할 거요. 설령 쏜다고 해도 숲을 뚫을 수는 없어요."

"의사 선생, 배 뒤쪽을 좀 보시오."

우리는 범선에 있는 9파운드 대포를 완전히 잊어버리고 있었다. 아주 무시무시한 장면이 펼쳐지고 있었다. 다섯 명의 악당들이 대포를 덮은 튼튼한 방수포를 벗겨 내고 있었다. 게다가 대포용 화약이나 포탄은 고스란히 배의 창고에 남아 있었다. 도끼로 창고 문을 부수면 그대로 악당들의 손에 넘어갈 판이었다.

"이스라엘은 플린트 배의 포수였어요."

그레이가 쉰 목소리로 말했다.

우리는 위험을 무릅쓰고 보트의 뱃머리를 틀어서 해변의 목표 지점으로 돌렸다. 우리는 물살의 흐름으로부터 멀리 벗어났기 때문에 완만한 운행 속도를 그대로 유지할 수가 있었다. 그러나 아주 고약한 것은 우리 보트의 옆면이 히스파니올라 호에 그대로 노출되어 마치 헛간 대문처럼 널찍한 목표물이 되어 버린 것이었다.

나는 검붉은 얼굴의 이스라엘 핸즈가 포탄을 갑판 위에 내려놓은 것을 보았다.

"누가 가장 머스킷 소총을 잘 쏘지요?"

불현듯 선장이 물었다.

"트렐로니 씨가 가장 훌륭하죠."

내가 주저 없이 대답했다.

"트렐로니 씨, 저놈들 중 한 명을 쏘아 죽일 수 없을까요? 핸즈라면 더욱 좋고요."

대지주는 쇠붙이처럼 냉정했다. 그는 머스킷 소총의 점화약을 찬찬히 들여다보았다.

"소총을 살살 다루세요. 그렇지 않으면 배가 뒤집힙니다. 총을 조준할 때 다른 사람들은 배의 균형을 잡도록 하세요."

선장의 말에 모두들 긴장하는 것 같았다. 대지주가 총을 치켜올리는 것과 동시에 우리는 일제히 몸을 한쪽으로 쏠리게 하여 균형을 잡았다.

놈들은 회전 포대 위에서 대포를 회전시켜 우리 보트 쪽으로 돌려놓았다. 손에 화약 꽂을대를 쥐고 대포 앞부분에 서 있는 핸즈는 온몸이 노출되어 있어서 가장 좋은 목표물이 되었다. 그러나 우리는 운이 없었다. 대지주가 총을 쏘자 그는 재빨리 몸을 낮추었다. 그 바람에 뒤쪽에 있던 네 놈 중 한 놈이 총알을 맞고 고꾸라졌다.

그놈이 비명을 내지르자 범선 위의 나머지 해적들도 비명을 내질렀고, 해변 쪽에 있던 해적들 역시 비명을 내질렀다. 나는 그쪽으로 눈길을 돌렸다. 해적들이 숲속에서 나와 소형 보트에 오르고 있었다.

"저놈들이 추격해 오려는가 본데요, 선장."

나는 다시 눈길을 돌려 선장을 바라보았다.

"전속력을 내라. 이제는 배가 뒤집혀도 할 수 없다. 해변에 닿지 못

한다면 모든 게 끝장나 버린다."

선장이 다급하게 소리쳤다.

"소형 보트 한 척에만 사람이 타는군요. 나머지 놈들은 해변 쪽에서 우리를 요격할 생각인 것 같아요."

"해변에 있는 놈들은 헛수고만 하고 말 거요. 내가 신경 쓰는 건 그 자들이 아닙니다. 대포가 제일 겁나요. 이건 누가 쏴도 맞출 수 있는 가까운 거리란 말입니다. 트렐로니 씨, 화약 점화기의 불빛을 보면 말해 줘요. 노를 물에 담근 채 보트를 잠시 멈추어야 하니까."

우리 보트는 중량 초과에도 불구하고 아주 잘 나갔다. 또 그 과정에서 물도 별로 뒤집어쓰지 않았다. 해변이 점점 가까워졌다. 서른 번 혹은 마흔 번 정도만 노를 저으면 해변에 도착할 수 있을 것 같았다. 놈들의 소형 보트는 더 이상 두려워하지 않아도 되었다. 작은 둔덕 때문에 그놈들의 보트는 보이지도 않았다. 우리의 운행을 가로막았던 썰물이 이제는 우리의 우군이 되어 놈들의 보트를 막아 주었다. 위험스러운 것은 범선의 대포뿐이었다.

"가능하다면 배를 멈추고 한 번 더 총격을 가하면 좋겠습니다."

선장이 걱정스러운 듯 말했다.

그들은 곧 포격을 가할 기세였다. 그들은 총을 맞은 동료 쪽은 쳐다보지도 않았다. 그자는 죽지 않았는지 갑판 위에서 꿈틀거리는 것이 보였다.

"화약이 점화된다!"

갑자기 대지주가 소리쳤다.

"배를 멈춰!"

선장이 다급하게 소리쳤다.

선장과 레드루스는 힘차게 노를 물속으로 집어넣으며 후진시켰고 그래서 고물이 절반쯤 물에 잠겼다. 그와 동시에 대포 소리가 우레처럼 터져 나왔다. 이것이 짐이 섬에서 벤 건과 함께 있을 때 들었던 그 첫 번째 대포 소리였다. 그전에 대지주가 쏜 소총 소리는 너무 작아서 듣지 못했다.

포탄이 어디에 떨어졌는지 알 수 없었지만, 우리의 머리 위를 스치고 지나간 것만은 분명했다. 포탄이 일으키는 바람이 우리에게 약간 피해를 주었기 때문이다. 우리 보트의 고물이 물속으로 3피트쯤 천천히 가라앉았다. 그래서 선장과 나는 서로 마주 보는 자세로 바닥을 딛고 일어났지만, 나머지 세 사람은 물속에 완전히 빠져 흠뻑 젖은 채 물을 뚝뚝 흘리며 물위로 나왔다.

하지만 커다란 피해는 없었다. 아무도 죽지 않았고, 우리는 얕은 물에서 안전하게 걸어서 해변까지 갈 수 있었다. 그러나 우리의 짐은 모두 물속에 가라앉았다. 더욱 고약한 것은 다섯 자루의 총 중 두 자루만 쓸 수 있게 된 것이었다. 보트가 가라앉는 순간, 나는 거의 본능적으로 총을 어깨높이로 들어 올렸고, 선장은 현명하게도 총구를 위로 향하게 하여 어깨에 메고 있었다. 다른 세 자루의 총은 보트와 함께 물속에 잠기고 말았다.

더욱 걱정스러운 것은, 해변의 숲속에서 사람들이 웅성거리는 소리가 가깝게 들려왔다는 것이다. 우리는 각종 장비가 절반쯤 못 쓰게 된 상태로 요새에 격리될지도 모른다는 생각이 들었다. 게다가 여섯 명이 공격할 경우, 헌터와 조이스가 그 요새를 굳건하게 지켜 줄지 그것도 의문이었다. 헌터는 걱정이 되지 않았지만 조이스는 다소 염려가 되었다. 공손하고 유쾌한 성품의 그는 남의 옷을 털어 주는 일 따위는 잘할지 몰라도, 전쟁터에서 한몫할 사람은 아니었다.

바다에 소형 보트와 절반의 장비와 식량이 가라앉아 버려서 모두들 착잡한 듯했다. 그러나 그런 생각을 억누르며 우리는 있는 힘을 다해 해변 쪽으로 걸어갔다.

18
첫날 벌어진 싸움의 끝

―의사에 의해서 계속되는 이야기

우리는 해변과 요새 사이의 수풀 속을 최대한 속력을 내어 걸어갔다. 우리가 걸음을 떼어 놓을 때마다 해적들의 목소리가 더 가깝게 들렸다. 곧 그들의 발걸음 소리가 들려왔고, 그들이 수풀을 헤치고 달려오며 나뭇가지를 꺾는 소리가 들려왔다. 나는 이제 정말 전투가 벌어지겠구나 하는 생각에 소총의 점화약을 챙겼다.

"선장, 트렐로니 씨는 명사수요. 당신의 총을 그에게 건네주시오. 그의 총은 못 쓰게 되었으니…."

그들은 서로 총을 맞바꾸었다. 소동이 시작된 이후 줄곧 침묵을 지키고 있던 대지주가 총이 제대로 작동되는지 살펴보았다. 그때 나는 그레이가 비무장이라는 걸 알고서 그에게 내 단검을 건네주었다. 그가 손바닥에 침을 탁 뱉고 눈을 치켜뜨며 공중에다 칼을 휙휙 휘둘러 보는 모습이 보기에 좋았고 마음에도 든든했다. 그의 절도 있는 동작은 그가 제 몫을 해내는 선원임을 잘 보여주었다.

약 마흔 걸음쯤 더 걸어가자 숲이 끝나고 눈앞에 요새가 보였다. 우리가 나무 울타리의 남쪽을 넘어 들어가자, 그와 거의 동시에 일곱 명의 반란꾼들이 갑판장 앤더슨을 선두로 고래고래 소리를 지르며 남서쪽에 나타났다.

그러나 그들은 울타리를 넘을 수 없었다. 대지주와 나, 그리고 통나무집을 지키던 헌터와 조이스가 총을 발사했기 때문이다. 우리는 산발적으로 총을 쏘았으나 그래도 총격은 충분한 효과를 발휘했다. 반란꾼들 중 하나가 쓰러졌고, 나머지 놈들은 재빨리 몸을 돌려 숲속으로 사라졌다.

총알을 다시 장전한 다음 우리는 쓰러진 적을 살펴보기 위해 나무 울타리 밖으로 나갔다. 그놈이 심장에 총을 맞고 사망한 것을 확인한 우리는 서로의 얼굴을 쳐다보며 기뻐했다.

그러나 바로 그 순간 숲속에서 총소리가 나더니 총알이 내 귀를 스치고 지나갔다. 그와 동시에 레드루스 노인이 앞으로 고꾸라졌다. 나와 대지주가 곧 반격을 했다. 그러나 이미 목표물이 사라진 뒤였으므로 총알만 낭비한 꼴이 되고 말았다. 우리는 다시 총알을 장전해 놓고 불쌍한 노인을 돌아보았다.

선장과 그레이가 이미 그를 살펴보고 있었다. 나는 한눈에 그가 가망이 없다는 것을 알았다.

우리의 신속한 반격이 효과가 있었는지 더 이상 적들의 움직임이 포착되지 않았다. 우리는 피를 흘리며 신음하는 레드루스를 어깨에 메고서 통나무집 안으로 들어가 그를 눕혔다.

레드루스 노인은 처음에 해적들과 문제가 생겼을 때부터 이제 통나무집 안으로 실려 와 죽음을 맞이할 때까지 한 번도 불평을 늘어놓거나 두려워하는 기색을 보이거나 불손한 행동을 하지 않았다. 그는 범선의 통로에서 트로이의 전사처럼 용감하게 보초를 섰으며, 선장의 지시를 묵묵히 성실하게 이행했다. 우리들보다 무려 스무 살이나 더 많은 최고 연장자이고, 아무 말 없이 주어진 일에 최선을 다해 온 그가 이제 우리 곁을 떠나려 하고 있었다.

대지주는 무릎을 꿇고서 그의 손에 키스를 하며 아이처럼 눈물을 흘렸다.

"의사 선생님, 나는 이제 가는 겁니까?"

레드루스가 힘겹게 입을 열었다.

"여보게, 톰. 자네는 이제 집으로 가는 거야."

"내가 그자들에게 먼저 총을 쏘았으면…."

그의 목소리에서 점점 힘이 빠져나가고 있었다.

"톰, 나를 용서한다고 말해 주겠나?"

대지주는 여전히 눈물을 흘리고 있었다.

"대지주님. 제가 용서해 드린다는 게 온당한 일입니까? 그렇지만 그렇게 하라고 말씀하시니 용서해 드리겠습니다, 아멘."

잠시 말이 없던 노인은 누가 기도를 해주었으면 좋겠다고 말했다. 그리고 미안하다는 듯이 덧붙였다. "선생님, 그게 관습이니까요." 그리고 내가 기도를 하는 동안 조용히 숨을 거두었다.

한편, 선장은 통나무집 안으로 들어오자마자 가슴과 주머니에서 다양한 물건들을 꺼내 놓았다. 영국 국기, 성경, 단단한 밧줄 꾸러미, 펜, 잉크, 기록부, 몇 파운드의 담배 들이었다. 그러고 나서 그는 통나무집 앞마당에 쓰러져 있는 기다란 전나무 가지를 가져오더니 영국 국기를 매달아 집 앞에 세워 놓았다.

국기를 게양하자 선장의 마음이 한결 편안해진 듯했다. 그는 집 안으로 다시 들어와서 마치 아무 일도 없었다는 듯이 물품들을 점검하기 시작했다. 그러면서도 톰 레드루스의 상태를 유심히 살폈다. 톰이 숨을 거두자 그는 또 다른 영국 국기를 가지고 와 노인을 덮어 주었다.

"선주님, 너무 심려하지 마십시오."

선장이 대지주의 손을 잡으며 말했다.

"톰은 순직한 겁니다. 선주와 선장에게 의무를 다하다가 순직한 선원은 두려울 것이 없지요. 하늘의 뜻은 좋을 수도 있고 나쁠 수도 있어서 알 수 없지만 순직은 고귀한 것입니다."

잠시 후 그는 나를 한쪽으로 끌어당겼다.

"리브지 선생, 구조선이 도착하려면 얼마나 더 있어야 합니까?"

나는 아마 몇 달은 기다려야 할 거라고 대답했다. 우리가 8월 말까지 돌아가지 않으면 브랜들리가 구조선을 보내기로 되어 있었다. 그러니 그 이전에는 배를 보내지 않을 게 분명했다.

"하느님이 우리에게 듬뿍 은총을 내려 주신다 할지라도 우리는 아주 위험한 처지에 놓여 있다는 걸 잘 알겠군요."

선장이 머리를 긁으며 말했다.

"무슨 말이죠?"

"이 요새는 더할 나위 없이 좋은데, 두 번째 짐을 잃어버린 것이 참으로 아쉽다는 뜻입니다. 화약과 총알은 충분합니다만 식량이 너무나 부족해요. 리브지 선생, 저 한 입을 던 것이 나머지 사람들에게 다행인지도 모르겠습니다."

그는 국기에 덮여 있는 톰을 가리켰다.

그때 요란한 대포 소리가 울려 퍼졌다. 모두들 놀라 잽싸게 엎드렸다. 그러나 그뿐이었다.

두 번째 포격은 좀 더 정확했다. 포탄이 통나무집 마당에 떨어져 거대한 먼지를 일으켰다. 그러나 역시 아무 일도 일어나지 않았다.

"선장, 이 집은 범선에서는 보이지 않아요. 저자들이 조준하는 건 아마도 깃발일 거요. 그러니 깃발을 거두는 게 현명하지 않을까요?"

"깃발을 내리라고요? 선주님, 그건 절대 안 됩니다."

우리는 선장의 말에 동의했다. 그것은 선원들의 강인한 기상을 드높이는 상징일 뿐만 아니라, 놈들이 아무리 포격을 해도 눈 하나 깜짝하지 않는다는 배짱을 보여주는 좋은 수단이기도 했다.

저녁 내내 그들은 포격을 가했다. 그러나 포탄이 통나무집을 무너뜨리기에는 대포의 사거리가 짧았다. 포탄은 앞마당에 먼지만 일으킬 뿐이었다. 우리는 더 이상 포격 소리에 신경을 쓰지 않았다.

"포격이 좋은 점도 있군. 우리 요새 앞 숲을 잘 벌목해 주어서 다니기는 좋겠어."

선장이 웃으며 말했다.

"이제 썰물이 빠져나갔을 테니 물에 빠진 짐을 가져오자구. 자, 그럼 누가 갈까?"

그레이와 헌터가 일차로 지원했다. 그들은 단단히 무장을 하고서 요새를 살그머니 빠져나갔다. 그러나 전혀 소득이 없었다.

해적들은 우리가 생각했던 것보다 더 대담했거나 아니면 범선에서 이스라엘 핸즈가 쏘아대는 대포의 엄호 사격을 든든하게 여기는 것 같았다. 그들은 이미 우리의 짐을 꺼내서 소형 보트에다 옮겨 놓았다. 그리고 보트가 조류에 밀려가지 않도록 기다란 노로 받쳐 놓았다. 실버는 그 보트의 후미에 앉아서 작업을 지휘하고 있었고, 그들은 어느

새 자기네 비밀 무기고에서 꺼낸 소총으로 무장하고 있었다.

선장은 마당에서 가져다 놓은 통나무에 앉아 항해일지를 썼다. 다음은 그 일지의 시작 부분이다.

> 범선을 타고 온 선원들 중 의사 데이비드 리브지, 목공 담당 선원 에이브러햄 그레이, 선주 존 트렐로니, 선주의 하인인 존 헌터와 리처드 조이스 등은 열흘치의 불충분한 식량을 가지고 오늘 상륙하다. 보물섬에 있는 통나무집에 영국 국기가 휘날리다. 선주의 하인인 톰 레드루스는 반란꾼들의 총에 사망하다. 선실 담당 소년인 짐 호킨스는….

나는 불쌍한 짐 호킨스의 운명에 대해서 생각하고 있었다. 그때 어딘가에서 우리를 부르는 소리가 들려왔다.

"누군가가 우리를 부르는데요."

보초를 서고 있던 헌터가 말했다.

집 밖으로 나가 보니 짐 호킨스가 나무 울타리를 넘어오고 있었다. 그는 다친 데 없이 안전하게 다시 돌아왔다.

19
요새의 수비대

—짐 호킨스가 다시 이야기하다

벤 건은 영국 깃발을 보는 순간 발걸음을 멈추고 내 팔을 잡으며 주저앉았다.

"자, 저기 네 친구들이 있구나."

"반란꾼들일지 몰라요."

"행운의 신사들이나 찾아올 법한 이런 곳에서, 실버라면 틀림없이 해적기를 달았을 거야. 그러니 저건 네 친구들이야. 전투가 벌어진 것 같은데 네 친구들이 무사하기를 빈다. 네 친구들이 여러 해 전에 플린트가 만들어 놓은 낡은 요새를 점령한 것 같군. 그런데 플린트라는 자는 어딜 가나 늘 우두머리였지. 럼주 말고는 그를 쓰러뜨릴 자가 없었어. 그는 아무도 무서워하지 않았지. 실버를 빼놓고는. 실버는 아주 점잖았지."

"그러고 보니 내 친구들인 것 같군요. 그렇다면 빨리 달려가서 만나봐야겠어요."

"넌 착한 애니까 물론 그래야겠지. 하지만 벤 건은 가지 않겠다. 아무리 럼주를 많이 준다고 해도 난 가지 않겠어. 네가 그 타고난 신사를 만나서 약속을 받아 내기 전에는 말야. 가서 전해. 행운의 신사보다는 타고난 신사를 훨씬 더(이 말을 꼭 전해), 훨씬 더 믿는다고 말이야. 그런 다음에 그를 살짝 꼬집어 줘."

그는 약간 교활한 표정을 지으며 나를 세 번째로 꼬집었다.

"그리고 벤 건을 만나야 할 일이 있으면 그곳으로 오라고 해. 짐, 내가 있는 곳 알지? 오늘 만났던 그곳 말이야. 나를 만나러 올 때는 손에 백기를 들고 혼자 와야 한다는 걸 명심해. 아, 그리고 벤 건은 나름대로 만나야 할 이유가 있는 사람이라고 전해 줘."

"알았어요. 대지주님이나 의사 선생님을 만나 뭔가 할 이야기가 있는 거로군요. 오늘 우리가 만난 그 자리에서 연락을 기다리겠다 이거죠?"

"그리고 시간은 말이야, 정오에서 6시까지가 좋겠어."

"좋아요, 이제 가도 되는 거죠?"

"짐, 내 말 잊지 않았겠지?"

그가 약간 불안해하며 말했다.

"타고난 신사를 훨씬 더 믿는다는 거. 그리고 벤 건은 만나야 할 이유가 있는 사람이라는 거, 이 말이 중요해. 남자 대 남자로서 말하는 건데."

그는 여전히 내 손을 잡고 있었다.

"자 짐, 이제 가도 좋아. 짐, 혹시 실버를 만난다면 그자에게 벤 건을 밀고하지는 않을 거지? 누가 때려죽인다 해도 내 얘기는 안 하는 거야. 그렇다고 말해 줘. 알았지? 그리고 해적들이 해안에다 캠프를 차린다면, 짐, 그들은 새벽녘에 줄초상 날 거라는 거, 이거 말고 내가 무슨 할 말이 더 있겠어?"

그때 커다란 대포 소리가 울려 왔다. 포탄이 숲을 뚫고서 모랫바닥에 처박혔다. 우리가 얘기를 나누고 있는 곳에서 불과 1백 야드 떨어진 지점이었다. 그 즉시 우리는 각자 다른 방향으로 재빠르게 움직였다.

한 시간가량 대포 소리가 섬 전체를 뒤흔들었다. 나는 숨을 만한 곳을 찾아서 몸을 움직였다. 그러나 그 무서운 포탄이 꼭 나를 쫓아오는 것 같았다. 포격이 뜸해졌음에도 불구하고 나는 요새 쪽으로 달려갈 용기가 나지 않았다. 그래서 동쪽으로 멀리 우회한 다음, 해변에 빽빽하게 들어선 나무들 사이를 뚫고 다가갔다.

그사이 해가 지고 바닷바람이 숲속에서 살랑거렸다. 정박지의 회색빛 바다는 바람에 일렁이고 있었다. 썰물이 멀리 빠져나간 모래사장은 텅 비어 있었다. 한낮의 무더위 뒤에 찾아온 한기가 옷을 뚫고 내 뼛속까지 스며들었다.

히스파니올라 호는 닻을 내린 곳에 그대로 머물러 있었다. 그러나 배 꼭대기에는 해적기가 펄럭거리고 있었다. 나는 멍하니 서서 해적기를 바라보았다. 그때 갑자기 배 쪽에서 붉은빛이 번쩍거리더니 또다시 대포 소리가 울려 퍼졌다. 그게 마지막 포격이었다.

나는 그 포격이 끝난 뒤에도 한참 동안이나 엎드려 있었다. 요새 근처의 해변 쪽에서 시끄러운 소리가 들려왔다. 사람들이 도끼로 뭔가를 부수고 있었다. 그것은 소형 보트였다. 멀리 강물이 흘러드는 곳에는 커다란 모닥불이 피워져 있었다. 그 지점과 범선 사이에서 소형 보트들이 왔다 갔다 했다. 범선에 있었을 때는 그토록 우울하던 사람들이 이제는 노를 저으며 아이처럼 소리를 질러댔다. 그들의 목소리에서 럼주 냄새가 느껴졌다.

마침내 나는 요새에 돌아가도 되겠다고 생각했다. 나는 지대가 낮은 모래톱까지 내려와 있었다. 그 모래톱은 반조(半潮) 때 해골섬과 연결되는 지점이었다. 나는 일어서면서 모래톱 아래쪽 숲에 우뚝 솟아 있는 바위를 발견했다. 그 바위의 하얀 색깔이 눈에 띄었다. 벤 건이 말한 하얀 바위가 바로 그것이었다. 앞으로 보트가 필요할지도 모른다는 생각에 나는 그 바위의 위치를 마음속에 새겨 두었다.

그러고 나서 나는 숲을 우회하여 후방, 그러니까 요새에서 바다가 내려다보이는 쪽으로 접근하였고, 마침내 믿음직한 우리 편 사람들의 환영을 받았다.

나는 그동안에 있었던 얘기를 해주고 나서 통나무집 안을 둘러보았다. 지붕, 바닥, 벽 모두 소나무를 통째로 이어서 만든 집이었다. 바닥은 땅바닥에서 1인치 혹은 1인치 반 높이였다. 문 앞에는 작은 계단이 있었고, 그 계단 밑에서 작은 샘물이 솟구쳤다. 샘물 주위의 모랫바닥에는 커다란 배에서 사용하는 주전자(밑이 빠진 것)가 박혀 있었다. 그 모습을 보고서 선장은 짐을 가득 실은 배가 흘수선까지 물속에 가라앉은 모습 같다고 말했다.

통나무집은 텅 비어 있다시피 했지만, 한쪽 구석에 난로를 대신해 쓸 수 있는 돌판이 놓여 있었고, 불을 피울 수 있는 녹슨 철제 양동이가 있었다.

통나무집을 짓기 위해 언덕 등성이와 요새 마당에 있던 나무들을 모두 베어 낸 것 같았다. 나는 베어져 나간 나무들의 밑동이 넓은 것을 보고서, 이 집을 짓기 전에 이곳은 굉장히 울창한 숲이었으리라고 생각했다. 벌채한 다음에 대부분의 토양은 비에 씻겨 흘러내려 간 것 같았다. 주전자 모양의 샘물에서 흘러내린 물이 지나가는 곳에만 이끼, 고사리, 담쟁이덩굴 등이 자라고 있었다. 요새 가까운 이곳에는—너무 가까워서 좀 불안하지만—키 큰 나무들이 빽빽이 들어서 있었는데, 섬 쪽에는 모두 전나무들이었고 해안 쪽에는 참나무들이 많았다.

차가운 저녁 바람이 통나무집 틈새로 비집고 들어오면서 마룻바닥에다 고운 모래를 끊임없이 실어 날랐다. 그래서 우리의 눈에도, 이에도, 저녁 식사에도, 막 끓어 넘치는 죽처럼 물이 퐁퐁 솟아오르는 주전자 모양의 샘물에도 온통 모래투성이였다. 게다가 굴뚝이라고는 지붕에 뚫려 있는 네모꼴의 구멍 하나가 전부였다. 그곳으로 빠져나가는 연기는 일부에 불과했고 나머지는 빠지지 않고 집 안팎을 맴돌았다. 그래서 우리는 끊임없이 기침을 하면서 눈물을 닦아 내야만 했다.

게다가 반란자들로부터 도망쳐 올 때 뺨에 부상을 입었던 그레이는 얼굴을 붕대로 감싸고 있었다. 뻣뻣한 시체가 되어버린 불쌍한 레드루스 노인은 영국 국기를 덮고서 벽 쪽에 누운 채 매장되기를 기다렸다. 만약 아무것도 하지 않고 그대로 앉아 있었다면 우리는 우울증에 빠졌을 것이다.

그러나 스몰렛 선장은 우리를 결코 그냥 내버려 둘 사람이 아니었다. 그는 모든 사람을 소집하여 두 무리로 나눈 다음 보초 임무를 부여했다. 의사와 그레이와 내가 한 조였고, 대지주와 헌터와 조이스가 한 조를 이루었다. 그는 또 두 사람을 차출하여 땔나무를 하러 보내기도 했다. 선장의 지시에 따라 두 사람은 레드루스를 묻을 구덩이를 파는 일에 투입되었고, 의사는 요리사로 임명되었다. 나는 문 앞에서 보초를 섰다. 선장은 이 사람 저 사람에게 용기를 북돋아 주면서 손길이 필요할 때마다 일을 거들어 주었다.

가끔 의사 선생은 신선한 바람을 쐬기 위해 문밖으로 나오곤 했다. 그리고 그때마다 나에게 한마디씩 해주었다. 그는 연기 때문에 눈물을 너무 많이 흘려 눈이 쏙 들어가 있었다.

"저 스몰렛이라는 사람은 나보다 한참 나은 사람이야. 내가 이런 말을 할 때는 진심으로 하는 거야, 짐."

또 한 번은 잠시 말이 없더니 머리를 약간 갸우뚱하면서 나에게 물었다.

"벤 건은 과연 정직한 사람일까?"

"선생님, 그건 저도 잘 모르겠습니다. 그가 제정신인지도 확실하지 않습니다."

"제정신인지 의문이 들 정도라면, 그는 제정신일 가능성이 높아. 무인도에서 3년 동안 자기 손톱만 물어뜯던 사람은 너나 나처럼 정상으로 보일 수가 없어. 인간의 본성이라는 게 안 그렇거든. 그자가 좋아한다는 게 치즈라고 했나?"

"예, 치즈라고 했습니다."

"짐, 입맛 까다로운 것이 얼마나 좋은 결과를 가져오는지 네게 보여주지. 너 내 담뱃갑 보았지? 그렇지만 내가 담배를 피우는 건 보지 못했을 거야. 실은 거기다가 파르메산 치즈를 넣어 가지고 다닌단다. 이탈리아에서 만든 치즈인데 아주 영양가가 풍부해. 그래, 이 치즈를 벤 건에게 주도록 하자."

저녁 식사를 하기 전에 우리는 톰을 모래 속에다 매장했다. 우리는 모자를 벗고 저녁 바람에 머리카락을 날리면서 잠시 무덤 주위에 둘러서서 그의 죽음을 애도했다. 땔감을 하러 나갔던 두 사람은 상당한 양을 해 왔음에도 불구하고 선장의 마음을 흡족하게 해주지는 못했다. 그는 "내일은 좀 더 힘을 내서 더 많이 해 와야 한다."고 말했다. 돼지고기를 먹고 나서 우리는 각자 독한 브랜디를 한 잔씩 배급받았다. 그리고 세 명의 지도자는 구석에 앉아 우리의 앞날을 의논했다.

우리는 어떻게 해야 할지 모르는 상태였다. 식량도 너무 적어서 구조선이 오기도 전에 굶주림 때문에 항복을 해야 할 판이었다. 따라서 우리가 기대할 수 있는 것은 두 가지였다. 해적들을 하나둘 처치해서 그들로 하여금 백기를 들고 행복하게 하거나, 아니면 히스파니올라 호를 몰고 달아나는 것이었다. 적들은 원래 열아홉 명에서 이제 열다섯 명으로 줄어들었다. 그중 두 명은 부상을 당했고, 대포 뒤에 서 있던 자는 죽었거나 아니면 크게 부상을 당했을 것이다. 우리는 해적들에게 총격을 가할 때마다 반드시 죽이지 않으면 안 되었다. 총알을 아끼는 것이 우리의 목숨을 구하는 길이었다. 그 외에 우리에게 강력한 지원군이 되어 준 두 가지가 있었는데, 하나는 럼주이고 다른 하나는 섬의 날씨였다.

럼주의 효과를 말하자면, 적들이 밤늦게 떠들며 노래 부르는 소리가 반 마일 정도 떨어진 우리 요새까지 들려올 정도였다. 섬의 날씨에 대해서 말하자면, 늪지에서 아무런 대책도 없이 야영을 하면 일주일도 못 되어 그들 중 절반이 열병을 앓게 될 것이라는 게, 의사의 말로는 자기의 명예를 걸며 장담하는 예상이었다.

"그래서 우리 모두가 먼저 적의 총을 맞고 쓰러지지만 않는다면, 저자들은 범선을 타고 달아날 거요. 배를 가지고 떠나면 얼마든지 해적질을 할 수 있을 테니까요."

"그렇다면 내가 잃어버리는 최초의 배가 되겠군."

스몰렛 선장이 나직이 중얼거렸다.

나는 아주 피곤했다. 몇 번 자리에서 뒤척이다가 통나무처럼 꿈쩍도 않고 깊은 잠에 떨어졌다.

그 다음 날 바스락거리는 소리와 웅성거리는 소리에 놀라 잠에서 깨어났을 때, 나머지 사람들은 모두 일어나 분주하게 움직이고 있었다. 땔나무도 어젯밤보다 절반 정도 더 많아졌다.

"휴전의 깃발이다!"

그때 누군가가 소리쳤다.

"실버가 오고 있다!"

그 소리에 나는 잠자리에서 벌떡 일어나 눈을 비비며 벽에 뚫린 총안으로 달려갔다.

20

실버의 제안

정말로 요새 울타리 바깥에 두 남자가 서 있었다. 한 명은 백기를 흔들고 있었고, 한 명은 그 옆에 꼿꼿이 침착하게 서 있었다. 언뜻 보아도 그중 한 사람은 실버임을 알 수 있었다.

아직 이른 시간이었다. 내가 항해에 나선 이래에 가장 추운 날씨 탓에 한기가 뼛속까지 뚫고 들어왔다. 하늘은 구름 한 점 없이 청명했고, 나무들은 햇빛을 받아 밝게 빛났다. 그러나 실버가 부하와 함께 서 있는 곳에서는 모든 것이 그늘 속에 잠겨 있었으며, 두 사람은 밤새 늪지에서 올라온 하얀 물안개에 무릎까지 파묻힌 채 걸어온 것이었다. 한기와 수증기는 그 섬이 사람 살 만한 곳이 아님을 증명해 주었다. 그 섬은 분명 습기가 많고 열병이 창궐하는 음산한 곳이었다.

"집 밖으로 나가지 마라. 저건 십중팔구 허튼수작일 거야."

선장이 우리들에게 주의를 준 뒤에 곧바로 해적에게 소리쳤다.

"누구냐? 멈추지 않으면 쏜다."

"휴전의 깃발이오."

실버가 큰 소리로 대답했다.

현관 쪽으로 간 선장은 혹시 날아올지 모르는 총탄에 대비하여 조심스럽게 몸을 숨겼다. 그리고 고개를 돌려 우리에게 말했다.

"의사 선생님 팀은 망을 보도록 하시오. 리브지 선생은 북쪽을 맡아요. 짐은 동쪽, 그리고 그레이는 서쪽을 맡도록. 경계를 서지 않는 팀은 소총에 장전을 하시오. 빨리빨리!"

그는 다시 해적들 쪽으로 고개를 돌렸다.

"도대체 휴전 깃발을 들고서 뭘 하자는 거냐?"

이번에는 실버의 부하가 대답했다.

"실버 선장이 협상을 원합니다."

"실버 선장? 그자가 누군지 나는 잘 모른다. 그가 도대체 누구냐?"

그러고 나서 스몰렛 선장은 나직이 중얼거렸다.

"선장이라고? 자식, 진급 한 번 빨리 했군!"

그때 롱 존이 대답했다.

"접니다, 선장님. 저 롱 존 실버입니다. 이 친구들이 나를 선장으로 뽑았어요. 당신이 '직무 유기'를 한 다음에 말입니다."

그는 '직무 유기'라는 말을 강조했다.

"선장님, 협상 조건에 합의한다면 우리는 항복하겠습니다. 그러니 내가 요새 마당으로 들어가더라도 총을 쏘지 않겠다고 약속해 주십시오."

"이봐, 난 자네와 협상하고 싶지 않아. 그리고 나한테 얘기할 것이 있으면 그냥 자네 발로 걸어오면 돼. 총을 쏘든 안 쏘든 그건 우리 마음이야."

"알겠습니다, 선장님."

롱 존이 쾌활하게 소리쳤다.

"그 한마디면 충분합니다. 난 신사를 알아보니까요."

휴전 깃발을 든 자가 실버를 말리는 것 같았다. 선장의 대답이 대단히 통명스러웠기 때문에 그렇게 말리는 것도 무리는 아니었다. 그러나 실버는 호탕하게 웃더니 겁먹지 말라는 듯 그의 등을 툭툭 두드려 주었다. 그러고 나서 그는 울타리로 다가와 목발을 마당 안으로 던져 넣은 다음, 한 발을 들어 올려 아주 날렵하게 울타리를 넘어 마당 안으로 들어섰다.

나는 마당에서 진행되는 일에 너무 정신이 팔린 나머지 제대로 보초를 설 수가 없었다. 나는 동쪽 총안을 완전히 포기하고 문턱에 앉아 있는 선장 뒤로 살금살금 다가갔다. 선장은 팔꿈치를 무릎 위에 올려놓고 양손으로 턱을 괸 채, 밑 빠진 주전자를 통해 흘러나오는 샘물을 뚫어져라 쳐다보았다. 그는 휘파람으로 '오라, 내 소년과 소녀들아'를 불고 있었다.

실버는 비탈진 등성이를 힘들게 올라왔다. 비탈이 가파를 뿐만 아니라 나뭇등걸이 많고, 또 모래가 부드럽기 때문에 그의 목발이 맞바람을 맞은 배처럼 무력했던 것이다. 그러나 그는 묵묵히 걸어 올라와 아주 멋진 모습으로 선장에게 경례를 했다. 그는 선장 제복을 멋들어지게 입고 있었다. 앞면을 놋쇠 단추로 장식한 푸른 외투가 무릎까지 내려와 있었고, 멋진 레이스를 두른 모자를 머리 뒤로 비스듬히 기울여 쓰고 있었다.

"자, 여기 앉지."

"선장님, 집 안으로 들어가시죠. 추운 아침이라서 모래 위에 앉기는 좀 그런데요."

"실버, 자네가 충성스러운 선원이었다면 지금쯤 취사장에 앉아 있었을 걸세. 이건 자업자득이야. 그리고 자네는 내 배의 충성스러운 요리사이거나, 아니면 해적들의 우두머리를 하다가 교수형을 당하거나 둘 중 하나일 뿐이야."

"잘 알겠습니다, 선장님. 나중에 일어날 때나 좀 일으켜 세워 주십시오."

실버는 체념한 듯 선장이 시킨 대로 모랫바닥에 주저앉아 주위를 둘러보았다.

"여긴 아주 멋진 곳이로군요. 아주 행복한 가정처럼 보여요. 아, 저기 짐이 있군. 짐, 밤새 잘 잤니? 의사 선생님도 별고 없으시고?"

"자, 할 말이 있으면 빨리 말해."

"그러죠, 스몰렛 선장님. 할 일은 해야 하니까요. 어젯밤 선장님 쪽에서 아주 끔찍한 짓을 저질렀습니다. 그건 정말 치사한 짓이었어요. 선장님 부하 중에 뾰족한 막대기를 잘 다루는 자가 있나 보죠? 그것 때문에 내 부하들 몇몇이 동요했습니다. 아니, 나를 포함하여 모든 사람이 불안해했습니다. 그래서 이렇게 협상을 하러 온 겁니다. 하지만 두 번 다시 협상은 하지 않을 겁니다. 그렇게 되면 우리는 야간 보초를 세우고 럼주를 조금 줄여야 하겠지요. 당신네들은 우리가 모두 술에 취했다고 생각할지 모르겠지만, 나는 취하지 않았어요. 단지 좀 피곤했을 뿐입니다. 만약 내가 1초만 더 빨리 잠에서 깨어났다면 당신의 부하를 범행 현장에서 잡을 수 있었을 겁니다. 틀림없어요. 내가 그 친구를 살펴보니까 아직 숨이 붙어 있었어요. 죽지 않았더라고요."

"그래서?"

스몰렛 선장이 냉정한 목소리로 말했다. 선장은 실버의 말을 전혀 알아듣지 못했지만 조금도 내색하지 않았다.

하지만 나는 그게 무슨 말인지 어렴풋이 알 수 있었다. 헤어질 때 벤 건이 마지막으로 해주었던 "새벽녘에 줄초상" 운운했던 말이 기억났다. 벤 건이 모닥불 주위에 술 취해 곯아떨어진 해적들을 새벽녘에 찾아가 한 놈을 처치했던 것이다. 나는 이제 대적해야 할 적수가 열네 명으로 줄어들었다는 사실에 기쁨을 느꼈다.

"솔직하게 말해서, 우리는 지도가 필요합니다. 보물을 찾아야 하니까요."

"그런데?"

선장은 여전히 퉁명스럽게 말했다.

"당신이 지도를 가지고 있다는 거 다 알고 있습니다. 내가 요구하고 싶은 것은 바로 그 지도입니다. 지도만 내놓으면 아무런 피해도 입히지 않겠습니다. 약속합니다."

선장은 실버를 찬찬히 뜯어보고 나서 파이프 담배에 불을 붙였다.

"이봐, 그 조건은 받아들일 수 없어. 우린 자네들의 속셈을 빤히 알고 있고, 또 별로 신경 쓰지도 않아. 어차피 자네들은 못 해낼 거니까."

선장은 실버를 차분하게 쳐다보며 파이프에 담배를 재워 넣기 시작했다.

"만약 에이브 그레이가…." 실버가 입을 열었다.

"그 말은 하지 마." 스몰렛 선장이 말했다. "그레이는 내게 아무 말도 안 했어. 나도 묻지 않았고. 게다가 나는 너하고 저 울타리에 있는 놈 그리고 이 섬 전체가 바다에서 사라져 불구덩이 속으로 사라져 버렸으면 좋겠어. 이봐, 이게 자네나 자네 일당을 바라보는 내 마음이야."

선장이 그런 식으로 약간 화를 내자 실버를 어느 정도 진정시킨 것 같았다. 그도 조금 전만 해도 화가 난 듯했으나 이제는 마음을 추스르는 것 같았다.

'선장님, 그 말씀은 잘 알겠습니다.

실버는 파이프에 담배를 재우고 불을 붙을 붙였다.

"신사들이 사물의 이치를 따지는 데는 한도가 없지요. 경우에 따라 어떤 것은 이치에 맞는다고 하고, 또 어떤 것은 이치에 안 맞는다고 하니까요. 보아하니 담배를 피우려나 본데, 이참에 저도 한 대 태우겠습니다."

두 사람은 말없이 앉아서 잠시 동안 담배를 피웠다. 서로 얼굴을 쳐다보기도 하고, 파이프 담배를 꾹꾹 누르기도 하고, 허리를 숙여 침을 뱉기도 하는 두 사람의 모습이 연극 관람 못지않게 재미있었다.

"자, 다시 한번 말씀드립니다. 지도를 우리에게 넘겨서 보물을 찾게 해주십시오. 그리고 불쌍한 선원들에게 더 이상 총격을 가하지 말고, 또 밤에 몰래 다가와 뾰족한 막대기로 머리를 찌르지도 마십시오. 그렇게 해준다면 우리는 이런 안을 제시하겠습니다. 일단 보물을 찾아내면 우리가 당신을 배로 모셔서 안전한 해안에 내려 드리겠습니다. 선원들이 거칠어서 싫고, 또 선원들과 사이가 좋지 않아서 싫다면 여기 그대로 남아 있을 수도 있습니다. 그러면 바다에서 처음으로 만나는 배에 연락하여 당신을 구출하도록 하겠습니다. 내 명예를 걸고 이 모든 것을 보장합니다. 이런 좋은 협상 조건은 아마 이 세상에 없을 겁니다."

그는 점점 언성을 높였다.

"여기 통나무집에 있는 모든 사람이 내 말의 증인이 될 겁니다. 난

한 번 내뱉은 말은 반드시 지킵니다."

스몰렛 선장은 일어서서 왼쪽 손바닥에 파이프의 재를 떨었다.

"그게 전부인가?"

"그렇습니다. 만약 거부하면 나를 더 이상 만나지 못할 것이고, 그 대신 총알 세례를 받게 될 겁니다."

"그래? 그럼 이제 내 말을 듣게. 자네들이 한 명씩 비무장으로 우리에게 건너온다면 모두 족쇄를 채워서 영국으로 데려가 공정한 재판을 받도록 해주겠네. 그렇지 않다면, 알렉산더 스몰렛이라는 내 이름에 걸맞게, 나는 영국 국기를 드높이 휘날리면서 자네들을 모두 바다 귀신으로 만들어 버리겠네. 알겠나? 다시 한번 말하지만 자네들은 절대 보물을 찾을 수 없어. 게다가 자네들은 배를 움직일 수도 없을 거야. 움직이려고 했다가는 아예 엉뚱한 방향으로 가고 말 걸세. 자네들 중에서는 배를 움직일 수 있는 자가 단 한 명도 없다는 것을 잘 알고 있네.

자, 나는 이제 할 말을 다 했네. 나한테서 이런 부드러운 말을 듣는 것은 이게 마지막일 거야. 다음번에 자네를 만나면 자네 등에다 총알을 박아 넣을 테니까. 이제 그만 가봐. 썩 꺼지란 말야!"

씰룩거리는 실버의 얼굴은 정말 볼 만했다. 너무나 화가 나서 그의 눈알이 바깥으로 튀어나올 것만 같았다. 그는 파이프의 불을 끄고 나서 말했다.

"날 일으켜 세워 주시오!"

선장이 그를 보며 고개를 흔들었다.

그러자 실버는 집 안쪽을 향해 다시 소리쳤다.

"누가 손 좀 빌려주지 않겠소?"

그러나 아무도 앞으로 나서지 않았다.

결국 그는 지독한 욕설을 퍼부으면서 모래 위를 기어가더니 현관의 기둥을 잡고서 간신히 일어나 목발에 몸을 의지했다. 그러고는 샘물에다 침을 뱉었다.

"봤지! 난 당신들을 이 샘물에 뱉은 침만도 못하다고 여겨. 한 시간 안에 이 통나무집을 벌집으로 만들어 놓겠어. 웃어? 얼마든지 실컷 웃으라고! 어디 당신들이 저 건너편으로 끌려가서도 웃을 수 있는지 두고 보자고. 그때가 되면 오히려 죽은 사람이 더 행복하다고 생각할 테니까."

그는 끔찍한 욕설을 퍼부으면서 모래 둔덕 아래로 내려갔다. 울타리에서 깃발을 든 자가 도와주었음에도 불구하고 실버는 네댓 번 실패한 끝에 간신히 울타리를 넘어 숲속으로 사라졌다.

21
공격

실버의 뒤를 뚫어져라 쳐다보던 선장은 그가 시야에서 사라지자마자 통나무집 안으로 들어왔다. 그는 경계를 맡은 사람들 중 제 위치에서 있는 사람은 그레이뿐임을 발견했다. 그때 나는 처음으로 선장이 화내는 것을 보았다.

"위치로!"

우리가 위치로 돌아가자 그의 목소리가 다소 누그러졌다.

"그레이, 난 자네의 이름을 일지에다 기록해 두겠네. 자네는 선원답게 임무를 완수했어. 트렐로니 씨, 난 당신에게 놀랐습니다. 의사 선생, 당신도 한때 군 생활을 했다고요? 퐁트누아에서 그런 식으로 근무했다면 차라리 침상에 그대로 누워 있는 게 나을 뻔했습니다."

모두들 얼굴이 붉어졌다.

"여러분, 나는 실버를 호되게 다루었습니다. 일부러 그자를 화나게 만들었어요. 그자가 말한 대로 한 시간 안에 공격이 있을 겁니다. 수적으로는 우리가 열세지만 우리에겐 은폐물이 있습니다. 아까 우리가 규율을 지키며 싸워야 한다는 것을 말하려다 깜빡했습니다. 아무튼 우리는 사기가 넘치고 틀림없이 그들을 무찌를 수 있다고 믿어 의심치 않습니다."

그는 통나무집 내부를 돌아보면서 모든 것이 제대로 준비되어 있는지 확인했다.

집의 동쪽과 서쪽은 길이가 짧아서 총안이 두 개밖에 없었다. 현관이 있는 남쪽에도 총안이 두 개밖에 없었으나 북쪽에는 무려 다섯 개가 몰려 있었다. 우리 일곱 사람이 사용할 수 있는 소총은 모두 스무 자루였다. 테이블 모양으로 묶어진 네 무더기의 땔감이 각각 네 벽의 중간쯤에 세워져 있었고, 그 위에 각각 총알과 네 자루의 소총이 놓여 있어서 누구나 쉽게 사용할 수 있었다. 한가운데에는 단검들이 줄지어 놓여 있었다.

"불을 바깥에 내놓으시오. 이제 찬 기운도 가셨으니. 그리고 눈에 연기가 들어가면 안 되니까."

선장의 말이 떨어지자마자 트렐로니 씨가 불씨를 넣어 둔 양동이를 들고 나가 마당의 모래 속에 쏟아부은 다음 꺼버렸다.

"호킨스는 아직 아침 식사를 안 했지? 호킨스, 먹을 것을 가지고 위치로 가서 먹도록 해. 자, 힘을 써야 할 때야. 그러니 빨리 식사를 해 두도록. 헌터, 사람들에게 브랜디를 한 잔씩 돌리도록 해."

지시가 이행되는 동안 선장은 마음속으로 방어 작전을 마무리한 듯했다.

"의사 선생, 당신은 문을 맡으시오. 몸을 노출시키지 말고 총안으로 총을 쏘시오. 헌터는 저기 동쪽을 맡고, 조이스는 서쪽을 맡아. 트렐로니 씨, 당신은 명사수니까 그레이와 함께 총안이 다섯 개 달린 저 기다란 북쪽을 맡도록 하세요. 정말 위험한 곳은 저 북쪽입니다. 만약 적들이 북쪽으로 접근해서 총안으로 총격을 한다면 우린 아주 곤란해져요. 호킨스, 너와 나는 사격이 시원찮으니까 옆에서 대기하면서 총알을 재어 주고 사격을 거들어 주도록 하자."

전투 준비를 하는 동안 추위가 사라졌다. 태양이 숲 위로 솟아오르자 마당에 있던 안개가 일거에 사라져 버렸다. 곧 모랫바닥에서 열기가 솟아오르기 시작했고, 통나무집 틈새의 송진이 물렁거렸다. 모두들 외투와 상의를 벗었다. 그리고 셔츠의 목 부분을 열고 소매를 어깨까지 걷어붙였다. 우리는 더위와 불안과 싸우면서 각자의 위치에 서 있었다.

한 시간이 지나갔다.

"젠장!" 선장이 울타리 쪽에 두었던 시선을 거두며 말했다. "무풍지대처럼 따분하군. 그레이, 휘파람이나 한 번 불어 봐."

바로 그때 첫 공격이 시작되었다.

"선장님, 누군가 보이면 무조건 쏘는 겁니까?"

조이스의 목소리가 약간 떨렸다.

"아까 말했잖아. 보이는 대로 무조건 쏴."

"알겠습니다, 선장님." 조이스는 여느 때처럼 조용하고 공손하게 대답했다.

바깥에는 잠시 아무런 움직임도 없었다. 그러나 그것이 우리에게 경계심을 불러일으켰고 우리의 눈과 귀를 긴장시켰다. 소총수들은 양손으로 소총의 균형을 잡고 있었고, 선장은 입을 꾹 다문 채 얼굴을 찌푸리며 통나무집 한가운데에 서 있었다.

다시 몇 분이 지난 뒤 조이스가 갑자기 소총을 재빨리 움직여 뭔가를 겨냥하더니 총을 발사했다. 총성이 울리자마자 울타리 바깥에서도 일제히 총격을 시작했다. 총알은 거위들이 줄지어 오듯 꼬리에 꼬리를 물고 울타리 사방에서 날아왔다. 그러나 총알은 통나무에 박혔을 뿐, 안으로 뚫고 들어오지는 못했다.

연기가 서서히 빠져나가자 요새와 그 주위의 숲이 또다시 잠잠해졌다. 나뭇가지도 흔들리지 않았고, 적의 움직임을 알려 주는 총신의 번쩍거림도 없었다.

“적을 맞추었나?”

선장이 조이스에게 물었다.

“맞추지 못한 것 같습니다, 선장님.”

조이스가 겸연쩍게 대답했다.

“사실대로 말해서 좋군, 호킨스. 조이스의 총을 장전해 줘라. 의사 선생, 그쪽에는 적이 몇 명 있는 것 같습니까?”

“제 쪽은 정확히 알고 있습니다. 세 명입니다. 저쪽에서 총이 세 발 발사되었으니까요. 두 발은 가까운 곳에서 발사되었고 나머지 한 발은 서쪽에서 날아왔어요.” 리브지 선생이 말했다.

“세 명이라…. 트렐로니 씨, 당신 쪽은 몇 명입니까?”

그러나 그 질문에 대한 답변은 쉽지가 않았다. 대지주는 일곱 명쯤 되는 것 같다고 했고, 그레이는 여덟 명이나 아홉 명이라고 말했다. 동쪽과 서쪽으로부터는 한 발밖에 날아오지 않았다. 주된 공격은 북쪽 방향이었고 나머지 세 방향은 형식적인 움직임만 보인다는 결론이 나왔다. 그러나 스몰렛 선장은 작전을 변경하지 않았다. 반란꾼들이 울타리를 넘어와 총안을 하나라도 차지하게 된다면, 그때는 우리가 독 안에 든 쥐가 되고 놈들은 총안으로 마구 총을 쏘아댈 거라는 게 그의 생각이었다.

게다가 생각할 겨를도 별로 없었다. 그때 갑자기 커다란 함성이 들려왔다. 해적들이 북쪽 숲속에서 뛰어나와 울타리 쪽으로 달려들었다. 그와 동시에 숲에서도 총격을 가했다. 총알 하나가 현관문을 뚫고 들어와 의사의 소총을 박살내 버렸다.

적들은 원숭이처럼 울타리 위로 몰려들었다. 대지주와 그레이는 계속해서 사격을 했다. 세 놈이 쓰러졌다. 한 놈은 울타리 안쪽으로, 두 놈은 울타리 바깥쪽으로 고꾸라졌다. 그러나 두 놈 중 한 놈은 부상을 입었다기보다는 겁을 먹은 것이 분명했다. 그놈은 갑자기 일어나서 숲속으로 도망쳐 버렸다.

동료들이 죽거나 달아났음에도 불구하고 네 놈이 울타리를 넘어 마당 안으로 들어섰다. 숲속에 있는 나머지 해적들도 계속해서 통나무를 향해 총질을 했다. 놈들은 각자 소총을 여러 자루씩 가지고 있는 게 분명했다. 하지만 적의 엄호 사격은 별 효과가 없었다.

울타리를 넘어온 네 놈은 고래고래 소리를 지르며 요새를 향해 돌격해 왔다. 숲속에 있는 놈들도 그에 호응하기 위해 고함을 질러댔다. 해적 돌격조는 달려오면서 여러 발의 총을 발사했다. 그러나 별로 효과적이지는 못했다. 곧이어 네 놈은 모래 둔덕을 넘어 통나무집 앞까지 달려왔다.

조타수 앤더슨의 머리가 북쪽의 가운데 총안 안으로 불쑥 들어왔다.

"다 해치워 버려! 모두 다!"

그가 우레 같은 목소리로 소리쳤다.

그와 동시에 두 번째 해적이 우리 편 헌터의 총구를 손으로 잡아서 빼앗았다. 그리고 개머리판을 휘둘러 헌터를 바닥에 쓰러뜨렸다. 세 번째 해적은 비무장인 상태로 집 주위를 한 바퀴 빙 돌더니 갑자기 현관 쪽에 나타나 의사에게 덤벼들었다. 그의 손에는 어느새 단검이 쥐어져 있었다.

전세는 갑자기 역전되었다. 방금 전만 해도 우리는 엄폐물 뒤에서 공격하면 되었으나, 이제는 엄폐물이 무용지물로 변해버렸다. 다행히도 통나무집 안이 연기로 가득 차 있었기 때문에 우리는 잠시 안전을 도모할 수 있었다. 고함과 아우성, 권총이 발사되는 소리와 섬광, 길게 이어지는 신음소리 등이 내 귓가에서 메아리쳤다.

"밖으로 나가! 바깥에서 싸워! 단검을 들어!"

선장이 다급하게 소리쳤다.

나는 가지런히 정리된 단검 더미에서 단검을 하나 집어 들었다. 누군가가 또 다른 단검을 집어 들다가 내 손등을 살짝 베었으나 고통이 느껴지지 않았다. 나도 단검을 들고서 문밖으로 달려 나가 햇빛이 환한 마당으로 내려섰다. 의사가 언덕 아래까지 해적을 추격하여 해적의 등을 단검으로 찌르는 게 보였다. 그자는 뒤로 벌렁 나자빠졌다.

"집 주위를 돌아, 선원들! 집 주위를 돌아!"

선장이 또다시 소리쳤다. 그 혼란 중에서도 나는 그의 목소리가 다급하다는 것을 느낄 수 있었다.

나는 무의식적으로 그 명령에 따랐다. 재빨리 동쪽으로 몸을 돌려 통나무집 구석으로 달려간 것이다. 그런데 그 순간 앤더슨과 마주쳤다. 그는 단검을 높이 치켜들고서 고함을 질러댔다. 단검은 햇빛을 받아 반짝거렸다. 나는 겁먹을 시간조차 없었다. 공중에서 빛나는 칼을 본 순간 나는 한쪽으로 재빨리 몸을 피했다. 그러나 착지를 잘못하여 등성이 아래쪽으로 데굴데굴 굴러갔다.

내가 그렇게 넘어져 있을 때 숲속에 있던 해적들이 우리를 끝장내려고 울타리 쪽으로 달려오고 있었다. 빨간 모자를 쓴 해적은 입에 단검을 문 채 이미 울타리 위로 올라가 한쪽 다리를 마당 쪽으로 내려놓고 있었다. 그러나 사태는 너무나 빠르게 진행되었기 때문에 내가 가까스로 일어섰을 때는 모두가 여전히 똑같은 자세를 취하고 있었다. 빨간 모자를 쓴 해적은 여전히 울타리 위에 걸터앉아 있었고, 다른 해적은 울타리 위로 머리를 쑥 내민 채 통나무집 쪽을 바라보고 있었다. 그리고 그 짧은 순간에 전투는 끝났고 승리는 우리의 것이 되었다.

나를 죽이려 했던 앤더슨은 내 뒤를 곧바로 쫓아온 그레이의 칼에 쓰러졌고, 또 다른 해적은 총안으로 총격을 가하려는 순간 우리 편의 총에 맞아 쓰러졌다. 그자는 아직도 연기가 모락모락 나는 권총을 손에 쥔 채 쓰러져 신음소리를 내고 있었다. 세 번째 해적은 내가 이미 본 바와 같이 의사 선생이 단칼에 해치워 버렸다. 울타리를 넘어온 네 명 중 한 명만이 행방불명이었는데, 마당에 단검을 버린 것으로 보아 죽음이 두려워 울타리 바깥으로 줄행랑을 놓은 것이 분명했다.

잠시 후 집 안에 자욱했던 연기가 말끔히 가셨다. 그제야 우리는 승리의 대가를 한눈에 파악할 수 있었다. 헌터는 기절한 상태로 총안 옆에 누워 있었고, 조이스는 머리에 총을 맞고 즉사했다. 대지주는 선장을 부축하고 있었는데, 둘 다 얼굴이 창백했다.

"선장이 부상을 입었소."

트렐로니 씨가 힘없이 말했다.

"그자들은 달아났소?"

스몰렛 선장이 얼굴을 찡그리며 물었다.

"얼이 빠져서 달아났소. 하지만 그중 다섯 놈은 이제 더 이상 움직이지 못할 거요."

의사 선생의 얼굴엔 다소 여유가 있었다.

"다섯 놈?"

선장의 표정이 바뀌었다.

"그거 잘됐군. 쓰러진 자가 적 다섯에 아군 셋이라, 이제 아군 넷에 적이 아홉이 되었으니 처음보다는 한결 나아졌어. 처음엔 7대 19여서 어떻게 감당할까 싶었는데 말야."

그러나 반란꾼들은 곧 8명이 되었다. 트렐로니 씨가 범선을 향해 총을 쏘았을 때 나자빠진 해적은 그날 저녁 부상으로 죽었다. 그러나 우리는 이 사실을 나중까지 알지 못했다.

제5부

나의 바다 모험

22
나는 어떻게
바다 모험을 하게 되었나

반란꾼들은 다시 돌아오지 않았고, 숲속에서는 더 이상 총성이 울리지 않았다. 선장 말대로 '그들은 그날의 정량을 받아먹은 것'이었다. 그래서 우리는 여유 있게 부상자들을 치료하고, 또 저녁 식사를 준비할 수 있었다. 대지주와 나는 위험을 무릅쓰고 마당에서 식사를 준비했다. 그러나 일이 잘 손에 잡히지 않았다. 의사가 돌보는 환자들의 커다란 신음소리가 마당까지 흘러나왔기 때문이다.

전투 중에 총을 맞은 양쪽 8명 중 총안을 들여다보다 총에 맞은 해적과 헌터, 그리고 선장 이렇게 세 명만이 숨을 쉬고 있었다. 그러나 해적과 헌터는 죽은 목숨이나 다름없었다. 해적은 의사가 응급처치하는 중에 죽었고, 헌터는 우리의 보살핌도 소용없이 의식을 회복하지 못했다. 그날 내내 힘겹게 숨을 내쉬던 헌터의 모습은 우리 집 여인숙에서 중풍을 일으켜 신음하던 늙은 해적과 비슷했다. 개머리판으로 얻어맞아 가슴뼈가 부러지고, 또 넘어지면서 두개골을 크게 다친 헌터는 그 다음 날 밤 아무런 말도 남기지 못하고 하느님 곁으로 떠나갔다.

선장도 비교적 크게 다친 편이었으나 다행히 치명상은 아니었다. 앤더슨의 총알—선장을 먼저 쏜 것은 좀 앤더슨이었다—이 어깨의 빗장뼈를 부스러뜨리고 폐에 가서 박혔으나 심한 것은 아니었다. 누가 쏜 것인지 모르는 두 번째 총알은 그의 장딴지 근육을 살짝 건드렸다. 의사는 선장의 회복을 장담하면서, 앞으로 몇 주 동안 걷거나 팔을 움직여서는 안 되고, 또 가능하면 말도 하지 말아야 한다고 강조했다.

내가 손등에 입은 상처는 벼룩에게 물린 정도였다. 리브지 선생은 연고를 발라 주고서 덤으로 내 귀를 살짝 잡아당겼다.

저녁 식사 후 대지주와 의사는 선장 옆에 앉아서 잠시 의논을 했다. 그러고 나서 의사는 모자를 쓰고 권총을 차고, 또 허리에 단검을 두른 다음 지도를 주머니에 쑤셔 넣고 소총을 어깨에 메고서 북쪽 울타리를 넘어 숲속으로 들어갔다.

그레이와 나는 간부들이 하는 말을 듣지 않으려고 통나무집 한쪽 구석에 앉아 있었다. 그레이는 파이프를 손에 든 채 한동안 석고상처럼 꼼짝도 하지 않았다. 밖으로 나가는 의사의 행동을 보고 너무나 놀란 것 같았다.

"바다 귀신이 리브지 선생을 돌게 만들었나?" 그레이가 말했다.

"무슨 말씀이세요. 그는 우리 중 가장 미치지 않을 사람이에요."

"저분이 돌지 않았다면, 내가 돌아 버린 게 틀림없어."

"아니에요. 의사 선생님도 다 생각이 있을 거예요. 내 짐작이 맞는다면 지금 벤 건을 찾아 나섰을 거예요."

나중에 밝혀진 것이지만 내 짐작은 옳았다. 통나무집 안은 너무나 더웠다. 그렇다고 마당에 나가 있을 수도 없었다. 위험하기도 하거니와 한낮의 열기가 식지 않아 아직도 모랫바닥이 뜨거웠다. 그러자 나는 엉뚱한 생각을 하기 시작했다. 그것은 결코 옳은 생각이라고는 할 수 없었다.

나는 소나무의 향긋한 냄새를 맡으며 시원한 숲속을 걷고 있을 의사가 부러웠다. 뜨거운 송진에다 몸을 밀착시키고 하염없이 앉아 있는 건 너무나 지겨웠다. 내 주위는 온통 피투성이였고, 게다가 시체가 너무 많았다. 나는 엄청난 공포 못지않게 염증을 느끼기 시작했다.

통나무집 주위를 청소하고 저녁 식사 설거지를 하면서 나의 염증과 부러움은 점점 더 심해져 억누를 수 없게 되었다. 그래서 나는 외출을 결심했다. 먼저 주머니에 비스킷을 가득 집어넣은 다음, 주위에 아무도 없는 것을 확인하고서 조심스럽게 숲속으로 발걸음을 옮겼다.

어떻게 보면 나는 바보였다. 그건 너무나 바보 같고 무모한 짓이었다. 그러나 나는 최대한 조심하면서 그 일을 해치워야겠다고 생각했다. 만약 내게 무슨 일이 벌어진다면 주머니 속에 든 비스킷으로 그 다음 날 늦게까지 허기를 면할 수 있었다.

그 다음으로 내가 확보한 것은 두 자루의 권총이었다. 화약 케이스와 탄환은 이미 가지고 있었으므로 나는 완전 무장을 한 셈이었다.

내가 구상한 계획은 그 자체로는 그리 나쁜 것이 아니었다. 동쪽의 정박지와 바다 사이에 놓여 있는 모래톱으로 내려가 지난번에 보았던 하얀 바위를 찾아내려는 것이었다. 그래서 과연 거기에 벤 건이 감춰 둔 작은 배가 있는지 확인해 보고 싶었다. 나는 이런 정도의 모험은 해볼 만한 가치가 있다고 생각했다. 그러나 아무도 나의 외출을 허락해 주지 않을 것이므로, 사람들이 신경을 안 쓸 때 몰래 빠져나가는 수밖에 없었다. 물론 그러한 행동 방식은 분명 잘못된 것이었으므로 설사 성공한다고 해도 잘한 일이 될 수는 없었다. 하지만 나는 모험심 강한 소년이었고 이미 그렇게 행동하기로 마음을 먹었다.

그때 적당한 기회가 찾아왔다. 대지주와 그레이는 선장의 붕대를 갈아 주느라 나에게 신경을 쓰지 않았다. 그 틈을 이용해 나는 요새의 울타리를 넘어 숲속으로 들어섰다. 그러고는 냅다 뛰기 시작했다. 사람들이 내가 사라진 것을 눈치채기 전에 나는 이미 그들이 불러도 들리지 않을 거리에 가 있었다.

이것이 나의 두 번째 잘못이었다. 이것은 또 첫 번째 잘못—허락 없이 보트를 타고 섬에 도착한 일—보다 훨씬 심각한 것이었다. 이제 통나무집을 지키는 사람이 두 사람밖에 없다는 것을 나는 미처 깨닫지 못했다. 하지만 첫 번째 행동과 마찬가지로 이번 행동도 결과적으로는 우리 모두를 구하는 데 큰 도움이 되었다.

나는 섬의 동쪽 해안을 바라보며 곧장 걸어갔다. 혹시 해적들에게 들킬지 몰라서 매우 조심스럽게 행동했다. 아직 햇빛이 따뜻했지만 이미 늦은 오후였다. 키 큰 나무들이 빽빽이 들어선 숲속을 걸어가면서 아래쪽에서 들려오는 파도 소리에 귀를 기울였다. 나무 잎사귀와 가지들이 심하게 흔들거리는 것으로 보아 바닷바람이 평소보다 더 강하게 불어온다는 것을 알 수 있었다. 곧 서늘한 바닷바람이 내게도 느껴졌다. 그렇게 걸었고 몇 걸음 더 나아가니 숲의 탁 트인 가장자리가 나왔고 어느새 해안에 이르렀다. 바다는 저 멀리 수평선까지 푸른 빛으로 반짝거리고 있었고, 파도는 하얀 포말을 일으키며 끊임없이 해변으로 밀려오고 있었다.

나는 보물섬 주위의 바다가 잠잠한 모습은 단 한 번도 본 적이 없었다. 해는 머리 위에서 뜨겁게 이글거렸고 공기는 한 점 바람이 없었고 바다 표면은 부드러운 푸른색이었다. 그렇지만 먼 바다에서 밀려오는 파도는 낮이나 밤이나 커다랗게 소리를 질러대고 있었다. 저런 소음으로부터 벗어날 수 있는 곳이 이 섬에는 단 한 군데도 없다는 사실이 잘 믿어지지 않았다.

나는 즐거운 마음으로 파도치는 해변을 따라 걸었다. 내가 이제 남쪽으로 멀리 왔다는 생각이 들자, 울창한 나무 뒤에 몸을 숨기면서 조심스럽게 모래톱의 꼭대기 부분으로 기어 올라갔다.

내 뒤에는 바다가 있었고 내 앞에는 정박지가 있었다. 평소보다 약간 세게 불던 바닷바람은 이제 잠잠해지고 그 대신 남쪽과 남동쪽에서 두터운 안개를 동반한 가벼운 바람이 선들선들 불어왔다. 나는 잠시 숨을 고르면서 정박지 쪽을 바라보았다. 정박지는 해골섬의 바람이 미치지 않는 곳에 있었기 때문에 우리가 처음 들어왔을 때와 마찬가지로 납처럼 무겁고 조용했다. 그 잔잔한 거울 같은 바다 위에, 히스파니올라 호는 깃봉에서부터 선체가 잠긴 흘수선까지 뚜렷하게 비치고 있었으며 범선의 꼭대기에는 해적기가 걸려 있었다.

히스파니올라 호 옆에 소형 보트 두 대가 떠 있는 게 보였다. 한쪽 보트에는 실버가 타고 있었다. 나는 멀리서도 그를 알아볼 수 있었다. 그리고 다른 한쪽 보트에는 두 명의 해적이 타고 있었는데, 그중 하나는 빨간 모자를 쓴 자였다. 몇 시간 전에 요새의 울타리에 걸터앉아 있었던 바로 그자인 것 같았다. 그들은 얘기를 나누며 웃고 있었다. 나는 그들과 1마일 정도 떨어진 지점에 있었기 때문에 그들의 말을 알아듣지는 못했다.

그때 갑자기 아주 끔찍하고 기괴한 비명소리가 들려왔다. 처음에 나는 깜짝 놀랐으나 곧 그것이 캡틴 플린트의 목소리라는 것을 알 수 있었다. 주인의 팔목에 앉아서 화려한 깃털을 뽐내던 그 앵무새의 소리.

실버를 태운 소형 보트가 해변 쪽으로 떠나자 빨간 모자를 쓴 해적과 다른 해적은 히스파니올라 호의 선실 승강구 아래쪽으로 다가갔다. 바로 그 순간 태양이 스파이글라스 언덕 너머로 사라졌고, 그와 동시에 안개가 빠른 속도로 끼기 시작했다. 금방 어둠이 찾아왔다. 그날 저녁 안으로 벤 건의 보트를 찾으려면 서둘러야 했다.

수풀 위로 우뚝 솟은 하얀 바위는 아직도 나와 약 8분의 1마일(약 2백 미터) 거리를 유지하고 있었다. 거의 네 발로 기다시피 하여 덤불을 헤치며 그 바위 꼭대기까지 올라가는 데는 적지 않은 시간이 걸렸다. 실제로 내가 거친 바위 꼭대기까지 올라갔을 때는 이미 밤이 되어 있었다.

바위 바로 밑에 녹색의 풀들로 뒤덮인 자그마한 구덩이가 있었다. 작은 둔덕으로 둘러싸여 있고 무릎 높이의 풍성한 관목 숲으로 감싸져 있는 그런 곳이었다. 그리고 그 구덩이의 한가운데에 염소 가죽 텐트가 있었다. 영국에서 집시들이 가지고 다니는 그런 텐트였다.

나는 구덩이 안으로 들어가 텐트의 옆면을 들추어 보았다. 거기에 벤 건의 보트가 있었다. 그야말로 손으로 만든 엉성한 보트였다. 단단한 나무로 배의 옆면을 대고 그 안쪽에다 털이 달린 염소 가죽을 붙인 것이었다. 그 배는 나 같은 소년이 타기에도 너무 작아서 과연 덩치 큰 어른을 태우고 물에 뜰 수 있을까 하는 의문이 들 정도였다. 그리고 배의 안쪽 바닥에다 낮게 판자를 깔아서 앉을 자리를 만들어 놓았는데, 거기에 배를 젓기 위한 두 개의 노가 가지런히 놓여 있었다.

나는 그전에는 고대 영국인이 만들었다고 하는 원시적인 배 코라클

(가죽으로 만든 배)을 본 일이 없었다. 하지만 바로 그 순간에 그것을 보게 되었다. 벤 건의 배는 바로 그 코라클처럼 생긴 것이었다. 그러나 그 배는 코라클의 장점을 고스란히 갖추고 있었다. 그것은 아주 가벼워서 들고 다니기가 좋았다.

이제 배를 발견했으니 나의 외출은 끝난 것이 아니냐고 독자들은 생각할지 모르겠다. 하지만 그 과정에서 나는 또 다른 엉뚱한 생각을 하게 되었고, 그것이 너무나 솔깃하여 그대로 실행하고 싶었다. 스몰렛 선장이 뭐라고 하든 개의치 않고 말이다. 나의 생각은 야음을 틈타 코라클을 타고 바다에 나가 히스파니올라 호의 닻줄을 끊어 버리려는 것이었다. 그렇게 하면 배가 제멋대로 표류하다가 해변에 처박히게 될 것이었다. 또 오전 공격에서 격퇴당한 해적들이 닻을 올려 먼 바다로 나갈지 모른다는 생각이 들었다. 만약 이렇게 할 수 있다면 그들의 의도를 사전에 막을 수도 있었다. 그들이 범선에 남겨둔 보초들에게 보트가 없는 것을 아까 확인한 나는 그 계획을 별 어려움 없이 실천할 수 있을 것이라고 생각했다.

나는 앉아서 어둠이 깔리기를 기다리며 비스킷을 잔뜩 먹어 두었다. 그날은 일만 번을 기다려야 한 번 찾아올까 싶을 정도로, 작전 실행에는 딱 좋은 어두운 밤이었다. 안개가 하늘 아래의 모든 것을 가려 주었다. 마지막 햇빛이 사라지자 짙은 어둠이 보물섬에 내리기 시작했다. 이윽고 내가 코라클을 어깨에 메고 손으로 주위를 더듬으면서 분지에서 나왔을 때는 단 두 개의 불빛만이 반짝이고 있었다.

하나는 패퇴한 해적들이 습지에서 야영을 하기 위해 피워 놓은 모닥불이었고, 다른 하나는 닻을 내린 범선의 위치를 알려 주는 희미한 불빛이었다. 범선은 썰물을 따라 흔들렸고 느리게 원을 그리며 돌고 있었다. 지금은 범선의 이물이 내 쪽을 바라보고 있었다. 불이 켜진 곳은 선실뿐이었는데, 선실 창문에서 흘러나온 그 불빛이 안개에 반사된 다음 내 눈을 부드럽게 감쌌다.

바닷물은 상당히 멀리 빠져나가 있었다. 나는 바닥이 드러난 모래사장을 조심조심 걸어갔다. 어떤 곳은 발목까지 빠졌다. 코라클이 가볍다고는 하지만 그것을 메고 모래사장을 걷는다는 건 결코 쉬운 일이 아니었다. 그렇게 어렵사리 썰물의 가장자리에 도착한 나는 적당하게 힘을 주면서 코라클의 용골을 아래쪽으로 하여 바다에 내려놓았다.

23
썰물이 계속되다

그 코라클은—내가 그것으로 일을 마치기 전에도 이미 알아본 바이지만—체중과 신장이 나 정도인 사람에게 아주 안전한 배였다. 거친 바다에서도 아주 잘 떠다녔고 움직임이 아주 민첩했다. 그러나 이 배는 다루기가 힘들었다. 특히 한쪽으로 잘 기울기 때문에 여간 신경 쓰이지 않았다. 배에 탄 사람의 의사와는 상관없이 제멋대로 가려고 하고, 또 한 자리에서 빙글빙글 돌기가 일쑤였다. 코라클은 벤 건이 이미 말했던 것처럼 그 성질을 잘 알기 전까지는 다루기가 매우 까다로운 배였다.

그리고 나는 그 배의 성질을 잘 몰랐다. 그 배는 내가 가려고 하는 방향으로는 가지 않고 제멋대로 움직였다. 앞쪽으로 나가려고 하면 자꾸만 옆쪽으로 밀려갔다. 썰물이 아니었더라면 나는 히스파니올라호에 접근하지 못했을 것이다. 노를 저어서라기보다는 운 좋게도 썰물이 계속 코라클을 바다 안쪽으로 밀고 갔던 것이다. 히스파니올라 호는 썰물과 직선으로 정박되어 있어서 방향을 놓칠 염려는 없었다.

범선은 어둠보다 더 어두운 존재로 내 앞에 떡 버티고 있었다. 내가 더 가까이 다가가자 뱃전의 둥근 나무와 선체가 모습을 드러냈다. 내가 바다 안쪽으로 들어갈수록 썰물은 더 빨리 빠져나갔다. 그리고 그 다음 순간, 즉 썰물이 코라클을 더 앞으로 밀어낸 순간, 나는 닻줄과 나란히 서게 되었다. 나는 얼른 닻줄을 움켜쥐었다.

닻줄은 활의 줄처럼 팽팽했다. 물살이 너무 거세어서 배가 닻을 잡아당기는 듯한 형국이었다. 어둠에 잠긴 선체는 그 주위에서는 해류가 거품을 올리고 있었고, 또 산속의 작은 시냇물처럼 재잘거렸다. 그러나 내가 단검으로 이 닻줄을 잘라 버리면 히스파니올라 호는 조류를 타고 정처 없이 흘러갈 것이다.

거기까지는 좋았다. 그러나 그 다음 순간, 즉 닻줄을 막 자르려는 순간, 닻줄을 갑자기 잘라 버리는 것은 말의 배를 걷어차는 것처럼 위험한 일이라는 생각이 들었다. 내가 무모하게 히스파니올라 호의 닻줄을 잘라버린다면 십중팔구 나와 코라클은 공중에 붕 떴다가 물속으로 완전히 처박히고 말 것이었다.

나는 잠시 동작을 멈추었다. 만약 이번에도 행운이 따라 주지 않는다면 나는 계획을 포기할 수밖에 없었다. 그런데 다행히도 밤이 되자 남동쪽과 남쪽에서 불어오던 바람이 남서쪽으로 방향을 틀어 나를 도와주었다.

내가 생각에 잠겨 있는 동안 한 줄기 바람이 불어와 히스파니올라 호를 흔들었다. 그래서 배가 해류 쪽으로 잠시 밀려갔다. 그 순간 내가 꽉 잡고 있던 닻줄이 약간 흔들거렸다. 닻줄을 잡고 있던 나의 손도 동시에 물속으로 들어갔다 나왔다. 그리고 내가 잡고 있던 닻줄이 약간 헐거워진 것을 발견하고서 나는 크게 기뻐했다. 이제 바람의 방향이 바뀌었음을 알았던 것이다. 나는 다시 한번 닻줄을 잡은 손을 물속에 담갔다.

그러자 나는 결심을 하고서 얼른 단검을 꺼내고 이빨로 칼집을 빼낸 다음 닻줄을 한 올 한 올 잘라 나갔다. 이제 닻줄은 마지막 두 올을 남겨 놓고 있었다. 내가 그 마지막 두 올을 잘라낼 시점을 조용히 기다리고 있는데 마침 바람이 불어와 팽팽하던 닻줄을 약간 헐겁게 해주었다.

그 작업을 하는 동안 선실 쪽에서는 계속 커다란 목소리가 오고 갔다. 그러나 작업에 몰두하고 있던 나는 그 말에 귀 기울일 틈이 없었다. 하지만 이제 바람을 기다리는 일만 남게 되자 나는 그들의 말에 귀를 기울였다.

그 목소리의 주인공은 조타수이면서 과거 플린트 호의 포수였던 이스라엘 핸즈와 빨간 모자의 해적이었다. 둘은 술을 마셔서 성질이 난폭해져 있었다. 그런데도 계속 술을 마시는 것 같았다. 그러더니 그들 중 한 명이 술 취한 목소리로 소리를 지르며 고물 창문을 열고서 뭔가를 내던졌다. 빈 술병인 것 같았다. 그들은 술에 취하기만 한 것이 아니었다. 굉장히 화가 나 있었다. 그들은 서로 지독한 욕설을 우박처럼 내뱉더니 주먹질 일보 직전까지 갔다. 그러나 이내 언성이 낮아졌다. 잠시 후에 또다시 그런 위기가 찾아왔지만 역시 별일 없이 지나가고 말았다.

해안 쪽에서는 커다란 모닥불이 환하게 타오르고 있었으며, 누군가가 아주 따분한 목소리로 오래된 선원의 노래를 부르고 있었다. 노래는 일정한 음조를 유지하지 못하고 소절마다 끝부분이 약간씩 처졌다. 노래하는 해적의 기운이 빠지지 않는 한 그 노래는 언제까지나 계속될 것 같았다. 나는 선상에서 그 노래를 여러 번 들었기 때문에 가사를 다 외우고 있었다.

단 하나만 살아남았다네,
출항한 일흔다섯 명 중에서

그 노래는 그날 오전의 전투에서 패배한 해적들에게 비애감을 안겨줄 만한 그런 노래였다. 그러나 내가 아는 한 해적들은 그들이 항해하는 바다처럼 감정이라고는 없는 냉정한 놈들이었다.

마침내 산들바람이 불어왔다. 범선은 어둠 속에서 좌우로 가볍게 흔들렸다. 나는 닻줄이 다시 한번 헐거워지는 것을 느끼면서 온몸의 힘을 다해 마지막 두 올을 싹둑 잘라 버렸다.

산들바람은 코라클에 아무런 영향도 미치지 않았다. 다만 내가 순간적으로 히스파니올라 호 앞쪽으로 쏠렸을 뿐이었다. 그 순간 범선은 뒤로 기울면서 해류를 타고 천천히 돌기 시작했다.

나는 굳은 마음을 먹고 악마처럼 노를 젓기 시작했다. 코라클이 곧 뒤집혀 물속에 처박힐 것을 예상했기 때문이다. 그러나 코라클을 직접 범선 뒤쪽으로 밀어낼 수 없었기 때문에 범선의 고물 쪽으로 노를 저었다. 내가 힘차게 노를 젓는 순간, 범선의 고물 측면을 가로지르는 하얀 밧줄이 보였다. 나는 순간적으로 그 줄을 잡았다.

왜 그렇게 했는지는 나도 모르겠다. 처음에는 본능적인 행동이었다. 그러나 일단 밧줄을 꽉 붙잡고 보니 호기심을 억누를 길이 없었다. 나는 선실 창문을 통해 안쪽을 들여다보고 싶었다.

나는 밧줄을 잡아당겨 적당한 위치에 왔다고 생각되었을 때 몸을 무모하게도 절반쯤 점프했다. 그리하여 선실의 지붕과 한쪽 구석을 들여다볼 수 있었다.

이때 범선과 그에 연결된 소형 보트가 물 위를 재빠르게 헤쳐나가기 시작했다. 범선은 쉴 새 없이 물보라는 일으키며 무수한 잔물결을 헤쳐나갔다. 나는 해변의 모닥불과 같은 높이를 유지하고 있었다. 배는 선원들의 용어를 빌면 거칠게 말하고 있었다. 범선은 계속하여 철썩거리는 소리를 내면서 무수한 파도를 넘고 있었다. 내 눈이 창문 문턱 높이에 이르는 순간까지도 나는 왜 해적들이 경계 태세에 들어가지 않는지 의아했다. 그러나 문턱 너머를 쳐다본 순간 배가 그렇게 흔들리는데도 저들이 왜 그토록 무사태평인지 알 수 있었다. 핸즈와 그의 동료 해적은 서로 멱살을 움켜잡고 죽을 둥 살 둥 싸우고 있었던 것이다.

나는 이제 범선의 선측 가까이 다가갔으므로 아슬아슬하게 코라클의 좌석으로 떨어져 내렸다. 조금만 늦었더라면 코라클 밖으로 떨어질 뻔했다. 나는 잠시 흐릿한 램프 아래에서 붉으락푸르락 성난 얼굴로 싸우는 두 해적의 모습 이외에는 아무것도 보이지 않았다. 나는 어둠에 보다 잘 적응하기 위해 잠시 눈을 감았다.

그칠 것 같지 않던 해적의 노래가 더 이상 들리지 않았다. 그 대신 모닥불 주위에 앉아 있던 의기소침한 해적들이 내가 익히 잘 아는 노래를 합창했다.

죽은 자의 궤짝에 열다섯 사람이,
요호호, 그리고 한 병의 럼주!

나머지는 술과 악마가 해치우네,

요호호, 그리고 한 병의 럼주.

나는 그 순간 술과 악마가 히스파니올라 호의 선실에서 아주 바쁘게 선원들을 해치우고 있다고 생각했다. 그때 코라클이 갑자기 흔들거렸다. 그와 동시에 코라클이 방향을 바꾸기 시작했고, 속도도 잠깐 사이에 아주 빨라졌다.

나는 즉시 눈을 떴다. 사방의 물결이 희미한 인광을 뿌리며 날카로운 소리를 냈다. 히스파니올라 호는 몇 야드 앞쪽에 있었고 나는 그 궤적을 따라 흔들리며 따라가고 있었다. 범선은 항로에서 이탈하면서 비칠거렸다. 나는 뱃전의 둥근 나무가 어둠 속에서 약간 흔들리는 것을 보았다. 한참을 쳐다보고 나서야 범선이 남쪽으로 방향을 바꾸고 있음을 알았다.

정신을 수습하고 뒤를 돌아다본 순간 나는 심장이 갈비뼈에 툭 떨어지는 소리를 들었다. 내 바로 뒤에 해적들의 모닥불이 있었던 것이다. 해류는 직각으로 방향을 틀면서 키 큰 범선과 자그마한 코라클을 빙빙 돌리고 있었다. 해류는 점점 더 속력을 내고, 점점 더 거품을 일으키고, 점점 더 굉음을 내며 좁은 통로를 통해 먼바다 쪽으로 빙빙 돌아 나갔다.

갑자기 내 앞에 있던 범선이 동요하면서 방향을 약 20도 정도 바꾸었다. 그와 동시에 배에 타고 있던 두 해적이 차례로 고함소리를 질러댔다. 선실 승강구 계단에서 다급한 발걸음 소리가 났다. 두 주정뱅이가 마침내 싸움을 멈추고 사태의 심각성을 깨달은 모양이었다.

나는 코라클 바닥에 찰싹 엎드린 채 내 운명을 하느님에게 맡겼다.

좁은 통로를 빠져나가면 우리는 집채만 한 파도에 부딪혀 물속으로 가라앉을 것이고, 나의 모든 시련도 곧 끝날 것이었다. 나는 죽는 것은 감당할 수 있어도 눈앞에 닥쳐오는 내 운명의 얼굴을 쳐다보는 것은 엄두가 나지 않았다.

나는 몇 시간 동안 꼼짝도 않고 엎드려 있었다. 코라클은 파도에 따라 이리저리 비틀거렸고, 가끔씩 공중 높이 솟아오른 파도의 포말이 내 등과 배를 덮쳤다. 덮쳐오는 파도의 크기에 따라 언제 죽을지 모르는 상황이었다. 서서히 나는 피곤해졌다. 엄청난 공포 속에서도 무감각과 일시적인 혼수상태가 이어졌다. 마침내 나는 잠에 떨어졌고, 파도에 흔들리는 코라클에 내 몸을 맡긴 채 내 고향과 '애드미럴 벤보' 여인숙을 꿈꾸었다.

24
코라클의 표류

내가 잠에서 깨어났을 때는 훤한 대낮이었다. 나는 보물섬의 남서쪽 끝에서 표류하고 있었다. 해는 분명 떠올랐지만 웅장한 스파이글라스 언덕에 가려 보이지 않았다. 스파이글라스는 이쪽 바다에서 보니 아주 가파른 벼랑을 형성하며 바다로 떨어져 내리는 것 같았다.

내 옆에 홀보라인 헤드 절벽과 미즌마스트 언덕이 있었다. 언덕은 헐벗은 채 거무튀튀했고, 절벽은 약 40~50피트의 거대한 암벽이었다. 절벽 아래에는 굴러떨어진 바위들이 퇴적되어 있었다. 나는 바다 쪽으로 4분의 1마일 정도 나가다가 노를 저어서 상륙해야겠다는 생각을 했다.

그러나 그 생각은 곧 포기해야 했다. 퇴적된 암석들 사이로 파도가 요란한 소리를 내며 부서지고 있었고, 이리저리 휘날리는 파도의 포말이 시시각각 암벽을 때리고 있었다. 만약 조금만 더 가까이 다가간다면 그 거친 절벽에 부딪혀 죽어버리거나, 아니면 삐쭉 튀어나온 험한 바위를 피하려고 애쓰다가 탈진하여 죽을 판이었다.

그뿐만이 아니었다. 암석의 평평한 부분에는 기어 다니거나 요란한 소리를 내며 바다로 뛰어드는 길고 가느다란 괴물들—아주 덩치가 큰 달팽이 같은 것—이 포진하고 있었다. 40마리 내지 60마리 정도 무리를 이룬 그 괴물들은 암벽 주위를 어슬렁거리면서 괴상한 소리를 냈다.

나는 그 괴물이 사람에게 해를 입히지 않는 바다 물개라는 것을 나중에 알았다. 하지만 험준한 절벽과 집채만 한 파도를 대하고 보니 상륙해야겠다는 생각이 싹 달아나 버렸다. 그런 위험을 모두 무릅쓰고 상륙하느니 차라리 바다에서 굶어 죽는 것이 나을 것 같았다.

그렇지만 나는 바다에서 좀 더 좋은 기회를 맞이할 수가 있었다. 홀보라인 절벽에서 북쪽으로 가면 썰물 때 기다란 백사장이 나타났다. 그 백사장에서 또다시 북쪽으로 가면 또 다른 포구가 나오는데, 지도에는 케이프 오브 우즈라고 나와 있었다. 포구 주변이 푸른 소나무에 둘러싸인 그런 곳이었다.

나는 전에 실버가 보물섬 서쪽 해안을 따라서 북쪽으로 흐르는 해류가 있다고 말해 주었던 것이 기억났다. 코라클을 타고 있는 내 위치에서 보니 나는 이미 그 해류의 영향권에 들어선 것이었다. 나는 홀보라인 절벽을 뒤로 하고 온 힘을 다하여 지세가 그리 험하지 않은 케이프 오브 우즈에 상륙할 계획을 세웠다.

바다의 파도는 비교적 잔잔했다. 남쪽에서 불어오는 산들바람이 파도를 간지럽히자 파도는 기분이 좋다는 듯 아주 완만한 곡선을 이루며 솟아올랐다가 가라앉았다.

만약 바다의 날씨가 좋지 않았더라면 나는 이미 오래전에 죽었을 것이다. 바람이 가볍게 불어왔기 때문에 코라클은 비교적 쉽고 안전하게 파도를 넘을 수 있었다. 나는 코라클 바닥에 드러누워 뱃전으로 시선을 던졌다. 커다랗고 푸른 파도가 다가왔다. 그러나 코라클은 마치 스프링이 달린 듯 가볍게 요동치면서 새처럼 훌쩍 파도의 반대편으로 넘어갔다.

잠시 후 나는 약간 대담해져서 일어나 앉아 노를 저으려 했다. 그러나 무게의 중심이 조금만 바뀌어도 코라클은 요동을 쳤다. 내가 조금만 움직여도 그 배는 부드러운 동작을 포기하고 파도 깊숙이 처박혀 나를 어지럽게 만들었다. 아니면 하얀 포말을 일으키며 파도의 옆구리를 박아 나를 불안하게 만들었다.

그때마다 나는 물을 흠뻑 뒤집어쓰면서 공포를 느꼈다. 그래서 얼른 원위치로 되돌아갔다. 그러면 코라클은 다시 이성을 되찾은 듯 나를 부드럽게 파도 너머로 안내해 주었다. 그 배는 성질을 건드리면 절대로 용서하지 않았다. 하지만 배의 진행 방향에 간섭하지 않고 그저 쳐다보기만 해서는 어떻게 상륙할 수 있단 말인가.

나는 너무나 무서웠다. 그렇지만 그런 공포에도 불구하고 정신을 차리지 않을 수 없었다. 나는 아주 조심스럽게 움직이면서 선원 모자로 배에 고인 물을 퍼냈다. 그리고 다시 뱃전에 시선을 주면서 코라클이 어떻게 그처럼 조용히 파도 사이를 빠져나가는지 살펴보았다.

파도는 해안이나 갑판에서 보면 집채같이 어마어마하게 보이지만, 가까이서 보면 모든 육지의 언덕이 그러하듯이 꼭대기 부분과 부드러운 평지와 계곡 등으로 이루어져 있음을 알 수 있다. 그런데 코라클도 그것을 알고 있는 것 같았다. 코라클은 저 혼자 맡겨 두면 가파른 등성이나 까마득한 꼭대기는 피하고 파도의 평지 부분만 골라서 움직였다.

'그래, 여기 이렇게 누워서 배의 균형을 깨뜨리지 않는 게 중요해.'

나는 결국 그렇게 결론을 지었다.

'그리고 노를 옆에 두었다가 코라클이 파도의 평지로 들어서면 한두 번 저어서 배를 육지 쪽으로 돌려놓아야겠어.'

나는 그 생각을 즉시 행동에 옮겼다. 나는 팔꿈치를 배에 올리고 드러눕는 아주 불편한 자세를 취하면서 약하게 노를 저어 뱃머리를 해안 쪽으로 돌리려고 애를 썼다.

그것은 아주 피곤하고 굼뜬 작업이었지만, 다행히 조금씩 배의 방향이 돌려지는 것이 보였다. 케이프 오브 우즈 쪽으로 다가서면서 배는 몇백 야드 정도 동쪽으로 방향을 바꾸었다. 그러나 아직 상륙할 정도는 아니었다. 그래도 나는 해안 가까이 다가가 미풍에 흔들거리는 푸른 나무들의 우듬지를 볼 수 있었다. 다음번 해안에서는 반드시 상륙할 수 있을 것 같았다.

아니, 반드시 상륙해야 했다. 이제 태양이 중천에 떠 있었다. 나는 목이 너무 말랐기 때문에 더 이상 지체할 수가 없었다. 머리 위로 쏟아져 내리는 햇빛과 수시로 얼굴에 떨어지는 바닷물, 그리고 입술에 묻어나는 소금기로 인해 머리까지 지끈거렸다. 게다가 바로 눈앞에 보이는 푸른 나무들이 내 마음을 더욱 애타게 했다. 그러나 해류는 다시 나를 바다 쪽으로 밀어냈다. 그 순간 내 생각을 통째로 바꾸어 버린 풍경이 눈앞에 펼쳐졌다.

내 바로 앞, 그러니까 반 마일도 안 떨어진 곳에 히스파니올라 호가 돛을 펴고 유유히 떠가고 있었다. 나는 순간적으로 저 배에 해적들에게 잡힐 기라고 생각했다. 그러나 너무나 목이 마른 나머지 그 생각이 잘된 것인지 아니면 잘못된 것인지 따져 볼 겨를이 없었다. 그저 눈앞의 광경이 너무 놀라워 입을 떡 벌리고 쳐다볼 뿐이었다.

히스파니올라 호는 큰 돛대의 돛과 두 개의 보조 삼각돛을 펴고서 움직이고 있었다. 하얀 돛이 햇빛을 받아 눈처럼 혹은 은처럼 빛났다. 배는 바람을 안은 해 북서쪽 항로로 나아가고 있었는데, 나는 그 배가 섬을 일주한 다음 정박지로 되돌아가는 것이려니 하고 생각했다. 그러다 점점 서쪽으로 붙는 것을 보고서는 나를 발견한 그들이 내 뒤를 추격하는 것으로 생각했다. 그러나 배는 다시 맞바람을 받고서 뒤로 물러나 한참 동안 같은 지점에 그대로 서 있었다. 그때마다 돛이 가볍게 펄럭였다.

"바보 같은 놈들, 아직도 올빼미처럼 술에 취해 있나 보군."

스몰렛 선장이었다면 틀림없이 그자들을 크게 질책했을 것이다.

범선은 다시 서서히 뒤로 움직이더니 다른 항로로 잠깐 동안 빠르게 흘러갔다가 또다시 맞바람을 맞았다. 이런 어처구니없는 일이 자꾸만 반복되었다. 왼쪽으로 오른쪽으로, 위로 아래로, 그리고 동서남북으로, 히스파니올라 호는 그야말로 정처 없이 흘러갔다. 그런 일이 반복되는 동안 해적기는 무심하게 펄럭거렸다. 키를 잡고 있는 사람이 없는 게 너무나 분명했다. 그렇다면 해적들은 다 어디로 갔을까? 술에 취해 뻗어 버렸거나 배를 내버렸거나 둘 중 하나였다. 그렇다면 내가 저 배를 잡아서 스몰렛 선장에게 되돌려주어야 하지 않을까?

해류는 범선과 코라클을 똑같은 속도로 남쪽으로 밀어내고 있었다. 제멋대로 흘러가는 범선은 때때로 운행을 멈추었기 때문에 뒤로는 물론 앞으로도 별로 나가지 못했다. 내가 몸을 꼿꼿이 세우고서 노를 젓는다면 충분히 범선을 따라잡을 수 있을 것 같았다. 나는 점점 흥분

되었다. 게다가 이물의 승강구에 커다란 물통이 있다는 데 생각이 미치자 더욱더 용기가 솟았고 나는 점점 더 대담해졌다.

내가 몸을 추슬러 앉자마자 물보라가 내 얼굴에 쏟아졌다. 그러나 이번에는 기죽지 않고 내 계획을 밀어붙였다. 나는 있는 힘껏 노를 저어 조타수가 없는 히스파니올라 호에 다가갔다. 그 과정에서 코라클 안으로 바닷물이 너무 많이 쏟아져 들어와 잠깐 배를 멈추고 물을 퍼내야 했다. 나는 흥분한 나머지 심장이 새처럼 파닥거렸다. 문을 다 퍼낸 다음 나는 다시 파도 속으로 코라클을 몰고 갔다. 가끔 바닷물이 쏟아져 들어와 내 얼굴을 거세게 때렸다.

나는 빠른 속도로 범선에 다가갔다. 범선의 키 손잡이가 흔들거리는 순간 놋쇠가 반짝거리는 것이 보였다. 그런데도 아무도 갑판에 나오지 않았다. 나는 범선이 버려졌다고 생각할 수밖에 없었다. 그게 아니라면 해적들은 술에 취해 선실에서 곯아떨어졌을 것이다. 그렇다면 선실로 들어가 그들을 처치하고 내 마음대로 배를 움직일 수 있을 터였다.

그때 갑자기 범선이 멈춰 서서 나를 아주 곤란하게 만들었다. 그러다가 또 갑자기 요동치면서 뱃머리를 거의 정남쪽으로 돌렸다. 배가 요동칠 때마다 돛은 바람을 절반쯤 안으면서 다시 원위치로 돌아갔다. 그것이 또 나를 곤란하게 만들었다. 왜냐하면 범선은 돛이 대포 소리를 내고 갑판 위의 도르래가 마구 흔들리며 쾅쾅 소리를 내는 등 일정한 방향 없이 움직이면서 계속 나에게서 달아났기 때문이다. 해류의 속도도, 바람의 힘도 모두 만만치 않았다.

그러나 드디어 기회가 왔다. 몇 초 동안 바람이 불지 않았고, 해류가 서서히 범선의 방향을 돌려놓았다. 히스파니올라 호가 제자리에서 천천히 돌기 시작했다. 그러다 마침내 고물 쪽이 바로 내 앞에 위치하게 되었다. 선실의 창문은 여전히 열려 있었고, 탁자 위의 램프는 대낮인데도 불이 켜져 있었다. 주범(主帆)은 깃발처럼 축 처져 있었다. 나는 온몸의 힘을 다 짜내어 노를 저으며 범선과의 거리를 좁혀 나갔다.

내가 범선에 약 1백 야드 가까이 다가갔을 때 다시 바람이 불었다. 범선은 바람을 안고 왼쪽으로 방향을 바꾸어 제비처럼 미끄러져 나갔다.

그러나 내가 순간적으로 느꼈던 절망은 곧 기쁨으로 바뀌었다. 범선이 빙그르르 돌면서 배의 옆면이 코라클과 나란히 위치하게 되었고, 그리하여 1백 야드의 거리가 절반, 아니 3분의 2까지 좁혀졌다. 나는 파도가 용골 앞부분에서 하얀 물보라를 일으키는 것을 볼 수 있었다. 코라클을 타고 있는 내 위치에서 보니 범선은 엄청나게 커 보였다.

나는 황급히 사태를 파악했다. 사실 생각할 겨를이 없었다. 재빨리 행동하여 나 자신의 목숨을 부지할 시간만 있었던 것이다. 코라클이 파도의 꼭대기에 올라섰을 때 범선이 또다시 제비처럼 미끄러져 나갔다. 뱃머리에 튀어나온 돛대 모양의 둥근 나무가 내 머리 바로 위에 있었다. 그 순간 나는 코라클을 박차고 뛰어올라 한 손으로 이물의 비스듬한 돛대를 움켜쥐었다. 동시에 발을 버팀줄과 아딧줄 사이에 올려놓았다. 내가 숨을 헐떡거리며 그렇게 매달려 있는 순간 쾅 하는 소리가 들려왔다. 범선이 코라클을 찌그러뜨리는 소리였다. 나는 이제 꼼짝없이 히스파니올라 호와 함께하는 운명이 되고 말았다.

25
해적기를 내리다

내가 뱃전의 비스듬한 돛대에 매달리자마자 삼각돛이 펄럭이며 바람을 받아들이기 시작했고, 그러자 범선이 우레 같은 소리를 내면서 항로를 바꾸었다. 범선이 정반대 방향으로 선회하자 용골이 부르르 떨었다. 그러나 다음 순간 다른 돛이 바람을 맞으면서 삼각돛이 축 처지는 바람에 배가 동작을 멈추었다.

그 순간 나는 바다에 빠질 뻔했다. 이제 더 이상 지체할 시간이 없었다. 나는 비스듬한 돛대를 따라 기어가서 갑판 위로 사뿐히 떨어져 내렸다.

나는 바람을 등진 채 앞 갑판에 서 있었는데, 아직도 바람을 맞고 있는 주범(主帆) 덕분에 내 모습은 후갑판에서 보이지 않았다. 거기에는 아무도 없었다. 선상 반란 이후 갑판은 청소를 하지 않아 발자국이 어지럽게 찍혀 있었다. 목 부분이 깨진 빈 병이 배수구 근처에서 마치 살아있는 것처럼 이리저리 굴러다녔다.

그때 갑자기 히스파니올라 호가 바람 한가운데로 들어갔다. 내 뒤에 있는 삼각돛이 요란스럽게 삐걱거렸고, 키가 좌우로 흔들거렸다. 그와 동시에 주범 아래의 활대가 배 안쪽에서 덜커덩거렸고, 돛이 도르래에서 윙윙거렸다. 한마디로 배 전체가 요동을 치면서 흔들렸다. 나는 그 순간 후갑판을 볼 수 있었다.

거기에는 분명 망을 보는 두 명의 해적이 있었다. 빨간 모자를 쓴 자는 양팔을 십자가처럼 벌리고서 쭉 뻗어 있었고, 이스라엘 핸즈는 뱃전에 기댄 채 턱을 가슴에 처박고 있었다. 평소 거무튀튀했던 그의 얼굴이 수지 양초처럼 창백했다.

잠시 동안 범선은 화난 암말처럼 요동치면서, 돛에 바람이 실리는 대로 이리저리 항로를 바꾸었다. 활대가 제멋대로 요동칠 때마다 돛대는 그 무게를 못 이겨 신음소리를 냈다. 또 파도는 가끔씩 물보라를 일으키며 배 옆면으로 솟구쳐 오르기도 하고 뱃전에 부서지기도 했다. 그토록 훌륭한 장비를 갖춘 범선이 이제는 물속에 가라앉은 엉성한 코라클보다 심하게 파도와 바람에 시달리고 있었다.

범선이 요동칠 때마다 붉은 모자의 해적은 이리저리 미끄러졌다. 그러나 끔찍스럽게도 누워 있는 자세나 입을 벌리고 있는 모습은 전혀 바뀌지 않았다. 핸즈는 점점 더 몸이 낮아지더니 발을 앞으로 쭉 뻗고 드러눕는 자세가 되었다. 배가 흔들릴수록 그의 몸은 조금씩 고물 쪽으로 기울어져 마침내 얼굴이 보이지 않게 되었다. 축 처진 귀와 너덜거리는 수염만 약간 보일 뿐이었다.

두 해적 주위의 바닥에는 피가 흥건히 고여 있었다. 그들이 술에 취해 싸우다가 서로 죽이려 했다는 것을 알 수 있었다.

배의 움직임이 잠잠해지자 나는 주위를 살펴보며 앞으로의 일을 생각했다. 그때 이스라엘 핸즈가 몸을 절반쯤 돌리면서 낮은 신음소리를 내더니 몸을 비틀어 본래의 자세로 되돌아갔다. 그 신음소리는 엄청난 고통과 신체적 허약함을 말해 주고 있었다. 그의 턱이 떡 벌어진 꼬락서니를 보니 한순간 안됐다는 생각도 들었다. 그러나 사과통 속에서 엿들은 얘기가 떠오르자 불쌍하다는 생각이 싹 달아났다.

나는 후갑판 쪽으로 걸어갔다. 그리고 다소 냉소적인 말투로 말했다.

"핸즈, 배에 올라탄 것을 환영한다."

그는 힘들게 눈을 치켜떴다. 그러나 놀라는 표정을 짓기에도 힘이 부치는 것 같았다. 그는 딱 한 마디만 했다.

"브랜디!"

빨리 행동을 취해야 한다는 생각이 들었다. 나는 그에게 브랜디를 가져다주어도 괜찮겠다고 보았다. 그래서 갑판 쪽으로 밀려 내려오는 돛의 활대를 피해 선실로 들어가는 승강구 계단을 내려갔다.

선실 안은 그야말로 난장판이었다. 지도를 찾기 위해 해적들이 여기저기 뒤지고 부순 흔적이 뚜렷했다. 바닥에는 진흙이 더덕더덕 달라붙어 있었다. 악당들이 캠프 주위의 습지를 돌아다니다가 술을 마시거나 작전을 짜기 위해 선실로 모여든 게 아닌가 싶었다. 금빛 구슬로 둘레를 장식한 흰 칸막이에는 더러운 손자국이 수없이 묻어 있었고, 구석에 쌓아 놓은 여남은 개의 술병들은 배의 움직임에 따라 이리저리 굴러다녔다. 의사 선생의 책이 탁자 위에 펼쳐져 있었는데, 절반 이상이 떨어져 나갔다. 파이프 담배에 불을 붙일 때 불쏘시개로 사용한 탓이었다. 이런 와중에서도 램프는 흐릿한 불빛을 뿜어내고 있었다. 마치 뿌연 안개 속처럼 어두침침한 불빛이었다.

나는 지하 창고로 내려갔다. 술통이 모두 사라지고 술병도 상당수 없어졌다. 해적들은 술을 마신 다음에 빈 병을 바다에다 던져 버렸다. 선상 반란이 시작된 이래 술에 취하지 않은 선원은 단 한 명도 없는 것 같았다.

나는 술병을 뒤지다가 술이 반쯤 남은 병 하나를 발견했다. 그리고 내가 먹을 요량으로 비스킷과 절인 과일, 건포도, 치즈 등을 꺼냈다. 나는 이것들을 들고 갑판으로 올라와 핸즈의 손이 미치지 않는 키 뒤에다 두고서 물통으로 달려가 실컷 물을 마셨다. 그런 다음에 핸즈에게 브랜디를 가져다주었다.

그는 술병을 받자마자 입에 들이부었다.

"아, 살 것 같군. 좀 더 있었으면 좋겠는데…."

나는 한쪽 구석에 쭈그리고 앉아 선실에서 가져온 것들을 먹고 있었다. 비스킷을 먹으면서 그에게 물었다.

"많이 아픈가?"

"만약 의사가 있었더라면 나는 한두 번 치료만 받으면 곧 나았을 건데. 난 늘 재수가 없어. 그게 언제나 문제야. 그리고 저 친구는 말이야. 죽어버렸어."

그는 툴툴거린다기보다 거의 악을 쓰면서 말했다. 그는 턱으로 붉은 모자를 쓴 해적을 가리켰다.

"저자는 선원이라고 할 수 없어. 그런데 넌 어디서 어떻게 왔지?"

"핸즈, 난 이 배를 접수하기 위해서 올라왔다. 별도 지시가 없는 한 앞으로 나를 선장이라고 불러."

그는 시큰둥하게 나를 쳐다보더니 아무 말도 하지 않았다. 얼굴에 약간 혈색이 돌아왔으나 그래도 여전히 창백했다. 배가 흔들릴 때마다 그의 몸이 조금씩 낮아졌다.

"핸즈, 난 저 깃발을 그대로 둘 수가 없어. 너만 괜찮다면 저 깃발을 내리려고 한다. 저런 건 없는 것보다 못해."

나는 다시금 돛의 활대를 피해 깃대 있는 곳으로 달려가 저주스러운 해적기를 끌어내려 바다 한가운데에 던져 버렸다.

"국왕 폐하 만세!" 나는 모자를 흔들며 소리쳤다. "실버 선장, 네놈도 이제 끝장이다!"

그는 턱을 가슴에 파묻은 채 교활한 눈빛으로 나를 쳐다보았다.

"이봐, 호킨스 선장. 자네는 이 배를 해안에 상륙시키고 싶겠지? 그러니 우리 협상하자구."

"좋아, 핸즈. 나도 성실하게 협상에 임하겠다. 말해 봐."

그러면서 나는 여전히 맛있게 식사를 했다.

"이 친구는…."

그는 또다시 턱으로 시체를 가리켰다.

"오브라이언이라는 자야. 빌어먹을 아일랜드 놈이지. 이 자와 나는 배를 끌고서 해안으로 돌아가려던 참이었어. 그런데 이 자가 그만 뻗어 버린 거야…. 그러니 이제 이 배를 몰고 갈 사람은 자네밖에 없어. 하지만 내가 자네에게 힌트를 주지 않으면 자네는 그 일을 해낼 수가 없어. 그렇지? 자네는 내게 술과 음식을 줘. 또 내 상처를 동여맬 스카프와 손수건을 가져다줘. 그러면 나는 배 운행하는 법을 가르쳐주지. 그렇게 하면 피장파장이 될 것 같은데…."

"좋아, 그러나 이것 한 가지는 말해 두지. 난 캡틴 키드 정박지로는 돌아가지 않아. 난 북쪽 포구로 가서 이 배를 조용히 접안시킬 거야."

"물론 그렇겠지. 그리고 말야, 난 그렇게 바보가 아니야. 난 내가 패배자라는 걸 잘 알고 있다네. 그러니까 자네에겐 나를 지휘할 권한이 있는 거야. 북쪽 포구? 난 아무런 선택권도 없어. 설령 자네가 이 배를 처형(處刑) 부두로 몰고 간다고 해도 난 할 말이 없어."

핸즈의 말에도 일리가 있었다. 그래서 우리는 그 자리에서 바로 협상을 맺었다. 나는 3분 안에 보물섬의 해안을 따라 항해할 수 있으리라 생각했다. 또한 정오 무렵에 북쪽 끝을 지나면 만조 전에는 북쪽 포구에 도착할 수 있으리라 계산을 했다. 배를 일단 안전하게 접안시키면 썰물 때는 상륙할 수 있을 것 같았다.

나는 키의 손잡이를 묶어 놓고 배 아래로 내려가 내 궤짝에서 어머니가 사용하던 부드러운 손수건을 꺼냈다. 핸즈는 나의 도움을 받아가며 그 손수건으로 허벅다리의 상처를 동여매어 지혈시켰다. 그러고 나서 식사를 좀 하고 브랜디를 한두 모금 마시더니 조금씩 좋아지기 시작했다. 그는 일어나 똑바로 앉았고, 또렷하고 분명하게 말할 수 있었으며, 어느 모로 봐도 멀쩡한 사람 같았다.

선들바람은 우리에게 큰 도움이 되었다. 우리는 바람을 등지며 새처럼 날아갔다. 해안을 스쳐 지나갈 때마다 풍경이 시시각각 달라졌다. 험준한 절벽 지대를 지나가 키 작은 소나무가 산발적으로 자란 평지가 눈에 들어왔다. 우리는 곧 그 지점을 지나쳐 바위가 많은 언덕에 이르렀다. 그곳만 지나면 바로 북쪽의 끝이었다.

나는 새로 맡은 선장 임무 때문에 너무나 고무되어 있었다. 따뜻한 날씨와 다채로운 해안 풍경에 마음도 상쾌해졌다. 물도 많이 마셨고 음식도 충분히 먹었다. 무단이탈에 따른 양심의 가책도 이 경이로운 모험으로 인해 많이 누그러졌다. 나는 이제 더 이상 부족한 것이 없었다.

그러나 아직 해결해야 할 일이 하나 남아 있었다. 그것은 바로 부상당한 해적이었다. 핸즈는 수시로 나를 쳐다보면서 야유하는 듯한 미소를 지었다. 나는 그 눈빛과 미소가 마음에 걸렸다. 게다가 나를 감시하는 듯한 그 교활한 표정에는 조롱과 배반의 그림자가 드리워져 있었다. 그는 실제로 내가 하는 일을 철저히 감시했다.

26
이스라엘 핸즈

바람이 우리의 희망대로 불어 준 덕분에 우리는 북쪽 포구의 입구까지 한결 손쉽게 갈 수 있었다. 그러나 만조가 될 때까지는 배를 해안에 접안시킬 수 없었기 때문에 기다려야만 했다. 게다가 나는 닻을 내릴 줄도 몰랐다. 핸즈는 나에게 배의 방향을 잡는 법을 가르쳐주었는데, 여러 번 시행착오 끝에 겨우 배울 수 있었다.

만조를 기다리는 동안 우리는 묵묵히 앉아 식사를 했다.

"선장!"

그가 마침내 그 기분 나쁜 이상야릇한 미소를 지으며 나를 불렀다.

"여기 내 오랜 친구 오브라이언이 있네. 자네가 저 친구를 번쩍 들어 뱃전 너머로 떨어뜨려 줄 수 없겠나? 나도 그다지 까다로운 사람은 아니야. 게다가 저 친구가 저렇게 된 거에 대하여 난 아무런 책임도 없어. 하지만 시체를 저렇게 내버려 둔다고 해서 아름다운 장식이 되는 건 아니잖아."

"난 그렇게 들어 올릴 만한 힘이 없어. 또 그런 일을 좋아하지도 않아. 나로서는 거기 그대로 둬도 상관없어."

"짐, 이 히스파니올라 호는 불길한 배야."

그는 눈을 몇 번 깜박거리더니 정색을 하고서 말했다.

"이 배에서 많은 사람이 죽었어. 우리가 브리스틀에서 배를 타고 온 이후에 많은 사람이 죽었다구. 이런 재수 없는 배는 처음이야. 게다가 저 오브라이언이라는 자도 죽었고…. 자네는 죽은 사람이 아주 죽은 거라고 생각하나, 아니면 살아서 돌아온다고 생각하나?"

"핸즈, 육체는 죽일 수 있지만 정신은 죽일 수가 없어. 저기 있는 오브라이언도 마찬가지야. 육체는 비록 죽었지만 정신은 아마 다른 나라에 가 있을 거야. 어쩌면 지금쯤 우리를 지켜보고 있을지도 모르지."

"그것 참 모를 소리군. 그렇다면 사람을 죽이는 게 시간 낭비가 되잖아. 하지만 내가 경험한 바로는 정신 따위는 별로 중요하지 않아. 중요한 건 살아있는 이 몸뚱어리라고…."

그의 목소리가 높아졌다가 다시 낮아졌다.

"짐, 미안하지만 선실로 내려가서 와인 한 병만 가져다주겠나? 이 브랜디는 너무 독한 것 같아서 말야."

그의 말투가 왠지 부자연스러웠다. 그가 브랜디보다 와인을 마시고 싶다는 것도 믿기지 않는 얘기였다. 그건 뻔한 핑계였다. 그는 내가 잠시 자리를 비우는 동안 뭔가를 꾸밀 심산인 게 틀림없었다.

그는 내 눈을 똑바로 쳐다보지 않았다. 좌우를 보다가 하늘을 보기도 하고, 또 바닥을 보다가 죽은 오브라이언을 쳐다보기도 했다. 그러면서도 계속 미소를 짓고 있었다. 어색한 얼굴 표정으로 보아 뭔가 꿍꿍이속이 있는 게 분명했다.

나는 즉시 와인을 가져다주겠다고 말했다. 어떻게 해야 나에게 유리한지 나는 잘 알고 있었다. 핸즈는 대단히 우둔한 사람이었으므로 내 마음을 숨기는 것은 쉬운 일이었다.

"와인? 그거 좋지. 그런데 백포도주가 좋을까, 적포도주가 좋을까?"

"아무거나 상관없어. 나한테는 대충 똑같아. 독하고 양만 많으면 됐지, 그게 그거야."

"좋아, 핸즈. 적포도주를 가져다주지. 하지만 좀 찾아봐야 해."

나는 요란스러운 소리를 내며 승강구를 통해 아래로 내려갔다. 그러고는 재빨리 신발을 벗고 살금살금 달려가 뱃머리의 사닥다리를 타고 다시 올라갔다. 나는 이물 승강구로 머리를 살짝 내밀었다. 그는 내가 거기에 있으리라고는 생각도 못했을 것이다. 하지만 최대한 조심을 해야 했다. 아니나다를까 내 의심이 옳았다는 것이 금방 증명되었다.

그는 양손으로 갑판 바닥을 짚으면서 앉았던 자리에서 일어나 움직이고 있었다. 움직일 때마다 다리가 아픈 것은 분명했으나—그가 숨죽여 신음소리를 내는 것으로 보아—상당히 빠른 속도로 갑판을 가로질렀다. 그는 곧 뱃전의 배수구로 다가가 밧줄 꾸러미에서 손잡이까지 피가 묻어 있는 단검을 꺼냈다. 단검을 한참 쳐다보던 그는 턱을 앞으로 쭉 내밀고서 손가락으로 단검의 칼날을 시험해 보았다. 그러고 나서 황급히 그 단검을 상의 안에다 감추고 뱃전의 원래 자리로 되돌아왔다.

나는 그 정도만 알면 충분했다. 나한테 와인을 가져다 달라고 부탁해 놓고 나를 단검으로 죽일 속셈이었던 것이다. 그는 이제 움직일 수 있었고, 또 단검으로 무장되어 있었다. 그가 나를 죽이려 한다는 것은 너무나 분명했다. 하지만 나를 처치한 다음에는 어떻게 하려는 건지—북쪽 포구에서 습지 옆 캠프까지 기어가려는 건지, 아니면 대포를 발사하여 해적들로 하여금 자신을 구출하게 하려는 건지—그건 알 수가 없었다.

그러나 한 가지만큼은 예상이 가능했다. 우리는 범선의 처리 방법에 대해서는 의견이 일치하고 있었다. 그것은 범선을 확실한 피난처에다 안전하게 정박시켜야 한다는 것이었다. 그렇게 해 놓아야 적당한 때 별다른 고통이나 위험 없이 범선을 다시 띄울 수 있을 것이다. 그러므로 배를 안전하게 정박시킬 때까지는 내 목숨도 부지될 것이 확실했다.

이렇듯 머릿속은 복잡했지만 나는 부지런히 몸을 움직였다. 나는 재빨리 선실로 되돌아가 신발을 다시 신고 잡히는 대로 와인 병을 움켜쥐었다. 와인을 찾느라고 시간이 걸렸다는 핑계를 대면서 나는 다시 갑판으로 나갔다.

핸즈는 아까 그 자세 그대로였다. 몸을 잔뜩 웅크리고 있어서 묶어 놓은 짐 꾸러미처럼 보였다. 몸이 너무 허약해 햇빛에 눈이 부신 사람처럼 눈꺼풀이 축 처져 있었다. 내가 다가가자 그는 힘겹게 고개를 들었다. 그리고 술병을 건네받자마자 전에도 종종 그랬듯이 한 모금 쭉 들이키고는 "이걸 먹었으니 운이 좋을 거야!"라고 소리쳤다. 그러고 나서 잠시 조용히 누워 있다가 씹는 담배를 꺼내더니 나에게 잘라 달라고 부탁했다.

"한 덩어리만 좀 잘라 줘. 난 칼도 없고, 또 힘도 없어. 짐, 빨리 좀 잘라 줘. 그게 마지막이 될지도 몰라. 난 틀림없이 죽고 말 거야."

"잘라 줄게. 하지만 내가 당신처럼 어려운 입장이라면 기독교인답게 기도를 하겠어."

"왜? 왜 그런지 이유를 말해 봐."

"왜냐고? 조금 전에 당신이 죽은 사람에 대해서 물어봤지? 당신은 신용이 없는 사람이야. 평생 죄악과 거짓말과 살인 속에서 살아왔어. 지금 이 순간에도 당신 곁에는 당신 손에 죽은 사람이 누워 있어. 그런데도 왜냐고 물어? 핸즈, 당신은 하느님께 자비를 빌어야 해."

그가 나를 죽이기 위해 가슴 속에 감춘 피 묻은 칼을 생각하면서 나는 약간 소리 높여 말했다. 그는 다시 와인을 한 모금 마시고 나서 아주 엄숙한 목소리로 대꾸했다.

"30년 동안 나는 오직 바다에만 있었어. 그러는 동안 좋은 것과 나쁜 것, 상쾌한 일과 고약한 일, 좋은 날씨와 험악한 날씨 등 별의별 일을 다 겪었지. 그런데 말야, 착해 봐야 아무런 소득이 없더라구. 먼저 공격하는 쪽이 유리하다. 이게 나의 신조야. 죽은 자는 물지 않거든. 그게 내 생각이야. 아멘, 그렇고말고. 그런데 내 말 좀 들어봐."

그는 갑자기 말투를 바꾸면서 말했다.

"자, 이제 바보 같은 논쟁은 그만두자고. 벌써 밀물이 시작되었어. 호킨스 선장, 자네는 내 지시를 받도록 해. 우린 곧장 안으로 들어가 접안을 끝내는 거야."

우리는 2마일 정도만 더 들어가면 되었다. 그러나 배를 움직이는 일이 여간 조심스럽지 않았다. 북쪽 정박지로 들어가는 통로는 좁고 얕은 데다 동서(東西)로 길게 뻗어 있었다. 그러나 핸즈는 탁월한 조타수였고, 나는 유능하고 기민한 조수였다. 우리는 양쪽 모래톱에 부딪히지 않도록 아주 조심스럽게 접근하여 확실하게 물길을 따라 움직였다. 그것은 생각만 해도 참으로 멋진 일이었다.

그 통로를 빠져나오자 곧바로 해안이 나타났다. 북쪽 포구의 해안도 남쪽 정박지와 마찬가지로 나무들이 우거져 있었다. 그러나 그보다 더 좁고 더 기다란 것이 마치 강어귀 같았다. 남쪽에는 붕괴의 마지막 단계에 접어든 것으로 보이는 난파선이 한 척 버려져 있었다. 그것은 돛대가 세 개나 될 정도로 커다란 배였으나, 너무 오랫동안 비바람에 노출된 듯 배에 거미줄처럼 드리워진 해초에서 물방울이 뚝뚝 떨어졌다. 또한 갑판 위에서는 해안 관목들이 뿌리를 내린 채 활짝 꽃을 피우고 있었다. 그것은 매우 쓸쓸한 풍경이었으나, 동시에 그 정박지가 매우 조용한 곳임을 알려 주는 것이기도 했다.

"자, 저길 봐라. 배를 올려놓기에 아주 좋은 곳이 있다. 평평한 모래톱에다 바람도 안 불고, 또 주위에 나무들도 울창하고 말야. 저 폐선 위에는 정원처럼 꽃이 활짝 피었군." 핸즈가 말했다.

"일단 배를 올려놓으면 어떻게 다시 배를 내리지?"

"그건 간단해. 썰물 때 밧줄을 가지고 저기 해안으로 가서 큰 소나무에다 빙 돌려 감는 거야. 그러고는 줄 한쪽을 권양기에다 감아 놓고 만조를 기다렸다가 선원이 전부 달려들어 그 줄을 잡아당기면 돼. 그러면 배가 아주 자연스럽게 물 위에 뜨게 되지. 자, 이제 배가 해안 가까이에 가는군. 너무 빨리 가는데. 짐, 약간 오른쪽으로 돌려. 그래, 그대로 오른쪽으로. 아니 약간 왼쪽으로 약간. 그래, 그대로…."

그는 바쁘게 명령을 내렸고, 나는 숨 돌릴 새도 없이 시키는 대로 키를 돌렸다. 그러다 갑자기 그가 소리쳤다.

"자, 이제 됐어!"

나는 얼른 키를 위로 올려세웠다. 그러자 히스파니올라 호가 갑자기 방향을 선회하여 나무들이 빽빽한 해안으로 올라섰다.

그때 나는 상륙에 대한 흥분 때문에 핸즈에 대한 경계심을 늦추고 있었다. 그래서 범선을 접안시키는 데만 정신이 팔려서 내 머리 위에 어른거리는 위험을 잠시 잊어버렸다. 나는 오른쪽 뱃전에서 목을 쭉 내밀고 잔물결이 파문을 일으키는 것을 지켜보았다. 그때 갑작스러운 불안이 나를 사로잡았다. 만약 그 순간 고개를 돌리지 않았다면 나는 아무 소리도 내지 못하고 목숨을 잃었을 것이다. 그것은 어쩌면 고양이의 본능 같은 것이었다. 아무튼 내가 고개를 돌렸을 때 이미 오른손에 단검을 든 핸즈가 나를 향해 달려오고 있었다.

우리는 서로 시선이 마주치자 고함을 질렀다. 나는 공포의 고함이었고, 핸즈는 분노의 고함이었다. 그가 앞쪽으로 몸을 내던진 순간 나는 옆으로 몸을 날렸다. 그와 동시에 내가 키의 손잡이를 놓자 키가 날카롭게 위쪽으로 올라갔다. 나는 그것이 내 목숨을 구했다고 생각한다. 키의 손잡이가 핸즈의 가슴을 쳐서 그가 순간적으로 멈춰 섰던 것이다.

그가 정신을 차리기 전에 나는 구석에서 벗어나 갑판으로 달아날 수 있었다. 돛대 앞에서 나는 걸음을 멈추고 주머니에서 권총을 꺼내 침착하게 조준을 했다. 그가 몸을 돌려서 나를 쫓아왔다. 나는 천천히 방아쇠를 당겼다. 그러나 격발되는 소리만 들렸을 뿐 총성은 뒤따르지 않았다. 점화약이 물에 젖어 작동하지 않았던 것이다. 관리를 소홀히 한 내 자신이 너무나 저주스러웠다. 왜 미리 총을 점검하지 못했을까? 그렇게만 했다면 살인자 앞에서 부들부들 떠는 어린 양 같은 신세는 면했을 텐데.

그는 부상을 입은 몸에도 불구하고 재빠르게 움직였다. 반백의 머리카락이 제멋대로 얼굴에 흘러내렸다.

나는 다른 권총을 꺼낼 시간도 없었고, 또 그렇게 할 생각도 없었다. 그것 역시 작동하지 않을 게 뻔했다. 그러나 한 가지 사실은 분명했다. 그냥 뒤로 물러서기만 해서는 안 되는 것이었다. 그러면 결국 뱃전에 다시 몰리게 될 것이고, 또다시 어린 양 같이 도축되는 신세가 될 것이었다. 또한 그렇게 되면 십중팔구 피 묻은 단검에 찔려서 이 세상을 하직하게 될 터였다. 나는 아주 튼튼한 돛대에 기대고서 그를 기다렸다. 내 몸의 근육은 어느새 팽팽하게 긴장되어 있었다.

내가 그를 피해 옆으로 달아날 것이라고 생각했는지 그가 걸음을 멈추었다. 그러고 나서 그는 한두 번 공격하는 시늉을 했고, 나는 그의 동작에 따라 피하는 시늉을 했다. 그것은 내가 어린 시절에 블랙힐 코브의 암벽 사이를 돌아다니면서 많이 해보았던 게임이었다. 그러나 그토록 가슴을 두근거리며 그 게임을 해본 적은 없었다. 어쨌든 그것은 아이들의 게임이었고, 허벅다리에 부상을 입은 나이 든 선원이 상대인 만큼 내게 유리한 게임이었다. 나는 용기가 솟구치는 것을 느끼면서 이 게임이 어떻게 끝날까 생각해 보았다. 결론은 분명했다. 한동안은 피해 다닐 수 있겠지만 아예 도망칠 가능성은 없다는 것이었다.

그때 갑자기 히스파니올라 호가 요동을 쳤다. 모래밭에 박히면서 한 대 얻어맞은 것처럼 갑자기 왼쪽으로 기울어진 것이었다. 배의 갑판이 45도 각도로 기울어지자 물이 배수구 속으로 흘러들어와 갑판과 뱃전 사이에 웅덩이를 만들었다.

우리는 쓰러지면서 함께 배수구 쪽으로 굴러갔다. 오브라이언의 시체는 여전히 양팔을 쭉 뻗은 채 우리들 뒤에서 뻣뻣하게 굴러다녔다. 나와 핸즈와의 거리는 머리카락 한 올 차이였다. 나는 이가 덜덜 떨릴 정도로 너무나 무서웠다. 핸즈가 시체와 뒤엉켜 쩔쩔매는 동안 나는 일어나서 몸의 균형을 잡았다. 배가 기우뚱한 상태로 멈추었기 때문에 더 이상 뛰어다닐 수는 없었다. 나는 새로운 도피 방법을 생각했다. 그런데 바로 그 순간 핸즈가 나를 낚아챌 정도로 가깝게 다가왔다. 나는 재빨리 돛대와 밧줄을 잡고 올라가 가로목 위에 걸터앉았다.

조금만 늦었어도 나는 목숨을 잃을 뻔했다. 내가 위로 기어 올라가는 동안 그가 내 발 바로 밑에서 단검을 휘둘렀던 것이다. 핸즈는 입을 벌린 채 서서 나를 올려다보았다. 놀라면서도 실망하는 표정이 역력했다.

이제 시간을 좀 확보했으므로 나는 지체 없이 권총의 점화약을 바꾸어 권총을 사용할 수 있도록 준비했다. 그리고 일을 확실히 끝내기 위해 또 다른 권총의 점화약도 바꾸어 놓았다.

나를 바라보던 그의 얼굴에 어두운 그림자가 밀려들었다. 그는 점점 상황이 자기에게 불리해져 가고 있음을 알았다. 그는 잠시 망설이더니 밧줄을 잡고 입에 단검을 문 채 힘겹게 밧줄을 타고서 가로목 쪽으로 기어오르기 시작했다. 부상당한 다리를 접었다가 펴는 것은 그에게 엄청난 고통을 안겨 주었다. 또한 시간도 많이 걸렸다.

그가 밧줄을 3분의 1 정도 타고 올라왔을 때 나는 권총의 장전을 완벽하게 끝냈다. 그리고 양손에 권총을 쥔 채 그에게 소리쳤다.

"핸즈, 거기서 더 올라오면 네놈의 대가리를 박살내 버리겠다. 죽은 자는 물지 않는다고 아까 말했지?" 나는 껄껄 웃으며 말했다.

그는 곧 동작을 멈추었다. 그의 얼굴이 실룩거리는 것으로 보아 뭔가 궁리를 하는 것 같았다. 그러나 그 모습이 너무 우스워 나는 안전한 가로목에 걸터앉은 채 크게 웃음을 터뜨렸다.

이윽고 그가 마른 침을 두어 번 삼키더니 아주 당황한 표정으로 말했다. 그는 말을 하기 위해 입에 물었던 단검을 잠시 빼내야 했다. 그러나 그의 자세는 여전히 그대로였다.

"짐, 자네나 나나 엿같이 되어 버렸어. 그러니 이제 휴전을 하자구. 배가 갑자기 모래밭에 처박히지 않았더라면 나는 자네를 잡았을 거야. 하지만 난 운이 없었어. 나 같은 노련한 선원이 자네 같은 신참에게 휴전을 신청한다는 건 자존심 상하는 일이지만 어쩔 수 없어."

나는 그의 말을 들으면서 담 위의 수탉처럼 자만에 빠져 느긋하게 가로목에 앉아 있었다. 그때 갑자기 핸즈가 오른손을 어깨 뒤로 넘겼다. 그리고 곧바로 화살 같은 것이 공기를 갈랐다. 그 순간 따끔한 통증을 느낌과 동시에 어깨가 돛대에 고정되어 버렸다. 나는 숨이 멎을 정도로 깜짝 놀랐다. 그리고 그 순간—그것은 의식적인 행동이라기보다는 무의식적인 반응이었다—내 쌍권총이 발사되면서 손에서 떨어졌다. 그러나 떨어진 것은 쌍권총만이 아니었다. 밧줄을 놓친 핸즈가 비명을 지르면서 물속에 거꾸로 처박혔다.

27
폐소 은화

범선이 기울어져 있었기 때문에 돛대는 바다 가까운 쪽으로 뻗어 있었다. 내가 걸터앉은 가로목 바로 밑은 바다였다. 아직 물에서 떠오르지 않은 핸즈는 뱃전과 나 사이의 빈 공간으로 떨어진 것이었다. 그는 물보라와 피거품을 일으키면서 표면으로 솟구쳤다가 다시 가라앉아 영영 떠오르지 않았다. 물거품이 가라앉자 깨끗하고 하얀 모랫바닥에 그가 엎드려 있는 것이 보였다. 물고기 한두 마리가 그 옆을 재빠르게 지나쳤다. 때때로 빠른 물살이 일어나면서 마치 그가 일어서려는 것처럼 보였다. 그러나 그는 총을 맞은 데다 물에 빠졌기 때문에 죽은 것이 확실했다. 나를 죽여서 빠뜨리려 했던 바로 그 자리에서 자신이 물고기의 밥이 되어 버렸다.

그가 죽었다는 사실을 확실히 알게 되자 목에서 구역질이 올라오고 팔다리에 힘이 빠지면서 공포감이 느껴졌다. 내 등과 어깨에서는 뜨거운 피가 흐르고 있었다. 내 어깨를 돛대에 고정시킨 단검은 달구어진 쇳덩이처럼 내 몸을 뜨겁게 만들었다. 그러나 정작 나를 괴롭힌 것은 그런 육체적 고통이 아니었다. 그런 고통쯤은 기꺼이 감내할 수 있었다. 나를 두렵게 만든 것은 이러다가 나도 바다에 떨어져 핸즈 옆에 눕게 되면 어쩌나 하는 생각이었다.

나는 손톱이 아플 정도로 밧줄을 꽉 움켜잡았다. 그리고 불길한 생각을 떨쳐 내기 위해 눈을 감았다. 그러자 잠시 후에 서서히 정신이 회복되었고 맥박도 정상으로 돌아왔다.

우선 단검을 뽑아내야 한다는 생각이 들었다. 그러나 칼이 단단히 박혀서인지, 아니면 내 힘이 모자라서인지 잘 빠지지 않았다. 결국 나는 몸을 부르르 떨면서 단념했다. 그런데 기이하게도 몸을 떨자 칼이 쑥 빠져나왔다. 사실 칼은 거의 나를 맞힐 뻔했지만 살갗을 가볍게 관통하면서 돛대에 박혔던 것이다. 칼이 빠져나가자 피부에서 피가 더 빠르게 흘러내렸다.

나는 다시 한번 몸을 흔들어 옷을 떼어 내고서 배 오른쪽의 돛줄을 타고 갑판으로 내려왔다. 핸즈가 매달려 있다가 바다로 떨어진 뱃전 쪽으로는 내려오고 싶지 않아서였다.

나는 선실로 내려가 상처를 치료했다. 상처 부위는 대단히 아팠고 피도 많이 흘러나왔다. 그러나 심각하거나 생명이 위험한 정도는 아니었다. 또한 팔을 쓰는 데도 지장이 없었다. 나는 주위를 한 번 둘러보았다. 이제 범선은 사실상 나의 배였으므로 그 배의 마지막 승객인 오브라이언의 시체를 내 마음대로 처리할 수 있었다.

그 시체는 보기 흉한 꼭두각시마냥 뱃전에서 이리저리 뒹굴고 있었다. 아직 살아있을 때의 모습 그대로였으나 생전의 얼굴색과 생기는 하나도 찾아볼 수가 없었다. 그 시체는 마침 뱃전에 있었기 때문에 간단히 처리할 수 있었다. 나는 비극적 모험을 이미 많이 겪은 탓에 시체에 대한 두려움도 많이 사라졌다. 나는 왕겨 자루처럼 시체의 허리를 간단히 부여잡고 단 한 번에 들어서 뱃전 바깥으로 집어던졌다. 시체는 첨벙 소리를 내며 물속으로 떨어졌다. 빨간 모자는 머리에서 벗겨져 물위에 떠돌았다.

물보라가 가라앉자 모랫바닥에 핸즈와 오브라이언의 시체가 나란히 누워 있는 것이 보였다. 두 시체는 물결에 따라 약간씩 흔들거렸다. 오브라이언은 심한 대머리였다. 그의 대머리는 그를 죽인 자의 무릎 부분에 놓여 있었다. 잽싼 물고기들이 시체 주위를 얼씬거렸다.

나는 이제 선상에 홀로 남았다. 밀물이 썰물로 바뀌고 있었다. 해는 언덕 너머로 넘어가기 직전이었고, 서쪽 해안의 소나무가 갑판에 을씨년스러운 그림자를 던졌다. 그리고 저녁 바람이 불어왔다. 두 봉우리로 된 동쪽의 언덕이 그 바람을 막아 주고 있는데도 불구하고 배의 밧줄이 가볍게 흔들렸고 돛도 조금씩 펄럭거리며 소리를 냈다.

나는 배를 그대로 두면 위험할 거라고 생각하여 재빨리 삼각돛을 갑판까지 내렸다. 그러나 주돛대의 돛은 그리 간단한 문제가 아니었다. 범선이 기우뚱했을 때 활대가 배 바깥으로 튀어나가서 그 끝부분과 돛의 일부분이 물속에 잠겼기 때문이다. 나는 이런 상태로 두면 대단히 위험하다고 판단했다. 게다가 줄이 너무 팽팽해서 감는 것도 쉽지 않았다. 나는 칼을 꺼내 돛줄을 끊었다. 그러자 돛의 꼭대기 부분이 곧장 아래로 떨어졌고, 널따란 캔버스 천이 활짝 펴진 채 물 위로 추락하였다. 돛을 내려 주는 밧줄은 아무리 잡아당겨도 꼼짝도 하지 않아 더 이상의 작업은 포기해야 했다. 이제 히스파니올라 호는 행운에 맡기는 수밖에 없었다. 앞으로의 내 신세처럼.

이 무렵 정박지 전체가 그늘에 잠기고 있었다. 마지막 햇빛이 수풀을 뚫고 나와 폐선의 꽃들 위에서 보석처럼 빛났다. 추위가 느껴지기 시작했다. 썰물은 바다 쪽으로 빠르게 빠져나갔고, 범선은 점점 더 옆으로 기울어져 갔다.

나는 앞쪽으로 기어가 뱃전 아래를 내려다보았다. 바닷물은 아주 얕은 것 같았다. 나는 끊어진 닻줄을 두 손으로 잡고서 천천히 배에서 내렸다. 바닷물은 내 허리 높이도 되지 않았다. 바닥이 단단한 모래사장에는 파도가 쓸고 간 자국이 남아 있었다. 나는 완전히 옆으로 누워 주돛대가 물 표면과 나란해진 히스파니올라 호를 뒤로하고 해변으로 걸어갔다. 해가 완전히 언덕 뒤로 넘어가는 순간 산들바람이 나지막이 속삭이며 소나무들을 스쳐 지나갔다.

마침내 나는 바다에서 돌아왔고, 소득도 전혀 없는 것이 아니었다. 포구에는 해적들로부터 빼앗아 온 범선이 있었다. 우리는 언제라도 저 배를 타고 바다로 나갈 수 있었다. 빨리 요새로 달려가 나의 업적에 대해서 자랑하고 싶었다. 나는 무단이탈을 했다고 질책을 당할 수도 있었다. 그러나 히스파니올라 호의 탈환은 그것을 상쇄하고도 남음이 있었다. 스몰렛 선장도 시간 낭비라고 생각하지는 않을 것이다.

그렇게 생각하면서 나는 동료들이 있는 통나무집으로 씩씩하게 발걸음을 옮겼다. 나는 캡틴 키드 정박지로 흘러드는 동쪽 시냇물은 대부분 왼쪽에 있는 두 개의 봉우리로 된 언덕에서 발원한다는 것을 기억해냈다. 나는 그쪽으로 발걸음을 재촉했다. 냇물의 폭이 좁아야 건너기가 좋았다. 나는 나무와 바위에 몸을 감추면서 곧 언덕의 모퉁이를 돌았다. 오래지 않아 정강이 높이의 시냇물도 건넜다.

어느덧 벤 건을 만났던 지점이 가까워졌다. 나는 사방을 경계하면서 더욱 조심스럽게 걸어갔다. 주위는 완전히 어두워졌다. 나는 두 봉우리 사이의 길을 걸으면서 하늘 한쪽에 밝은 불빛이 비치는 것을 보았다. 벤 건이 저녁밥을 짓고 있는 모양이었다. 그러나 저렇게 부주의하게 행동해도 될까 하는 의문이 들었다. 내가 저 불빛을 볼 정도라면 해변의 습지에서 야영하고 있는 실버도 볼 수 있지 않을까?

이제 밤은 완전히 어두워졌고, 나는 그 불빛을 향해 길을 재촉했다. 내 뒤에 있는 두 봉우리 언덕과 오른쪽의 스파이글라스 언덕은 점점 더 흐릿해졌다. 밤하늘에 드문드문 빛나는 별들이 희미한 별빛을 뿌렸지만, 내가 헤매는 낮은 땅에서 나는 줄곧 덤불이나 돌부리에 걸려 넘어졌다.

그때 나는 갑자기 주위가 환해지는 것을 느꼈다. 스파이글라스 꼭대기에 희미한 달빛이 내려앉아 있었다. 잠시 후 나는 밝은 빛이 나무들 밑동에서 은은하게 어른거리는 것을 보았다. 그제야 달이 떴다는 것을 알았다.

나는 달빛을 받으며 또다시 걸음을 재촉했다. 때로는 달리기도 하고 때로는 걷기도 하면서 요새 가까이에 접근했다. 그러나 끝까지 방심하면 안 된다고 생각했다. 나는 발걸음을 늦추면서 경계하는 자세로 다가갔다. 우리 편이 쏜 총에 맞아서 죽어버린다면 나의 모험은 아주 비참하게 끝나버릴 것이었다.

달은 점점 더 높이 떠서 숲속 여기저기를 비추었다. 그때 내가 바로 앞 숲속에서 달빛과는 전혀 다른 불빛이 환히 빛나더니 가끔씩 어둠침침해졌다. 사위어 가는 모닥불의 불씨 같아 보였다.

나는 아무리 생각해 봐도 그것이 무엇인지는 전혀 짐작할 수가 없었다.

나는 숲속 공터의 가장자리 쪽으로 나왔다. 서쪽 끝은 이미 달빛에 젖어 있었다. 검은 그림자가 드리워진 그 나머지 지역과 통나무집은 기다란 은색 달빛을 받고 있었다. 통나무집 마당에는 거의 다 탄 모닥불의 불씨가 새빨간 불빛을 간헐적으로 던지고 있었다. 그 불빛은 부드럽고 은은한 달빛과는 좋은 대조를 이루었다. 보초는 없었고 사람들의 코 고는 소리만 요란했다.

나는 발걸음을 멈추었다. 내 마음속에서는 한 가지 의문이 뭉게뭉게 피어올랐고, 또 무서움도 일어났다. 우리 편은 모닥불을 피우는 일이 없었다. 땔나무를 아껴야 한다는 선장의 지시가 있었던 것이다. 뭔가 일이 잘못 돌아가고 있는 것 같았다.

나는 가능한 한 그림자 속에 몸을 감추면서 동쪽 끝으로 자리를 옮겼다. 그리고 가장 어두운 곳을 골라 울타리를 넘었다.

나는 더욱 확실하게 확인하기 위해 두 손 두 발로 땅을 짚고 기어가면서 살살 통나무집의 구석으로 접근했다. 때때로 나의 불평을 사기도 했던 동료들의 코 고는 소리가 그때만큼은 음악처럼 감미롭게 들렸다. 선상에서 망보는 선원이 내지르는 '이상 무'라는 소리도 그처럼 감미롭지는 않았다.

그러나 한 가지 사항은 마음에 들지 않았다. 그들의 야간 경계는 너무 형편없었던 것이다. 실버 일행이 지금 이 순간 습격해 온다면 단 한 사람도 새벽을 맞이하지 못할 것이다. 스몰렛 선장이 부상을 당한 후유증이 바로 이런 데서 나타나는 것이라고 나는 생각했다. 보초 인원이 별로 없는 동료들을 놔두고 무단이탈을 한 나도 큰 잘못을 했다는 생각이 들었다.

나는 문 앞에 이르러서 몸을 일으켰다. 집 안이 너무 어두워서 육안으로는 아무것도 구별할 수가 없었다. 코 고는 소리, 가끔 터져 나오는 잠꼬대 소리, 그리고 알 수 없는 펄럭거림과 나무 쪼는 소리 등이 들려왔다.

나는 팔을 앞으로 내밀며 조심스럽게 집 안으로 들어갔다. 내 자리에 살그머니 들어가 드러누운 다음 내일 아침에 동료들의 놀란 얼굴을 즐기며 바라볼 생각이었다.

그때 내 발에 뭔가가 부딪혔다. 잠자는 사람의 다리였다. 그는 돌아서서 신음소리를 냈지만 잠에서 깨지는 않았다. 순간 날카로운 소리가 어둠 속에서 튀어나왔다.

"페소 은화! 페소 은화! 페소 은화! 페소 은화! 페소 은화!"

실버의 초록색 앵무새 캡틴 플린트의 소리였다. 그것은 작은 맷돌을 돌릴 때 나는 소리처럼 계속되었다. 조금 전에 들었던 나무 쪼는 소리도 바로 앵무새가 내는 소리였던 것이다. 사람보다 더 망을 잘 보는 그 새가 나의 출현을 시끄러울 정도로 요란하게 알려 주었다.

나는 사태를 수습할 시간이 없었다. 앵무새의 날카롭고 시끄러운 소리에 잠자던 해적들이 모두 깨어나 버렸다. 실버가 욕설을 내뱉으며 소리쳤다.

"누구야?"

나는 달아나려고 하다가 누군가에게 부딪혔다. 또 급히 뒤로 물러서다가 누군가의 품에 안기고 말았다. 그 사람은 양팔로 나를 꽉 끌어안았다.

"딕, 횃불을 가져와."

실버가 또다시 소리쳤다.

한 해적이 통나무집 바깥으로 나가서 횃불을 가져왔다.

제6부

실버 선장

28

해적의 소굴에서

횃불이 통나무집 안을 밝히자 내가 두려워했던 최악의 사태가 눈앞에서 확인되었다. 해적들이 그 집을 차지하고 있었던 것이다. 그러나 내가 정말 무섭게 생각한 것은 포로가 한 명도 없다는 사실이었다. 나는 우리 편이 모두 죽었다고 생각할 수밖에 없었고, 내가 그들과 함께 거기에 있다가 죽지 못한 것이 내 가슴을 아프게 했다.

해적은 모두 여섯 명이었다. 다른 놈들은 더 이상 살아있지 않았다. 해적들은 술에 취해 곯아떨어졌다가 갑자기 깨어난 탓인지 부석부석하고 시뻘건 얼굴이었다. 나머지 한 놈은 엉거주춤하게 앉아 있었다. 그자는 얼굴이 창백했고 이마에 피 묻은 붕대를 두르고 있었다. 최근에 부상을 당했고, 또 치료를 받은 지 얼마 되지 않은 것 같았다. 지난번 공격 때 울타리를 도로 넘어가 숲속으로 달아났던 자가 아닐까 하는 생각이 들었다.

앵무새는 부리로 깃털을 다듬으면서 롱 존 실버의 어깨에 앉아 있었다. 실버는 내가 생각했던 것보다 더 창백하고 심각해 보였다. 그는 지난번 협상을 요구하러 왔을 때 입었던 선장 제복을 그대로 입고 있었다. 그러나 빨지 않고 계속 입어서 닳아빠진 상태였고, 군데군데 흙이 묻은 데다 날카로운 나뭇가지에 찢긴 곳도 있었다.

"오, 짐 호킨스가 나타났군. 방문하러 온 건가? 아무튼 우호적인 방문으로 생각하겠어."

실버는 브랜디 통에 걸터앉더니 파이프에 담배를 채우기 시작했다.

"딕, 횃불 좀 가져다줘."

딕이 횃불을 가져오자 주위가 환해졌다.

"그 횃불을 저기 장작 위에다 꽂아 놓게. 자, 자네들도 호킨스 씨를 위해 일부러 서 있을 필요는 없어. 그도 그 정도는 봐주리라고 생각하네."

그가 담배를 다지면서 말했다.

"자네가 여기에 오다니, 이 늙은 존으로서는 놀라운 일이지만 영광이네. 처음 보는 순간부터 똑똑한 소년이라는 건 내 알아보았지. 하지만 여기에 이렇게 나타나리라고는 전혀 생각하지 못했는걸."

나는 아무 말도 하지 않았다. 그들은 나를 벽 쪽에 세워 두었다. 나는 선 채로 실버를 빤히 쳐다보면서 용감한 표정을 지으려고 애썼다. 그러나 마음속에는 온통 어두운 절망감뿐이었다.

실버는 파이프를 한두 모금 빨면서 침착하게 나를 쳐다보았다.

"짐, 자네가 여기 이렇게 왔으니 솔직하게 내 생각을 털어놓지. 자네가 용기 있는 소년이라는 점이 늘 내 마음에 들었어. 어리고 잘생긴 나의 소년 시절을 그대로 닮았거든. 그래서 늘 자네가 우리와 한편이 되어서 자네 몫을 챙기고 일생을 신사로 살기를 기대했지. 그래, 그래야 하고말고. 스몰렛 선장은 훌륭한 뱃사람이기는 하지만 너무 규율이 엄격해. '의무는 의무다'라는 그의 주장은 맞는 말이지만, 아무튼 그 사람은 멀리하는 게 좋아. 의사도 혀를 내둘렀어. 자네를 '배은망덕한 놈'이라고 하더군. 자, 얘기를 짧게 하자면 이런 거야. 자네는 더 이상 그들에게 돌아갈 수가 없어. 자네를 받아들이지 않을 거니까. 또는 자네 혼자서 제3의 길을 갈 수도 있겠지. 하지만 그건 너무 외로울 테니까, 실버 선장 편에 붙는 게 좋을 거야."

나는 실버의 말을 믿지 않았다. 그래도 우리 편이 살아있다는 사실에는 마음이 놓였다. 나의 무단이탈을 질책했다고는 하지만, 그들이 살아있다는 소식은 나를 괴롭게 하기보다는 오히려 기쁘게 해주었다.

"나는 자네가 우리 편에 들어왔다고는 보지 않아. 그리고 나는 대화를 좋아하는 사람이야. 사람을 협박해 봐야 아무런 소득도 없지. 우리와 함께 있고 싶으면 그렇게 해. 그럴 생각이 없다면 그렇다고 말하고. 그래도 상관없어. 나처럼 공평한 뱃사람도 없을 거야."

"그럼, 지금 대답을 하라는 건가요?"

나는 매우 떨리는 목소리로 물었다. 그가 비아냥거리는 말을 들으면서 나는 이제 죽을지 모른다고 생각했다. 그 순간 뺨이 달아오르고 가슴이 방망이질 쳤다.

"이봐, 아무도 강요하지 않아. 천천히 잘 생각해 봐. 여기 있는 사람들은 아무도 자네를 재촉하지 않으니까. 또 자네하고 있으면 시간이 아주 잘 가니까 얼마든지 기다릴 수 있어."

"만약 선택을 해야 한다면…."

나는 약간 대담해졌다.

"이게 무슨 영문이지, 왜 당신이 여기 와 있는지, 우리 편은 어디에 있는지 등에 대해 알 권리가 있다고 생각해요."

"무슨 영문?"

한 해적이 불만스럽다는 목소리로 으르렁거렸다.

"그걸 아는 놈은 운이 좋은 놈이지."

"이봐, 자네는 물어볼 때까지 입 다물고 있어."

실버가 그 해적에게 사납게 말했다. 그러고는 다시 부드러운 목소리로 나에게 자초지종을 설명했다.

"어제 아침에 리브지 선생이 휴전 깃발을 들고 내려와서 '실버 선장, 당신은 배신당했소. 배가 사라졌소.'라고 말하더군. 우리는 술을 마시고 노래를 부르느라 깜빡했었지. 아무도 바다 쪽을 내다보지 않았으니까. 그래서 눈을 크게 뜨고 바라보니 정말 배가 사라지고 없더군. 우린 아주 멍청한 바보가 되어 버렸지. 그보다 더 멍청한 일은 없을 거야. 의사가 말하더군. '그러니 우리 협상합시다.' 그래서 의사와 나는 협상을 했고, 그 결과 우리가 여기에 들어오게 되었어. 우리가 브랜디, 통나무집, 땔감… 배로 따진다면 가로목에서 용골까지 모두 차지했지. 그리고 자네 편은 이 집에서 나갔어. 어디로 갔는지는 나도 몰라."

그는 다시 파이프를 천천히 빨았다.

"그리고 자네도 그 협상의 보호를 받는 사람이라는 엉뚱한 생각을 할지 몰라서 이것도 얘기해 주겠네. 내가 의사에게 물었지. '거기서 떠난 사람은 몇 명입니까?' 그랬더니 의사가 대답했어. '네 명이오. 그리고 우리들 중 한 사람은 부상을 당했소. 소년은 어디에 있는지 모르오. 또 별로 신경 쓰고 싶지도 않소. 우린 그 애라면 신물이 나요.' 이건 의사 말 그대로야."

"그게 전부입니까?"

"짐, 내가 해줄 말은 그게 전부야."

"그럼 이제 선택을 해야 하나요?"

"그래, 선택해야 해."

"난 내가 어떻게 해야 한다는 걸 모르는 바보가 아니에요. 일이 최악의 경우로 치닫는다 해도 신경 쓰지 않아요. 나는 당신들과 함께 항해한 이래 많은 사람들이 죽는 것을 보았어요. 하지만 여러분에게 한두 가지 해줄 얘기가 있어요."

나는 서서히 흥분되기 시작했다.

"먼저 이 얘기를 하고 싶어요. 당신네들은 아주 사정이 안 좋아요. 배도, 보물도, 사람도 모두 잃어버렸어요. 일이 아주 엉망이 되어 버렸어요. 그런데 누가 그렇게 했는지 아세요? 바로 나예요. 우리가 육지를 발견하던 날 밤에 사과통 속에서 당신들의 말을 엿들었던 것도 나예요. 당신과 딕 존슨, 그리고 죽어서 바닷속에 들어간 핸즈가 하는 말을 엿들었어요. 그리고 한 시간도 안 되어 그 말을 모두 우리 편에게 알렸어요. 범선의 닻줄을 끊은 것도 나고, 범선에 남겨두었던 두 사람을 죽인 것도 나고, 당신들이 모르는 곳에다 범선을 무사히 가져다 놓은 것도 나예요. 그러니 모든 점에서 나는 유리한 고지에 있어요. 나는 처음부터 유리한 입장에서 일을 풀어 나갔어요. 당신들은 파리만큼도 무섭지 않아요. 나를 죽이든지 살리든지 당신들 마음대로 하세요. 하지만 이거 한 가지는 말해 두겠어요. 만약 나를 살려 준다면 과거의 일은 과거로 돌리고, 당신들이 해적 재판을 받을 때 가능한 한 도움을 드리겠어요. 자, 이제 선택은 당신 몫이에요. 아무런 이익도 없이 또 한 사람을 죽이거나, 아니면 나를 살려 주고 교수형을 면하는

데 도움을 받거나 둘 중 하나예요."

나는 숨이 차서 말을 멈추었다. 그들은 갑자기 양이라도 된 것처럼 묵묵히 나를 쳐다보기만 했다.

"실버 씨, 나는 당신이 여기서 가장 선량한 사람이라고 믿습니다. 만일 내게 최악의 사태가 벌어진다면 나의 최후를 의사 선생에게 알려 주시기 바랍니다."

"알았어. 명심하지."

실버가 간단히 대답했다. 나의 요청을 비웃는 것인지, 아니면 나의 용기에 감동을 받은 것인지 잘 알 수가 없었다.

"내가 한 가지 사실을 말해 주지."

모건이라는 해적이 말했다. 브리스틀 부두에 있는 롱 존의 여인숙 스파이글라스에서 보았던 자였다.

"블랙 독을 알고 있었던 것도 저 녀석이었어."

"그럼 내가 한 가지 사실을 덧붙이지."

실버가 나섰다.

"빌리 본즈의 지도를 찾아낸 것도 바로 이 아이야. 그러니 우리는 짐 호킨스에 대해서 의견이 아주 엇갈리는군."

"또 반대하는군."

모건이 투덜거리면서 벌떡 일어서더니 마치 스무 살 청년이나 되는 양 호기롭게 칼을 뽑았다.

"그만둬!"

실버가 소리쳤다.

"톰 모건, 자넨 뭔가? 혹시 자네 자신을 선장이라고 생각하는 건 아닌가? 그렇다면 내가 한 수 가르쳐주지. 내 말을 거스른다면 자네는 지난 30년 동안 수많은 사람들이 간 곳으로 가게 돼. 어떤 친구는 활대 끝에서 교수형을 당했고, 어떤 친구는 뱃전에서 뛰어내렸지. 아무튼 다 고기밥이 되었어. 나한테 대든 놈치고 뒤끝이 좋았던 놈은 단 한 놈도 없어. 톰 모건, 그거 하나만은 알아두게."

그러자 다른 놈들에게서 불평이 터져 나왔다.

"톰의 말이 옳아."

"난 이미 다른 선장에 당할 만큼 당했어."

"존 실버, 당신에게 더 이상 시달림을 당하지 않겠어."

"그래? 그렇다면 너희들 중에 나하고 맞대결할 놈이 있다는 거야?"

술통에 앉아 있던 실버가 몸을 앞으로 수그리면서 말했다. 그의 오른손에서 파이프 담배가 빨갛게 빛났다.

"무슨 꿍꿍이속인지 말해 봐. 모두들 벙어리가 된 건 아니겠지? 너희들 소원대로 해주지. 내가 이날 이때까지 살아오면서 내 뒤통수를 때리는 놈을 가만히 내버려 둔 적이 있는 줄 알아? 너희들은 모두 행운의 신사니까 이럴 때 어떻게 하는 건지 잘 알겠지? 자, 난 준비가 되어 있어. 자신 있는 놈은 단검을 들고 덤벼 봐. 이 파이프 담배가 다 타기 전에 그놈의 배때기와 사타구니를 칼로 확 쑤셔서 마구 뒤집어 놓을 테니까."

모두들 꼼짝도 하지 않았다.

"너희들은 그런 놈들이야."

그가 파이프를 입으로 가져갔다.

"네놈들은 쳐다보기만 해도 웃음이 나와. 그런 놈들이 내 싸움 상대가 될 수 있겠어? 그리고 난 너희들이 뽑아 줘서 선장이 된 사람이야. 해상 경력이 가장 많았기 때문이지. 너희들은 행운의 신사답게 결투를 신청하지도 않았어. 그렇다면 내 말을 들어야지. 난 저 아이를 좋아해. 저 아이처럼 좋은 얘도 없어. 여기 있는 너희 쥐새끼 같은 놈들보다 나아. 이거 한 가지는 분명히 말해 두지. 만약 저 아이에게 손을 댄다면 그때는 끝장날 줄 알아."

한참 동안 좌중에 정적이 감돌았다. 나는 벽에 기대어 서서 그들의 모습을 지켜보았다. 가슴이 쿵쾅거리고 다리가 후들거렸다. 그러나 한 줄기 희망의 빛이 비쳐들고 있음을 느낄 수 있었다.

파이프를 입에 물고 팔짱을 낀 채 벽에 기댄 실버는 교회에 예배 보러 온 사람처럼 조용했다. 그러나 그의 눈은 바쁘게 움직이면서 반항적인 부하들을 주시했다.

부하들은 모두 모여 통나무집 구석으로 몰려갔다. 그들의 대화가 시냇물 소리처럼 계속해서 내 귀를 간질거렸다. 잠시 후 그들이 고개를 들자 횃불이 그들의 초조한 얼굴을 밝혀 주었다. 그들은 나를 쳐다보지 않고 실버를 쳐다보았다.

"너희들은 할 말이 많은 것 같군."

실버가 공중에다 침을 뱉으며 말했다.

"말해 봐. 들어 줄 테니까."

"그럼 한마디 하겠습니다."

그들 중 한 놈이 굳은 얼굴로 나섰다.

"당신은 몇 가지 규칙을 제멋대로 처리했습니다. 그러니 앞으로는 규칙을 잘 지켜 주기 바랍니다. 우리는 불만이 많아요. 무엇보다도 우리를 발가락의 때만도 못하게 여기는 것이 싫습니다. 다른 선원들과 마찬가지로 우리도 권리가 있어요. 그 권리를 행사하고 싶습니다. 당신이 정해 놓은 규칙에 따르면, 우리 선원은 함께 이야기할 권리가 있습니다. 현재로서는 당신을 선장으로 인정하지만, 그래도 우리의 권리에 따라 마당으로 나가 회의를 하고 싶습니다."

서른다섯쯤 되어 보이는, 키가 크고 안색이 나쁘며 눈빛이 노란 그 남자가 진짜 선원처럼 멋진 경례를 한 다음 통나무집 밖으로 나갔다. 다른 자들도 그 뒤를 따랐다. 그들은 실버 옆을 지날 때 경례를 하면서 구구한 변명을 했다. 어떤 친구는 '규칙에 의해서'라고 말했다. 모건은 '선원 회의'라고 말했다. 그렇게 해서 다섯 놈이 모두 나가고 횃불을 밝힌 집 안에는 실버와 나만이 남게 되었다.

"짐 호킨스, 내 말을 좀 들어봐라."

그가 목소리를 죽이는 바람에 간신히 알아들을 수 있었다.

"너는 지금 죽음 일보 직전에 있다. 아니, 재수가 없으면 고문을 당해 죽을지도 몰라. 저자들은 나를 내쫓으려 하고 있다. 하지만 나는 좋으나 싫으나 네 편을 들었어. 난 사실 그럴 생각은 아니었다. 네 말을 듣기 전까지는 말야. 나는 이제 모든 것을 잃어버렸고 게다가 교수형까지 당하게 생겼어. 하지만 네가 착한 소년이라는 걸 알고 있다. 그래서 난 이렇게 생각했지. 존, 네가 호킨스를 밀어준다면 호킨스도 너를 밀어줄 거야. 네가 그의 마지막 카드이고, 또 그가 너의 마지막 카드야. 서로 도와야 해. 네가 증인의 목숨을 구해 준다면 증인도 네 목을 구해 줄 거야."

나는 그의 말을 이해할 수 없었다.

"모든 것을 잃어버렸다구요?"

"그래, 그렇지. 범선도 사라지고, 목도 매달리게 생겼고. 짐 호킨스, 바다에서 범선이 사라진 것을 보고 나는 곧 체념을 했지. 저 마당에 나가 있는 놈들의 회의는 신경 쓸 거 없어. 저놈들은 바보인 데다 비겁한 놈들이니까. 내가 저놈들로부터 네 목숨을 구해 줄게. 그러니까 너도 롱 존의 목을 구해 주어야 해."

나는 깜짝 놀랐다. 그가 요구하는 것은 거의 가망 없는 일이었다. 게다가 그는 반란의 주모자가 아니던가.

"내가 할 수 있는 것은 다 할게."

"그럼 약속한 거야."

그의 목소리가 다시 높아졌다.

"넌 시원스럽게 말해서 좋아. 아무튼 나도 기회가 있을지 몰라."

그는 땔나무 사이에 꽂혀 있는 횃불 쪽으로 어기적거리며 걸어가 파이프에 새롭게 불을 붙였다.

"짐, 내 말을 잘 들어. 나도 머리가 있는 놈이야. 난 이제 대지주 편이야. 그리고 네가 범선을 안전한 곳에다 잘 놔두었다고 했지? 네가 어떻게 그렇게 해 놓았는지는 잘 모르겠지만 아무튼 배는 안전해. 핸즈와 오브라이언은 죽었다고? 난 그 두 놈도 별로 믿지 않았어. 자, 이제 내 말을 들어. 나는 네게 질문을 하지 않을 거고, 또 다른 놈도 네게 질문을 하지 못하도록 하겠다. 하지만 난 게임을 어떻게 풀어 나가야 하는지 알고 있어. 너는 씩씩한 소년이니까 너와 나는 막강한 팀이 될 거야."

그는 술통을 기울여 술을 한 잔 따랐다.

"너도 한 모금 하겠나?"

나는 거절했다.

"짐, 그렇다면 나 혼자 마시겠다. 지금 당장 골치 아픈 일이 벌어질 테니까 한잔해 두어야겠어. 아, 골치 아픈 일이라고 하니까 생각나는데, 의사가 왜 내게 그 지도를 주었을까?"

깜짝 놀라는 나의 표정을 보고서 그는 더 이상 질문을 하지 않았다. 해 봐야 소용없다고 생각하는 것 같았다.

"아무튼 그는 지도를 내게 줬어. 여기에는 뭔가 속셈이 있어. 짐, 좋든 나쁘든 어떤 속셈이 있는 게 틀림없어."

그는 브랜디를 한 모금 더 마시더니 최악의 경우를 기다리는 사람처럼 커다란 머리를 흔들어 댔다.

29
다시 검정 딱지

해적들의 회의는 오랫동안 진행되었다. 중간에 해적 하나가 집 안으로 들어와 경례를 하더니(내 눈에는 경멸 섞인 태도로 보였다) 횃불을 잠시 빌려 달라고 했다. 실버가 아무 말 없이 고개를 끄덕였다. 그 해적이 다시 마당으로 나가고 우리는 어둠 속에 함께 남아 있었다.

"짐, 산들바람이 불어오는구나."

실버는 아주 다정하고 친근한 목소리로 말했다.

나는 가장 가까운 곳에 있는 총안으로 다가가서 밖을 내다보았다. 커다란 모닥불이 사위어서 거의 불씨가 보이지 않았다. 음모꾼들이 왜 횃불을 필요로 하는지 알 것 같았다. 해적들은 요새 앞마당의 등성이 중간쯤에 모여 있었다. 한 놈은 횃불을 들고 있었고, 다른 한 놈은 사람들 앞에서 무릎을 꿇고 앉아 있었다. 그자가 손에 들고 있는 단검이 달빛과 불빛을 받아 다양한 색깔로 번쩍거렸다. 다른 놈들은 그자의 움직임을 주시하면서 엉거주춤하게 서 있었다. 그자는 손에 칼과 함께 책을 들고 있었다. 나는 저놈들이 어떻게 저런 물건을 입수했는지 의아했다. 갑자기 무릎을 꿇었던 자가 일어서자 모두들 집 쪽으로 걸어왔다.

"저자들이 옵니다."

나는 얼른 자리로 돌아오면서 말했다. 엿본 사실을 들킨다는 것은 체면 문제였다.

"얼마든지 오라고 해. 총에도 총알을 장전해 두었으니까. 난 아직도 묘책이 있어."

실버가 쾌활하게 말했다.

문 안으로 들어선 다섯 명 중 하나가 떠밀려서 앞으로 나섰다. 만약 다른 상황 같았더라면 그자가 그처럼 천천히 앞으로 나서는 꼬락서니가 대단히 우스꽝스러워 웃음을 터뜨렸을 것이다. 그는 꽉 쥔 오른쪽 주먹을 앞으로 내밀고서 어렵게 한 발 한 발 떼어 놓았다.

"빨리 와, 이 친구야. 잡아먹지 않을 테니까. 나도 규칙은 안다구. 연락책은 손대지 않는 법이지."

그 말에 용기를 얻은 해적은 재빨리 앞으로 걸어 나오더니 실버에게 무엇인가를 건네주었다. 그러고는 재빨리 뒤로 물러서서 패거리에게로 돌아갔다.

실버는 그 물건을 찬찬히 내려다보았다.

"검정 딱지! 내 그럴 줄 알았지. 그런데 이 종이는 어디서 났나? 이런 제기랄, 이건 좋은 조짐이 아닌데. 성서에서 이 종이를 잘라 냈구만. 어떤 바보 같은 놈이 성서를 훼손했지?"

"저것 봐. 내가 뭐라고 했어? 이렇게 해 봐야 아무 소용도 없다고 했잖아."

모건이 동료들을 둘러보며 투덜거렸다.

"이봐, 이건 너희들 사이에서 합의된 거야. 네놈들은 이제 모두 교수형을 당할 거야. 도대체 어느 놈이 성서를 가지고 있었나?"

"딕이었소."

이름을 알 수 없는 자가 대답했다.

"딕이라고? 그렇다면 딕은 기도를 해야겠구만. 이제 딕은 좋은 기회를 다 잃어버렸으니…."

그때 눈동자가 노랗고 키가 큰 자가 말을 끊었다.

"실버, 헛소리 좀 그만하시오. 우리는 의무에 따라 당신에게 검정 딱지를 건네주었소. 당신도 의무에 따라 그걸 뒤집어서 거기에 써진 것을 읽으시오. 그런 다음 얘기를 합시다."

"고맙네, 조지. 자네는 언제나 재빠르게 일을 처리했지. 그리고 규칙도 다 외우고 있고. 그래 뭔가? 면직(免職)이라고? 인쇄된 글자처럼 예쁘군. 그래. 이 글씨는 조지 자네가 썼나? 그래도 자네가 여기 있는 친구들 중에서는 대가리에 먹물이 좀 들어서 제일 똑똑하지. 자네는 다음번에 선장이 될 거야. 거기 횃불 좀 건네주겠나? 파이프 담배가 잘 빨리지 않는데…."

"자, 빨리 말해요. 더 이상 우리를 바보로 만들지 말고. 당신은 정말 웃기는 사람이에요. 하지만 이제는 끝났어요. 당신은 그 술통에서 내려와 투표하는 걸 도와야 할 겁니다."

조지라고 하는 해적은 제법 침착했다.

"나는 자네가 규칙을 안다고 생각했는데…."

실버가 경멸하는 목소리로 말했다.

"자네가 모른다면 내가 얘기해 주지. 난 아무튼 자네들의 선장이야.

자네들이 불만 사항을 내놓는다면 거기에 대해서 대답은 해주겠어. 하지만 자네들의 검정 딱지는 일고의 가치도 없어. 알았나? 자, 이제 얘기를 좀 들어보자구."

"당신은 겁먹을 필요가 없어요. 우리는 모두 공정하니까. 첫째, 당신은 이 항해를 엉망으로 만들었어요. 아니라고 하지는 못할 거예요. 둘째, 당신은 아무 소득도 없이 적들을 이 소굴에서 벗어나게 했어요. 왜 그들은 벗어나려 했을까요? 그건 나도 모릅니다. 하지만 그걸 원했던 것은 틀림없어요. 셋째, 당신은 그들을 공격하지 못하게 했어요. 존 실버, 우리는 당신의 속셈을 꿰뚫어보고 있어요. 당신은 이중 플레이를 하려고 해요. 바로 그게 잘못된 겁니다. 넷째, 여기 이 아이 문제도 불분명해요."

"그게 전부인가?"

"그래요. 우리는 당신 때문에 모두 교수형을 당하고, 햇볕에 쪼이게 생겼어요."

"좋아, 그럼 내가 그 네 가지 사항에 대해서 하나하나 대답해 주지, 첫째로 내가 이 항해를 엉망으로 만들어 버렸다고 하는데, 그게 정말인가? 자네들은 내가 어떻게 하려고 했는지 잘 알고 있을 거야. 내 생각대로만 했다면 우리는 오늘 밤쯤 히스파니올라 호를 타고 집으로 돌아가고 있을 거야. 죽은 사람 하나도 없이. 좋은 음식을 먹으면서, 돈을 배에다 가득 실은 상태로 말이야. 그런데 내 말을 거역한 건 누구지? 나보고 선장을 맡으라고 강요한 게 누구였지? 우리가 육지에 올라왔을 때 내게 검정 딱지를 주면서 이 미친 춤을 추라고 한 게 누구냔 말이야? 그래, 이건 정말 멋진 춤이야. 나도 그 점엔 동의해. 런던의 해적 처형 부두 알지? 거기 교수대 밧줄 끝에 매달린 시체처럼 흔들거리며 춤을 추고 있으니까. 그래, 누가 이렇게 하자고 했나? 그건 앤더슨, 핸즈 그리고 조지 자네였어! 그 세 놈 중에 살아남은 건 자네뿐이야. 그런데 뻔뻔스럽게 내게 대들면서 선장 자리를 넘봐? 우리를 이렇게 망쳐 놓은 자가? 젠장, 이런 어처구니없는 수작은 난생처음 보겠구먼."

실버는 잠시 말을 멈추었다. 나는 조지와 다른 해적들의 얼굴에서 실버의 말이 상당히 먹혀들어 가고 있음을 읽었다.

"그게 첫 번째 사항에 대한 대답이야."

실버가 눈썹의 땀을 닦아 냈다. 그는 집이 흔들릴 정도로 크게 말했기 때문에 땀이 날 만도 했다.

"난 정말이지 자네들하고 말하는 게 지겨워. 자네들은 기억력도, 통찰력도 없어. 자네들이 선원이 되겠다고 했을 때 자네들 어머니는 말리지 않고 뭘 했는지 모르겠어. 자네들이 행운의 신사라고? 차라리 양복쟁이나 하지 그래."

"존, 다른 사항에 대해서도 말해 봐요."

모건이 재촉했다.

"다른 사항? 다 그렇고 그런 얘기야. 자네들은 이 항해가 엉망이 되었다고 했는데, 엉망 정도가 아니라 지랄 같이 되었다는 걸 알아야 해. 우리는 교수대 앞까지 다 간 셈이야. 그 생각만 하면 나는 목이 근질근질해져. 자네들도 처형 부두에서 밧줄에 매달려 죽은 자들을 보았지? 교수대 위로 새들이 날아다니는 그 광경도 보았을 테고 말이야. 부두의 선원들은 썰물을 타고 출발하면서 이렇게 말할 거야. '저게 누구지?' 그러면 한 선원이 이렇게 말하겠지. '저건 존 실버야. 나도 잘 아는 놈이지.' 선원들이 다음 부표(浮標)를 향해 나아갈 때 그 교수대에서는 밧줄이 삐걱거리는 소리가 날 거야. 자, 바로 이런 광경이 우리를 기다리고 있어. 그 빌어먹을 핸즈와 앤더슨 그리고 바보 같은 자네들 때문에 말이야."

실버는 숨도 쉬지 않는 것 같았다.

"두 번째 사항은 내가 왜 협상을 했냐는 거지? 그건 자네들이 나한테 기어와서 협상을 해 달라고 요구했던 거야. 자네들은 그때 어려운 처지에 있었어. 만약 내가 협상을 안 했더라면 자네들은 굶어 죽었을 거야. 그리고 세 번째로 왜 그들을 공격하지 못하게 했느냐고? 난 여기에 대해서도 할 말이 많아. 자네들은 의사가 매일 와서 치료해 주는 것이 대단하지 않다고 생각할 테지만, 머리를 다친 존 자네나 여섯 시간 전만 해도 온몸이 떨리고 눈알이 노랬던 조지 자네도 의사가 없었더라면 어떻게 되었겠나? 네 번째는 저 아이 문제인데, 저 아이야말로 우리의 인질이 아니고 뭔가? 인질을 그냥 죽여 버려? 그건 안 될 소리야. 우리의 마지막 희망이 될지도 모르는 아이를 그냥 죽여? 다른 사람은 어떨지 몰라도 난 절대로 그렇게 안 해. 자네들은 곧 탐색선이 오게 되어 있다는 것을 모를 거야. 아무튼 빠른 시일 내에 오게 되어 있어. 그때 이런 인질이 있어야 유리한 거야. 하지만 이 모든 것은 내가 가지고 있는 것에 비하면 아무것도 아니야. 자, 이걸 한 번 보라구."

그는 바닥에다 종이 한 장을 내던졌다. 나는 그것을 즉시 알아보았다. 그것은 노란 종이에 빨간 X표가 세 개 그려진 지도로서, 내가 선장의 궤짝 바닥에서 찾아냈던 바로 그 지도였다. 왜 의사가 그것을 실버에게 주었는지 나로서는 알 수가 없었다.

그 지도의 출현은 통나무집 해적들에게도 이해할 수 없는 것이었다. 그들은 생쥐에게 달려드는 고양이처럼 그 지도를 집어 들고서 서로 돌려 가며 뚫어져라 들여다보았다. 그들은 지도를 보면서 욕설도 하고, 탄성도 지르고, 어린아이처럼 웃기도 했다. 그 모습이 마치 황금덩이를 손에 넣고서 그것을 무사히 범선에다 싣고 바다로 나온 사람들 같았다.

"그래, 이건 플린트의 지도야. J. F.라고 써진 걸 보면 알 수 있어. 그 아래쪽에 밧줄 매듭 같은 글자가 있어. 그가 작성한 게 틀림없어."

"하지만 이제 배도 없는데 어떻게 보물을 실어 나르지?"

조지의 말에 모두들 표정이 굳어졌다. 그때 실버가 한 손으로 벽을 짚으며 벌떡 일어섰다.

"조지, 자네에게 경고를 하겠어. 한마디만 더 불평을 하면 자네를 불러내서 결투하는 수밖에 없어. 어떤 식으로 하냐고? 그건 자네들이 정해. 쓸데없이 간섭해서 내 범선을 잃어버리게 하지 말고. 하지만 조지. 자네는 안 돼. 자넨 바퀴벌레만큼의 대가리도 없어. 아무튼 앞으로는 입을 닥치고 조용히 있는 게 좋을 거야."

"그게 공평하겠소."

나이 든 해적 모건이 끼어들었다.

"공평?"

갑자기 실버가 소리쳤다.

"자네들은 배를 잃어버렸지만 나는 보물을 찾아냈어. 그러면 누가 더 나은 사람이지? 하지만 난 이제 더럽고 치사해서 선장 노릇을 그만두겠어. 이제 자네들 마음대로 선장을 뽑아 봐. 난 손을 털 테니까."

그들은 서로의 눈치를 살피더니 거의 동시에 실버의 이름을 불러댔다.

"실버를 다시 선장으로! 실버 만세! 바비큐 만세! 바비큐를 선장으로!"

"좋아, 자네들이 그렇게 원한다면 할 수 없지."

실버의 얼굴에 묘한 미소가 흘렀다.

"조지, 자네는 한 차례 더 기다려야 되겠는데, 자네는 내가 보복심이 강한 사람이 아닌 걸 다행으로 여겨야 해. 난 앙갚음 따위는 싫어하니까. 자 여러분, 이 검정 딱지는 어떻게 하지? 이제 별로 소용이 없게 되었는데…. 딕은 성서를 찢어서 운만 나쁘게 됐어."

"성서에다 키스를 하면 괜찮지 않을까요?"

딕은 못내 불안한 모양이었다.

"한쪽 구석을 잘라 낸 성서라…."

실버가 비웃듯이 말했다.

"그건 노래책만큼이나 효력이 없어."

"하지만 모르잖아요. 난 그래도 상관없다고 생각해요."

딕이 짐짓 평온한 척했다.

"짐, 여기 네가 궁금하게 여기는 것이 있다."

실버는 나에게 검정 딱지를 건네주었다. 그것은 기니 금화만 한 크기의 동그란 종이였다. 한쪽 면은 백지였는데, 성서의 마지막 면이었기 때문이다. 다른 면에는 요한계시록의 한두 구절이 들어 있었다. '밖에는 개들과 살인자들이 있다'라는 구절이 눈에 들어왔다. 그 인쇄된 면은 목탄으로 검게 칠해져 있어서 내 손가락에도 목탄이 묻었다. 백지 면에는 목탄으로 '면직'이라는 단어가 적혀 있었다. 나는 그 검정 딱지를 아직까지도 가지고 있다. 하지만 글씨는 다 지워져 버렸고 남은 것이라곤 손톱으로 긁은 듯한 자국뿐이다.

그것으로 그날 밤 일은 끝났다. 곧 술잔이 한 잔씩 돌려진 다음 우리는 누워서 잠을 청했다. 조지 메리에 대한 실버의 복수는 그에게 외곽 보초를 서게 한 뒤 임무를 게을리하면 죽이겠다고 위협한 것이 전부였다.

나는 한참 뒤에야 잠들 수 있었다. 정말 생각이 복잡했다. 그날 오후에 내가 죽였던 사람에 대한 생각, 지극히 위태로운 나의 처지에 대한 생각, 그리고 실버가 지금 벌이고 있는 아슬아슬한 게임 등에 대한 생각. 실버는 한 손으로는 반란꾼들과 제휴를 하면서 다른 한 손으로는 자신의 목숨을 건지기 위해 온갖 수단과 방법을 가리지 않고 대지주 측과 협상을 하려고 했다. 그렇지만 실버는 코까지 골면서 편안하게 자고 있었다. 실버를 둘러싸고 있는 아슬아슬한 위험과 그를 기다리고 있는 치욕스러운 교수형 등을 생각하니 내 마음이 아팠다. 비록 그가 사악한 사람이라고 할지라도.

30
가석방

우리는 동시에 잠에서 깨어났다. 좀 더 정확히 표현하면, 우리 모두는 숲속에서 우리를 부르는 소리를 듣고 깨어난 것이다. 나는 문 쪽 기둥에 기대어 졸던 보초가 잠에서 벌떡 깨어나 몸을 부르르 떠는 것을 보았다.

"어이, 통나무집! 나는 의사다!"

리브지 선생이었다. 나는 그 목소리를 듣고 반갑기 그지없었으나 마음은 착잡했다. 내가 무단으로 이탈한 것을 생각하면 머릿속이 복잡해졌다. 그 무단이탈의 결과—해적들에 둘러싸여 목숨을 위협받는 처지—를 생각하면 부끄럽기까지 해서 의사의 얼굴을 쳐다볼 수 없을 것 같았다.

아직 날이 밝지 않은 걸 보면 의사는 한밤중에 일어나서 걸어온 게 분명했다. 총안 쪽으로 달려가 밖을 내다보니 의사의 모습이 보였다. 전에 실버가 그랬던 것처럼 선생은 아침 안개에 무릎까지 잠긴 채 서 있었다.

"의사 선생, 꼭두새벽부터 나오셨군요!"

실버가 환한 얼굴로 웃으며 소리쳤다.

"정말 일찍 나오셨습니다. 일찍 일어나는 새가 먹을 것을 챙긴다는 말도 있습니다만. 조지, 어서 일어나서 리브지 선생을 울타리 너머 집 안으로 모셔. 모두 많이 좋아졌습니다. 선생님이 돌봐 주신 환자도 잘 있고요."

그는 어기적거리며 밖으로 나가 언덕 위에 서 있었다. 겨드랑이에 목발을 끼고, 한 손으로는 통나무집을 짚은 채, 목소리, 행동, 표정 등이 예전의 존 실버 그대로였다.

"선생님, 아주 놀랄 만한 일이 하나 있습니다. 꼬마 손님이 한 분 왔어요. 새로 온 하숙생인데 아주 건강해요. 어젯밤 제 옆에서 짐짝처럼 잘 자더군요. 우리는 밤새 옆구리를 마주 대고 같이 잤습니다."

리브지 선생은 요새의 마당을 건너 실버가 서 있는 언덕으로 걸어왔다. 나는 선생의 목소리에서 약간의 동요를 느낄 수 있었다.

"짐은 아니겠지?"

"짐입니다. 짐 호킨스."

의사는 아무 말도 하지 않고 멈춰 서더니, 몇 초 뒤에 다시 걸음을 옮겼다.

"좋아, 실버 자네 말대로 일을 먼저 해치우고 그 다음에 기쁨을 나누겠네. 먼저 자네 환자들을 좀 보세."

잠시 후 그는 통나무집 안으로 들어와 나에게 간단한 목례를 한 다음 환자들을 돌보기 시작했다. 그 무서운 해적들 사이에서 자신의 목숨이 대단히 위험하다는 것을 알면서도 그는 조금도 두려워하지 않았다. 그는 한적한 영국 가정에 왕진을 온 의사처럼 환자들을 돌보았다. 그의 평온한 태도가 환자들에게도 전달된 것 같았다. 환자들도 아무 일이 없었던 것처럼 행동했다. 선생은 여전히 선상 의사이고, 또 그들은 반란을 일으키지 않은 선원인 것처럼.

"자네는 잘 낫고 있어."

의사는 머리에 붕대를 두른 자에게 말했다.

"자네는 정말 아슬아슬하게 목숨을 구했네. 자네 머리는 무쇠처럼 단단한가 봐. 조지, 자네는 어떤가? 눈알이 노란 것은 간에 이상이 있기 때문이야. 내가 준 약은 먹었나? 여러분, 이 친구가 약을 먹는 걸 보았소?"

"그럼요. 틀림없이 먹었어요."

모건이 대답했다.

"자네들도 알다시피 나는 반란자들의 의사 또는 감옥의 의사이기 때문에…."

리브지 선생은 일부러 유쾌한 목소리로 말했다.

"조지 국왕 폐하(폐하 만세!)와 교수대에 바칠 목숨을 단 하나라도 잃어서는 안 되네."

해적들은 서로 멀거니 쳐다보면서 그 신랄한 말을 묵묵히 듣고만 있었다. 그때 누군가가 끼어들었다.

"딕이 안 좋습니다."

"그래? 딕, 일어서서 혀를 좀 내밀어 봐. 이 친구 혓바닥은 프랑스 놈들을 놀라게 하기에 충분하군. 또 다른 열병 환자야."

"그건 말이죠, 성서를 찢었기 때문에 그래요."

또다시 모건이 말했다.

"이건 바보짓을 했기 때문이야." 의사가 쏘아붙이고는 계속 말했다. "신선한 공기와 독약을 구분하지 못하고, 건조한 땅과 습기 찬 늪지를 가리지 않았기 때문이야. 자네들 몸속 깊숙이 박힌 말라리아 병균을 빼내려면 한동안 홍역을 치러야 할 거야. 늪지에서 야영을 한다고? 실버, 난 자네한테 놀랐네. 이 사람들 중에서 자네는 그래도 좀 똑똑한 줄 알았는데. 자네는 건강의 기본 규칙도 모르는 사람 같군."

잠시 후 의사는 그들에게 약을 나누어 주었고, 그들은 우스꽝스러울 정도로 굽실거리면서 그 약을 받아먹었다. 그들은 피에 굶주린 해적이라기보다는 자선 학교의 학생들 같았다.

"자, 오늘은 이 정도 해 두면 될 것 같군. 난 이제 저 아이와 얘기를 좀 하고 싶네."

리브지 선생은 나를 보며 고개를 끄덕였다.

그때 조지 메리가 문 앞에 서서 씁쓸한 약을 삼킨 후 열심히 침을 내뱉고 있다가, 의사의 제안을 듣더니 홱 몸을 돌려 붉으락푸르락한 얼굴로 소리쳤다.

"안 돼!"

그리고 욕설을 퍼부었다.

그 순간 실버가 손바닥으로 술통을 내리쳤다.

"조용히 해!"

그는 들판의 사자처럼 무섭게 주위를 돌아보았다.

"의사 선생님, 나도 그 문제를 생각해 보았습니다. 선생님이 저 아이를 대단히 좋아한다는 것을 저도 압니다. 우리는 모두 선생님의 노고에 감사드리고 있고, 또 선생님을 믿기 때문에 주시는 약을 술처럼 받아먹고 있습니다. 그래서 모두에게 적절한 방안을 하나 생각해 냈습니다. 호킨스, 넌 비록 가난한 집에서 태어났지만 젊은 신사임에는 틀림없다. 그러니 신사답게 도망치지 않겠다고 명예를 걸고 약속해 줄 수 있겠니?"

나는 즉시 약속을 했다. 그러자 실버가 말했다.

"의사 선생님, 저기 울타리 바깥으로 나가 계십시오. 그러면 짐을 울타리 쪽으로 데리고 가지요. 울타리를 사이에 두고 대화를 하실 수 있을 겁니다. 선생님, 안녕히 돌아가십시오. 그리고 대지주님과 스몰렛 선장에게도 안부를 전해 주십시오."

의사가 통나무집을 나가자 실버의 험악한 얼굴에 눌려 있던 해적들이 불평불만을 터트렸다. 실버가 이중 플레이를 한다는 것이었다. 동료들을 미끼로 자기에게만 유리한 협상을 맺으려 한다는 것이었다. 간단히 말해서 지금껏 보여 온 행동이 모두 그런 이중 플레이라는 것이었다. 그들이 너무나 격앙되어 있어서 나는 실버가 어떻게 대처해 나갈지 걱정되었다.

그러나 그는 해적들 모두를 합친 것보다 더 사나이다운 데가 있었다. 게다가 어젯밤의 승리는 그에게 커다란 이점을 안겨 주었다. 그는 그들을 모두 바보 같은 놈들이라고 매도하면서 나와 의사가 서로 얘기를 하는 것이 절대 필요하다고 말했다. 실버는 그들의 눈앞에 지도를 흔들어 대면서, 보물찾기에 나서는 첫날부터 조약을 깨뜨려서야 되겠느냐고 따졌다.

"그건 안 되지. 보물을 찾고 적당한 때가 되면 그때 가서 우리가 먼저 조약을 깨뜨려도 늦지 않다구. 그때까지는 의사의 비위를 맞추면서 브랜디로 의사의 구두를 닦으라고 해도 들어 줘야 해." 실버가 외쳤다.

그는 해적들에게 불을 지피라고 말한 뒤 목발을 짚고 밖으로 나가면서 내 등에 손을 얹고 따라오라는 시늉을 했다. 뒤에 남은 해적들은 설득당한 게 아니라 실버의 말솜씨에 말문이 막혀 그저 멍하니 있었다.

"짐, 천천히 걸어. 우리가 서두르는 낌새를 보이면 저놈들이 벌떼처럼 달려들 테니까."

우리는 조심스럽게 요새 마당을 가로질러 울타리 바깥에서 기다리는 의사에게 다가갔다. 우리가 울타리를 사이에 두고 쉽게 말할 수 있는 지점에 도착하자 실버가 발걸음을 멈추었다.

"의사 선생님, 이렇게 얘기를 주선해 드린 걸 알아주셨으면 좋겠습니다. 내가 어떻게 짐의 목숨을 구했는지, 또 내가 어떻게 면직될 뻔했는지 짐이 말씀드릴 겁니다. 나처럼 바람 가까이에서 배를 몰고 있는—자신의 목숨을 판돈으로 걸고 도박을 하는—사람을 위해 좋은 말 한마디 해 달라고 요구하는 것은 과도한 게 아니겠지요? 이제 내 목숨뿐만 아니라 저 아이의 목숨도 함께 달려 있다는 것을 명심해 주십시오. 의사 선생님, 제발 나에게 좋은 말씀을 해주셔서 살아나갈 희망을 주십시오."

실버의 태도가 완전히 바뀌어 있었다. 예전의 실버가 아니었다. 해적들과 통나무집에 등을 돌리고 서 있는 그의 뺨이 푹 꺼져 있었고 목소리도 떨리고 있었다. 그처럼 간절하게 애원하는 사람을 나는 일찍이 본 적이 없었다.

"존, 당신은 저들이 무섭지는 않소?"

리브지 선생이 넌지시 물었다.

"선생님, 저는 비겁자가 아닙니다."

실버는 손가락을 뚝뚝 꺾으며 말했다.

"설혹 무섭다 해도 내색하지는 않을 겁니다. 하지만 교수대에 매달릴 생각을 하면 온몸이 떨립니다. 선생님은 진실하고, 또 좋은 분입니다. 선생님처럼 좋은 분은 보질 못했습니다. 나의 못된 짓도 잊지 않으시겠지만, 나의 착한 행동도 기억해 주시리라 믿습니다. 자, 짐과 선생님이 얘기할 수 있도록 나는 여기서 물러서겠습니다. 지금 이렇게 해드리는 것도 기억해 주시기 바랍니다. 여기까지 나오는 게 정말 쉽지 않았습니다."

그렇게 말하고서 그는 뒤로 처졌다. 그는 우리의 대화가 들리지 않는 지점까지 물러서더니 나뭇등걸에 앉아 휘파람을 불었다. 그는 등걸에서 몸을 돌려 주위 풍경을 쳐다보기도 하고, 나와 의사의 모습을 훔쳐보기도 하고, 마당에 나와 불을 피우고 아침 식사를 준비하는 해적들을 쳐다보기도 했다. 해적들은 돼지고기와 빵을 가져오기 위해 모닥불과 통나무집 사이를 자주 왔다 갔다 했다.

"짐!"

리브지 선생이 슬픈 목소리로 말했다.

"넌 여기 이렇게 떨어지게 되었구나. 모든 것이 네 행동의 결과다. 나는 너를 비난할 생각은 조금도 없다. 하지만 다정한 말이든 혹은 비난의 말이든 이 말만은 해 두고 싶다. 스몰렛 선장이 부상을 당하지 않았다면 너는 무단이탈을 하지 못했을 것이다. 부상당한 사람을 두고 사라진 것은 정말 비겁한 짓이었다."

나는 그 말을 듣고 눈물을 터뜨렸다는 것을 고백해야겠다.

"선생님, 정말 죄송합니다. 저도 이미 제 자신을 많이 꾸짖었습니다. 게다가 저는 언제 죽을지 모르는 목숨입니다. 실버 덕분에 간신히 살아났어요. 선생님, 저는 죽는 것은 두렵지 않습니다. 죽을 짓을 했으니까요. 하지만 고문은 너무 두려워요. 만약 저들이 나를 고문한다면….”

리브지 선생이 내 말을 가로막았다.

“짐, 차마 너를 두고 갈 수가 없구나. 자, 울타리를 넘어오너라. 함께 도망치자.”

“선생님, 전 이미 약속을 했습니다.”

“알아. 하지만 약속은 깨뜨릴 수도 있는 거야. 모든 것은 내가 책임지마. 도저히 널 여기 놔두고 갈 수가 없어. 뛰어넘어. 한 번만 뛰어넘으면 밖으로 나올 수 있어.”

“안 돼요. 선생님이 제 입장이라면 그렇게 하지 않으셨을 겁니다. 선생님도, 대지주님도, 또 선장님도요. 그러니 나도 그렇게 하지 않겠습니다. 실버는 나를 믿어 주었어요. 나는 약속을 했기 때문에 돌아가야 합니다. 선생님, 그전에 할 말이 있습니다. 저자들이 나를 고문하여 죽일지도 모르기 때문에 범선이 어디 있는지 말씀드릴게요. 비록 무단이탈을 했지만, 덕분에 저는 범선을 확보했어요. 그 배는 지금 북쪽 포구의 남쪽 해변에 있습니다. 만조일 때는 잘 안 보이지만 반조(半潮) 때는 배 바닥까지 드러납니다.”

“범선?”

의사가 놀라서 소리쳤다.

나는 재빨리 그간의 상황을 얘기했고, 의사는 묵묵히 듣기만 했다.

“이건 운명적인 이야기로구나.”

내 말이 끝나자 의사가 한숨을 내쉬었다.

“중요한 고비마다 매번 네가 우리의 목숨을 구하는구나. 그런 너를 그대로 여기에 놔둬도 된다고 생각하니? 짐, 그건 너무 섭섭한 대접이 될 거야. 너는 저들의 음모를 사전에 알아냈고, 또 벤 건을 발견했어. 이런 일은 네가 앞으로 아흔까지 산다고 해도 다시 할 수 없는 일이야. 그리고 벤 건이라는 친구는 정말 악동 중의 악동이더구나. 실버!"

그가 갑자기 실버를 향해 소리쳤다.

"실버, 자네에게 충고를 한 가지 해주겠네. 그 보물을 찾으려고 너무 서두르지는 말게."

실버가 다가왔다.

"선생님, 최선을 다하고 있습니다. 나는 그 보물을 찾아내야만 내 목숨과 저 아이의 목숨을 구하려는 것뿐입니다."

"그렇다면 내가 한 가지 더 말해 주지. 보물을 찾으면 위험한 일이 벌어질지 모르네. 배에 갑자기 태풍이 닥쳐오듯이."

"선생님, 남자 대 남자로서 드리는 말씀입니다만, 궁금한 게 너무 많습니다. 선생님이 노리는 것이 무엇인지, 왜 통나무집을 떠나셨는지, 왜 내게 지도를 주셨는지 알 수가 없습니다. 하지만 나는 두 눈 질끈 감고 선생님의 지시 사항을 이행하고 있는데 희망의 말씀은 단 하나도 해주시지 않는군요. 그러나 지금 그 말씀은 정말 너무하십니다. 선생님의 의중을 시원하게 말해 주지 않을 거면 차라리 그렇다고 솔직하게 말씀해 주십시오. 그럼 저는 이 일에서 빠지겠습니다."

"아니야."

의사 선생이 생각에 잠긴 얼굴로 말했다.

"나는 더 이상 말할 권한이 없어. 실버, 이건 나의 개인적 비밀이 아니야. 그렇지 않다면 자네에게 모두 말해 주었을 걸세. 단지 내가 해줄 수 있는 말만 했네. 그 이상 해주면 선장에게 크게 질책을 당하거나 아니면 커다란 실수를 하게 되네. 하지만 자네에게 약간의 희망을 안겨 주지. 실버, 우리가 이 늑대의 소굴에서 무사히 벗어난다면 자네를 구하기 위해서 최선을 다하겠네. 위증하는 것은 빼고 말야."

실버의 얼굴이 환해졌다.

"그런 자상한 말씀은 설령 당신이 나의 어머니라도 말해 주지 못했을 겁니다."

"그게 나의 첫 번째 조언일세. 그리고 두 번째는 짐을 자네 곁에다 두고 잘 보살피라는 거야. 혹시 자네가 도움을 청할 일이 있으면 소리쳐 부르게. 내가 금방 달려갈 테니. 그때가 되면 내가 지금 헛소리를 하고 있지 않다는 걸 알게 될 걸세. 잘 있어라, 짐."

리브지 선생은 울타리 사이로 내 손을 잡고 악수를 한 다음, 실버에게 목례를 하고 재빨리 숲속으로 걸어 들어갔다.

31

보물찾기

—플린트의 방향 표시

우리 둘만 남게 되자 실버가 말했다.

"짐, 내가 너의 목숨을 구해 주었듯이 너도 나의 목숨을 구해 주었어. 내 잊지 않으마. 아까 의사가 너에게 울타리를 넘어오라고 말하는 것을 눈치로 알았어. 너는 그렇게 할 수 없다고 하더군. 귀로 듣는 것만큼 분명했지. 짐, 그건 신사다운 일이었어. 지난번 요새 공격이 실패한 이후 처음으로 희망을 갖게 되었단다. 모두 네 덕이야. 짐, 이제 우리는 자세한 내용도 모른 채 보물찾기를 떠나야 하는데, 난 그게 마음에 들지 않아. 아무튼 너와 나는 딱 달라붙어서 같이 행동해야 해. 그러면 어떤 운명이 닥쳐와도 우리 두 사람의 목숨을 부지할 수 있을 거야."

그때 모닥불 곁에 있던 자가 아침이 준비되었다고 소리쳤다. 우리는 곧 마당 여기저기에 흩어져 앉아서 비스킷과 구운 고기를 먹었다. 그들은 황소를 구워도 될 만큼 많은 불을 피워 놓았다. 모닥불이 너무 뜨거워서 바람 부는 쪽에서만 접근이 가능했고, 또 그쪽에서도 조심하지 않으면 안 되었다.

그들은 음식도 먹을 수 있는 것보다 세 배나 더 많이 준비했다. 그들 중 하나가 바보 같은 웃음을 터뜨리며 남은 음식을 전부 불 속에다 던져 넣었다. 음식 찌꺼기가 쏟아지자 모닥불이 더욱 활활 타올랐다. 나는 그처럼 내일을 생각하지 않는 사람들을 본 적이 없었다. 그들은 그날 벌어서 그날 먹는다는 것이 생활신조였다. 음식을 마구 낭비하고 보초를 서러 나가서 졸고 있는 꼴을 보고서 나는 그들이 단기전에는 용감하게 단번에 이길 수 있을지 몰라도 장기전은 하지 못할 자들이라는 것을 알았다.

캡틴 플린트를 어깨 위에 올려놓고서 식사를 하고 있던 실버조차도 그들의 무모함을 탓하지 않았다. 그 대신 그는 다른 말로 나를 놀라게 했다. 그가 그때처럼 영악하게 보인 적이 없었다.

"이봐, 친구들. 이 바비큐가 이렇게 버티고 있다는 것이 자네들에겐 얼마나 행운인지 몰라. 난 이제 원하는 것을 얻었어. 물론 그자들은 배를 가지고 있지. 아직 어디에 두었는지는 모르지만. 하지만 일단 보물을 찾고 나면 우리도 여기저기 돌아다니면서 배를 찾아낼 수 있을 거야. 그러면 소형 보트를 가지고 있는 우리가 훨씬 더 유리해."

그는 입안에 뜨거운 베이컨을 가득 넣은 채 끊임없이 지껄였다. 그렇게 함으로써 그들에게 희망과 자신감을 일깨워 주는 한편 실버 자신의 희망과 자신감도 회복하는 것이었다.

"그리고 인질에 관한 건데 말이야. 이 아이는 아까 의사와 이야기를 했는데 그것으로 저 애가 자기편 사람들과 얘기하는 일은 끝났어. 나는 저 애 덕분에 새로운 정보를 얻었어. 하지만 그건 이제 끝난 얘기야. 보물찾기에 나서면 저 애를 줄에 묶어서 함께 다닐 거야. 앞으로 어떤 일이 벌어질지 모르니까 저 애를 금덩어리처럼 취급해야 해. 일단 우리가 범선과 보물을 둘 다 얻으면 그때는 상쾌하게 바다로 나가는 거야. 그러면 저기 있는 호킨스 씨를 설득해서 우리 편으로 끌어들여야겠지. 또 그와 협상하여 한몫 챙겨주어야겠지. 우리에게 친절을 베풀었으니까."

해적들이 기분 좋은 것은 당연한 일이었다. 그러나 나는 굉장히 우울했다. 실버가 방금 말한 계획이 가능하리라고 판명되면 이중 첩자인 그는 자신의 계획대로 움직일 게 분명했다. 그는 양쪽 진영에 한 다리씩 걸치고 있었지만, 우리 편에 붙어 봐야 교수형을 간신히 면하는 게 고작이니까 차라리 해적 편에 붙어서 자신의 재산과 자유를 누리려 할 것이었다.

설혹 실버가 리브지 선생과의 약속을 지켜야 하는 쪽으로 사태가 흘러간다고 하더라도, 그때의 위험 또한 이만저만한 것이 아니었다. 해적들의 의심이 확신으로 굳어진다면, 실버와 나는 목숨 걸고 싸워야 할 것이다. 그러나 장애자인 실버와 소년에 불과한 내가 어떻게 다섯 명의 욕심 많은 무쇠 같은 해적들을 당해 낼 수 있을 것인가.

이런 이중의 두려움 외엔 우리 편의 행동도 내 머리를 복잡하게 만들었다. 그들은 왜 요새를 버렸는가. 왜 지도를 실버에게 건네주었을까. 보물을 찾으면 태풍을 조심하라는 의사의 조언은 도대체 무슨 얘기일까. 그러다 보니 나는 아침 식사를 할 생각이 전혀 없었고, 아주 무거운 마음으로 해적들의 보물찾기에 따라나서게 되었다.

누군가가 우리의 몰골을 보았더라면 아주 기이하다고 생각했을 것이다. 모두들 더러워진 선원 복장에 나를 빼고는 완전 무장을 하고 있었다. 실버는 소총을 두 자루 휴대하고 있었다. 한 자루는 앞에, 한 자루는 뒤에, 또한 단검을 허리에 차고서 선장 제복 상의의 두 호주머니에 권총을 한 자루씩 넣어 두었다. 이런 이상한 행색도 부족한지 그의 어깨에 앉아 있는 캡틴 플린트가 쉴 새 없이 뱃사람들의 욕설을 중구난방으로 지껄이고 있었다.

허리에 밧줄을 두른 나는 실버가 앞장서서 가는 대로 따라갔다. 실버는 밧줄의 한쪽 끝을 손으로 잡아끌거나 아니면 이빨로 잡아당기거나 했다. 누가 봐도 나는 춤추는 곰처럼 끌려가는 형국이었다.

다른 사람들은 여러 가지 다양한 짐을 메고 있었다. 어떤 자는 곡괭이와 삽을 지고 있었고—이것들은 그들이 히스파니올라 호에서 하선할 때 제일 먼저 내렸던 물건이다—어떤 자는 돼지고기와 빵, 점심식사 때 마실 브랜디 등을 메고 있었다. 그런 물자들은 모두 요새에서 나온 것이었다. 그러고 보니 어젯밤 실버가 한 말은 맞는 말이었다. 그가 의사와 협상을 맺지 않았다면 해적들은 범선도 빼앗긴 상태에서 맹물과 사냥감으로 식량을 해결해야 했다. 그러나 선원들은 맹물을 좋아하지 않았다. 또 선원들은 사격을 잘하지도 못했다. 게다가 먹을 것이 이토록 부족한 상태라면 화약도 충분하지 못할 것은 너무나 뻔한 일이었다.

아무튼 우리 모두는 이렇게 장비를 꾸려서 보물찾기에 나섰다. 머리를 다쳐 그늘에서 쉬어야 할 해적도 비틀거리며 해변까지 내려왔다. 해변에는 두 척의 소형 보트가 우리를 기다리고 있었다. 그 보트조차도 관리가 소홀하여 한 척은 관자가 깨져 있었다. 게다가 두 척 모두 흙투성이인 데다 보트 안에 물이 고여 있었다. 우리는 안전을 위해 두 척 모두 가지고 가기로 결정하고서, 편을 나누어 보트를 타고 정박지의 한가운데로 노를 저어 나갔다.

우리들이 노를 저어가는 동안 지도에 관한 의논이 있었다. 붉은 X 자는 너무 커서 별로 도움이 되지 못했다. 지도 뒤에 있는 설명도 애매했다. 독자들도 기억하다시피 그 설명은 이러했다.

키 큰 나무, 스파이글라스의 어깨 지점, 북북동의 북쪽 지점.
해골섬 동남동의 동쪽.
10피트.

그러니까 키 큰 나무가 주된 지형지물이었다. 정박지에는 3백 피트 높이의 고원이 펼쳐져 있었고, 그것은 북쪽 등성이를 통해 스파이글라스의 남쪽까지 이어져 있었다. 그 고원이 다시 남쪽으로 험준하게 융기하여 미즌마스트 언덕이 되었다. 고원의 꼭대기에는 다양한 높이를 자랑하는 소나무들이 밀생하고 있었다. 여기저기에서 다른 소나무보다 50피트 정도 높은 소나무들이 여러 그루 솟아올라 있었지만, 그중 어떤 것이 플린트가 말하는 키 큰 나무인지는 현장 가까이에서 나침반을 이용해야만 알 수 있을 것 같았다.

사정이 그러했지만, 보트에 탄 해적들은 저마다 나무를 가리키면서 저게 바로 그 나무라고 주장했다. 그러나 실버는 현장에 도착할 때까지 기다리라고 하면서 꼼짝도 하지 않았다.

우리는 실버의 지시를 받아 가며 쉬엄쉬엄 노를 저었다. 도착하기도 전에 미리 지쳐 버리면 안 되기 때문이었다. 우리는 한참 항해한 끝에 두 번째 강의 입구에 도착했다. 그것은 스파이글라스의 계곡에서 흘러내린 강이었다. 우리는 그곳에서 왼쪽으로 방향을 틀어 고원으로 이어지는 등성이를 올라가기 시작했다.

처음에는 진흙이 많은 땅과 빽빽하게 헝클어진 늪지 식물들이 우리의 진행을 아주 더디게 만들었다. 그러나 언덕의 경사가 조금씩 조금씩 심해지더니 어느 지점부터는 발아래가 아주 딱딱해졌다. 그리고 숲도 덜 빽빽하여 듬성듬성 빈터가 보이기도 했다. 우리가 접근하고 있는 지점은 숲에서 가장 상쾌한 곳이었다. 늪지 식물들은 사라지고 그 대신 향기로운 금작화와 관목들이 들어서 있었다. 초록색 육두구 숲이 여기저기 소나무의 넓은 그늘 아래 펼쳐져 있었는데, 그 꽃향기가 송진 냄새와 뒤섞여 공중에서 진동했다. 게다가 공기가 말할 수 없을 만큼 상쾌했다. 그 좋은 공기에 따뜻한 햇볕이 비쳐들어 우리의 기분을 더욱 맑게 해주었다.

부챗살처럼 넓게 퍼져서 걸어가던 일행은 소리도 지르고 깡총깡총 뛰기도 했다. 실버와 나는 일행과 좀 떨어진 중간 지점에서 그들을 따라갔다. 나는 여전히 밧줄에 묶여 있었고, 실버는 숨을 헐떡거리며 미끄러운 자갈길 사이를 힘겹게 걸어 올라가고 있었다. 때때로 내가 손을 내밀어 그를 잡아 주기도 했다. 그렇지 않았더라면 실버는 발을 헛디뎌 언덕 아래로 굴러떨어졌을 것이다.

우리는 그렇게 반 마일 정도를 걸어서 고원의 꼭대기 가까이에 이르렀다. 그때 제일 왼쪽에 있던 친구가 겁먹은 목소리로 고함을 질렀다. 그가 고래고래 소리를 지르자 다른 사람들이 그쪽으로 달려갔다.

"저자가 아직 보물을 발견하지는 못했을 텐데. 보물은 아주 꼭대기에 있을 테니까 말야."

모건이 우리의 오른쪽에서 재빨리 달려가며 말했다.

우리가 그 지점에서 발견한 것은 보물과는 사뭇 다른 물건이었다.

아주 키 큰 소나무 밑에 사람의 시체가 드러누워 있었다. 그 시체의 작은 뼈들은 초록색 덩굴에 의해 땅에서 약간 떠 있었고, 유해에는 넝마 같은 옷이 입혀져 있었다. 모두들 그 해골을 보고 가슴이 서늘해지면서 섬뜩한 표정을 지었다.

"저자는 선원이었어. 훌륭한 선원복이야."

다른 사람들보다 대담해 보이는 조지가 가까이 다가가서 넝마가 된 옷 조각을 뒤적이며 말했다.

"그만해. 그럼 뭐 여기서 주교를 발견할 거라고 생각했어. 그런데 저 시체의 뼈 모양이 좀 이상하지 않아? 자연스럽지가 않아."

자세히 보니 실버의 말대로 그 시체가 자연스러운 자세로 누워 있다고 생각되지 않았다. 약간의 자세 변경(가령 시체를 쪼아 먹은 새들의 작용, 혹은 시체를 서서히 휘감은 덩굴식물의 작용)을 제외하면, 시체는 완전히 일직선으로 누워 있었다. 그의 발은 한쪽 방향을 가리키고 있었고 잠수부처럼 머리 위로 올린 그의 손은 정반대 방향을 가리키고 있었다.

"아, 이제 알겠다."

실버가 말하면서 고개를 끄덕였다.

"자, 나침반으로 이 시체의 뼈 방향을 따라 위치를 잡아 봐."

방향은 곧 잡혔다. 시체는 섬의 방향을 일직선으로 가리켰고 나침반은 정확하게 동남동의 동쪽을 가리켰다.

"내 그럴 줄 알았어. 이게 바로 방향 표시야. 여기서 곧바로 위로 올라가면 북극성과 보물이 나오는 거지. 그렇지만 제기랄. 생각만 하면 치가 떨려, 이건 그자의 짓이 틀림없어. 그자와 선원 여섯 명이 여기에 왔는데, 그자가 선원들을 다 죽여 버렸지. 그러고는 여기 이놈만 이리로 끌고 와서 방향 표시용으로 써먹은 거야. 뼈가 길고 머리카락이 노란 것으로 보아 앨러다이스 같은데. 톰 모건, 자네 앨러다이스 아나?"

"알고말고요. 나한테 돈을 빚진 게 여기 있는걸요. 상륙할 때 내 칼도 가지고 갔습니다."

다른 해적이 끼어들었다.

"칼 얘기가 나와서 그러는데, 왜 이 사람 주위에 그의 칼이 보이지 않죠? 플린트는 선원의 호주머니를 털 사람은 아니니까 말야. 게다가 새들이 칼을 물어 갔을 리도 없고."

"그렇군!"

실버가 또다시 고개를 끄덕였다.

"여긴 아무것도 남아 있는 게 없어."

조지가 뼈를 들추며 말했다.

"동전이나 답뱃갑 같은 것도 없군. 좀 이상한데."

"그래? 그것 참 이상한데. 자연스럽지 않고 뭔가 불길해. 이봐 친구들, 만약 플린트가 살아있다면 나나 자네들한테 이곳은 아주 재수 없는 곳이 될 거야. 죽은 놈들도 여섯이었고 우리도 여섯이니까 말야. 그런데 그자들은 이미 뼈만 남아 버렸지."

"나는 이 두 눈으로 그가 죽는 걸 보았어."

모건이 실버의 말을 받았다.

"빌리가 들어와서 보라고 해서 말야. 플린트는 페니 동전을 눈 위에 올려놓은 채 누워 있었어."

"그래, 그는 죽어서 지하로 갔어."

머리에 붕대를 두른 자가 모건의 뒤를 이었다.

"만약 귀신이 돌아다닌다고 하면 그건 틀림없이 플린트 귀신일 거야. 플린트는 아주 비참하게 죽었거든."

"그래, 그랬었지."

다른 해적이 또 끼어들었다.

"때로는 미친 듯이 화를 내다가, 때로는 럼주를 가져오라고 소리쳤고, 때로는 노래를 불렀지. '열다섯 사람'이 그의 유일한 노래였어. 사실 난 그 다음부터는 그 노래라면 딱 질색이야. 날씨가 더워서 창문을 열어 놓았기 때문에 그 오래된 노래를 생생하게 들을 수가 있었지. 그때 이미 그 사람에게 죽음의 그림자가 다가오고 있었어."

"자, 자, 이제 그런 한가한 소리 집어치워."

실버가 소리쳤다.

"그는 죽어서 더 이상 걸어 다닐 수가 없어. 적어도 낮에는 돌아다닐 수 없단 말야. 쓸데없는 근심은 방해만 돼. 근심 때문에 고양이가 죽었다는 속담도 있잖아. 자, 금화를 찾아서 떠나자구."

우리는 다시 앞으로 나아갔다. 그러나 태양이 중천에 있던 훤한 대낮인데도 불구하고 해적들은 종전처럼 깡총거리면서 뛰지도 않았고 소리를 지르지도 않았다. 그들은 숨죽인 채 나란히 서서 앞만 보고 걸어갔다. 죽은 해적에 대한 공포가 그들을 짓누르고 있었던 것이다.

32
보물찾기

—숲속의 목소리

공포로 기가 꺾인 우리 일행은 아픈 사람을 쉬게 하기 위해 등성이 꼭대기에서 휴식을 취했다.

고원은 서쪽을 향해 약간 기울어져 있었고, 우리가 휴식을 취한 곳은 섬과 바다 양쪽으로 좋은 전망이 펼쳐져 있었다. 우리는 그곳에서 앞쪽 숲 너머로 파도가 철썩이는 케이프 오브 우즈를 볼 수 있었다. 우리들 뒤로는 정박지와 해골섬이 보일 뿐만 아니라 모래톱과 동쪽 저지대를 가로지르는 넓은 바다가 보였다. 우리 바로 위에 우뚝 솟은 스파이글라스에는 여기저기 소나무가 있는가 하면 깎아지른 검은 절벽도 눈에 띄었다. 사방에서 들려오는 아련한 파도소리와 숲속의 벌레들이 내는 소리 외에는 아무런 소리도 없었다. 사람도 보이지 않았고 배도 보이지 않았다. 확 트인 전망은 적막한 느낌을 더욱 강하게 불러일으켰다.

실버는 주저앉으면서 나침반으로 방향을 잡았다.

"해골섬에 이르는 직선 거리상에 '키 큰 나무'가 세 그루 있군. 스파이글라스의 어깨는 아마도 저기 낮은 지점을 말하는 것 같아. 이제 보물을 찾는 것은 식은 죽 먹기야. 그나저나 보물찾기보다 식사를 먼저 해야 할 것 같군."

"난 별로 생각 없어."

모건이 투덜거렸다.

"플린트가 나한테 한 짓을 생각하면 말야."

"자네는 그가 죽어서 정말 다행이라고 행운의 별에다 대고 투덜거렸잖아."

실버가 빈정거렸다.

"그자는 끔찍한 악마야."

다른 해적이 몸을 부르르 떨며 말했다.

"그래, 정말 죽어가는 낯짝이 푸르딩딩했어. 딱 맞는 말이야."

조지가 거들었다.

"그런데 그건 럼주 때문에 그래."

아까 시체의 뼈다귀를 보고서 플린트를 떠올린 그들은 기가 꺾일 대로 꺾여 있었다. 그들의 말은 거의 속삭이는 투였기 때문에 숲의 정적을 조금도 깨뜨리지 못했다. 그때 갑자기 숲속에서 노랫소리가 들려왔다.

> 죽은 자의 궤짝에 열다섯 사람이,
> 요호호, 그리고 한 병의 럼주!

해적들은 깜짝 놀랐다. 사람이 그처럼 놀라는 것은 나도 그때 처음

보았다. 마치 마법에 걸린 것처럼 여섯 명의 얼굴이 핼쑥해졌다. 어떤 자는 오한이 든 것처럼 벌벌 떨었고, 어떤 자는 옆 사람의 소매를 부여잡았다. 모건은 땅에 엎드려 귀를 막았다.

"플린트 귀신이야!"

메리가 소리치며 욕설을 내뱉었다.

그 노래는 느닷없이 시작된 것처럼 느닷없이 그쳤다. 누군가가 노래를 부르는 사람의 입을 손으로 막은 것처럼 그렇게 중간에서 끊겼다. 초록색 나무의 우듬지를 건너온 그 청명한 노래는 아주 상쾌하고 감미롭게 들렸다. 그러나 그 노래가 해적들에게 미친 영향은 기괴한 것이었다.

"자, 이거 별거 아니야."

실버가 하얗게 질린 입술을 오물거렸다.

"주위를 잘 살피도록 해. 이거 시작이 아주 지저분해지는데. 나는 저 목소리가 누구 목소리인지 모르겠어. 하지만 누군가가 장난을 치고 있는 거야. 저건 살아있는 사람의 목소리라구."

실버는 말을 하면서 용기를 되찾았는지 얼굴에 약간 혈색이 돌았다. 다른 친구들도 그의 격려에 귀를 기울이면서 정신을 차리기 시작했다. 그때 또다시 그 목소리가 터져 나왔다. 이번에는 노래가 아니라 희미하게 외치는 소리였다. 그 소리는 메아리가 되어 스파이글라스의 계곡으로 번져 나갔다.

"다비 맥그로!"

그 소리는 그렇게 외치는 것 같았다.

"다비 맥그로! 다비 맥그로!"

그런 다음 그 소리는 내가 여기에다 도저히 옮겨 적을 수 없는 욕설을 퍼붓고서 "다비, 럼주를 후갑판으로 가져와!" 하고 소리쳤다.

해적들은 그 자리에 그대로 얼어붙고 말았다. 그 소리가 사라진 지 한참이 지난 뒤에도 그들은 앞만 멍하니 쳐다보며 말이 없었다.

"저 소리 들었지? 그만 돌아가자구."

한 해적이 정적을 깨뜨렸다.

"저게 플린트의 마지막 말이었어."

모건이 신음하듯 말했다.

"그가 죽기 전에 배에서 한 말이야."

딕은 성서를 꺼내 놓고 열심히 기도를 올렸다. 그는 선원이 되어 나쁜 친구들과 어울리기 전에는 건실한 가정교육을 받은 사람이었다.

그러나 실버에겐 아직 약간의 용기가 남아 있는 것 같았다. 그도 무서워서 턱을 덜덜거렸지만 완전히 항복한 것은 아니었다.

"이 섬에 있는 사람은 그 누구도 다비를 알지 못해. 지금 여기 있는 우리들을 빼고는…."

실버는 안간힘을 쓰면서 소리쳤다.

"나는 여기에 보물을 찾으러 왔어. 사람이든 귀신이든 나를 패배시킬 수는 없어. 나는 플린트가 살아있었을 때도 그를 두려워하지 않았어. 그러니 플린트 귀신이라고 해도 두렵지 않아. 여기서 4분의 1마일도 떨어지지 않은 곳에 70만 파운드가 묻혀 있어. 행운의 신사가 푸르딩딩한 주정뱅이 선장 때문에 그 많은 돈을 두고 꽁무니를 보이며 달아나? 말도 안 되는 소리! 게다가 그자는 죽지 않았는가?"

그러나 다른 해적들 중에는 용기 있는 자가 없었다. 오히려 실버의 황당한 말에 더욱 겁을 집어먹었다.

"그만둬, 존."

메리가 말했다.

"귀신을 화나게 하면 안 돼."

나머지 사람들은 너무 겁에 질려 아무 말도 하지 못했다. 그들은 마음 같아서는 당장이라도 달아나고 싶었지만 공포 때문에 발을 뗄 수가 없었다. 오히려 그들은 실버 곁에 있으면 조금이라도 안전할 거라고 생각했는지 다들 그의 옆에 바싹 붙어 서 있었다. 실버는 이제 어느 정도 공포를 억누른 것 같았다.

"귀신이라고? 그럴지도 모르지. 그렇지만 내게 한 가지 불분명한 게 있어. 아까 메아리 소리 들었지? 그림자가 있는 귀신을 본 사람은 없어. 그렇다면 소리의 그림자인 메아리가 귀신하고 무슨 상관이야? 좀 이상하지 않아?"

내가 볼 때 그 논리는 좀 엉성했다. 하지만 미신을 믿는 해적들에게 논리가 무슨 상관인가. 놀랍게도 조지는 그 말을 듣더니 조금은 안심이 되는 표정이었다.

"그건 그래. 존, 자네는 정말 머리가 똑똑한 사람이야. 정신 차려, 이 친구들아. 우리가 길을 잘못 들어섰어. 이 사태를 한 번 찬찬히 생각해 봐. 물론 처음에는 플린트의 목소리처럼 들렸어. 하지만 자세히 들어보니 아니야. 다른 사람의 목소리 같아. 그 누구더라…."

"이런 젠장, 벤 건이야!" 실버가 고함을 질렀다.

"그래, 맞았어. 벤 건이야."

모건이 무릎을 일으켜 세우며 말했다.

"그렇다면 별것 아니네. 플린트가 죽은 것처럼 벤 건도 죽었잖아."

딕이 끼어들었다. 그러나 나이든 선원들은 딕의 말에 코웃음을 쳤다.

"죽었든 살았든 아무도 벤 건 따위는 신경 쓰지 않아." 조지 메리가 소리쳤다.

그들은 눈 깜짝할 사이에 정신을 차렸다. 모두들 얼굴에 혈색이 돌았다. 그들은 곧 잡담을 나누면서 가끔씩 소리에 귀를 기울였다. 그러나 아무리 기다려도 그 소리는 더 이상 들리지 않았다. 그들은 서둘러 장비를 챙겨 다시 걸어가기 시작했다. 해골섬과 똑바른 방향을 유지하기 위해 조지 메리가 실버의 나침반을 들고 맨 앞에서 걸어갔다. 그는 진짜 맞는 말을 했다. 살았든 죽었든 아무도 벤 건에 대해서는 신경을 쓰지 않았던 것이다.

오로지 딕만이 여전히 성서를 든 채 겁먹은 눈빛으로 주위를 둘러보았다. 그러나 아무도 그를 위로하거나 동정해 주지 않았다. 실버는 심지어 딕의 그런 조심스러운 태도를 조롱하기까지 했다.

"아까 말했잖아. 네가 성서를 못 쓰게 만들어 놔서 아무 소용도 없다고. 맹세해 봐야 아무 소용도 없는 성서 따위에 귀신이 신경이나 쓰겠어? 어림도 없지."

실버가 잠시 목발을 내려놓고 손가락을 딱딱 꺾으며 그를 비웃었다.

그러나 딕의 표정에는 아무런 변화가 없었다. 오히려 아픈 사람처럼 점점 더 표정이 일그러졌다. 찌는 듯한 더위, 피곤, 귀신의 출현 등으로 리브지 선생이 예측한 열병이 빠르게 악화되고 있는 것이 분명했다.

꼭대기에서는 사방이 확 트여 거칠 것 없이 걸어갈 수 있었다. 앞에서 말했듯이 고원이 약간 서쪽으로 기울어져 있었기 때문에 우리가 가는 길은 약간 내리막길이었다. 그 길에는 크고 작은 소나무들이 듬성듬성 자라고 있었고, 육두구와 진달래가 조그마한 숲을 이루고 있었다. 그리고 그 숲의 빈 공간으로 환한 햇빛이 쏟아져 내렸다. 우리는 섬의 북서쪽으로 가면서 한편으로는 스파이글라스의 어깨 쪽으로 가까이 다가가고 있었고, 다른 한편으로는 내가 코라클을 타고 표류했던 서쪽 만(灣)을 굽어보고 있었다.

우리는 첫 번째 키 큰 나무에 이르렀으나 방위로 보아 지도상의 그 나무가 아니었다. 두 번째 나무도 마찬가지였다. 세 번째 키 큰 나무는 관목 덤불을 뚫고 약 2백 피트 높이로 서 있었는데, 집채만 한 크기에 일개 중대가 훈련해도 될 정도로 널찍한 그늘을 드리우고 있었다. 동쪽 바다와 서쪽 바다 양쪽에서도 눈에 띌 만큼 거대한 그 나무는 해도에 항해용 지형지물로 적어 넣을 만했다.

그러나 해적들에게 감명을 주는 것은 그 나무의 크기가 아니었다. 70만 파운드가 그 나무 그늘 아래 숨겨져 있다는 사실이 중요한 것이었다. 거금이 바로 눈앞에 있다고 생각한 그들은 조금 전에 느꼈던 공포 따윈 안중에도 없었다. 탐욕으로 눈빛이 번들거렸고, 발걸음도 가벼워지고 빨라졌다. 그들의 모든 생각은 눈앞에서 그들을 기다리고 있는 보물, 평생의 호강과 쾌락을 보장해 줄 보물에만 집중되어 있었다.

실버는 거친 숨을 헐떡거리며 목발을 짚고 절뚝거렸다. 그의 콧구멍이 벌름거리면서 가볍게 떨렸다. 그는 얼굴에 달라붙는 날파리에게 쉴 새 없이 욕설을 퍼부으면서 나를 묶고 있는 밧줄을 사납게 잡아당겼다. 때로는 사나운 얼굴로 나를 돌아다보기도 했다. 그의 생각은 노골적으로 그 얼굴에 드러나 있었다. 나는 그의 생각을 책처럼 읽을 수 있었다. 눈앞에 황금이 있다고 생각하니 그 밖의 것에 대한 생각은 깡그리 사라진 것이었다. 그 자신의 약속과 의사의 경고 따위는 이미 머릿속에서 지워졌다. 그는 보물만 차지하면 히스파니올라 호를 찾아내어 밤에 몰래 도망갈 사람이었다. 섬에 있는 정직한 사람들을 모조리 해치우고, 죄악과 재물을 가득 싣고서 그가 처음에 가고자 했던 곳으로 떠날 사람이었다.

그런 생각을 하자 갑자기 몸이 떨리고 기운이 없어졌다. 그래서 갑자기 빨라진 해적들의 발걸음을 따라갈 수가 없었다. 나는 가끔씩 넘어졌다. 그럴 때마다 실버는 밧줄을 세게 잡아당기면서 잡아먹을 듯한 얼굴로 나를 돌아다보았다. 뒤에 처져 따라오고 있던 딕이 기도와 욕설을 동시에 중얼거렸다. 그것은 내 기분을 더욱 비참하게 만들었다. 게다가 과거에 이 고원에서 벌어졌던 비극을 생각하니 속이 더욱 메슥거렸다. 바로 이곳에서 푸르딩딩한 얼굴의 야만적인 해적—술을 마시고 미친 듯이 노래를 부르다가 사바나에서 죽은 그자—이 여섯 명의 해적을 해치웠던 것이다. 이처럼 평온한 숲속이 한때는 사람들의 비명소리로 가득 찼을 거라고 생각하자 그때의 비명과 고함이 생생하게 들려오는 것 같았다.

우리는 이제 숲 가장자리에 이르렀다.

"자, 빨리 가보자!"

메리가 숨을 헐떡거리며 소리쳤다.

앞쪽에 있던 사람들이 더욱더 속력을 내기 시작했다.

그러나 몇 미터도 못 가서 그들은 갑자기 걸음을 멈추었다. 그와 동시에 낮은 탄식이 흘러나왔다. 실버가 미친 사람처럼 목발을 놀리며 재빨리 달려갔다. 그러나 그 다음 순간 실버와 나 역시 걸음을 멈추고서 짧은 비명을 내질렀다.

우리들 앞에는 커다란 구덩이가 놓여 있었다. 구덩이의 가장자리가 허물어지고 그 바닥에 잡초가 자라는 것으로 보아 최근에 파낸 것은 아니었다. 구덩이 안에는 두 쪽으로 부러진 곡괭이 자루와 포장용 널빤지가 흩어져 있었다. 그 판자 쪼가리에는 월러스—플린트 배의 이름—라는 낙인이 찍혀 있었다.

한눈에 모든 것이 분명해졌다. 보물은 누군가가 먼저 가져가 버렸다. 70만 파운드는 사라지고 없었다.

33

두목의 추락

이 세상에 그런 사태의 반전은 아마도 없을 것이다. 해적 여섯 명은 벼락을 맞은 것처럼 아무 말도 하지 못했다. 그러나 실버에게 내린 벼락은 그 효력이 곧 사라지고 말았다. 금방 전만 해도 그의 모든 생각은 보물에만 집중되어 있었다. 그러나 그는 단숨에 그런 생각을 거두어들이는 능력이 있었다. 다른 사람들이 실망을 감추지 못하는 동안 그는 냉정을 되찾고 성질을 죽이면서 재빨리 계획을 수정했다.

"짐, 이걸 가지고 사태에 대비해."

실버는 내게 속삭이면서 총알이 두 발 든 권총을 넘겨주었다. 동시에 그는 조용히 북쪽으로 움직이기 시작했고 그리하여 우리 둘과 나머지 다섯은 구덩이를 사이에 두고 대치하게 되었다. 실버는 나를 쳐다보며 고개를 끄덕였다. 그 눈빛은 이제 어려운 일이 닥칠 거라고 말하는 것 같았다. 나도 동감이었다. 그는 나에게 아주 다정한 표정을 지어 보였다. 나는 그처럼 계속 태도를 바꾸는 것이 너무 역겨워서 한

마디 던지지 않을 수 없었다.

"당신은 또 편을 바꾸었군요."

실버로서는 대답할 시간이 없었다. 해적들은 욕설과 고함을 내지르며 구덩이 안으로 뛰어들어가 손가락으로 흙을 파헤치면서 널빤지를 밖으로 내던졌다. 모건이 금화 한 닢을 발견했다. 그가 욕설을 퍼부으며 그 금화를 다른 해적들에게 보여주었다. 그것은 2기니짜리 금화였는데, 해적들은 그것을 잠시 동안 멍하니 바라보았다.

그때 조지 메리가 그 금화를 실버에게 흔들어 대며 소리쳤다.

"이게 당신이 말하던 70만 파운드인가? 당신은 협상을 해야 한다고 했지? 당신은 절대 실수를 안 한다고 하면서 말이야. 이 돌대가리 멍청한 놈아!"

"계속 파 봐, 이놈들아. 틀림없이 부스러기가 나올 테니까."

실버가 짐짓 오만하게 말했다.

"부스러기?"

메리가 다시 고함을 질렀다.

"이봐, 저자가 하는 소리 들었지? 저자는 이런 사태를 다 알고 있었어. 저자의 얼굴을 좀 봐. 그렇게 써 있잖아."

"어이쿠 메리, 또 선장 생각이 나나? 정말 고집이 센 놈이로군."

실버는 끝까지 그 오만함을 버리지 않았다.

그러나 이번에는 해적들이 모두 메리 편을 들었다. 그들은 구덩이에서 나오면서 화난 얼굴로 실버를 노려보았다. 한 가지 잘된 것은 그들이 모두 구덩이를 사이에 두고 실버 반대편에 서 있다는 것이었다.

우리는 이제 실버와 나, 그리고 다섯 놈이 서로 대치하는 상황이었다. 그러나 아무도 먼저 공격하지는 못했다. 실버는 목발을 짚고 꼿꼿이 서서 냉정한 얼굴로 그들을 쳐다보았다. 그는 정말 용감했다.

이윽고 메리는 자기가 말하는 것이 도움이 될지 모른다는 생각을 한 것 같았다.

"여러분, 저쪽은 두 명뿐이다. 한 놈은 우리를 여기까지 끌고 와 허탕을 치게 만든 늙은 병신이고, 다른 한 놈은 내가 심장을 도려내도 시원찮을 애새끼다. 자, 여러분…."

그가 팔을 들고 언성을 높이는 것으로 보아 곧 공격할 태세였다. 바로 그때 숲속에서 총성이 울렸다. 메리는 고개를 처박으며 구덩이 속으로 떨어졌다. 머리에 붕대를 맨 놈은 팽이처럼 빙그르르 돌더니 옆으로 벌떡 드러누워 바르작거렸다. 그러나 곧 죽을 것이 틀림없었다. 나머지 세 명은 등을 돌려 죽을힘을 다해 달아났다.

실버는 잔인하게도 아직 숨이 붙어 있는 조지 메리에게 두 번이나 총을 쏘았다. 메리가 몸을 돌려 마지막 숨을 헐떡이며 그를 쳐다보자 실버가 이렇게 중얼거렸다.

"조지, 이제야 네놈을 해치웠군."

그때 의사 선생과 그레이, 벤 건이 육두구 숲에서 나와 우리들과 합류했다. 그들의 총에서는 아직도 연기가 나고 있었다.

"저자들을 추격해!"

의사 선생이 다급하게 소리쳤다.

"빨리 달려. 저자들이 보트에 접근하지 못하게 해야 해."

우리는 빠른 속도로 해적들을 추격했다. 어떤 때는 가슴 높이의 관목 숲을 헤쳐나가기도 했다.

실버는 우리들과 보조를 맞추려고 안간힘을 썼다. 목발을 어찌나 단단히 겨드랑이에 끼고서 달려오는지 그의 가슴 근육이 파열될 것 같았다. 그것은 정상인도 내기 어려운 빠른 속도였다. 우리가 등성이의 꼭대기에 올라서자 약 30야드 뒤처진 실버가 가쁜 숨을 헐떡거리며 따라왔다.

"의사 선생님, 저길 보세요. 서두를 필요 없습니다." 실버가 외쳤다.

실버의 말대로 정말 서두를 필요가 없었다. 이제 우리는 고원의 좀 더 트인 곳에 와 있었다. 남은 세 놈이 아까와 똑같은 길을 되밟아서 미즌마스트 언덕으로 달아나는 것이 보였다. 그렇다면 우리는 이미 보트로 접근하는 길을 차단하고 있는 셈이었다. 그래서 우리 넷은 풀밭에 앉아 숨을 돌렸다.

실버가 얼굴의 땀을 닦으면서 우리에게 천천히 다가왔다.

"의사 선생님, 감사합니다. 적시에 나타나셔서 나와 호킨스의 목숨을 구해 주셨습니다. 그리고 벤 건, 자네도 한몫해 주었네."

"난 벤 건이요."

벤 건은 당황하여 뱀장어처럼 몸을 비틀었다. 그리고 잠시 뜸을 들였다가 다시 말했다.

"실버 씨, 어떻게 지내셨습니까? 잘 지냈겠지요? 어쨌든 고맙습니다."

"벤, 벤, 자네가 나를 이렇게 힘들게 할 줄이야!"

실버가 나지막하게 중얼거렸다.

의사는 그레이를 보내어 해적들이 달아나면서 버리고 간 곡괭이 한 자루를 가져오게 했다. 그리고 잠시 후 보트 있는 곳으로 이동하기 시작했다. 천천히 내리막길을 걸어갈 때 의사 선생이 지나간 일의 경과를 간단히 말해 주었다. 실버는 그 얘기를 흥미롭게 들었다. 그리고 바보인 줄 알았던 벤 건은 처음부터 끝까지 이야기의 주인공이었다.

벤 건은 섬 주위를 헤매고 돌아다니다 그 시체를 발견했다. 그리고 그곳에 있는 보물을 파헤쳐(구덩이에 부러져 있던 곡괭이 자루는 그의 것이었다) 다른 곳으로 옮겨 놓았다. 커다란 소나무 밑동에서 섬의 북동쪽에 있는 두 봉우리 언덕의 동굴까지. 그는 여러 차례에 걸쳐 고된 등짐을 지면서 그 보물을 옮겨 놓았던 것이다. 그러니까 보물은 히스파니올라 호가 도착하기 두 달 전에 이미 안전한 곳에 옮겨진 상태였다.

해적들의 공격이 있던 날 오후에 의사는 벤 건으로부터 이 비밀을 알아냈다. 그 다음 날 아침 정박지가 비어 있는 것을 보고서 의사는 실버에게 접근하여 이미 쓸모가 없어진 지도를 건네주었다. 벤 건의 동굴에는 소금에 절인 염소 고기가 충분히 있었으므로 물품까지 넘겨줄 수 있었다. 요새에서 두 봉우리 언덕으로 안전하게 이동하기 위해 모든 것을 양보했던 것이다. 그렇게 해야 말라리아에도 걸리지 않고 보물도 지킬 수 있었다.

"짐, 너에 대해서는 가슴이 아팠다. 하지만 나는 자기 임무에 충실한 사람들에게 최선의 방책을 취할 수밖에 없었다. 아무튼 네가 죽 우리와 함께 있지 못한 것은 누구의 잘못이겠니?" 의사가 말했다.

나를 만난 날 아침에 의사는 해적들이 겪을 실망과 나의 위험을 미리 예상하고서 동굴까지 헐레벌떡 달려가 그레이와 벤 건을 데리고 해적들과의 총격전에 나섰다. 대지주는 동굴에 남아 선장을 돌보기로 했다. 의사 일행은 섬을 대각선으로 가로질러 키 큰 소나무 쪽으로 출발했다. 그러나 해적 일행이 앞서가고 있었다. 그래서 발이 빠른 벤 건이 해적들을 교란시키기 위해 파견되었다. 벤 건은 해적들이 미신을 믿는다는 것을 생각해 내고서 노래를 부르고 소리를 지르는 등 그들의 얼을 빼놓았다. 그리하여 의사와 그레이가 해적 일행보다 앞서서 그 지점에 도착하여 매복에 들어갈 수 있었다.

"아, 나로서는 호킨스와 함께 있었던 것이 다행이었군요. 안 그랬다면 이 실버도 벌써 박살나 버렸겠는데요."

"물론이지."

리브지 선생이 쾌활한 목소리로 말했다.

우리는 곧 보트 있는 곳에 도착했다. 의사는 두 척의 보트 중 하나를 곡괭이로 박살내 버렸다. 그리고 나머지 한 척의 보트를 타고서 북쪽 포구로 향했다.

뱃길은 약 9마일 정도였다. 실버는 몹시 피곤해 보였지만 그래도 우리들과 마찬가지로 노를 저었다. 우리는 곧 좁은 통로를 벗어나고 섬의 남동쪽 코너—나흘 전에 우리가 히스파니올라 호를 접안시켰던 곳—를 돌아 빠른 속도로 목적지를 향해 나아갔다.

두 봉우리 언덕을 지나자 벤 건 동굴의 검은 입구가 보였다. 한 사람이 소총에 기댄 채 동굴 입구에 서 있었다. 대지주였다. 우리는 그에게 손수건을 흔들면서 소리를 질렀다. 실버 역시 누구 못지않게 기운차게 소리를 질렀다.

거기서 3마일 더 나아가 북쪽 포구의 입구 바로 안쪽에서, 우리는 혼자 표류하고 있던 히스파니올라 호를 우연히 만났다. 마지막 밀물이 그 배를 바다로 밀어낸 것 같았다. 남쪽 정박지처럼 바람이 더 강하게 불었거나 해류가 더 세게 밀려왔더라면 그 배는 자취도 없이 사라졌거나 못 쓸 정도로 난파되었을 것이다. 주돛이 약간 파손된 것 외에 배에는 별다른 이상이 없었다. 우리는 또 다른 닻을 준비하여 한 길 반 정도 물속에다 닻을 내렸다. 그런 다음 벤 건의 동굴에서 가장 가까운 럼 코브까지 천천히 보트를 저어 갔다. 그러나 그레이는 히스파니올라 호에 남아 있었다. 그는 범선에서 그날 밤을 지내며 보초를 설 계획이었다.

해변에서 동굴 입구까지는 완만한 등성이였다. 등성이 꼭대기에서 대지주가 우리를 반갑게 맞아 주었다. 그는 나의 무단이탈에 대해서는 칭찬이나 비난의 말을 전혀 하지 않았다. 그저 예전처럼 다정하게 대해 주었다.

"존 실버!"

대지주는 실버를 달갑지 않게 여겼다.

"당신은 지독한 악당인 데다 흉물스러운 사기꾼이야. 그런데도 당신을 기소하지 말라는 보고를 받았어. 그건 그렇게 해주지. 하지만 죽은 사람들은 당신 목에 맷돌처럼 매달려 있을 거야."

"선생님, 배려해 주셔서 고맙습니다."

롱 존이 경례를 하며 말했다.

"감히 내게 고맙다고 하다니!"

대지주가 버럭 소리를 질렀다.

"자넬 봐준 것은 나로서는 엄청난 직무 유기야. 저 뒤로 물러서게."

우리는 모두 동굴 안으로 들어갔다. 동굴은 넓고 시원했다. 천장에는 양치류 식물이 자라고 있었고, 바닥은 모래였으나 맑은 물이 고여 있었다. 스몰렛 선장은 커다란 모닥불 앞에 누워 있었다.

불빛이 희미하게 비쳐드는 안쪽 구석에 금화와 네모꼴의 금괴가 가득 쌓여 있었다. 그것은 바로 우리가 여태껏 애를 태우며 찾아왔던 플린트의 보물이었다. 그것 때문에 지금껏 히스파니올라 호에 탑승했던 선원들 중 열일곱 명이 목숨을 잃었다. 그 보물을 모으는 과정에서 얼마나 많은 목숨이 희생되었는지, 얼마나 많은 피와 땀이 뿌려졌는지, 얼마나 많은 배들이 바다 밑으로 가라앉았는지, 얼마나 많은 용감한 사람들이 눈을 가린 채 널빤지 위를 걸어갔는지, 얼마나 많은 포탄이 발사되었는지, 얼마나 많은 거짓말과 잔인한 행위가 있었는지, 아무도 알지 못할 것이다. 이 섬에는 아직 그러한 범죄에 가담했던 자들—실버, 늙은 모건, 벤 건—이 살아남아 있지만, 해적들은 보물을 나누어 갖겠다는 헛된 희망을 안고 그런 못된 짓을 저질렀던 것이다.

"어서 오너라, 짐."

선장이 나를 반갑게 맞아 주었다.

"짐, 너는 참 좋은 아이이다. 하지만 너와 내가 함께 항해하는 일은 앞으로 없을 것 같구나. 너무나 모험심이 강해서 나와는 맞지 않아. 자네는 존 실버인가? 여긴 어떻게 왔나?"

"제 의무를 다하려고 왔습니다."

실버가 또다시 경례를 하며 말했다.

그날 저녁 나는 동료들과 함께 둘러앉아 맛있는 저녁을 먹었다. 벤 건이 만들어 놓은 소금에 절인 염소 고기와 약간의 특별식, 히스파니올라 호에서 가져온 와인 등으로 모처럼 만에 정말 즐거운 식사를 했다. 사람들이 그처럼 명랑하고, 또 그처럼 행복한 것을 일찍이 본 적이 없었다.

실버는 모닥불에서 약간 벗어난 곳에 앉아서 저녁을 먹었다. 그는 필요한 것이 있으면 일어나서 가져가기도 하고, 또 우리들과 함께 웃기도 했다. 그는 상냥하고 공손하고 아첨도 잘하는 선원이 되어 있었다.

34
그리고 마지막

그 다음 날 우리는 아침 일찍 작업에 착수했다. 금화와 금괴를 소수의 인원으로 옮기는 것은 상당히 힘든 일이었기 때문이다. 이동 거리는 동굴에서 해변까지 1마일, 그리고 해변에서 히스파니올라 호까지 보트로 3마일이었다. 달아난 해적 세 명은 우리에게 큰 위협이 되지 못했다. 언덕 어깨 부분에 보초를 한 명 세워 두면 그들의 갑작스러운 공격도 충분히 물리칠 수 있다. 게다가 그들은 이제 싸움이라면 넌더리를 내고 있을지도 몰랐다.

금화 이동 작업은 신속히 진행되었다. 그레이와 벤 건이 보트를 타고 왔다 갔다 했고, 나머지 사람들은 해변에다 보물을 쌓는 일을 했다. 밧줄의 양쪽 끝에다 매단 두 개의 금괴는 어른 한 사람이 메고 가기에 적당한 짐이었다. 그런데도 사람들은 기쁜 마음으로 천천히 걸어갔다. 나는 무거운 짐을 나르는 데는 도움이 되지 않으므로 하루 종일 동굴 안에 앉아 금화를 빵자루에 집어넣는 일을 했다.

빌리 본즈의 금화들이 다양했던 것처럼 그 금화들도 정말 다양했다. 하지만 생각보다 훨씬 양이 많고 다양하여 정말 시간 가는 줄 모르고 그것들을 분류했다. 영국 금화, 프랑스 금화, 스페인 금화, 포르투갈 금화, 루이 금화, 더블 기니, 브라질 금화, 베니스 금화…. 이 금화들의 표면에는 과거 1백 년 동안의 유럽 국왕들 초상이 새겨져 있었다. 또한 실 꾸러미나 거미집 같은 모양이 새겨진 동양의 금화, 둥근 모양의 금화, 네모난 금화, 가운데가 뚫려 있어 목에 걸고 다니기 좋은 금화 등 세계 각국의 금화가 망라되어 있었다. 꼭 가을날의 낙엽 같은 그 많은 금화를 하루 종일 몸을 구부려서 분류하다 보니 등도 아프고 손가락도 아팠다.

옮기는 작업은 매일매일 계속되었다. 매일 아침저녁으로 배에 금화가 쌓였지만 그 다음 날이면 또 다른 금화가 기다리고 있었다. 우리가 이렇게 작업을 하는 동안에도 도망친 해적 세 명의 소식은 들려오지 않았다.

그러던 어느 날—세 번째 날 밤이라고 생각된다—의사와 나는 섬의 저지대를 굽어보는 언덕 어깨 부분에서 산책을 하고 있었다. 그때 아래쪽 깊은 어둠 속에서 고함인지 노래인지 알 수 없는 소리가 바람결에 들려왔다. 방금 전까지만 해도 조용하던 곳이었다.

"해적 놈들이로군."

의사 선생은 대수롭지 않다는 듯 말했다.

"모두 술에 취했습니다."

어느새 따라왔는지 실버가 우리의 등 뒤에 서 있었다.

실버에게는 충분한 자유가 주어졌다. 그는 사람들로부터 매일 놀림을 받으면서도 자기 자신을 충실한 선원이라고 생각하는 듯했다. 그가 그런 모욕을 잘 참아 내고, 또 비굴할 정도로 모든 사람의 비위를 맞추는 것은 신기한 일이었다. 그렇게 모두들 그를 하찮게 취급했지만 벤건은 아직도 옛날의 조타수를 두려워했고, 나는 그에게 신세를 진 것이 있어서 약간 다른 입장이었다. 사정이 그렇기는 하지만 말이 난 김에 하는 말인데, 나는 산꼭대기의 평지에서 그가 한순간에 마음을 바꾸어 우리 편을 배신하려는 것을 분명히 보았으므로, 그를 다른 사람들보다 더 나쁘게 볼 이유가 충분했다.

어쨌든 리브지 선생은 실버의 말을 듣고서 아주 무뚝뚝하게 대답했다.

"술 처먹고 헛소리를 내지르는군."

"그렇습니다, 선생님. 저럴수록 선생님이나 내게는 유리해지는 거죠."

"난 자네가 인정 많은 사람이라고는 생각하지 않아."

의사가 비아냥거리는 투로 말했다.

"그러니 내 생각이 자네를 놀라게 만들지도 모르겠군. 저들이 저렇게 헛소리를 내지른다면, 분명 저들 중 하나는 열병에 걸렸을 걸세. 그러므로 나는 여기 동굴을 떠나서 내 목숨이 어떻게 되든 열병 환자를 보살펴 주어야 한다고 생각하네."

"선생님, 대단히 죄송한 말씀입니다만, 그건 잘못된 생각이십니다. 만약 그렇게 하면 선생님은 목숨을 잃게 됩니다. 나는 이제 전적으로 선생님 편입니다. 내가 선생님에게 입은 은혜를 생각할 때 선생님은 물론이고 우리 편의 그 누구도 희생되는 것을 원하지 않습니다. 어쨌든 저기 저 아래에 있는 세 놈은 약속을 지키는 자들이 아닙니다. 설혹 그렇게 하려고 해도 안 될 겁니다. 게다가 선생님의 말을 믿어 주지도 않을 거고요."

"그래 맞아. 당신은 약속을 지키는 사람이지. 그건 나도 알아."

세 명의 해적에 대한 소식은 그게 마지막이었다. 딱 한 번 멀리서 울리는 총성을 들은 적이 있었다. 해적들이 사냥을 하는 소리였다.

간부 회의는 그 해적들을 섬에다 버리고 가기로 결정했다. 벤 건은 그 소식을 듣고 매우 기뻐했고, 그레이도 그 결정을 크게 찬성했다. 우리는 그들을 위해 섬에다 상당량의 화약과 탄환, 염소 고기, 약간의 약품, 기타 필수품, 도구, 옷감, 여벌의 돛, 한두 발의 밧줄 등을 남겨 놓았고, 의사의 각별한 희망에 따라 담배도 선물로 남겨 놓았다. 그것이 우리가 섬에서 한 마지막 작업이었다.

우리는 보물을 잘 포장한 다음 비상사태에 대비하여 충분한 물과 나머지 염소 고기를 배에다 실었다. 그리고 마침내 어느 맑은 날 아침에 닻을 올렸다. 그 외에는 손댈 것이 거의 없었다. 북쪽 포구를 벗어나자 선장이 요새를 수비하며 휘날렸던 영국 깃발이 배 꼭대기에서 펄럭거렸다.

세 명의 해적은 우리가 생각했던 것보다 가까운 곳에서 우리를 관찰하고 있었다. 우리는 좁은 통로를 빠져나올 때 남쪽 해안 가까운 곳을 지나가야 했는데, 세 놈이 모래톱에 꿇어앉아 양손을 비비며 애원하는 모습이 보였다. 그들을 그런 비참한 상태로 남겨 놓고 떠나야 한다는 것이 우리의 마음을 아프게 했다. 그러나 또 다른 선상 반란은 감당할 수 없는 일이었다. 그들을 고국으로 데려가 교수형을 시킨다는 것도 잔인한 행동이었다. 의사는 그들에게 소리쳐서 남겨 놓은 물품의 목록과 위치를 알려 주었다. 그러나 그들은 계속 우리의 이름을 부르며 제발 자비를 베풀어 달라고 호소했다. 이런 외진 섬에서 죽게 내버려 두지 말라는 것이었다.

그러나 배가 계속 좁은 통로를 따라 흘러가자 그들의 소리는 점점 더 희미해져 갔다. 그때 그들 중 하나가—나는 누구인지 알 수 없었다—목쉰 소리를 내지르며 벌떡 일어서더니 어깨에 총을 밀착시켰다. 그리고 총성이 울림과 동시에 총알이 실버의 머리 위를 스쳐 주돛을 뚫고 지나갔다.

우리는 순간적으로 뱃전 밑으로 몸을 감추었다. 한참 뒤에 내가 뱃전으로 머리를 내밀어 보니 그들은 모래톱에서 사라지고 없었다. 모래톱 또한 점점 가물가물해졌다. 그것이 마지막이었다. 정오가 조금 못 되어 보물섬의 높다란 암벽이 가물거리는 푸른 바닷속으로 가라앉아 보이지 않았다. 나는 이루 말로 할 수 없는 기쁨을 느꼈다.

우리는 일손이 너무 모자랐기 때문에 배에 탄 사람은 누구나 일을 거들어야 했다. 오로지 선장만이 고물의 매트리스 위에 앉아 명령을 내렸다. 그는 부상에서 많이 회복되기는 했지만 아직도 요양이 필요했다. 우리는 가장 가까운 스페인령 아메리카 항구를 목표로 삼았다. 새로운 선원들을 채용하지 않고서는 본국까지 돌아갈 수 없었기 때문이다. 사실 느닷없는 바람과 예기치 않은 두 차례의 강풍 때문에 우리는 항구에 도착하기도 전에 녹초가 되어 있었다.

우리가 육지로 둘러싸인 아름다운 항만에 닻을 내린 것은 해 질 무렵이었다. 우리는 곧 흑인들과 멕시코 인디언, 혼혈아 등이 가득 찬 소형 배에 둘러싸였다. 그들은 과일과 야채를 파는 사람들이었다. 착해 보이는 얼굴들(특히 흑인들), 열대 과일의 맛, 항구 도시를 밝히는 불빛 등은 보물섬에서 보낸 음울하고 야만적인 시간과 좋은 대조를 이루었다.

의사와 대지주는 나를 데리고 부두에 나가서 저녁 시간을 보냈다.

그곳에서 두 분은 영국 군함의 선장을 만나 다정하게 대화를 나누다가 그의 배를 방문하기도 했다. 우리가 아주 흥겨운 시간을 보내고 히스파니올라 호에 돌아왔을 때는 이미 아침이 밝아 오고 있었다.

벤 건이 혼자 갑판을 지키고 있었다. 우리가 배에 오르자 그는 온몸을 비틀면서 보고를 했다. 실버가 사라졌다는 것이었다. 벤 건은 몇 시간 전에 실버가 소형 보트를 타고 달아나는 것을 도와주었다고 했다. 그는 우리의 목숨을 구하기 위해서 일부러 그랬다고 설명했다. 외다리 사나이가 계속 배를 타고 있다면 정말로 우리의 목숨이 위험할 것이라는 얘기였다. 그러나 그것이 이야기의 전부는 아니었다. 실버는 빈손으로 도망치지 않았다. 그는 몰래 보물 포장을 뜯고서 3백 내지 4백 기니 정도 들어 있는 금화 보따리를 하나 꺼내 갔다. 아마도 계속 방랑을 하려면 그 정도의 돈은 필요했을 것이다.

우리는 그처럼 값싸게 그를 떨쳐 버린 것은 오히려 잘된 일이라고 생각했다.

긴 이야기를 추려서 말한다면, 우리는 그곳에서 새 선원들을 배에 태웠고, 순항을 거듭하여 무사히 브리스틀에 도착했다. 브랜들리 씨는 그즈음 탐색선의 파견을 고민하고 있었다.

히스파니올라 호에 탑승했던 선원 중 다섯 명만이 돌아왔다. 정말 노랫말 그대로 '나머지 선원들은 술과 악마가 해치웠다.' 그러나 노래에 나오는 다른 배의 사정에 비하면 우리는 그렇게 나쁜 것도 아니었다.

> 단 하나만 살아남았다네
> 출항한 일흔다섯 명 중에서.

우리들은 보물을 충분히 분배받아서 각자의 성품에 따라 현명하게 또는 우둔하게 그 돈을 사용했다. 스몰렛 선장은 현역에서 은퇴했다. 그레이는 자신의 돈을 잘 저축했을 뿐만 아니라 갑자기 출세하고 싶은 욕망에 사로잡혀 선박업을 열심히 연구하여, 현재는 항해사이면서 동시에 완전한 장비를 갖춘 범선의 부분 소유주가 되었다. 그리고 결혼하여 가정을 꾸려 아버지가 되었다. 1천 파운드를 받은 벤 건은 3주, 아니 정확하게 말하면 19일 만에 그 돈을 다 써 버리고 20일째에는 다시 비렁뱅이로 되돌아갔다. 그랬다가 보물섬에서 예측했던 대로 대저택의 수위가 되었다. 아직 생존해 있는 그는 시골 아이들에게 대단히 인기가 좋고, 일요일이나 기념일에는 교회에 나가서 노래를 부르는 사람으로도 유명하다.

실버에 대해서는 그 뒤 아무런 소식도 듣지 못했다. 그 무시무시한 외다리 선원은 내 삶에서 완전히 사라졌다. 그는 헤어졌던 흑인 부인을 다시 만났을지도 모르고, 또 그 부인과 캡틴 플린트와 함께 안락하게 살고 있을지도 모른다. 나는 그가 그렇게 되었기를 희망한다. 그가 또 다른 세상에서 안락하게 살 가능성은 아주 적기 때문이다.

내가 아는 한 은괴와 무기들은 플린트가 금화를 묻어 놓은 그곳에 그대로 묻혀 있다. 나는 마음만 먹으면 언제든지 그것을 가져올 수도 있다. 그러나 황소를 끄는 마차 끈으로 나를 끌어당긴다고 해도 그 저주받은 섬에는 절대로 다시 가고 싶지 않다. 나는 지금도 그 섬 해안에서 철썩이던 파도 소리에 놀라 잠을 깨곤 한다. 또 그럴 때마다 캡틴 플린트의 날카로운 비명소리가 들려온다. "페소 은화! 페소 은화!"

『보물섬』, 인생의 여러 단계를 비추는 거울

『보물섬』은 주로 어린이용 해양 모험 소설로 여겨져 왔다. 그러나 이 책은 겉모습과 속 내용이 다르다는 점에서 『걸리버 여행기』와 비슷한 점이 많다. 가령 『걸리버 여행기』가 재미있는 이야기이면서도 사회 비평의 의미가 숨겨져 있듯이, 『보물섬』 또한 겉으로는 어린이용 도서처럼 읽히지만 그 행간을 깊이 읽어보면 꿈과 현실의 대비, 타고난 신사와 행운의 신사, 선과 악의 문제, 인간의 심리, 이야기하기의 의미 등 다양한 해석을 할 수가 있다. 이 해설은 대화 형식을 취하면서 작품 속에서 등장하는 구체적 사례를 많이 제시하면서 설명을 풀어나간다. 편의상 이 대화에 갑과 을의 두 사람을 등장시켰다. 갑은 평범한 교양인으로 어릴 적에 이 소설을 읽었고 최근에 이 책을 다시 읽은 사람이고, 을은 이 소설을 여러 번 읽었고 스티븐슨의 다른 작품들과 그에 대한 연구서와 평론서를 두루 섭렵한 문학평론가이다. 대화는 갑이 주로 질문을 하고 을은 답변을 하는 형태로 진행되며 갑은 을을 선생님이라고 부르고, 반면에 을은 갑을 독자님이라고 존칭한다.

독자의 네 가지 질문

갑 선생님, 이 책은 어릴 적에 그림이 많이 들어 있는 축약판 동화책으로 한번 읽고 이번에 완역본을 읽었는데 역시 재미있다는 느낌을 받았습니다. 특히 중·고등학교 시절에 봄가을로 소풍을 가면 보물찾기 행사가 반드시 있었는데, 저는 보통 풀섶이나 바위 밑에 감추어진, 상품명이 적힌 작은 쪽지(보물)를 찾지 못해 안타까워한 적이 여러 번이었습니다. 반면에 다른 급우들은 그 쪽지를 귀신같이 잘도 찾아내어 부러워했던 기억이 있습니다. 시종 그 보물찾기 할 때의 유쾌한 기분으로 이 책을 읽었습니다. 보물은 어디에 있을까, 보물의 구체적 내용은 무엇일까, 하면서 말입니다.

을 저도 이 소설의 중요 포인트를 찾아내기 위해 여러 번 읽었는데 그때마다 교묘하게 감추어진 의미의 다중성과 소설 창작의 기법을 발견하고서 놀랐습니다. 저는 무엇보다도 이 소설이 뛰어난 로맨스라는 점에서 깊은 인상을 받았습니다.

갑 선생님, 로맨스 말씀을 듣기 전에 이 소설을 읽고 제가 느낀 네 가지 의문 사항이 있는데 그것을 먼저 말씀드려도 괜찮겠는지요?

을 물론입니다, 독자님. 앞으로 제가 다른 주제를 이야기하는 중에도 독자님이 묻고 싶은 것이 있으면 언제든지 말허리를 끊고 들어와도 좋습니다. 그 네 가지는 어떤 것인지요?

갑 한 번에 하나씩 질문하고 선생님의 답변이 끝나면 이어서 질문을 드리겠습니다. 선생님, 이야기를 서술하는 화자가 갑자기 바뀌는 것은 문제가 아닙니까? 제4부 16장부터 화자가 '나'(짐 호킨스)가 아니라 의사(리브지 선생)로 되어 있어서, 그때까지는 짐 호킨스의 이야기라고 생각하면서 듣고 있다가, 갑자기 의사가 화자로 등장하니까 좀 이상했습니다. 당연히 이야기의 연속성은 떨어졌고 이야기가 자연스럽게 흘러가지 않는다는 느낌이 들었습니다. 이것은 작품의 하자가 아닙니까?

을 스티븐슨의 오랜 친구였던 헨리 제임스라면 아마도 하자라고 말했겠지요. 제임스는 서술의 관점을 중시하여 톨스토이의 『전쟁과 평화』도 작품 속 화자의 관점이 일정하지 않아 실패작이라고 평가했을 정도니까요. 하지만 이것은 제임스의 젊은 시절 얘기고, 제임스도 나중에 가서 소설은 결국 인생의 체험이라고 하면서 서술 관점이 이야기 그 자체보다 더 중요하다고 보지는 않았습니다. 이 서술의 관점은 작품 전체를 두고 볼 때 그리 큰 문제가 되지 않는다고 봅니다. 비유적으로 말해서 거대한 대리석 저택에 일부 콘크리트가 들어간 부분이 있다고 해서, 그 집을 가리켜 콘크리트 집이라고 할 수 없는 것이지요.

자, 소설 속 상황을 한번 살펴보세요. 첫 시작에서 15장에 이르기까지 '나'(짐 호킨스)의 관점에서 이야기가 서술되어 왔는데, 짐은 섬에 상륙한 후 벤 건을 만나고 선장파와 해적파 모두로부터 떨어져 있게 됩니다. 따라서 짐은 다른 사람들의 움직임을 전혀 알 수 없습니다. 그리하여 짐의 관점을 고집하면 소설이 더 이상 전개될 수 없는 고착상태에 빠지는 것입니다. 이 때문에 스티븐슨은 이 소설도 실패작으로 끝나는 게 아닐까 걱정을 했고 월동을 하기 위해 스위스의 다보스에 갈 때까지도 돌파구를 마련하지 못했습니다. 그러다가 화자를 의사로 바꾸고 이야기의 병목을 원 포인트 해결하고 나니까 이야기가 다시 술술 전개되었던 겁니다.

갑 이야기의 전개를 위해서 편의상 화자를 바꾸었다는 뜻입니까? 그것이 다소 하자가 된다는 것을 알면서도.

을 그렇습니다. 이야기가 처음서부터 끝까지 짐에 의해 서술되었더라면 좋았겠지만, 더 이상 전개될 수 없는 상황이 오니까 멀티플 내레이터(multiple narrator: 여러 명의 화자) 기법을 도입한 것입니다. 스티븐슨은 서술의 관점이 약간 바뀌더라도 이야기가 아예 없어지는 것보다는 낫다고 생각한 거지요. 이 여러 명의 화자는 그 후 모더니즘 소설에 자주 도입되었고 오늘날에 이르러서는 많은 작가들이 사용하고 있습니다. 독자들도 그만큼 세련되었다고 작가들이 생각하는 거지요. 화자가 '나'에서 의사로 바뀐 것은 16장부터 18장까지의 세 장뿐입니다. 이야기 전체의 효과를 위해 이 정도 일탈은 양해할 수 있는 게 아닌가 하는 생각이 듭니다. 이야기가 아예 없어지는 것보다는 이야기가 계속되는 게 더 중요하니까요.

갑 두 번째 질문은 이스라엘 핸즈와 짐 호킨스의 대결입니다. 제10장에서 핸즈를 이렇게 소개하고 있습니다. "조심성 많고 영리하고 노련한 조타수 이스라엘 핸즈는 위기에 닥쳤을 때 그 어떤 일도 안심하고 맡길 수 있는 선원이었다. 그는 롱 존 실버가 크게 신임하는 사람이었다." 이런 핸즈와 짐 호킨스가 26장에서 대결하는데 결과는 짐의 승리로 끝납니다. 비록 핸즈가 다리에 부상을 당했지만 갑판을 걸어가서 단검을 가져올 정도로 기동력이 있었습니다.

반면 호킨스는 항해 전에 여인숙에서 아버지 심부름을 하던 소년에 불과했습니다. 이런 소년이 30년 경력의 해적을 일대일로 상대하여 이긴다는 설정은 좀 설득력이 떨어지는 듯합니다.

『보물섬』의 맨 처음 페이지에서 S. L. O.에게 바친 헌사에는 '신사'라는 단어가 나오고 「망설이는 구매자에게」라는 시에는 '로맨스'라는 단어가 나옵니다. 로맨스는 노벨(Novel)과는 달라서 약간의 비현실절, 초자연적, 동화적 요소를 허용하지요. 요즘은 로맨스라고 하면 보통 연애 소설을 먼저 상상하지만 스티븐슨 시절에는 로맨스는 주로 모험 소설을 가리켰습니다. 스티븐슨에게 큰 영향을 준 너새니얼 호손도 장편 소설 『일곱 박공의 집』의 서문에서 로맨스가 어떤 소설인지를 해설해 놓고 있습니다. 이야기의 효과를 위해 비현실적인 얘기를 일부 도입할 수 있다는 게 주된 내용이지요.

『보물섬』이 로맨스이고 모험을 중시하는 만큼 짐의 승리가 나름 이해되는 측면이 있습니다. 짐 호킨스의 적극적이고 모험적인 행동에 의붓아들 오즈번이 흥분하고 좋아하는 모습을 보고서 더욱 아들을 즐겁게 하는 쪽으로 스토리를 밀고 나가다 보니 이런 극적인 대결을 설정하게 되었을 겁니다. 게다가 이 로맨스가 동화적 요소를 도입했다고 생각하면 더욱 이런 상황 설정이 이해가 됩니다.

독자님, 소년 잭이 콩나무 줄기를 타고서 하늘 높이 올라가 거인을 죽이고 돌아온 동화를 어릴 적에 읽어보신 적이 있으시지요? 대체로 영웅이 되려면 이런 어려운 일을 통과해야 하는데, 여기서는 신사로 발돋움하는 짐의 성장 과정을 보여주기 위해 이런 행동이 제시된 것이지요. 아무튼 성인 독자의 눈(노벨)으로 보면 그처럼 회의적으로 보일 수도 있겠습니다만 이 소설이 씩씩한 소년의 모험담(로맨스)임을 감안해 주시기 바랍니다.

선샤인 퍼스낼리티와 문라이트 퍼스낼리티

갑 세 번째 질문은 롱 존 실버에 관한 것입니다. 저는 실버가 좋은 사람인지 나쁜 사람인지 헷갈립니다. 그리고 소설 말미에 가서 이 사람을 살려준 것도 왜 이렇게 처리했는지 의문이 듭니다. 설사 짐을 구해 주는 등 일부 착한 행동을 했다 하더라도, 선상 반란을 꾀했고 반란에 가담하지 않으려는 동료 선원을 죽였고, 자신의 유불리에 따라 변덕스럽게 편을 바꾸는 악당이므로 처벌이 마땅한데 작가는 그렇게 하지 않았습니다. 저는 이것이 잘 이해가 되지 않습니다.

을 그것은 이 작품의 핵심적 사항이기도 한데, 그것에 답변하기 전에 독자님은 혹시 소설 『삼국지』를 읽어보았습니까?

갑 학교 다닐 때 여러 번 읽었습니다. 저는 『삼국지』 인물 중에 조자룡을 제일 좋아합니다. 당양의 장판파 싸움에서 어린 아두(후일의 촉주유선)를 가슴에 안고 적진을 돌파한 상산의 조운 말입니다. 그런데 그 소설이 『보물섬』과 무슨 상관인지요?

을 조금만 참고 제 얘기를 들어주십시오. 저는 『삼국지』를 어릴 적부터 여러 번 읽어서 그 줄거리를 거의 외울 정도입니다. 한국에 『삼국지』 마니아가 수만 명에 이른다는 얘기도 있습니다. 제가 대학에 다닐 때 『일간 스포츠』라는 신문에 고우영 화백의 『만화 삼국지』가 연재되어 하루도 빼놓지 않고 읽은 기억도 있습니다. 최근에는 모종강이 평론하고 개정한 『삼국지』를 다시 읽기도 했습니다. 아무튼 이 『만화 삼국지』는 촉한의 군주인 유비를 일관되게 쪼다(바보)라고 묘사하고 있지요. 반면에 조조는 "치세의 능신이요 난세의 간웅"이라고 하여 매력적인 인물로 그려놓고 있습니다.

갑 그 유비와 조조가 『보물섬』의 등장인물들과 무슨 관련이 있는 것인지요?

을 인물의 구성이라는 측면에서 관련이 있습니다. 좀 의아하실 테지만 제 얘기를 조금만 더 들어주십시오. 먼저 요점을 말해 보자면 유비는 롱 존 실버와 유사하고, 짐 호킨스는 조조와 비슷합니다. 짐 호킨스와 조조가 선샤인 퍼스낼리티(sunshine personality)라면, 롱 존 실버와 유비는 문라이트 퍼스낼리티(moonlight personality)이지요.

갑 선생님, 그 인물 유형에 대해서 좀 더 자세히 말씀해 주십시오.

을 독자님, 퍼스낼리티 얘기는 작품의 주제와 관련하여 뒤에서 또 하게 될 것이므로, 여기서는 독자님이 괜찮다면 먼저 독자님의 질문을 마무리 짓고 싶습니다.

갑 네 번째이면서 마지막 질문은 『보물섬』이 과연 독창적인 작품인가 하는 것입니다. 이 작품은 여러 작가들의 소재나 이야기를 굉장히 많이 가져와서 이야기를 전개하고 있습니다. 이것은 독창성의 부족 아닙니까?

을 그 질문은 소설 쓰기의 본질에 해당하는데 이야기의 조합이라는 측면에서 그러합니다. 구약성경 전도서에는 "하늘 아래 새로운 것은 없다"라는 말이 나오지요. 이미 구약 시대에 이 세상에 새로운 것이 없다는 얘기가 나왔는데, 그때로부터 수천 년이 흐른 지금 작가는 무슨 새로운 자료가 있겠습니까? 단지 그 오랜 세월 동안 작가는 이야기의 재조합을 가지고 버텨온 겁니다. 그런데 이 세상에 이미 나와 있는 이야기들의 조합은 무한하여 결코 탕진되는 법이 없습니다. 능력 부족인 소설가만 그의 조합 능력이 탕진되어 버리는 것이지요. 19세기 후반과 20세기 초반의 작가들은 디킨스, 발자크, 도스토옙스키, 톨스토이 같은 거장들이 이미 소설로 꾸밀 만한 좋은 이야기들은 다 써먹어 버려서 더 이상 새로운 얘기가 없다는 강력한 불안을 느꼈습니다.

여기에 대하여 스티븐슨은 여봐란듯이 기존의 여러 해적 사건과 등장인물들을 멋지게 조합하여 『보물섬』을 써냈습니다. 이렇게 기존에 있는 것을 가지고 다시 조합하는 것은 모더니스트 기법의 한 특징이기도 합니다. 인간이 사람과 사물을 파악하는 방식은 무한하고, 또 그것을 조합하는 방식도 무한합니다. 비유적으로 말해보자면 알파벳 스물넉 자를 가지고 수십만 단어를 만들어내고 그 단어로 수억, 수조의 문장을 만들어내는 것과 비슷합니다. 이것은 소설도 마찬가지입니다. 이야기를 다시 조합하는 경우의 수는 거의 무한에 가까운 것입니다. 단지 유한한 것이 있다면, 이야기의 조합을 제대로 해내지 못하는 예술가의 능력이 있을 뿐입니다.

선배 작가들의 영향

갑 그러니까 표절이 되지 않는 범위 내에서 얼마든지 기존 선배 작가들의 인물이나 소재를 빌려올 수 있다는 뜻이로군요?

을 물론이지요. 만약 그렇게 하지 못한다면 소설은 이미 오래전에 죽었을 겁니다. 소설 전에 있었던 민담이나 우화, 더 나아가 이야기라는 형식 전체를 한번 생각해 보십시오. 이미 있는 얘기에 새로운 내용을 첨가하거나 서술 형식을 바꾸거나 정반대로 패러디하거나 뭐 이런 식으로 가감승제하면서 발전해 온 것입니다. 그러므로 백퍼센트 오리지널한 이야기는 있을 수가 없습니다. 설령 그런 얘기가 있다 하더라도 대부분의 독자는 이해하지 못할 겁니다. 비교의 대상이 아예 없으니까 말이지요. 저는 이번에 『보물섬』을 다시 읽으면서 스티븐슨이 허먼 멜빌의 『모비딕』에서도 상당히 소재를 가져왔고, 또 많은 영향을 받았다는 것을 느낄 수 있었습니다.

갑 『모비딕』? 그 소설은 『전쟁과 평화』, 『카라마조프 가의 형제들』, 『가르강튀아와 팡타그뤼엘』, 『돈키호테』와 함께 서양의 5대 소설로 알고 있는데 그 소설과 비슷한 점이 있다고요?

을 물론 스케일에서는 『모비딕』이 더 웅장하지만 소설을 운영해 나가는 방식은 서로 비슷한 점이 있습니다. 두 소설의 인물이나 상황 설정이나 바다에 대한 동경 등이 서로 비슷하다고 보는 거지요. 『보물섬』의 사실상 주인공인 롱 존 실버는 외다리입니다. 『모비딕』의 에이허브 선장도 외다리이지요. 롱 존 실버의 행동을 짐 호킨스가 서술하듯이, 에이허브 선장의 행동도 이스마엘이라는 화자가 서술합니다. 실버와 에이허브는 정상과 비정상을 오가며 오싹한 분위기를 자아내는 인물들이지요. 에이허브도 목발을 배의 승강구 위쪽 빈틈에다 올려놓고 바다를 쳐다보는 버릇이 있는데, 10장에서 실버도 그렇게 하고 있음을 알 수 있습니다. "실버가 목발의 끝부분을 칸막이 벽 틈에다 끼우고, 그것에 몸을 의지하면서 요리하는 모습은 참으로 인상적이었다." 『모비딕』에서 에이허브는 배의 사분의를 갑판에 내던진다거나 선상 대장장이를 상대로 자신의 심장이 강철보다 더 단단하다고 말하는 등 괴기한 장면을 다수 연출합니다. 롱 존 실버도 예측 불허의 행동을 많이 하는데, 특히 『보물섬』 20장에서 실버가 협상하러 왔다가 실패하고 모랫바닥을 기어가서 현관 기둥을 붙잡고 간신히 일어서는 장면이 압권입니다. 정상이 아닌 사람이 정상적으로 행동하려고 할 때의 비참함을 잘 보여주는 부분이지요. 항해 도중에 항해사 애로우가 술에 취해 바다에 떨어져 죽는다는 얘기가 나오는데 멜빌의 작품에서도 돛대 위에 올라가 망보다가 달빛 가득한 밤에 바다의 귀신에게 홀려서 물속으로 떨어져 죽은 선원 얘기가 나옵니다. 『보물섬』에서 짐 호킨스는 과거에 벌어진 일을 지금 회상하는 형식을 취하고 있는데, 『모비딕』의 이스마엘도 피쿼드 호의 선원들 중 유일하게 살아 돌아와 과거를 회상하고 있습니다. 이 두 화자가 과거를 회상하는 형식은 서로 비슷한 점이 있습니다. 과거의 일을 지금의 일처럼 묘사하기도 하고, 지금의 관점에서 과거를 회상하기도 합니다. 이러한 이중의식은 작품의 주제에 깊이를 더해주고 있습니다.

이런 점들을 감안할 때 스티븐슨이 멜빌의 『모비딕』을 읽고 영향을 받은 것이 거의 확실하다고 생각됩니다. 게다가 스티븐슨은 멜빌이 남태평양 마르케사스 제도의 분위기를 잘 전달하지 못했다고 비판하는 글도 발표했는데, 이것은 멜빌의 해양 모험 소설이며 마르케사스 제도를 묘사한 『타이피』와 『오무』를 읽었다는 뜻이지요. 스티븐슨은 생애 말년에 사모아섬에 눌러앉아 살기까지 했으니 멜빌을 그냥 읽기만 한 것이 아니라 실제로 남태평양 생활을 실천했습니다.

이런 것들은 다 무엇을 말하는 것이겠습니까? 작가는 선배 소설가들의 영향을 받지 않고 소설을 쓰기가 어렵고, 그래서 소설 쓰기의 핵심적 요령은 이야기의 재조합임을 말해 주는 것이지요.

갑 선생님, 아까 선샤인 퍼스낼리티와 문라이트 퍼스낼리티를 얘기하다가 말았는데, 그 얘기를 다시 해보고 싶습니다. 짐 호킨스는 씩씩한 소년 주인공인데 그런 호킨스가 간웅 조조와 비슷하다니 잘 납득이 되지 않습니다.

을 저는 호킨스가 조조처럼 남을 잘 의심하는 성품을 갖고 있다고 말하는 것이 아닙니다. 조조와 유비를 대비시키고, 호킨스와 롱 존 실버를 대비시키는 캐릭터 빌딩의 수법이 비슷하다는 것입니다. 캐릭터 빌딩은 인물의 성격을 주도면밀하게 구축하는 것을 말합니다. 그러니까 호킨스가 있기 때문에 실버를 더 잘 이해할 수 있는 것이지요. 마찬가지로 삼국지를 읽을 때 조조는 악인, 유비는 쪼다 이렇게 도식화해서 두 인물을 파악하면 삼국지를 잘 읽었다고 볼 수 없습니다. 조조가 그렇게 똑똑하다면 어떻게 그의 신하 사마중달이 조조가 세운 위나라를 찬탈할 수 있습니까? 반면에 유비의 신하 제갈량은 유비 사후에 자신이 촉의 왕이 될 수 있었고, 또 유비가 그렇게 해도 좋다고 유언까지 했는데도 그렇게 하지 않았습니다. 이런 충신을 사후에도 거느릴 수 있었던 유비가 어떻게 쪼다입니까? 마찬가지로 『보물섬』에서도 호킨스는 좋은 사람, 롱 존 실버는 나쁜 사람 이렇게 도식화해 버리면 작품을 해석하는 관점이 아주 평면적이 되어 버립니다.

갑 선생님, 그렇다면 두 인물의 대비에 의하여 어떤 효과가 발생하는 것입니까?

을 먼저 호킨스의 이야기부터 해보십시다. 이 소설은 호킨스의 성장 소설(bildungsroman)로 읽을 수 있습니다. 빌둥스로만은 독일 문학에서 사용되는 용어인데 직역하면 "한 개인의 성격을 형성시키는 교육을 다룬 소설"이라는 뜻입니다. 소설은 아니지만 『삼국사기』에 나오는 바보 온달과 평강공주의 이야기는 우리나라의 대표적 빌둥스로만이지요. 『보물섬』에는 짐 호킨스가 성장해 가는 과정이 단계적으로 잘 서술되어 있습니다. 1단계는 벤보 여인숙에서 어머니와 함께 선원의 궤짝을 열고서 그 안에 무엇이 있는지 발견하고 보물섬 항해에 나서게 되는 것이지요. 2단계는 갑판의 통 속에서 해적들의 음모를 엿듣게 되고, 또 보물섬에서 벤 건을 만나는 것이지요. 3단계는 이스라엘 핸즈와의 대결이고, 제4단계는 통나무집으로 돌아가서 약속을 지키는 것이지요. 이 통나무집으로 돌아가겠다는 약속을 지키는 장면은 아주 인상적입니다. 짐은 30장에서 같이 도망치자는 의사 선생에게 이렇게 말합니다. "안 돼요. 선생님이 제 입장이라면 그렇게 하지 않으셨을 겁니다. 선생님도, 대지주님도, 또 선장님도요. 그러니 나도 그렇게 하지 않겠습니다. 실버는 나를 믿어 주었어요. 나는 약속을 했기 때문에 돌아가야 합니다." 이런 결연한 태도는 짐 호킨스가 대지주, 선장, 의사 선생 못지않은 진정한 신사로 성장했음을 보여주는 것입니다. 이렇게 하여 짐은 소년에서 신사로 성장하게 됩니다. 이처럼 성장의 과정이 햇빛 속에 있는 것처럼 짐의 성격이 뚜렷하게 드러나기 때문에 선샤인 퍼스낼리티라고 한 것입니다.

그런데 이 신사와 관련하여 11장에서 해적들이 자신을 가리켜 "행운의 신사(gentleman of fortune)"라고 말하고 있습니다. 영어 '포천(fortune)'은 두 가지 뜻이 있습니다. 하나는 '큰돈'을 의미하고, 다른 하나는 '운명' 혹은 '행운'을 의미합니다. 해적들이 자기 자신을 일반 잡범과 구분하여 돈 많은 신사라고 말하는 뜻도 되고, 행운을 가진 신사라고 말하는 뜻도 됩니다. 두 번째 뜻풀이와 관련하여 『뉴에이스 영한사전』(1996)에서 포천을 찾아보면 "Every man is the maker of his own fortune(운명은 자기가 개척하는 것이다)"이라는 예문이 제시되어 있습니다. 저는 『보물섬』에서 말하는 행운의 신사가 이 두 번째 뜻에 더 가깝다고 해석합니다. 20장에서 협상을 하러 온 실버는 스몰렛 선장에게 이런 말을 합니다. "신사들이 사물의 이치를 따지는 데는 한도가 없지요. 경우에 따라 어떤 것은 이치에 맞는다고 하고, 또 어떤 것은 이치에 안 맞는다고 하니까요." 이 말은 스몰렛 선장보다는 실버 자신에게 더 들어맞는 말입니다. 그는 상황의 유불리에 따라 사물의 이치를 늘이기도 하고 줄이기도 하는 사람이니까요. 그래서 롱 존 실버는 달빛 속에 있는 인물, 즉 밝기도 하고 어둡기도 합니다. 이 때문에 문라이트 퍼스낼리티라고 한 것입니다.

이런 두 인물의 대비는 제1장에서 빌리 본즈(행운의 신사)와 리브지 의사(타고난 신사)를 대비시킴으로써 예고되고, 제15장에서 벤 건으로 하여금 이런 말을 하게 하여 다시 한번 강조됩니다. "행운의 신사보다는 태어날 때부터 신사인 사람을 훨씬 더 믿는다고 말야."

갑 그러니까 전편에 걸쳐서 그러한 인물의 대비가 이루어진다는 말씀이로군요.

을 예. 『보물섬』을 처음 집필할 때 스티븐슨은 제목을 『선상 요리사(Sea Cook)』로 정했습니다. 그러다가 잡지사 사장의 권유로 현 제목으로 바꾸었지요. 그만큼 롱 존 실버를 중요한 인물로 여겼습니다. 그리고 스티븐슨은 『보물섬』을 쓰고 나서 12년이 지난 후에 쓴 글 「나의 첫 번째 소설」(1894)에서 "나는 특히 존 실버를 아주 자랑스럽게 여긴다. 오늘날까지도 그 유들유들하면서도 무시무시한 모험가(that smooth and formidable adventurer)를 존경한다."라고 말했습니다. 이처럼 스티븐슨이 이 인물을 중시한 것은 실버의 이중성격이 글쓰기의 문제와도 직결되기 때문입니다.

갑 잘 이해가 되지 않는데요. 그런 이중성격이 글쓰기와 직결된다니….

을 이 소설이 로맨스라는 것은 위에서 이미 말했는데, 로맨스 작가는 스토리를 전개해 나가는 동안에 하나의 딜레마에 봉착하게 됩니다. 가령 해적(악의 세력) 얘기는 별로 안 하고 짐 호킨스 얘기만 하면 스토리는 재미가 없어집니다. 반면에 해적 얘기를 너무 중요하게 제시하면 스토리가 비도덕적이 될 우려가 있습니다. 여기서 노련한 작가는 재미와 교훈이라는 두 마리 토끼를 동시에 잡아야 하는 딜레마에 봉착합니다. 그러다 보니 롱 존 실버 같은 도덕적 모호함의 케이스가 생겨나는 것입니다.

이 딜레마에 대하여 스티븐슨은 「이야기 속의 등장인물들(The Persons of the Tale)」이라는 세 페이지짜리 우화를 썼습니다. 이 글은 작가 사후(死後)에 알려졌는데 스몰렛 선장과 롱 존 실버가 스토리 밖으로 빠져나와 담배를 피우면서 나눈 대화의 형식을 취하고 있습니다. 이 글을 쓸 무렵 스티븐슨은 『보물섬』의 32장을 완료하고 33장을 쓰기 시작했습니다. 32장에서 실버와 그의 해적 일행은 보물이 사라진 것을 발견합니다. 실버는 이제 앞날이 암울합니다. 자 앞으로 스토리는 어떻게 전개될까요? 그의 동료 해적들이 그를 공격할까요? 해적들은 모두 섬에 버려질까요? 실버는 스토리가 어떻게 결말날지 알고 싶어 하면서 이렇게 말합니다.

"나는 해양 소설의 캐릭터(등장인물)일 뿐입니다. 나는 실제로는 존재하지 않아요… 나는 이 이야기 속의 악당일 뿐입니다. 뱃사람 대 뱃사람으로 말씀드리겠는데, 내가 알고 싶은 것은 내 운명이 어떻게 되겠느냐는 겁니다… 만약 저자(author)라는 것이 존재한다면 나는 그가 좋아하는 캐릭터입니다. 그는 당신(스몰렛 선장)보다 나에게 훨씬 더 많은 배려를 했습니다. 그는 내가 행동에 나서는 것을 좋아해요. 그래서 늘 나를 갑판 위에서 움직이게 해요… 그러니 저자라는 게 있다면 그는 내 편입니다. 틀림없어요."

"당신을 우대하고 있는 것은 틀림없어요." 스몰렛 선장이 말했다. "하지만 그것이 사람의 확신을 바꾸지는 못해요. 저자는 나를 존중하고 있어요. 나는 저자가 선(善)의 편이라는 것을 압니다."

"선(도덕)이란 무엇입니까?" 실버가 묻는다. "어떻게 구분합니까? 어떤 것이 선이고 어떤 것이 악입니까? 내게 한번 말해 보세요. 만약 이야기 속에 악당들이 없다면 스토리는 어떻게 전개가 되겠습니까?"

"글쎄요…." 스몰렛 선장이 말했다. "저자는 스토리를 만들어내야 하지요… 그렇지만 아직 스토리가 완전히 끝난 건 아니잖소. 아무튼 당신에겐 골치 아픈 일이 벌어질 수밖에 없어요. 내가 실버가 아닌 게 얼마나 다행인지 모르겠소."

이것이 세 페이지짜리 우화의 끝입니다. 그리고 스티븐슨은 33장을 써나가기 시작하는데 끝내 롱 존 실버를 살려줍니다. 이 우화는 작가가 자신이 쓰고 있는 스토리의 두 가지 측면인 재미와 교훈을 의식하고 있음을 보여줍니다. 예전에 조선시대의 할아버지들은 문이재도(文以載道: 문장은 반드시 도덕을 주종으로 해야 한다)를 강조했지요. 그러나 로맨스 작가의 글쓰기는 교훈만 있어서는 안 되고 재미가 있어야 하는 것이지요. 바로 이것이 스티븐슨이 실버를 자랑스럽게 여기고 존경하는 이유이기도 합니다. 영업 밑천이나 다름없는 인물이니까요.

로맨스와 모더니즘

을 이러한 사정은 다른 작가들의 경우도 마찬가지입니다. 독자님, 혹시 단테의 『신곡』을 읽어본 적이 있습니까?

갑 읽지 않았지만 그 작품은 하도 얘기를 많이 들어서 마치 읽은 것 같습니다.

을 『신곡』은 지옥·연옥·천국의 3편으로 구성되어 있습니다. 지옥편은 정말 재미있는 데 비해, 천국 편은 무슨 철학책인지 신학 서적인지 알기 어려울 정도로 난해하면서도 재미가 없습니다. 이건 무슨 뜻이냐 하면 이야기의 측면에서는 악이 선보다 세 배는 강한 힘으로 독자를 끌어당긴다는 것입니다. 그래서 재미있는 소설을 쓰려면 작가는 악을 그럴듯하게 포장해야 하고 그러기 위해서는 도덕적 모호함을 유지하게 되는 겁니다.

갑 선생님, 대화의 초입에서 로맨스 얘기를 하려다 말았고 대화 중간쯤에서 다시 로맨스 얘기가 나왔는데, 로맨스는 작가의 글쓰기와 어떤 관련이 있습니까?

을 스티븐슨을 이해하는 키워드의 하나입니다. 그가 로맨스의 요소를 많이 가미한 것은 빅토리아 시대의 리얼리즘 소설에 반기를 들기 위해서이지요. 그는 소설이란 생생한 현실 속의 사건을 보고하는 것이 아니라, 독자에게 그 사건의 전형을 제시하기만 하면 충분하다고 말했습니다. 인생이란 무한하고 비논리적이고 돌발적이면서 예측 불가한 것이기 때문에 그것을 그대로 옮겨 놓아서는 소설이 되지 않는다고 본 겁니다. 그중에서 대표적인 어떤 것(전형)을 짚어서 제시하면 나머지를 다 전달한 것 같은 효과가 난다는 것입니다. 그러면서 이런 인생의 가득한 소음들 중에서 즐거울 법한 소리들만 골라서 이야기를 만들어야 하는데 그것은 작곡가가 인위적으로 만든 악보와 비슷하다고 했습니다. 악보는 연주를 해야 음악이 되듯이 소설도 독자가 읽어주어야 비로소 이야기가 되는 것입니다.

독자님, 사실 '리얼'이라고 하는 것이 무엇입니까? 독자님은 들판의 풀들이 자라는 소리와 솔밭을 달려가는 다람쥐의 심장 뛰는 소리를 들을 수 있습니까? 스티븐슨은 '리얼'이라고 하는 것이 실은 '리얼'이라고 생각하는 것에 불과하다고 봅니다. 소설가가 그 '리얼'을 상대로 경쟁하려 들면—들판의 풀들이 자라는 소리와 솔밭을 달려가는 다람쥐의 심장 뛰는 소리까지도 전달하려고 하면—그는 결국 산속의 길 없는 길에서(montibus aviis) 방향을 잃고 죽어버릴 것이라고 말했습니다. 그러므로 로맨스 소설에서는 사건의 '리얼'을 그대로 묘사하기보다는 하나의 전형을 제시하는 것이지요.

스티븐슨의 로맨스 소설이 다루는 선과 악의 이중성 문제는 이러한 글쓰기의 배경에서 나온 겁니다. 이것은 모더니스트 작가의 인생관과 연결이 됩니다. 가령 찰스 디킨스와 오노레 드 발자크 같은 19세기 리얼리즘 작가들은 자신이 신의 입장이 되어 작품 내의 모든 등장인물에 대하여 모든 것을 알고 있다는 관점을 취합니다. 디킨스나 발자크는 등장인물에 관한 한, 그가 잠 깨면 잊어버리는 새벽녘의 어렴풋한 꿈부터 잠들기 전까지 발생하는 각종 기억과 생각과 행동에 이르기까지 모든 것을 다 알고 있습니다. 다시 말해 세상은 소설가가 그려내는 모습 그대로 존재하고 따라서 소설가 개인의 자아와 세상은 완벽하게 일치합니다. 그러나 스티븐슨은 로맨스 소설을 쓰면서 이와는 다른 입장을 취합니다. 소설가가 모든 것을 안다는 것은 불가능한 일이고 화자는 자신이 직접 목격하고 체험하고 상상한 것 이외에는 알 수가 없고 그나마 그 인식이 불완전할 때가 많다는 입장을 취합니다. 다시 말해 자아와 세상은 불일치한다는 것입니다. 이러한 불일치, 그러니까 인물의 이중성, 사건의 불확실성, 결말의 모호함은 스티븐슨이 세상과 인간을 바라보는 관점이기도 합니다.

『보물섬』의 세 가지 측면

갑 선생님, 『보물섬』에서 "이미 황금을 다 캐 왔는데 화자 짐 호킨스가 아직도 캐내야 할 보물이 남아 있다(there is still treasure not yet lifted)"라고 말한 것은 무슨 뜻입니까?

을 제1장의 첫 시작에서 그 말이 나오지요. 헨리 제임스도 『보물섬』

을 읽고서 이 문장을 가장 인상 깊게 생각하여 "나는 묻힌 보물을 찾아 나선 어린 시절이 없었다"라고 말하기도 했지요. 그래서 스티븐슨은 발끈하여 이런 항의를 했습니다. "제임스가 묻힌 보물을 찾아 나선 적이 없었다면 그는 아이였던 적이 없는 사람이라는 뜻이다." 왜 하필 어린 시절만이겠습니까? 인생의 여러 단계에서 아직 발굴하지 못한 보물이 많이 남아 있는 것이지요. 그 보물과 관련하여 나는 정직한 독자와 노련한 저자라는 독서의 경구(警句)가 생각납니다. 정직한 독자는 『보물섬』의 세계가 섹스, 경제, 정치, 인종차별 등의 문제가 전혀 없는 순전한 모험의 세계이고 그 안에서 벌어진 인생의 위기는 모두 산뜻하게 해결되어 만족스러운 결말로 끝난다고 믿습니다. 저도 어릴 때는 그런 식으로 이 소설을 읽었습니다. 하지만 지금은 다른 관점으로 읽을 수 있다는 것을 알게 되었습니다.

여기서 에드거 앨런 포의 단편 소설 「도둑맞은 편지」를 잠깐 말씀드리겠습니다. 이 소설은 프랑스 왕궁에서 벌어진 편지 도난 사건을 다룬 것입니다. 프랑스 왕비는 어떤 중요한 편지를 도난당했는데 범인은 어떤 장관입니다. 그 장관은 그 편지를 공개할 수도 있다는 은근한 협박을 하면서 왕비에게 엄청난 영향력을 행사합니다. 그래서 왕비는 탐정을 보내 그 편지를 되찾아오려 했는데 여러 번 실패하고 마침내 뒤팽이 그 편지를 찾아냅니다. 장관은 그 편지를 아주 훤히 보이는 곳에다 아무렇지도 않게 내버려두었습니다. 그래서 예전의 탐정들은 지레 생각("저런 허술한 곳에다 중요한 편지를 놔두었을 리가 없어")으로 그냥 지나쳤던 것입니다. 지금 『보물섬』을 다시 읽어보니, 노련한 저자가 그 편지를 환히 보이는 곳에 놔

둔 장관이라면 세련된 독자는 그곳에서 의미를 찾아내는 뒤팽인 거지요. 무슨 말이냐 하면, 복잡한 문제가 전혀 없는 순전한 모험의 세계(훤히 보이는 곳)에서 중요한 편지(깊은 의미)를 찾아내니까요.

갑 선생님, 그 중요한 편지에 대하여 좀 더 자세히 말씀해 주십시오.

을 이 작품에는 사회적, 심리적, 종교적 측면에서 읽을 수 있는 인물이 등장합니다. 짐 호킨스, 롱 존 실버, 벤 건이 그들이지요. 스티븐슨은 "소설은 결국 등장인물이고 그 인물의 성격은 그의 행동을 통하여 드러난다."고 말했습니다. 먼저 사회적 측면을 살펴보면, 영국은 1867~68년과 1884년에 개혁법(Reform Acts)을 도입하여 노동자 계급의 성인 남자들에게도 투표권을 부여했습니다. 귀족도 노동자도 의원을 뽑는 투표소에서 똑같은 한 표를 갖게 된 것입니다. 이렇게 하여 타고난 신사와 행운의 신사 사이에 구분이 없어졌습니다. 누구나 다 노력하면 타고난 신사가 되는 것이고 자신의 수양과 단련을 게을리하면 행운의 신사로 전락하게 됩니다. 짐 호킨스는 아버지가 일찍 돌아가시고 가난한 집에서 자기 혼자의 힘으로 성장하여 보물을 나누어 가지기까지 했으니 대표적인 자수성가형의 인물로 보아야겠지요. 작품 속에는 나오지 않으나 보물섬에서 돌아온 짐 호킨스는 분배받은 돈을 가지고 홀로 되신 어머니를 잘 받들어 모시면서 애드미럴 벤보 여인숙을 더 크게 키우거나 아니면 11장에서 실버가 말한 것처럼 국회의원이 되었을지도 모릅니다. 짐 호킨스는 이처럼 발전하는 영국 빅토리아 시대에 개인이 무한히 성장할 수 있는 가능성을 보여주는 인물입니다. 반면에 롱 존 실버는 인간의 미묘한 심리적 측면을 보여주는 인물이지요. 그는 28장에서 짐 호킨스에게 이런 말을 합니다. "자네가 용기 있는 소년이라는 점이 늘 내 마음에 들었어. 어리고 잘생긴 나의 소년 시절을 그대로 닮았거든. 그래서 늘 자네가 우리와 한편이 되어서 자네 몫을 챙기고 일생을 신사로 살기를 기대했지."(28장) 실버는 이렇게 말함으로써 짐이 무한히 성공하여 국회의원까지 될 것을 바랐겠지만, 이 말을 뒤집어서 해석하면 짐이 상황을 잘 다스리지 못하면 실버 같은 행운의 신사가 될 수도 있음을 암시합니다. 여기서 우리는 두 인물이 단순 대비에 그치는 게 아니라 상호 교환적으로 바뀔 수도 있음을 알게 됩니다. 이것은『지킬 박사와 하이드』를 예고하는 발언이지요.

마지막으로 벤 건은 인간의 종교적 측면을 보여주는 인물입니다. 보물섬에서 짐을 처음 만났을 때 했던 그의 말에서 그것을 알아볼 수 있습니다. "나는 불쌍한 벤 건이오. 지난 3년 동안 기독교인하고 단 한 번도 얘기를 해보지 못했소." 그의 첫마디에 '기독교인' 얘기가 나온다는 것은 의미심장합니다. 그는 보물섬에 3년이나 유폐되어 있으면서 인생을 깊이 생각한 인물입니다. 그는 말합니다. "나를 여기다 남겨 놓은 것은 다 하느님의 뜻이야. 나는 이 외로운 섬에서 곰곰이 그 문제를 생각해 보았고, 그래서 다시 신앙심을 회복했어." 그러면서 이런 말도 합니다. "3년 동안 낮이나 밤이나, 비가 오나 눈이 오나 이 섬에서 살았다고 말해 줘. 그는 때때로 기도를 했고, 때때로 어머니가 살아있기를 빌었으며, 그리고 벤 건의 시간은(이게 네가 바로 꼭 얘기해 주어야 할 것이야) 다른 문제를 푸느라고 지나갔다고 말이야." 다른 문제는 나중에 밝혀지는데 보물을 찾아내는 것이었지요.

그런데 문제는 그 다음에 시작되는 겁니다. 보물이 아무리 많아도 써볼 데가 없습니다. 제6장에서 대지주는 해적이 아는 것은 돈뿐이라고 말합니다. 그런데 벤 건은 자신이 섬에 혼자 버려진 것은 결국 돈 때문인데 그 돈이 자신을 또다시 그런 신세로 만들 수 있다는 걸 섬에 있으면서 깨달았습니다. 그래서 벤 건은 육지로 돌아온 이후에 배당받은 분배금 1천 파운드를 19일 만에 다 써 버리고 20일째에는 다시 비렁뱅이가 되었으나, 시골 아이들에게 대단히 인기가 좋고, 일요일이나 기념일에는 교회에 나가서 노래를 부르는 사람이 되었습니다. 벤 건은 돈이 모든 죄악의 뿌리이며 그것 때문에 인간은 외로운 섬이 된다는 것을 보여주는 인물이지요. 벤 건은 이 소설에서 참으로 흥미로운 인물입니다. 돈이 엄청 많은 데 써볼 데가 없다는 것은 무슨 뜻이겠습니까? 돈만 많고 돈 늘리는 것이 인생의 유일한 낙이며 자기 이웃에 대해서는 아주 무관심한 사람을 정반대로 패러디한 게 아닐까요? 그런 사람은 무인도에 살고 있는 사람이나 마찬가지이지요. 또 벤 건은 행운의 신사보다 타고난 신사를 더 믿는다면서, 그 이유로 자신도 타고난 신사였다고 말하지요. 이것은 무슨 뜻이겠습니까? 인간은 원래 신사로 태어나는데 벤 건의 말을 인용하면 "돈 따먹기"에 몰두하다가 그만 해적의 길로 들어선다는 거지요. 19장에서 리브지 선생과 짐 호킨스가 벤 건을 논평하는 이런 대화가 나옵니다. "벤 건은 과연 정직한 사람일까?" "선생님, 그건 저도 잘 모르겠습니다. 그가 제정신인지도 확실하지 않습니다." "제정신인지 의문이 들 정도라면, 그는 제정신일 가능성이 많아. 무인도에서 3년 동안 자기 손톱만 물어뜯던 사람은 너나 나처럼 정상으로 보일 수가 없어. 인간의 본성이라는 게 안 그렇거든."

이 대화에서 나오는 '손톱을 물어뜯다(bite one's nail)'를 영한사전의 네일(nail)이라는 표제어에서 찾아보면 이런 뜻풀이가 나와 있습니다. (1) 손톱을 물어뜯으며 몹시 분해하다. (2) 할 일이 없어 손톱을 물어뜯다. (3) (버릇, 초조감으로) 손톱을 깨물다. (4) 걱정하다, 숨을 죽이고 기다리다. 이런 뜻풀이를 유념할 때 우리는 리브지 선생이 말하는 "인간의 본성"을 어떻게 이해해야 할까요? 무인도 생활 3년에 정상처럼 보이는 사람이 있다면 그거야말로 비정상이라는 뜻일까요? 누구나 무인도에서 3년 혼자 살다가 구사일생으로 그 섬을 탈출하게 되면 벤 건처럼 정직하게 된다는 뜻일까요? 해적이 신앙심 깊은 사람으로 변신하다니 그것이야말로 제정신 가진 사람임을 보여주는 표시라는 것일까요?

독자님, 이 책을 다시 읽을 기회가 생긴다면, 이 벤 건이 나오는 부분을 유의하면서 정독해 보시기 바랍니다. 저도 어릴 때는 벤 건을 그냥 한심한 해적 정도로 여기며 지나쳤습니다. 그런데 이번에 행운의 신사와 타고난 신사라는 대조적 개념의 틀을 가지고 벤 건을 바라보니 전혀 다르게 읽혔습니다. 또 벤 건의 행동이 캐릭터 빌딩에 기여하는 측면을 유심히 살펴보게 되었는데, 노련한 저자가 몇 장면 안 나오는 벤 건을 가지고 이처럼 많은 의미를 숨겨놓은 솜씨에 감탄하게 되었습니다.

스티븐슨의 꿈과 전형적 인물

갑 선생님, 여기서 한 가지 질문이 있습니다. 저는 스티븐슨이 소년 독자를 즐겁게 하기 위해 이 소설을 썼다고 지금껏 알고 있었습니다. 스티븐슨은 과연 그런 여러 가지 의미를 모두 의식하면서 이 작품을 썼을까요?

을 스티븐슨이 19세기의 리얼리즘 작가라면 모두 의식했다고 말했겠지요. 하지만 그는 모더니즘을 예고한 소설가들 중의 한 사람이었습니다. 그러므로 그가 알았을 수도 있고 알지 못했을 수도 있는데, 그것은 독자의 판단에 맡겨진 문제이기도 합니다. 또한 스티븐슨은 소설 창작에서 자신의 꿈이 아주 중요하다고 말했습니다. 그는 「꿈에 관한 챕터」(1887)라는 에세이를 발표한 바 있는데, 이 글에서 자신은 꿈속에서 보고 들은 것을 그대로 전달하는 사람일 뿐이라고 말합니다. 그러면서 자기의 글쓰기가 꿈을 꾸는 것과 비슷하다고 말했습니다.

스티븐슨은 38세 무렵 침대에 누워 고열에 시달리며 숨도 제대로 쉬지 못하고 각혈을 하던 여러 밤들 중의 어느 밤에, 아주 무서운 갈색의 꿈을 꾸었습니다. 그는 아주 어린 시절부터, 밤중에 빈번히 벌어지는 무서운 일을 가리켜 "밤중 마녀의 방문"이라고 불렀습니다. 유모 커미(Cummie)가 자상한 목소리로 스코틀랜드 민담을 들려주거나 노래를 불러주어야 비로소 그 공포가 가라앉았습니다. 스티븐슨은 나중에 커서 글을 씀으로써 그 갈색의 악몽을 털어낼 수 있다는 것을 알았습니다. 그의 악몽 중에 나타나는 끔찍한 갈색은 이렇게 하여 하나의 스토리로 탈바꿈했습니다. 그것이 『지킬 박사와 하이드』입니다. 마찬가지로 『보물섬』의 집필이 중간에 막혔을 때, 그를 앞으로 나아갈 수 있게 밀어준 것도 이 꿈이었습니다.

꿈과 관련하여 프로이트의 『꿈의 해석』에서는 이런 중요한 얘기가 있습니다. 어떤 사람이 꿈속에서 어느 해변에서 어떤 여인을 만났습니다. 잠에서 깨어나 그 여인의 이름을 아무리 생각해 봐도 기억이 나지 않았습니다. 그래서 각성 중에 다음번 꿈에서 다시 만나면 그 여자의 이름을 물어봐야지, 하고 생각했습니다. 그리고 정말 꿈에서 그 여인을 다시 만나게 되어 이름을 물어보았더니 가르쳐주었고, 꿈에서 깨어 그 이름을 기억하고 과거를 추적해 보았더니 그 이름이 실제 자신이 과거에 알았던 여인의 이름이더라는 겁니다. 그렇다면 우리가 텍스트를 읽을 때 그 속에서 만나는 사건의 의미(사람의 이름)가 무엇인지 알고 싶을 때 어떻게 해야 되겠습니까? 방금 꿈속으로 되돌아가서 물어보았다고 한 것처럼, 텍스트로 다시 돌아가서 정밀하게 읽으며 물어보는 방법밖에 없습니다.

그런데 꿈과 창작의 관계는 미묘한 것이지요. 다른 작가의 예를 들면 이렇습니다. 『신곡』의 지옥편 1곡 32행에서 단테는 표범을 만납니다. 뒤이어 사자와 암늑대도 만나는데, 표범은 음란함, 사자는 오만함, 암늑대는 탐욕을 상징합니다. 이 세 마리 짐승은 사람을 죄악의 구렁텅이로 밀어 넣는 주요 원인들이지요. 단테는 원래 이 세 마리 짐승을 밤중에 꿈을 꾸면서 보았다고 합니다. 이 세 동물은 하느님이 단테에게 그의 생애가 왜 그처럼 비참하고, 또 어떻게 그의 작품이 창작되었는지 그 이유를 계시하기 위해 동물 그림으로 말해 준 것이었습니다. 하지만 잠에서 깬 단테는 세 마리 동물만 생생하게 기억할 뿐 하느님의 계시는 잊어버립니다. 이것은 보르헤스가 단테의 지옥편 1곡 32행을 해석한 방식이지요.

이 꿈의 해석 단계에서 독자와 저자가 의견을 달리하는 부분이 생겨날 수 있습니다.

갑 선생님 말씀대로라면 저자가 의도하지 않은 것을 독자가 읽어낼 수 있다는 뜻이군요. 사실 일상생활 중에서도 이런 일이 발생하지요. 나는 좋은 뜻으로 말했는데 상대방이 정반대 뜻으로 알아듣기도 하고, 아무 의미도 없이 그냥 장난하듯이 말했는데 아주 심각하게 받아들이기도 하고 내가 말하는 것을 엉뚱하게 다른 것으로 알아듣기도 하지요.

을 작품을 읽는 데서도 그런 일이 벌어집니다. 그래서 저자는 작품의 의미에 대해서 배타적인 등기권리증이 없다, 라는 말도 나오지요. 이에 대하여 독일의 문학평론가 볼프강 이저(Wolfgang Iser)가 『독서 행위』(1976)라는 책에서 언급한 바 있습니다. 이른바 독자 수용 이론(reader-response theory)이라는 거지요. 텍스트의 의미는 고정되어 있는 것이 아니라, 독자가 텍스트에 어떤 의미를 부여하느냐에 따라 다양한 의미를 획득할 수 있다는 거지요. 텍스트 내에 어떤 '간극' 혹은 '공백'이 있어서 그것이 독자에게 정서적으로 강력한 힘을 발휘한다는 겁니다. 따라서 독자는 텍스트가 명시적으로 말하지는 않으나, 희미하게 암시하는 것을 마음속으로 상상하면서 그것에 반응할 것을 요구합니다. 이것이 노련한 독자가 탄생하게 되는 배경입니다.

갑 선생님, 그렇다면 『보물섬』의 간극 혹은 공백에 대해서 좀 더 말씀해 주십시오.

을 괴테는 사람들은 소년 시절에는 낭만주의자, 중년에는 현실주의자, 노년에는 신비주의자가 된다고 말했습니다. 낭만주의자는 기발한 생각을 많이 하는 사람이지요. 『보물섬』 제13장에서 "그때 맨 처음으로 내 머리에 엉뚱한 생각이 퍼뜩 떠올랐다. 사실 그 생각은 우리들의 목숨을 구하는 데 많은 기여를 하였다." '엉뚱한 생각'의 원어는 'mad notions'인데, 소년이기 때문에 이런 생각을 할 수 있는 것이지요. 또 22장에서도 또 다른 엉뚱한 생각이 떠올라 행동에 나서게 되는데, 그것을 가리켜 이렇게 서술합니다. "하지만 나는 모험심 강한 소년이었고 이미 그렇게 행동하기로 마음을 먹었다." 그리고 코라클을 발견하고 나서는 이런 생각을 합니다. "그 과정에서 나는 또 다른 엉뚱한 생각을 하게 되었고, 그것이 또 너무나 솔깃하여 그대로 실행하고 싶었다."

갑 주인공의 그 엉뚱한 생각이 소년 시절의 낭만주의와 연결되는 것입니까?

을 그렇습니다. 먼저 달에 가겠다는 엉뚱한 생각을 해야 달에 갈 수가 있습니다. 꿈을 꾸지 않는다면 우리의 인생은 진행될 수가 없는 겁니다. 그러나 꿈만으로는 살 수가 없고 때로는 현실적인 사람이 되기도 합니다. 그래서 선악의 경계가 불분명한 지경에 들어가기도 합니다.

반면에 현실주의자는 어떻습니까? 이 작품에서는 롱 존 실버를 그런 사람으로 볼 수 있지 않겠습니까? 10장에서 조타수는 짐에게 실버를 이렇게 묘사합니다. "어린 시절에는 훌륭한 교육을 받았고 마음만 먹는다면 책에 나오는 것처럼 멋지게 말할 수도 있어. 그리고 무엇보다 용감해. 롱 존에 비하면 들판의 사자는 아무것도 아니야." 교양이 있고, 멋진 말을 할 수 있고, 사자처럼 용감한 사람이, 그 뒤의 여러 상황에서 하는 행동을 보면 전혀 그렇지가 않습니다.

그리고 벤 건은 인생의 신비에 대해서 깊이 생각하는 신비주의자의 입장이지요. 많은 사람들이 노년에 도달하면 세상일이란 참 알 수 없다, 라는 느낌을 갖게 되지요. 벤 건은 섬에서 3년 동안 자신이 곤경에 처한 이유를 곰곰 생각해 보았을 겁니다. 사람은 암에 걸리면 내가 왜 암에 걸리게 되었는지 그 이유를 제일 먼저 알고 싶어 합니다. 무엇을 먹었기에, 어떤 생활 습관을 가졌기에, 무슨 스트레스를 받았기에 이런 몹쓸 병에 걸렸을까, 하고 생각합니다. 그러다가 이게 다 하늘의 뜻이야, 라고 생각하면 마음도 편안해지고 그것을 받아들이게 되지요. 벤 건도 그렇게 된 케이스라고 봅니다.

이렇게 볼 때, 짐 호킨스, 롱 존 실버, 벤 건은 각각 소년, 중년, 노년의 전형적 인물입니다. 위에서 소설가는 사건들의 세세한 사항들을 묘사하는 것이 아니라 그 사건들의 전형을 제시하는 것이다, 라는 스티븐슨의 말을 인용한 바 있지요? 우리 독자는 이런 전형을 알고 있으면 일상생활 속에서 이와 유사한 실제 스토리를 발견할 때 그것을 해석하는 근거로 삼게 됩니다.

갑 그러니까 짐 호킨스의 움직임에만 열광할 것이 아니라 나머지 인물들 가령 롱 존 실버와 벤 건을 서로 대비하면서 읽어야 한다는 말씀이군요. 『삼국지』에서 조조, 유비, 손권을 서로 대비시키고 그 신하인 제갈량, 사마의, 주유를 서로 비교해 가면서 읽듯이 말입니다.

을 독자님, 이 대화의 시작 부분에서 이 소설을 다시 읽으면서 어린 시절 보물찾기를 할 때, '보물은 어디에 있을까, 보물의 구체적 내용은 무엇일까?'라고 생각했다고 하셨지요? 이 작품 속의 보물에 대하여 지난 50년 동안 평론가들은 그것을 제국주의의 표상으로 해석하기를 좋아했습니다. 작품 속에서 보물을 얻은 사람들은 보물섬에 있는 황금은 먼저 잡는 사람이 임자라는 생각을 가지고 있습니다. 그래서 이것이 대영제국을 건설한 영국인들의 전형적 심리상태를 보여준다고 해석한 거지요. 인도도 미국도 중동도 아프리카도 엄청난 해군력을 가진 대영제국이 그들의 군대를 투입하여 접수하면 곧 자기네 땅이 된다고 생각한 거와 비슷하지요. 하지만 이런 19세기 식의 제국주의는 이제 사라지고 없습니다. 따라서 제국주의 관점으로 보물을 해석하는 것은 더 이상 유효하지가 않아요.

그래서 이제 이야기의 각도를 약간 바꾸어서 독자님에게 이렇게 한번 질문을 던지고 싶습니다. 독자님, 인생의 보물은 무엇이고, 또 어디에 있다고 생각하십니까? 이것은 독자님이 아까 물어보신, 우리가 채워 넣어야 할 간극 혹은 공백에 대한 답변이 되기도 합니다.

갑 인생의 보물이요? 그건 좀 막연하다는 느낌이 드는데요. 좀 더 구체적으로 말씀해 주십시오.

을 그럼 이렇게 말을 바꾸어 보겠습니다. 어떻게 사는 것이 가장 행복한 인생이라고 보십니까?

갑 그건 사람마다 다를 텐데요. 제가 학생 시절에 들었던 어떤 팝송의 가사에 "어떤 사람은 달리고, 어떤 사람은 기어가고, 어떤 사람은 아예 움직이지도 않는다." 뭐 이런 가사가 있었던 것도 기억하는데 사람들이 살아가는 방식이 그처럼 각양각색이니까 말입니다.

을 어쩌면 달리는 사람 위에는 날아가는 사람도 있겠지요. 『보물섬』은 그 사람마다 다름을 인정하고 어떤 것을 보물로 볼 것인가, 하고 묻는 겁니다.

갑 그것을 작품의 구체적 상황에 비추어 말씀해 주십시오.

을 이 작품 속에는 진정한 신사, 행운의 신사, 타고난 신사였다가 행운의 신사를 거쳐서 돈을 멀리하는 종교적 인물, 이렇게 세 가지 전형이 제시되어 있습니다. 이 중에서 고른다면 독자님은 어떤 것을 선택하시겠습니까?

갑 선생님이 말하는 인생의 보물은 곧 인생의 행복인 것 같은데, 저를 포함하여 대부분의 독자가 진정한 신사가 되어 행복을 누리며 사는 길을 선택하지 않을까요?

을 그래서 밀은 『공리주의』에서 인생의 목적이 행복이 되어야 한다고 말하면서 최대다수의 최대 행복을 추구하는 것이 인간 사회의 목적이 되어야 한다고 말했지요. 그런데 기이하게도 인생에는 보물이 없다, 라고 말하는 사람도 있지요. 가령 프로이트는 인생의 목적은 행복이 아니라 고통의 회피라고 말했지요. 그리고 아직 보물이 무엇인지 모르겠다고 생각하는 사람들도 있지요. 그런 분들은 이 『보물섬』을 읽어보면 좋을 것입니다. 이 소설은 마음의 바다에 섬이 하나 떠 있는데, 그 섬을 향해 다가가는 쌍돛배는 우리의 꿈이고, 그 섬에는 보물이 확실히 있다, 라고 말해 주고 있으니까요. 그래서 이 책의 맨 서두에서 아직 캐어내야 할 보물이 많이 있다, 라고 하지 않았습니까? 이 소설은 지상에는 보물이 확실히 있다고 말할 뿐만 아니라 어떤 것을 보물로 보아야 할 것인가, 하고 묻고 있습니다. 셰익스피어는 『템페스트』의 4막 1장에서 이렇게 말했지요. "우리의 육체는 꿈으로 만들어진 것, 그리하여 우리의 하찮은 인생은 잠으로 둘러싸여 있다." 이 말은 무슨 뜻이겠습니까? 잠이 들어야 꿈을 꾸고 꿈이 있어야 비로소 하찮은 인생이 의미를 획득한다는 뜻 아니겠습니까?

갑 그러니까 엉뚱한 생각, 모험적 생각, 기발한 생각, 꿈같은 생각이 있어야 인생의 의미를 찾아낼 수 있다, 라는 말씀이군요.

을 그렇습니다. 하지만 이 작품은 단지 보물을 얻는 것뿐만 아니라 보물을 잃을지도 모르는 두려움에 대해서도 말하고 있습니다. 일종의 이중의식인 거지요. 작품의 서두는 이렇게 시작합니다. "트렐로니 대지주, 리브지 의사 선생, 그 밖에 여러 신사분들이 나에게 보물섬에 대한 자세한 이야기를 써 보라고 권유했다. 보물섬의 위치만 빼놓고 처음부터 끝까지 하나도 숨김없이 자세히 쓰라는 것이었다. 보물섬의 위치를 말하지 못하는 것은 아직도 그곳에 발굴하지 못한 보물이 남아 있는 까닭이었다." 그리고 맨 마지막은 이렇게 끝납니다. "내가 아는 한 은괴와 무기들은 플린트가 금화를 묻어 놓은 그곳에 그대로 묻혀 있다. 나는 마음만 먹으면 언제든지 그것을 가져올 수도 있다. 그러나 황소를 끄는 마차 끈으로 나를 끌어당긴다고 해도 그 저주받은 섬에는 절대로 다시 가고 싶지 않다. 나는 지금도 그 섬 해안에서 철썩이던 파도 소리에 놀라 잠을 깨곤 한다. 또 그럴 때마다 캡틴 플린트의 날카로운 비명소리가 들려온다. '페소 은화! 페소 은화!'"

짐은 자신의 모험을 통해서 신사로 성장했지만 언젠가 다시 페소 은화! 소리를 들을지 모르는 악몽을 꿉니다. 다시 말해 해적의 소굴 즉 악의 세력 속으로 떨어질지 모르는 상황을 두려워하는 것이지요. 제1장에서도 실버를 묘사하면서 "그 외다리 선원이 얼마나 내 꿈에 자주 나타나 내 꿈을 뒤숭숭하게 만들었는지…."라고 말하고 있습니다. 그런데 이 소설은 성인이 된 짐 호킨스가 어린 짐 호킨스를 되돌아보며 서술하는 방식을 취하고 있습니다. 이제 성인이 된 짐은 자신이 상황에 잘 대비하지 못하면 언제든 행운의 신사로 전락할 수 있음을 심각하게 느낍니다. 그리하여 바로 이 지점에서 짐 호킨스와 롱 존 실버의 접점이 발생하게 됩니다.

정직한 독자에서 노련한 독자로

갑 선생님, 그 접점을 좀 더 구체적으로 말씀해 주십시오.

을 우리는 선한 사람으로 살아가고 싶은데 상황의 힘에 눌려 자기도 모르게 악인이 되는 수가 있지요. 오비디우스의 장편 서사시 『변신 이야기』에서 메데아는 이렇게 말합니다. "나는 좋은 것을 바라지만 결국에는 나쁜 것을 하고 만다." 이것은 사도 바울의 말씀(로마서 7:21)보다 시기적으로 앞선 것입니다. 바울 또한 신약성경의 로마서에서 내 마음속으로는 하느님의 율법을 반기지만 내 몸속에는 육체의 명령이 있어서 두 법이 서로 싸우고 있으니, 나는 얼마나 피곤한 사람인가 하고 한탄했습니다. 스티븐슨은 『보물섬』

보다 3년 전에 발표된, 프랑스의 도둑 시인 프랑수아 비용을 다룬 단편 소설 「하룻밤 묵어가기」와, 3년 후에 발간된 『지킬 박사와 하이드』에서 인간의 선악 이중성을 계속 탐구했습니다. 이것은 작가 스티븐슨이 한평생 추구해온 주제였습니다. 인간의 원죄를 아주 두렵게 여기는 스코틀랜드 칼뱅주의의 정신적 유산이 작가의 생각 속에서 기다란 그림자를 드리우고 있는 것이지요. 짐 호킨스와 롱 존 실버의 접점은 지금의 진정한 신사도 상황을 그르치면 얼마든지 행운의 신사가 될 수 있으니 조심하라는 것입니다. 이런 관점에서 볼 때 11장에서 실버가 한 말, "문제는 어떻게 돈을 버는 게 아니라 어떻게 돈을 지키느냐 하는 거야."는 의미심장합니다. 위에서 말했지요? 영어 '포천(fortune)'은 '돈'을 의미하기도 하고 '행운'을 의미하기도 한다고요.

갑 그러니까 인간과 그의 행운은 상호 작용한다, 라는 것이 『보물섬』의 주된 이야기로군요.

을 그런데 이야기는 인생과도 상호 작용합니다. 『보물섬』을 읽으면서 노련한 독자는 결국 우리는 어떤 사람이 되어야 하는가, 하는 질문을 스스로에게 던지게 됩니다. 이야기라고 하면 가장 인상적인 이야기꾼은 『아라비안나이트』의 여주인공 셰에라자드가 있습니다. 그녀는 자신을 죽이려는 포악하고 불행한 왕에게 매일 밤 이야기를 들려주면서 목숨을 하루하루 연장해 나갑니다. 그녀에게 이야기는 상대방이 행복하기를 바라면서 동시에 자신도 불행한 상태에서 탈출하는 유일한 수단입니다. 실제로 날마다의 이야기 덕분에 그녀는 목숨을 건졌을 뿐만 아니라 불행한 왕과 결혼하여 아이를 낳아주기까지 합니다.

여기서 우리는 이야기의 본질을 알 수 있는데 그것은 아무리 어려운 상황이라도 이야기로 풀어낼 수 있다면 극복 가능하다는 것입니다. 『보물섬』을 읽고 짐 호킨스를 닮은 이야기를 작성해 보겠다고 마음먹는 사람은 그와 유사한 상황이 오면 그렇게 행동하게 됩니다. 그리고 진정한 신사가 된 호킨스가 악의 세력에 떨어지지 않으려고 애쓰는 모습은 성인 독자들이 읽어도 훌륭한 이야기입니다. 내가 부주의하게 상황을 그르치면 행운의 신사가 될 수도 있다는 경각심을 갖게 해주니까요. 이런 의미에서 인생에 도움을 주는 중요한 이야기이지요. 그리하여 이런 이야기를 어릴 때 미리 읽어두고 나중에 나이 들어가면서 재독 삼독함으로써 더 큰 유익함과 지혜를 얻어낼 수 있습니다. 독자님, 중고교 시절에 소풍 가서 보물찾기할 때 나는 잘 못 찾는데 급우들은 잘도 찾아내서 부러워했다고 하셨지요? 비록 오랜 시간이 지났지만 이 책을 읽으면서 진짜 보물을 찾아보시는 건 어떻습니까? 때가 좀 지나긴 했지만 이렇게 해야 다른 급우들에 비해 공평해지는 게 아니겠습니까?

갑 선생님, 지금까지 들어온 선생님의 설명을 유념하면서 이 책을 다시 읽으면 정말 뭔가 찾아낼 수 있을 것 같습니다. 오랜 시간 저의 미숙한 질문에 답변해 주셔서 감사합니다.

을 저도 스티븐슨에 대하여 독자님과 대화를 나누게 된 것을 영광으로 생각합니다. 독자님이 이 책을 재독하여 정직한 독자에서 노련한 독자로 옮겨 가기를 기대합니다.

로버트 루이스 스티븐슨 연보

1850년 11월 13일 스코틀랜드 에든버러시의 하워드 플레이스 8번지에서 태어났다. 등대를 주로 건설해 온 가문의 건축기사인 아버지 토머스 스티븐슨과 어머니 마거릿 이사벨라 밸푸어 사이에서 태어났다. 어머니 마거릿은 출산에 너무 애를 먹어 둘째 아이를 낳을 엄두도 내지 못하여 스티븐슨은 부부의 외아들이 되었다.

1855년 스티븐슨은 어릴 때부터 병약했고 그래서 일가의 극진한 보호 아래 성장했다. 집안에 앨리슨 커닝엄이라는 유모가 있어서 항상 그를 끌어안고 키웠다. 스티븐슨 자신도 이 유모를 아주 좋아하여 "커미(커닝햄+마미)"라고 불렀다. 이 커미는 스티븐슨이 19세기 최후의 로맨티시스트로 성장하는 데 크게 기여했다. 커미는 작가에게 오래전부터 전해 오는 스코틀랜드 얘기를 많이 해주었다. 특히 기침을 자주 하는 스티븐슨을 위해 옆에서 흥미로운 얘기를 해주면서 겨우겨우 힘들게 잠을 재웠다. 이렇게 하여 어린 스티븐슨은 이야기꾼이 될 수 있는 기질을 어릴 적부터 유모로부터 물려받았다. 유모 커미는 생모인 마거릿보다 나이가 일곱 살이나 많았는데 어린 스티븐슨을 돌보기 위해 결혼도 하지 않고 독신으로 살았다. 커미는 스코틀랜드 교회의 장로교 사상을 어린 스티븐슨에게 가르친 인물이기도 했다.

1861년 에든버러 아카데미에 입학. 이 무렵부터 많은 책을 읽었다.

1866년 「펜트랜드 반란」이라는 역사 논문 작성. 이 글은 펜트랜드의 럴리언 그린에서 장로교 지지자들이 반란을 일으켰다가 진압당한 사건을 기술한 것인데, 아버지가 비용을 대어 발간해 주었다.

1867년 에든버러 대학에 입학. 당초 등대 건축기사가 될 예정으로 공대 교육을 받으려 했으나 몸이 약해 법학으로 전공을 바꾼다. 그러나 글을 쓰고 싶다는 의욕이 점점 더 강해져 법률 공부를 게을리했다.

1872년 법학 공부에 완전 흥미를 잃고 대학을 자퇴하다. 이때 아버지와 심한 갈등을 겪었다.

1873년 스무 살 이후에 여행을 많이 다녔는데 병약한 몸의 요양을 위한 목적도 겸했다. 증세는 기관지 염증에 의한 기침과 각혈이었는데 폐결핵이었을 것으로 보인다. 이 무렵 프랜시스 시트웰이라는 10년 연상의 별거 중인 유부녀를 만나 짝사랑에 빠진다. 이 일을 계기로 연상의 여인을 동경하게 되었다. 또한 시트웰을 통해 런던에서 문학평론가로 활동하던 스티븐슨보다 5년 연상의 영문학자 시드니 콜빈을 만나 평생 친구가 되었다.

1875년 아버지의 환심을 사기 위해 스코틀랜드 법조계의 변호사 자격시험에 통과하여 변호사 사무실에 들어갔다. 그러나 수임 실적도 별로 없고 수입이 너무 적어서 곧 그 생활을 청산하다.

1876년 프랑스 여행을 하던 중에 또 다른 10년 연상의 미국 여인 패니 오즈번을 만나 사랑에 빠지다. 그러나 오즈번은 기혼인 데다 아이도 둘이나 둔 여인이었고 아직 이혼한 상태가 아니었으므로 곧바로 결혼할 수는 없었다.

1878년 연초에 다시 파리의 패니 오즈번을 방문했고 패니에 대한 사랑이 더욱 깊어졌다. 벨기에와 프랑스에서의 카누 여행을 묘사한 여행기 『내륙 여행』 발간. 패니 오즈번이 캘리포니아로 돌아가다.

1879년 두 번째 여행기인 『세벤에서의 당나귀와의 여행』 발간. 이 해 여름에 런던의 새빌 클럽에서 미국 출신이나 런던에서 주로 활약하는 미국 소설가 헨리 제임스를 만났다. 당시 헨리 제임스는 서른여섯 살, 스티븐슨은 스물여덟 살로 제임스가 여덟 살 위였으나, 19세기 빅토리아 소설의 리얼리즘으로부터 새로운 소설 창작 방식을 추구하던 두 사람은 뜻이 맞아 이때부터 서로 문학적 편지를 주고받는 평생의 친구가 되었다. 이 해 8월 패니 오즈번을 찾아서 미국으로 간다.

1880년 몬터레이, 샌프란시스코 등지에서 불안정한 삶을 영위하다가 패니가 이혼하자 곧바로 결혼한다. 아버지는 그동안 10년 연상의 이혼녀와 결혼한다는 사실을 못마땅하게 여겼으나 마침내 마음이 풀어져서 연간 250파운드씩 생활비를 보내주기로 약속했고 이 돈으로 스티븐슨 부부는 신혼여행을 떠났다. 아버지와 화해하기 위해 스코틀랜드로 귀국.

1881년 연초에 스코틀랜드의 추운 날씨가 건강이 좋지 않아 스위스의 다보스로 갔다가 4월에 다시 스코틀랜드로 돌아왔다. 8월 의붓아들 로이드를 즐겁게 해주기 위해 『보물섬』을 집필하여 『영 포크스』 잡지에 연재.

1882년 4월 요양하던 다보스를 떠나 스코틀랜드의 하일랜드 지역으로 귀국. 9월 폐에서 피가 나와서 프랑스 남부의 이에르로 요양을 떠나다. 세 편의 단편으로 구성된 『새로운 아라비안나이트』 발간. 번스, 휘트먼, 소로, 비용, 페피스, 존 녹스 등의 인물 평전인 『인물과 도서에 관한 친숙한 연구』 발간.

1883년 미국 생활을 기록한 『실버라도 스쿼터』 발간. 『보물섬』 단행본 출간.

1884년 프랑스 남부 이에르 지방에 콜레라가 돌아서 영국으로 돌아와 본머스에 거주. 여기에서 그 후 3년을 살았다. 헨리 제임스의 여동생인 앨리스 제임스가 본머스에 살았기 때문에 제임스가 자주 이곳에 놀러

왔다가 스티븐슨의 집을 찾아왔다. 헨리 제임스 남매는 스티븐슨의 아내 패니 오즈번을 절반은 야만인에다 절반은 정신 불안정한 여자라고 생각하며 그리 높게 평가하지 않았다. 낙천적인 스티븐슨도 이 무렵 비관적인 아내와 언쟁을 벌인 후에 이런 내용의 편지를 헨리 제임스에게 보냈다.

"나의 아내는 신기한 재주를 가진 여자입니다. 그것은 밝은 햇볕에서도 어두운 일식을 뽑아내는 기술이지요. 참으로 기이합니다. 지난밤에 아내와 나는 언쟁을 벌였습니다. 그녀는 내가 앵무새처럼 같은 말만 한다고 나를 거칠게 몰아붙였고, 나는 즐거운 인생을 리어왕의 비극으로 만들어봐야 좋을 게 아무것도 없다고 응수했습니다. 곧 전장에는 두 병의 병사가 죽어서 나자빠져 있습니다. 각자 진실의 화살을 맞고 장렬히 전사한 것이지요. 우리는 각자 상대방의 시체를 조심스럽게 수습합니다. 이것은 헨리 제임스가 글로 쓸 수 있는 작은 코미디가 아니고 무엇이겠습니까! 그런데 웃기는 것은, 우리 부부가 각자 상대방은 아무런 상처도 안 입었다고 생각하는 겁니다. 실은 서로 치명상을 입혔는데 말입니다."

『보물섬』 7장에 트렐로니 대지주가 리브지 선생에게 보낸 편지 중 "실버를 바다에 내보내는 것은 그의 건강 문제도 있지만 역시 아내의 바가지"라는 문장이 나오는데, 여기서도 스티븐슨 부부의 일단을 엿볼 수 있다.

1885년 어린아이들의 생활을 노래한 유명한 시집 『어린이의 시의 정원』 출간.

가상의 독일 왕국에서 벌어지는 액션 로맨스 『오토 왕자』 출간.

이 해 여름에 도체스터에 살고 있던 소설가 토머스 하디를 방문하다. 스티븐슨과 하디는 빅토리아 시대 후기에 조지 메레디스의 후계자로 떠오른 문단의 두 총아였다.

1886년 장편 소설 『납치된 사람』 발간.

『지킬 박사와 하이드』 발간. 이 소설은 이중인격을 다룬 유명한 작품인데 이런 일화가 전해진다. 출판사 키건 폴 회사의 사주가 스티븐슨 저작물의 저작권에 대하여 문제를 제기하여 소송이 벌어지게 되었는데, 이때 스티븐슨이 키건 폴이라는 한 사람을 두고서 "키건은 훌륭한 사람이지만 폴은 영악한 출판사 사장이다."라고 친구들에게 말한 것이 계기가 되어 지킬과 하이드라는 이중인격의 인물을 구상하게 되었다고 한다. 그러나 아내 패니 오즈번의 회상은 다르다. 스티븐슨이 자신의 꿈에서 본 것을 그대로 적어놓은 것이 이 소설의 밑바탕이었으며, 원래 소설은 지킬이 처음서부터 악인으로 나오고 하이드는 변장을 위한 인물이었다는 것이다. 패니가 이 인물 구성을 비판하자 스티븐슨은 써놓은 원고를 모두 불태워버리고 지금과 같은 동일한 인물이 선과 악을 동시에 갖고 있는 모습으로 바꾸었다는 것이다.

이 소설은 스티븐슨이 1887년 두 번째로 미국을 방문했을 때 연극으로 만들어져 큰 인기를 끌었다. 이때 설리번이 각색을 맡고, 연극배우 리처드 맨스필드가 1887년 9월 10일부터 1인 2역을 담당하여 열연을 펼쳐서 찬사를 받았다.

1887년 아버지 토머스 스티븐슨 사망.

8월에 요양 차 미국을 두 번째로 방문하다.

단편집 『즐거운 남자들과 기타 이야기와 우화들』 발간.

1888년 영국 중세의 장미전쟁을 배경으로 한 장편 소설 『검은 화살』 발간.

6월, 전세 스쿠너 요트 캐스트코 호를 타고 가족과 함께 샌프란시스코를 떠나 남태평양으로 가다. 이때 하와이 몰로카이섬의 나환자촌을 방문하고 평생 나환자들을 보살펴 온 벨기에의 다미앵 신부(1841~89)에 깊은 감명을 받는다. 신부는 평생 7백 명의 나환자들을 돌보다가 그 자신도 나병에 걸려 사망했다.

1889년 『밸런트레이의 성주』 발간. 이 장편 소설은 『납치된 사람』과 마찬가지로 형제간의 분쟁을 다루고 있다.

6월, 반년 정도 머물던 하와이의 호놀룰루를 떠나 길버트 제도로 갔다가 사모아로 가서 6주를 보내다.

1890년 팸플릿 『다미앵 신부』 발간.

10월, 시드니를 여행했다가 다시 사모아로 돌아가 이 섬에 영구 정착하기로 결심하고 바일리마에 집을 짓는다. 이곳 주민들은 스티븐슨을 가리켜 '이야기꾼'이라는 뜻의 '투시탈라'라는 이름을 붙여주다.

1891년 여행기 『남쪽 바다에서』 발간. 그가 1888~90년 사이에 캐스코 호와 이퀘이터 호를 타고서 태평양을 항해하던 중에 썼던 글들을 모은 것이다. 이 책은 여행기라기보다 태평양의 원주민 사회를 진지하게 바라보는 인류학적 연구서 같은 느낌이 더 강하다.

1892년 로이드 오즈번과 공저한 코믹 모험물 『약탈자』 발간.

기행문과 기타 수필들을 모은 『대평원을 가로질러: 다른 기억들과 에세이들』을 발간. 이 책에 「꿈에 관한 챕터」라는 유명한 에세이가 들어 있다.

『역사에 대한 각주』 발간. 이 책은 사모아에서 최근에 벌어진 사건들을 보고한 것으로 사모아에 진출하여 영향력을 행사하는 영국, 미국, 독일의 제국주의를 비판하고 있다.

1893년 남태평양을 무대로 하는 세 편의 단편을 묶은 단편집 『섬 밤의 여흥』 발간.

『납치된 사람』의 후속편인 『캐트리오나』 출간.

1894년 로이드 오즈번과 공저한 『썰물』 출간.

12월 3일, 아버지와 아들의 갈등을 다룬 장편 소설 『허미스턴의 강둑』을 집필하던 중 사망했다. 사인은 오랫동안 앓아온 폐결핵이 아니라 뇌출혈이었다. 향년 44세.

1895년 사후에 『여행 에세이와 창작의 기술』, 사모에서 친구인 시드니 콜빈에게 보낸 편지를 모은 『바일리마 편지들』 발간.

1896년 미완성 유작인 『허미스턴의 강둑』 발간.

1909년 미국 찰스 스크리브너 출판사에서 『로버트 루이스 스티븐슨 전집』(전 26권) 발간.

＊이 연보와 옮긴이의 말 중 "저자의 생애"는 클레어 하만(Clare Harman)이 집필한 스티븐슨의 전기 『로버트 루이스 스티븐슨: 전기(Robert Louis Stevens : A Biography)』(Harper Perennial, 2006)에 의거하여 작성되었음.-옮긴이

옮긴이 이종인

고려대학교 영어영문학과를 졸업하고 한국 브리태니커 편집국장과 성균관대학교 전문번역가 양성과정 겸임교수를 역임했다. 주로 인문사회과학 분야의 교양서를 번역했고 최근에는 E. M. 포스터, 존 파울즈, 폴 오스터, 제임스 존스 등 현대 영미 작가들의 소설을 번역하고 있다.

번역서로는 『1984』, 『그리스인 조르바』, 『숨결이 바람될 때』, 『촘스키, 사상의 향연』, 『폴 오스터의 뉴욕 통신』, 『프로이트와 모세』, 『문화의 패턴』, 『폰더 씨의 위대한 하루』, 『호모 루덴스』, 『중세의 가을』, 『로마사론』, 『군주론·만드라골라·카스트루초 카스트라카니의 생애』 등이 있고, 저서로는 『번역은 글쓰기다』, 『번역은 내 운명』(공저)과 『지하철 헌화가』, 『살면서 마주한 고전』이 있다.

보물섬

2021년 1월 20일 초판 1쇄 인쇄
2021년 1월 25일 초판 1쇄 발행

지은이 | 로버트 루이스 스티븐슨
옮긴이 | 이종인
펴낸이 | 권오상
펴낸곳 | 연암서가

등 록 | 2007년 10월 8일(제396-2007-00107호)
주 소 | 경기도 고양시 일산서구 호수로 896, 402-1101
전 화 | 031-907-3010
팩 스 | 031-912-3012
이메일 | yeonamseoga@naver.com
ISBN 979-11-6087-072-5 03840

값 15,000원